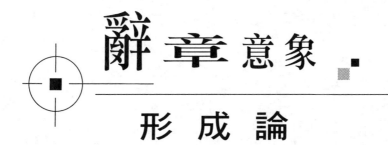

辭章意象

形 成 論

陳佳君◎著

陳　序

　　所謂的「意象」，乃合「意」與「象」來說。我國對這種文學中的「意象」，很早就注意到，以為它是「馭文之首術、謀篇之大端」（見《文心雕龍‧神思》）。而這種「意象」，黃永武認為「是作者的意識與外界的物象相交會，經過觀察、審私與美的釀造，成為有意境的景象。」（《中國詩學‧設計篇》）這裡所說的「物象」，所謂「物猶事也」（見朱熹《大學章句》），該包含「事」才對，因為「物（景）」只是偏就「空間」（靜）而言，而「事」則是偏就「時間」（動）來說罷了。

　　而它是有廣義與狹義之別的：廣義者指全篇，屬於整體，可以析分為「意」與「象」；狹義者指個別，屬於局部，往往合「意」與「象」為一來稱呼。而整體是局部的總括、局部是整體的條分，所以兩者關係密切。不過，必須一提的是，狹義之「意象」，亦即個別之「意象」，雖往往合「意」與「象」為一來稱呼，卻大都用其偏義，譬如草木或桃花的意象，用的是偏於「意象」之「意」，因為草木或桃

花都偏於「象」；如「桃花」的意象之一為愛情，而愛情是「意」；而團圓或流浪的意象，則用的是偏於「意象」之「象」，因為團圓或流浪，都偏於「意」；如「流浪」的意象之一為浮雲，而浮雲是「象」。因此前者往往是一「象」多「意」，後者則為一「意」多「象」。而它們無論是偏於「意」或偏於「象」，通常都通稱為「意象」。而這種整體（含個別）的「意象」（意與象），是由相應於它的綜合思維來統合形象思維與邏輯思維，以貫穿辭章的各主要內涵的。

　　初從「意象」之形成與表現來看，是都與形象思維有關的，因為形象思維所涉及的，是「意」（情、理）與「象」（事、景）之結合及其表現。其中探討「意」（情、理）與「象」（事、景）之結合者，為「意象學」（狹義），這是就意象之形成來說的。而探討「意」（情、理）與「象」（事、景）本身之表現者，如就原型求其符號化的，是「詞彙學」；如就變型求其生動化的，則為「修辭學」。再從「意象」之組織來看，是與邏輯思維有關的，而邏輯思維所涉及的，則是意象（意與意、象與象、意與象、意象與意象）之排列組合，其中屬篇章者為「章法學」，屬語句者為「文法學」。至於綜合思維所涉及的，乃是核心之「意」（情、理），即一篇之中心意旨——「主旨」與審美風貌——「風格」。由此看來，形象思維、邏輯思維與綜合思維三者，涵蓋了辭章的各主要內涵，而都離不開「意象」。

　　因此探討「意象之形成」，乃以形象思維為主，在「意象學」中，雖是屬於最根本也是最重要之一環研究，卻一直未曾作有系統的開挖工作。而這篇論著的作者，則因為有研究「虛實章法」的扎實基礎，曾撰成《虛實章法析論》一

書，由文津出版社出版；於是從「虛實」角度切入「意象」，將「意象之形成」作既深且廣的梳理，融合哲學基礎、內容類型與美感效果三者為一，呈現了「意象之形成」的完整樣貌。這在「意象學」的整個研究上而言，是有著帶頭作用的，相信必可帶動「辭章意象之表現」、「辭章意象之組織」、「辭章意象之統合」等各層面之研究，以迎接燦爛的明天。

　　在此出版前夕，忝為其論文指導教師，特綴數語，聊表賀喜之意。

　　　　　　陳滿銘　序於臺灣師大國文系835研究室

　　　　　　　　　　　　　　2005年6月21日

目　錄

第一章

緒　論

　　本書題為「辭章意象形成論」，主要乃探索辭章之情、理、事、景等內容成分的相關議題，呈現意（情、理）與象（事、景）結合之各個層面。其中，「辭章」泛指詩詞散文等各類文學作品[1]，而「意象」指的是辭章作品中的情意思想與物事材料，它是形成辭章內容的重要元素，含括整體意象與個別意象，是主體與客體交融作用而成的有機體。

　　首章將由辭章意象形成之重要性，與目前辭章學界，對篇章縱橫向結構、個別意象的研究現況，提出本文之研究動機。其次，再根據意象與辭章學的關係、辭章結構之分類，和意象與情、理、事、景之融通，概述內容結構與意象形成之內涵，以釐定本研究範疇。最後再說明全文所運用之研究方法，以及章節上之安排與架構。

第一節　研究動機

　　由於辭章家在創作時，總會透過具體材料（事材或物材）的揀擇與運用，將內在抽象的義旨（情意或道理）予以表出，因此，辭章的內容結構大致可統括為抒情、說理、敘事、寫景（物）等成分。其中，辭章作品裡的思想情意，即核心的情語或理語，是源自主體的「意」；而所運用的材料，則為外圍成分，它可以是物材，也可以是事材，屬於取自客體的「象」。這些構成辭章內容的要素[2]，可以單獨呈現於篇章當中，也可以複合兩種或兩種以上的成分，形成一篇作品的獨特意象（整體含個別）。

　　既然一篇辭章作品離不開「情」、「理」、「事」、「景」（物）等要素，故辨明這些意象形成（內容結構）之成分，就成為分析一篇文學作品的首要工作[3]，唯有先了解辭章所寫的內容，也就是透過何「象」來凸顯何「意」，才能進一步藉由章法理清各部分的條理關係，以深入作品內涵，挖掘出作者的構思特色，並充分掌握其表現技巧和美感效果。而反就創作途徑而言，辭章家在構思時，會經由形象思維的作用，煉意取象，並將生成的內容意象，透過邏輯思維予以組織，最後再經由語言文字表達成文本，當辭章的主旨（綱領）明確統一，各種寫作材料亦運用得當，則往往能使作品獲致最大的說服力與感染力；相反的，若文學作品的意涵淺薄空洞，即使具有華美的形式以為外觀，亦無法感動人心。可見，把握辭章意象之形成，對於創作和鑑賞，皆極具重要

性。

　　再就辭章作品的「篇章結構」而言，其研究領域包含縱向結構和橫向結構，兩者都是鎖定辭章作品的篇或章，研究其組合成分與組織樣態，但前者乃就內容成分及其相互搭配之現象而言，後者則是謀篇布局的條理，也就是章法。近年來，隨著許多相關的單篇論文、學位論文，以及專門著作的出現，章法的理論與實際，亦漸漸的集樹成林，從而形成一有系統的「章法學」[4]。因此，近來在橫向結構方面的研究，已有多部專著和論文展現深入探究之成果，如陳滿銘之《文章結構分析——以中學國文教材為例》、《詞林散步——唐宋詞結構分析》、《章法學新裁》、《章法學論粹》等，又如仇小屛的《篇章結構類型論》、《章法新視野》等，還有夏薇薇《文章賓主法析論》，拙作《虛實章法析論》、〈論章法之族性〉、〈論章法的「四虛實」〉等，以及涂碧霞《凡目章法析論》，可說是逐漸於章法的泥土上，開出繁盛的花海。至於縱向結構方面，亦有多部（篇）研究論文問世，如陳滿銘所發表的〈談詞章主旨的顯與隱〉、〈談篇章的縱向結構〉、〈談縱橫向疊合的篇章結構〉、〈從意象看辭章之內容成分〉、《章法學綜論·章法與內容結構》等，及洪正玲〈談主旨安置於篇末的謀篇方式——以高中國文課文為例〉、江錦珏《詩詞義旨透視鏡》、拙作〈論辭章內容結構之單一類型——以其所適用的章法為考察重心〉，和黃淑貞《主旨（綱領）安置於篇腹的結構類型析論》等，雖在辭章學的研究上，具有一定的貢獻，但多半僅關涉此研究範疇的一部分。

　　此外，近年來，將研究視角直接聚焦於個別意象的文獻

也越來越多，大體說來，有結合主題學進行偏於「象」的探討者，如離別意象、隱逸意象、孤寂意象、流浪意象、閨怨意象等，更多的是偏於「意」方面的研究，如植物意象、動物意象、季節意象、色彩意象、山水意象、登臨意象、夢意象等[5]，當然也不乏綜論型態的意象學專著。

　　首先，以「意」為題，而掘其「象」者，如：柯喬文〈論柳宗元詩中的孤寂意象〉、陳怡君〈論李清照詞中的「閒愁」意識〉。沈禹英《六朝隱逸詩研究》、簡隆全《元散曲隱逸意識研究》、陳瑞芬《兩漢隋唐婦女閨怨詩研究》、蕭瑞峰《多情自古傷離別——古典文學別離主題研究》等。

　　其次，偏於「意」者，如：由「物象」尋意的洪林鐘〈鳥・菊・酒——略論陶淵明詩歌意象建構及其人格凸現〉、游佳容〈試探李賀「馬詩二十三首」中馬意象與仕宦生涯之關係〉、蕭麗華〈從神話原型看李杜詩中的神鳥意象〉、劉瑩〈詠蟬詩歌中的悲喜情懷——論蟬的文學意象〉、張玉芳〈陶淵明詩中的「風」之意象〉、洪順隆〈六朝詩歌中的七夕民俗意象〉、劉迪才《《古詩十九首》的審美意象〉、羅文華〈古詩十九首的時間意象〉、林柏宏〈「詩經」天文意象初探〉、林聆慈〈古典詩詞中的月意象〉、鍾美玲〈蘇軾禪詩山水意象的表現〉、涂釋仁〈阮籍詠懷詩女子意象之分析〉。還有專書及論文類的陳靜俐《《詩經》草木意象》、孫鐵吾《李白詩歌中植物意象研究》、蔡碧芳《南朝詩歌中柳意象研究》、吳瓊玫《唐詩魚類意象研究》、凌欣欣《初唐詩歌中季節之研究》、黃大松《晚唐詩歌中黃昏意象研究》、吳賢妃《唐詩中桃源意象之研究》、張雯華《東坡詞色彩意象析論》、歐麗娟《杜詩意象論》等。又有由「事象」

尋意者，如姚大勇〈「誰憐明月夜，腸斷聽秋砧」——試析中國古代詩歌中的搗衣意象〉、顏智英〈論「玉臺新詠」中女子對鏡的意象〉、莊文福〈王維送別詩之意象選擇與創造〉、孫維城〈論「登高望遠」意象的生命內涵〉、王隆升《唐代登臨詩研究》、王迺貴《唐五代詞「夢」運用現象研究》等。

再次，尚有總述類者，如：敏澤〈中國古典意象論〉、王光明〈詩歌意象論〉、陶行傳〈意象的意蘊場——兼論「含不盡之意見於言外」〉、陳植鍔《詩歌意象論》、夏之放《文學意象論》、吳曉《詩歌與人生：意象符號與情感空間》、王長俊主編《詩歌意象學》、胡雪岡《意象範疇的流變》、嚴雲受《詩詞意象的魅力》等。

由此足見意象學研究的蓬勃發展，但是從這些文獻中又可發現，其研究對象在文體上大多鎖定詩歌，在意象種類方面，則幾乎關注於物材意象，尤以自然性物材為最，且總體來說，這類個別意象的研究較偏向微觀性[6]，不過，由於宏觀要以微觀為基礎，而微觀亦需以宏觀來統整，因此這些針對文學總集、別集或個別作品所進行的意象探討，對於辭章學研究的拓殖而言，仍極具學術價值。

整體而言，目前學界對於章法、個別意象等研究對象，已取得長足豐碩的成果，並且仍在持續的拓展其深度與廣度，但若說到將辭章的內容結構，從意象形成的角度，就內核、外圍、單一、複合等方面，作全面的疏理與整體的觀照，並辨明縱向結構與橫向結構之關係者，至今仍付之闕如。是故，基於上述內容意象的重要性與辭章學的研究概況兩大緣由，遂引起本論文之研究動機。

第二節　研究範疇

　　本節擬先從意象的內涵與辭章學的體系等方面，說明意象與辭章學的融貫性，再由辭章內容結構與意象形成的意義和關係，確立本研究範疇在辭章學領域中的定位。

一、意象與辭章學的關係

(一)意象的內涵

　　「意象」是創作主體內在的心理境與外在的物理場，在腦中交會互動，去蕪存菁後，於意識中留下印記，並透過語言文字，將此精神活動落實於文學作品中，所表現出來的種種情意思想與事物形象。所以，就廣義的意象而言，「意」指源自主體的「情」與「理」，「象」指取自客體的「事」與「景」。這種主客體聯繫交融的意、象概念，淵源於《老子》、《周易》等古籍，而將「意象」二字聯用為一詞，最早見於王充《論衡》[7]，但真正賦予其文學意義者，則見於劉勰《文心雕龍・神思》[8]。

　　進一層而言，辭章之「意象」，可以析為「意」與「象」兩個概念，而廣義的意象又包含整體意象與個別意象。其中，整體意象是就辭章的全篇而言，通常將意與象兩者分述；個別意象則屬於局部，往往將意與象合稱。由於整體是個別的總括，個別是整體的條分，所以兩者關係密切[9]。另

外，還需注意個別之意象，雖往往合意與象為一來稱呼，卻大都用其偏義，譬如「桃花意象」、「草木意象」，即偏於意象的「意」，因為辭章家通常會運用桃花、草木等物象，來抒寫愛情、離別等「意」；相對的，所謂「團圓意象」、「流浪意象」，則偏於「象」，因為辭章家多半會透過月圓、浮雲等「象」，分別用以表達團圓或流浪之情意，前者往往是一「象」多「意」，後者則為一「意」多「象」，它們無論是偏於「意」或偏於「象」，通常都通稱為「意象」[10]。茲列表如下：

意象的種類	範　疇	特　色	內　　涵
整體意象	就全篇、整體而言	可析分為「意」與「象」	包括核心之意（主旨），與由個別意象所總集成的意象群
個別意象	就局部、個別而言	合「意象」稱之，並具有偏義現象	包括「一象多意」與「一意多象」

　　綜言之，意象有整體意象和個別意象的差異，前者是就辭章的全篇而言，包括核心的「意」，也就是主旨，和整體性的意象群；後者是就局部而言，多半指個別性的材料，通常乃結合意象稱之，但其中又有偏於意和偏於象之別。可以說，個別意象是一個個獨立而又具有內在聯繫的事物形象，它們同在主旨的統合下，形成整體的意象群，在辭章作品中，為表現核心的情意思想服務。

(二)辭章學的體系

　　辭章乃結合「形象思維」與「邏輯思維」而成。首先，從「形象思維」這一面來說，主要是關涉到一篇辭章所要表

達之「情」或「理」，也就是「意」，及其所選取之「景」（物）或「事」，也就是「象」，以上都是形成辭章內容的重要成分；此外，專就個別之「情」、「理」、「景」（物）、「事」等成分本身，去指稱、修飾和設計其表現技巧的，亦屬形象思維；前者主要以意象為研究對象，後者則屬詞彙與修辭的範疇。

其次，就「邏輯思維」這一層而言，主要是將「意」（「情」、「理」）和「象」（「景」、「事」），對應於自然規律，按秩序、變化、聯貫與統一之原則，前後加以安排、布置，以形成條理者，而主要以此為研究對象的，就字句言，即牽涉到文（語）法，就篇章而言，就是有關章法的範疇。

最後，在辭章中，起著綰合「形象思維」與「邏輯思維」之作用，以形成統一者，就是一篇辭章的主旨與風格。以上不論就整體，即整個辭章學領域，或是個別，如：意象學、詞彙學、修辭學、文法學、章法學、主題學、風格學等各學科領域，進行研究者，都歸屬於辭章學或文章學的研究範疇。陳滿銘即將上述辭章學的全貌與體系，圖示如下[11]：

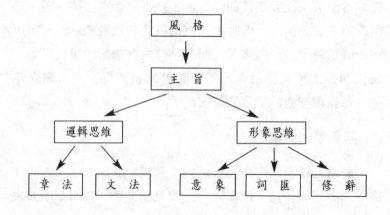

(三)意象統貫辭章學

　　意象與辭章學的關係密不可分，它能夠統合形象思維與邏輯思維，總括起辭章學的各個層面。首先，從意象之形成與表現來看，這部分是與形象思維有關的，因為形象思維所涉及的，正是「意」（情、理）與「象」（事、景）之結合及其表現。其中探討「意」（情、理）與「象」（事、景）之形成者，為「意象學」（狹義），探討「意」（情、理）與「象」（事、景）之表現者，為「詞彙學」與「修辭學」。其次，從意象的組織與排列來看，則是與邏輯思維有關，因為邏輯思維所涉及者，即為意象（包括：意與意、象與象、意與象、意象與意象）之排列組織，其中就篇章而言，即屬「章法學」，主要在探討「意象」之關係與安排，而屬語句者為「文法學」，主要由概念之組合來探討「意象」。最後，個別意象之形成表現與組織排列，會在篇章中統合為整體意象，而就統整辭章以成一有機整體的主旨與風格來說，同樣與意象有關，因為「主旨」是核心之「意」，而風格是以主旨統合各「意象」之形成、表現與排列、組合所產生之一種抽象力量。可見，整個辭章學的內涵，都離不開「意象」。陳滿銘將其關係呈現如下表[12]：

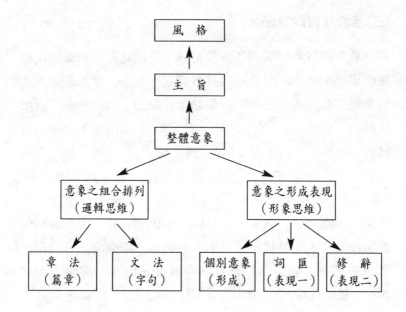

二、辭章「意象形成」概說

(一)辭章結構概念

　　所謂辭章的結構，指的是組合內容與組織形式的現象和型態，它通常包括字句與篇章兩大層面[13]。如就字、句而言，它往往涉及文法、辭格，以及文字、聲韻、訓詁等方面，屬於詞匯學、修辭學、文法學等學科的範疇；如就章、篇而言，即為篇章結構，屬於意象學、章法學等學科的範疇。

　　以辭章的「篇章結構」這個研究範疇來說，又包含著內容與形式兩大面向。如就縱向的內容而言，指的就是辭章的內容結構；若就橫向的形式來說，即辭章的形式結構。陳滿

銘《章法學新裁》曾對此闡述道：

> 文章的篇章結構，含縱、橫兩向。其中縱向的結構，
> 由內容，也就是情、理、景、事等組成；而橫向的結
> 構，則由形式，也就是各種章法，如今昔、遠近、大
> 小、本末、賓主、正反、虛實、凡目、因果、抑揚、
> 平側……等組成。（頁553）

可見內容結構主要是指辭章作品中的情、理、事、景等成分
本身；而涉及到組織與關係的形式結構，則是指在秩序、變
化、聯貫、統一的四大原則下[14]，進行謀篇布局的各種方
法，如正反、賓主、因果、虛實、今昔、遠近等章法。可以
說，辭章正是由形式構成篇章的橫向結構，並由內容形成其
縱向結構的。它們的關係，大致可列表如下：

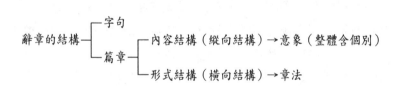

由此可見，辭章是由「意象」（整體含個別）與「章法」，構
成「篇章結構」。

(二)辭章內容結構及其與意象的關係

辭章的「縱向結構」，所指乃作品中「情」、「理」、
「事」、「景」等成分，無論是情、理之思想情意，或事、景
之寫作材料，辭章的「縱向」部分所關聯的是文學作品的內

容，所以辭章的縱向結構，也稱為「內容結構」。

在此四大成分中，「情」、「理」是抽象的，「事」、「景」是具體的。一般而言，作家會藉著運景、事為材，以充分凸顯情、理，故依其於辭章中的主從關係，又可分為「核心成分」和「外圍成分」兩大類。

所謂「核心成分」，包括有「情」與「理」兩部分，是辭章的抽象意涵。「情」者，如喜、怒、哀、懼、愛、惡、欲等心理狀態皆屬之；「理」者，則包含議論、說明、評斷等層面。由於作者所要表達的情思或是道理，通常都是作品裡最重要的義旨所在，因此情或理也就成了內容結構中的主要部份。一篇辭章的義旨除了有就全篇而言的「篇旨」，也就是一篇之主旨外，也包含就節段而言的「章旨」。再就全篇來看，其主旨會根據實際的需要，或是手法上的講求，而有直接顯現者，或將深一層的、真正的主旨隱藏起來者，甚至還有顯中有隱等方式。此外，辭章家在抒發思想情意時，也面對著如何安排主旨的問題，而其基本形式不外安置於篇首、篇腹、篇末、及篇外，這些不同的方式，也都有其特殊的作用和美感效果。綜上所述，辭章內容結構的核心成分，實即牽涉了篇與章、顯與隱、和安置的部位等層面。

「外圍成分」包括「景」與「事」，這兩種成分是辭章作品中的具體材料，也就是所謂的「物材」（包括景）和「事材」。就物材而言，舉凡天文、地理、動植物、時節氣候等自然物，和人體特徵、人工建築、器物、飲食等人工物，皆可成為與作家情意相應的寫作材料。在進行創作時，作家會藉由掌握外在景物的特性和價值，選擇與其內在的思想情理相合的物材來寫作，並且產生體切人情的種種意象，因此，

許多辭章家常會透過物材來表情達意，使思想情感的表出更有韻味。再就事材來說，凡是發生在天地宇宙之間的事情，都可以成為辭章的材料，因此，所敘述的「事」，可以是經歷過的事實，也可以是歷史典故的運用，甚至可以是虛構的故事。透過事材，讀者很容易的能夠藉由聯想和比附，深刻的體會作者所欲表達的內容，是故許多辭章家常喜愛運「事」為材，以呈現出作品的內蘊。由此可見，景（物）、事等外圍的具體材料，都與辭章的義蘊有著密切的關係。

　　而前文已述及，辭章之「形象思維」，實包含了「意象」之形成與表現等研究議題，前者乃在探究形成「意」之情意與思想，和形成「象」之物材與事材，攸關辭章內容結構之成分及其結合，是形象思維之第一步，故為意象「形成」層面；後者則是探討情、理（意）與事、景（象）本身，在字句上的設計和修飾，屬於意象「表現」層面，本文之研究對象，即屬前者。由此亦可知，意象與辭章內容有著密切的關係，也就是說，在情、理、事、景之辭章內容成分中，主觀而抽象的「情」、「理」，即屬內在的「意」，客觀而具體的「事」、「物」，就屬外在的「象」[15]，因此，研究辭章的內容結構成分 —— 情、理、事、物（景），事實上正是在探索意象形成之種種現象。

　　綜上所述，就篇章而謂之「意象」，指整體意象含個別意象，關涉著辭章作品的「章」與「篇」。其內涵在「意」的方面，指「情」、「理」之內容核心成分，是辭章之義旨所在，此義旨包括有就全篇而言的篇旨（主旨），和就節段而言的章旨。在「象」的部分，則指「景」、「事」之內容外圍成分，是辭章家所用以表情達意的材料，這些物、事

材，從局部來看，就形成個別意象，從全篇來看，也就構成辭章的整體意象（意象群）。

以上所探討的研究對象，乃歸屬於辭章「形象思維」中，有關「意象之形成」的研究範疇。此外，陳滿銘表示：就整個「篇章辭章學」的角度來說，其主要是以「意象」（個別到整體）與「章法」為內涵，而以「主旨」與「風格」一以貫之[16]，故本文除鎖定辭章的形象思維，針對篇章內容結構進行探討外，並旁及形象思維（意象）與邏輯思維（章法）的結合及其關係，以見篇章辭章學之梗概。細部而言，前者主要在研究情、理、事、景等意象形成（內容結構）成分，包括核心成分的審辨，即義旨與綱領、主旨的安置與顯隱等議題，以及外圍成分的歸納，也就是物材與事材的運用；後者則是在論述篇章的縱橫向結構，以及意象形成之要素與章法之間的關係。

第三節　研究方法及論文架構

總體而言，本書之研究方法主要運用有「分析法」與「歸納法」，也就是針對千差萬別的辭章寫作現象中，進行觀察與分析，進而找出規律，歸納出共通的理則。其次也以「本末法」與「驗證法」，一方面對辭章意象之理論發展溯源探流，另一方面，並針對各組成類型，舉實例為證。因此，文中將搜尋古今關於構思、內容、義旨、材料、意象、形式等方面的理論與實例，加以爬梳整理，審辨其義涵指歸，以營構辭章意象形成論之理論系統。

　　首先，從先秦有關有無、象意等哲學議題之闡述，上溯辭章意象形成之「源」，再自歷代方家學者所論，下探其「流」。其次，以意象概念貫通辭章內容之「情」、「理」、「事」、「景」四大成分，並由意象形成之兩大範疇——核心成分與外圍成分，及意象形成之兩大組成方式——單一類型和複合類型，建立其系統性的理論架構。底下各章則分別對應此意象形成論之體系，先就核心成分之「意」，探討辭章篇旨、章旨、與綱領之間的關係，以及核心情理的顯隱與安置；接著再就外圍成分之「象」，將辭章家在創作時所運用的物材與事材作一歸納，並實際藉由詩文，分析運用此寫作材料，在傳達主旨意涵上的所發揮的作用。最後則以意象形成之單一與複合兩種型態，透過結構分析表，呈現辭章結構縱橫疊合之現象，並統整出兩大組成類型所歸屬之章法，和各類內容成分所常見和適用的章法，期藉此辨明辭章意象形成之究竟，及其與章法結構密不可分的關係。

　　附帶一提的是，各個章節中的註解，依不同的情況以括號註和章末註兩種方式來呈現。其一為編著者、書（篇）名皆已列於文中者，則直接在引文後面以括號註明卷數、頁碼，以避免龐大的註解數量；其二為資料出處需較長之篇幅來說明，或轉化引用資料之文意，需進一步加以補充者，則置於章末註釋。

　　綜上所述，本書共以八章來探討辭章意象之形成，各章節之安排依次為：第一章、緒論：概述研究動機與研究方法，並列呈全書架構。第二章、辭章意象形成之哲學思辨：主要由《老子》之有無觀和《易傳》之象意說，探尋意象論之淵源。第三章、辭章意象形成之理論基礎：先分由外緣與

本質，縱覽歷代相關之重要理論，再依形成成分與組成類型，將意象形成論之內涵系統化。第四章、辭章中「意」——核心成分之審辨（上）：先談辭章義旨（含篇旨與章旨）與綱領的理論和關係，然後再依次由核心情理之全顯、全隱、顯中有隱等類型，透過詩文實例，探討主旨表達之深淺。第五章、辭章中「意」——核心成分之審辨（下）：分就核心情理安置於篇內（含安置於篇首、篇腹、篇末）與篇外的現象，論述主旨安置之部位。第六章、辭章中「象」——外圍成分之歸納：主要將紛繁多元的寫作材料歸納為物材與事材，每類再依細分之小類，舉詩文作品為例，以見辭章運材之要。第七章、辭章意象之形成及其組合：先談篇章的縱、橫向結構，再論意象形成之組成類型所歸屬之章法，及意象的形成成分所各自適用的章法，凸顯內容結構與章法之密切關係。第八章、結論：總述本文之研究成果以為結。

註　釋

1　關於「辭章」一詞，鄭頤壽表示：「辭章是『話語藝術形式』，它包含口語之話篇、書語之文篇，包括藝術體、實用體及其融合體。」見《辭章學導論》，頁1、15～16。

2　王長俊亦曾在談詩歌意象時提出：意象，是詩歌最基本也是最重要的元素。參見《詩歌意象學》，頁17。

3　陳滿銘〈談篇章結構〉：「分析一篇文章，首先要理清其內容結構成分，確定它的核心成分是什麼，而外圍成分又有哪些？」見《章法學新裁》，頁392。又，陶行傳亦曾表示：詩詞主要是意象的組合，解讀詩詞首先必須走進其意象空間。參見〈意象的意蘊場——兼論「含不盡之意見於言外」〉，《文藝理

論研究》2002年第2期，頁33。

4　張春榮：「其用志『章法』……全力聚焦章法結構，漸成體系。」見〈拓殖與深化——陳滿銘《章法學新裁》〉，刊於《文訊》188期，頁26～27；又，鄭頤壽：「從辭章章法理論研究方面，由前人『見樹不見林，語焉而不詳』的狀況，發展到對章法的範疇、原則與內容等多視角的切入，形成一個體系。」見〈臺灣辭章學研究述評〉，收於《首屆海峽兩岸閩南文化學術研討會論文集》（2001年11月），頁1～15；又，王希杰：「章法學是一門實用性很強的學問，也有極高的學術價值。……章法學已初步形成了一門科學。」見〈章法學門外閒談〉，刊於《國文天地》18卷15期，頁92～101。

5　個別意象雖複合「意」與「象」為「意象」一詞，但在研究上多偏用其義，有偏於「意」者，如竹意象之一為比附高潔志趣，亦有偏於「象」者，如用以表現離別意象的物材，包括春草、柳、江河等。見本章第二節「意象的內涵」。

6　陳植鍔亦曾表示：「中國古代詩歌中，存在著許多具有特定含義的意象，對這些意象的研究，就叫作微觀詩學。」參見《詩歌意象論》，頁9。

7　王充《論衡·亂龍》：「夫畫布為熊麋之象，名布為侯，禮貴意象，示義取名也。」此意象指用以象徵不同階級的圖象。

8　劉勰《文心雕龍·神思》：「獨照之匠，闚意象而運斤。」此意象指作家進行藝術構思時，經思維作用所提煉之意識中的想像。參見王更生《文心雕龍讀本》下篇，頁1～18；及沈謙《文學概論》，頁142～164。

9　嚴雲受：「一首詩就是由若干意象組合構成一有機的意象系統。」其中，「若干意象」指個別意象，「意象系統」則是指整體意象。參見《詩詞意象的魅力》，頁231。又，邱明正亦主張：意象的結構，有「單一意象」和「複合意象」，單一意象又稱單純意象或個別意象，複合意象又稱群體意象，是多種多樣事物融合而成的整體性意象。參見《審美心理學》，頁356～357。此外，王長俊主編的《詩歌意象學》也有與邱書同樣的說法，參見《詩歌意象學》，頁181～185。

10　參考陳滿銘〈從意象看辭章之內容成分〉，《國文天地》19卷8期，頁93。

11　以上論述及圖表參見陳滿銘《章法學綜論·自序》，頁1；及其

〈論意象與辭章〉，《畢節師範高等專科學校學報》2004年第一期；與《篇章結構學》，頁12。

12　以上論述及圖表參見陳滿銘〈論意象與辭章〉，《畢節師範高等專科學校學報》2004年第一期。

13　劉勰《文心雕龍・章句》：「夫人之立言，因字而生句，積句而為章，積章而成篇。」見劉勰著、范文瀾注《文心雕龍注》卷七，頁570。又，陳滿銘：「所謂的結構，指的是組織內容與形式的一種型態，通常包括字、句、篇、章四種。」見《章法學新裁》，頁391。

14　有關章法四大律之理論，詳見陳滿銘《章法學新裁》，頁21～53、頁319～360；及仇小屏《文章章法論》。

15　陳滿銘：「辭章內容的主要成分，不外情、理與事、物（景）。其中情與理為『意』，屬核心成分；事與物（景）乃『象』，為外圍成分。」見〈從意象看辭章之內容成分〉，《國文天地》19卷8期，頁95。又，胡雪岡：「意象」的「意」指情意，含括著人的精神與情感，「象」指自然物象和人文事象。參見《意象範疇的流變》，頁27、215。另外，嚴雲受亦表示：「象」包含物象和事象，「意」指主體情志。參見《詩詞意象的魅力》，頁15～16。

16　參見陳滿銘〈論篇章辭章學〉，《國文學報》第三十五期。

第二章

辭章意象形成之哲學思辨

　　辭章的內容結構，含有「情」、「理」、「事」、「景」四大成分。其中，前二者為源於主體的核心成分，也就是意象中的「意」；後二者則為取自外在客體的外圍成分，即意象中的「象」。

　　由於「意」與「象」在辭章藝術創作的過程中，正對應於「主（心）」、「客（物）」交融的關係，其間即具有一「虛」（抽象）一「實」（具體）的性質，而虛實概念的源頭，則可上溯至《老子》的有無思想。另外，《易傳》所論述的象意概念，更是直接影響了中國古典文學意象論的發展。因此，辭章意象形成之理論基礎，可說是深植於中國哲學的有無觀和象意論。

　　本章將分別從《老子》、《易傳》等典籍，探索辭章意象形成的哲學基礎。

第一節 《老子》的有無思想

　　就文學創作中的心物關係而言，辭章之意象，可大別為發自於主體心理的「意」（包括「情」、「理」之內容成分），和取自外在客體的「象」（包括「事」、「景」之內容成分）。比較起來，可見可感的外在物象和事象，是偏於具體的，而由創作主體之內在所生發的情思、道理，則偏向抽象。因此，辭章的內容結構成分，就虛實概念來說，「意」（「情」、「理」）為「虛」，「象」（「事」、「景」）為「實」。辭章家在進行創作時，通常會自覺或不自覺的，將客觀之現象與主觀之情理相互轉化，使具體的、實的部分與抽象的、虛的部分相契合，從而成就一篇辭章作品為一有機整體。

　　先秦的「有無思想」雖屬哲學問題，然而卻對意（虛）、象（實）等理論產生一定程度的影響，可以說是這些文論的源頭。陳滿銘在《章法學新裁》中，曾指出：「所謂的『虛』，指的是『無』，是抽象；所謂的『實』，指的是『有』，是具體。」（頁99）通常一個辭章家在創作之際，往往會從兩方面構思，一是就「有」，運用所見、所聞、所為的實際材料；一是就「無」，表出源自個人內心抽象的感覺、情緒或理念。前者就是構成辭章內容的「象」，後者就是「意」，兩者在詩詞文章的全篇或節段中，可以單用，即單寫「象」，並將另一部分（「意」）含藏於篇外，或是僅僅單以抒發情意思想，當然，「意」和「象」也可以在篇內複合並用。可見，「有」（實）與「無」（虛）的概念和「意」

（虛）、「象」（實）理論之間，是存在著相似、相通之處
的。

　　談到意象之源──有無思想，就必須上溯至《老子》
一書，要探討這種概念，又必須從「道」的概念切入。「道」
是老子哲學的思想中心，也是最高的哲學理念，《老子》
云：

> 有物混成，先天地生。寂兮寥兮，獨立而不改，周行
> 而不殆，可以為天下母。吾不知其名，字之曰道，強
> 為之名曰大。（〈二十五章〉）

這裡指出：「道」是在天地生成前就已存在的原始混沌。陳
望衡《中國古典美學史》說道：

> 老子哲學的最高範疇是「道」。「道」從老子的描繪
> 來看，具有兩個方面的意義：其一，「道」為宇宙本
> 體，它是天地萬物包括人類社會的宗祖。老子說得很
> 清楚：「道生一，一生二，二生三，三生萬物。」
> （四十二章）「道生之，德畜之，物形之，勢成之，是
> 以萬物莫不尊道而貴德。」（五十一章）其二，「道」
> 為宇宙規律。這種規律主要為：自然無為，相反相
> 成，反本復初等。（頁32）

是故這「先天地生」、「為天下母」的「道」，是宇宙本體，
也是宇宙規律。劉若愚曾在《中國文學理論》一書中，探討
中國形上概念時就曾提出：道是一種形上概念，它可以簡述

為萬物的唯一原理與萬有的整體[1]，而曾祖蔭在《中國古代
文藝美學範疇》中也表示：

> 「道」既是世界萬物產生的根源及其運動變化的規
> 律，又是人類社會必須遵循的準則。（頁136）

所以，老子所謂之「道」，可說是宇宙萬事萬物的本源、本
質與規律。

其次，再從「道」來談「有無相生」的思想時，老子闡
釋「無」是「道之體」，「有」是「道之用」。《老子》一書
中載：

> 無，名天地之始；有，名萬物之母。故常無，欲以觀
> 其妙；常有，欲以觀其徼。（〈一章〉）

又云：

> 天下萬物生於有，有生於無。（〈四十章〉）

「道」就「天地之始」而言，是指原始混沌之「無」，就「萬
物之母」而言，則是指「有」，即指有了現象界中具規律、
分別的紛雜事物。「無」與「有」，正是「道」的「體」與
「用」，而「道」則是「無」與「有」的統一，在〈一章〉中
老子也說此兩者是「同出而異名」，故「有」、「無」具有一
而二、二而一的屬性，兩者都是「道」。葉朗在《中國美學
史大綱》中即總述：「道」是無限和有限的統一，是混沌和

差別的統一[2]，另外，他也在《現代美學體系》一書中，論述了老子所說的「道」，是「無」和「有」、「虛」和「實」的統一[3]。從一個「道」字出發，「無」的無限與混沌，代表宇宙天地「虛」的部分，「有」的有限與差別，則為「實」的部分，這對於後來虛（意）實（象）相反相成、不即不離等與文學、美學相關的理論發展，實具有重大影響。

　　此外，「氣」與「象」亦與「道」息息相關。《老子》云：

> 道之為物，惟恍惟惚。惚兮恍兮，其中有象；恍兮惚兮，其中有物。窈兮冥兮，其中有精。其精甚真，其中有信。（〈二十一章〉）

此處說明了「道」又無又有、又虛又實的特質，道雖是恍惚無形的，但其中又具備了宇宙萬事萬物的形象，蘊含了一切生命物質的本質與原理，它包含了象、物、精，這裡的「精」即氣之精，是一切物象的本質，《老子》說：

> 道生一，一生二，二生三，三生萬物。萬物負陰而抱陽，沖氣以為和。（〈四十二章〉）

道生混沌之氣，再分化為陰、陽二氣，兩者互動和合後而生萬物，因此，萬物若脫離道、氣，則僅僅是失去本質的空殼。葉朗就曾提到，如果只抓住有限的「象」，並不能充分的體現「道」，而在這樣的思想影響下，中國古代的藝術家除了描繪具體對象外，更重視把握宇宙萬物的本體[4]。由此

可見，象指具體形象，是「實」，而抽象的道和氣，則是「虛」，所以，形上的道與形下的象，也是一組虛實相生的關係，並且影響了中國古代的文藝家，在創作時重視實象與情意的聯結與統一。

綜上所述，無論是「有與無」或「道與象」，皆可從中掘出意象虛實理論的發展線索，張少康即曾清楚的指出：「道」是「無」，「物」是「有」，有無相生，而以無為本；「道」是「虛」的，「物」是「實」的；「無」是虛的，「有」是實的。虛實關係正是從道物關係、無有關係中引申發展起來的[5]。就思想層面而言，虛與實乃源自於道與物、以及有與無；落到文學上來說，由於意象形成與虛實章法等文論，關涉了有無、虛實等概念，故透過對《老子》有無論的探討，亦使得這些文論的哲學基礎找到了淵源和依傍。

以上乃單從本體界以及本體與現象兩方面，來探討有無概念，若僅聚焦於現象界來說，老子提出宇宙萬事萬物本身，其實也是有無相生、虛實互動的。《老子》云：

> 三十輻，共一轂，當其無，有車之用。埏埴以為器，當其無，有器之用。鑿戶牖以為室，當其無，有室之用。故有之以利，無之以為用。（〈十一章〉）

因為車轂中空，才能發揮車之作用，因為器皿中間空虛，才能有盛物的功用，因為房屋中有空間，才能具備居住的用途，這當中的「有」，指的是車、器、室，而「無」則是指車、器、室中間空虛的地方。王弼曾針對這個節段注曰：「禾、埴、壁，所以成三者，而皆以無為用也。言無者，有

之所以為利，皆賴無以為用也。」[6]而余培林更進一步解釋：

> 於形而上的「道」，「無」為體，「有」為用；於形
> 而下的「器」，「無」為本，「有」為末。「有」所
> 以能利人，皆賴於「無」的發揮作用。（《新譯老子
> 讀本》，頁32）

無論是就形上或形下而言，皆存在著有無相生的狀態。此外，《老子·五章》也以風箱來說明這種有無相生的道理：

> 天地之間，其猶橐籥乎！虛而不屈，動而愈出。
> （〈五章〉）

老子以風箱之虛空而能生風不已，來比喻天地間的虛空而能包含萬物、生生不息的道理，並由此概括了虛空之「無」能生「有」之無窮運化。故王弼注：

> 橐籥之中，空洞、無情、無為，故虛而不得窮屈，動
> 而不可竭盡也。天地之中，蕩然任自然，故不可得而
> 窮，猶橐籥也。（《老子王弼注》，頁7）

由此可知，老子在〈二章〉所謂之「有無相生」，正闡示了宇宙萬事萬物不能只具「有」，而沒有「無」，換句話說就是不能只具備「實」，而沒有「虛」。葉朗在《中國美學史大綱》裡，解說老子的「有無相生」時也表示：

一個事物如果只有「實」而沒有「虛」，只有「有」
而沒有「無」，這個事物就失去它的作用，也就失去
它的本質（車之所以為車，器之所以為器，室之所以
為室）。（頁29）

宇宙萬事萬物即因有無相生、虛實互動而生生不息。胡雪岡
在談「意象論的本原」時指出，這種「有無相生」體現了本
質與現象、無限與有限、抽象與具象的關係[7]。相應於這樣
的自然理則，也使得「虛實結合」成為中國古典文學、美學
中，一個相當重要而鮮明的特點。單就辭章意象而言，一般
的文學創作者往往以「情」、「理」、「事」、「景（物）」，
為組織辭章內容之主要元素，並且於外在的物理場與內在的
心理場，達到主客協調、物我同一的境地時，形成一篇作品
獨特的意象世界[8]，其中，抒情、說理是抽象的「意」，為
「虛」，寫景（物）、敘事等具體之「象」，為「實」，因此，
辭章意象形成的哲學基礎，與這層「虛」（抽象）與「實」
（具體）之關係所構成的宇宙規律，是相互對應的。

第二節 《易傳》的象意概念

中國古代的審美意識、審美創造與欣賞活動，在許多方
面都受到《易傳》深刻的影響，尤其是關於「觀物取象」、
「立象盡意」的論述，可以說是為辭章意象論的生成，奠定
了理論基礎[9]。本節主要以〈繫辭傳〉為考察對象，探討
《易傳》中的象意概念，對辭章意象形成論的影響。

首先，在「觀物取象」方面，〈繫辭上〉謂：

> 見乃謂之象，形乃謂之器。

一切現象界中可感知、可顯示的事事物物，分而言之，有「象」有「形」，合而言之，即總稱為「象」。而《易經》中所言之「象」，是指源自客觀事物，一種對宇宙現象的模擬與反映，故〈繫辭上〉又說：

> 聖人有以見天下之賾，而擬諸其形容，象其物宜，是故謂之象。

這段話意謂：聖人因見天下萬物複雜紛紜的現象，從而以卦象來比擬它的形態，象徵其事物之所宜，故稱之曰「象」[10]。〈繫辭下〉則云：

> 古者庖犧氏之王天下也，仰則觀象於天，俯則觀法於地，觀鳥獸之文與地之宜，近取諸身，遠取諸物，於是始作八卦，以通神明之德，以類萬物之情。

「象」乃是聖人觀察天地，取自於「身」、「物」而得，它不僅具體可感，並且能藉之以「通神明之德」、「類萬物之情」。嚴雲受《詩詞意象的魅力》解析道：「『象』來源於客觀世界，必須觀察自然、社會的紛繁多樣的事物，『擬諸其形容』，才能創造象，從而體現『天下之賾』，即深賾難明的至理。」（頁12）也就是說，《易經》是透過「象」來代表

天地間、自然界乃至人事界種種的複雜情形，並用來指示人
類各方面避凶趨吉的條理[11]。所以，〈繫辭下〉進一步提
到：

> 《易》者，象也。象也者，像也。……是故吉凶生而
> 悔吝著也。

這裡就說明了《易經》之卦象、卦爻辭，可以體現人事之吉
凶悔吝。孔穎達在《周易正義》中解釋道：

> 《易》卦者，寫萬物之形象，故《易》者，象也。象
> 也者，像也，謂卦為萬物象者，法像萬物，猶若乾卦
> 之象法像於天也。（卷八，頁77）

所以，「象」指的是近取諸身、遠取諸物而來的卦象，並具
有表示「意」的作用，孔穎達說：《易》象乃是「以物象而
明人事」，古聖先賢即是藉此卦象以表人事吉凶，廣義的
說，這就是一種以具體形象表達抽象事理的模式。陳望衡在
《中國古典美學史》中便闡述道：

> 《周易》的「觀物取象」以及「象者，像也」，其實並
> 不通向模仿，而是通向象徵。這一點，對中國藝術的
> 品格影響是極為深遠的。（頁202）

他指出這種象、意之間的流動與交融，深深的影響了中國藝
術的品格。而此藉以達到「象徵」作用的媒介，就其表出而

言，可視為一種符號，對此，馮友蘭曾解釋說：

> 〈繫辭傳〉說：「易者，象也。」又說：「聖人有以
> 見天下之賾，而擬諸其形容，象其物宜，是故謂之
> 象。」照這個說法，「象」是模擬客觀事物的複雜
> （賾）情況的。又說「象也者，象此者也」；象就是
> 客觀世界的形象。但是這個模擬和形象並不是如照像
> 那樣下來，如畫像那樣畫下來。它是一種符號，以符
> 號表示事物的「道」或「理」。六十四卦和三百八十
> 四爻都是這樣的符號。[12]

葉朗亦指出：〈繫辭傳〉認為整個《易經》都是「象」，都
是以形象來表明義理[13]，這和馮友蘭所提「象就是客觀世界
的形象」、「它是一種符號，以符號表示事物的『道』或
『理』」等，看法是一樣的。值得注意的是，透過符號所顯現
的卦象、形象，即屬「實」的「象」，而所象徵的事理、義
理，則屬「虛」的「意」，這層具體與抽象的對應關係，過
渡到文學範疇上來講，正點出辭章意象論中，最根本的意義
所在。胡雪岡《意象範疇的流變》即謂：《周易》的卦、爻
辭中已出現了大量的物象，如「羝羊觸藩」、「鶴鳴在陰」
等，一方面這些物象有其客觀的自在性，另一方面，這些物
象又用來表達和預卜某種吉凶休咎，因而具有「意」的取向
和作用。因此《易》之「觀物取象」，已隱含「意」與「象」
的內在聯繫和結構，為審美意象的建構奠定了基礎[14]。

其次，〈繫辭傳〉除談「象」及其與人事道理的關係
外，還進一步論述了「立象以盡意」的問題。〈繫辭上〉

云：

> 子曰：「書不盡言，言不盡意。」然則聖人之意，其
> 不可見乎？子曰：「聖人立象以盡意，設卦以盡情
> 偽，繫辭焉以盡其言，變而通之以盡利，鼓之舞之以
> 盡神。」

一般而言，語言在表達思想情感時，會存在某種侷限性，此
即所謂「言不盡意」，但在〈繫辭傳〉中，卻特別提出「象
可盡意」、「辭可盡言」的論點，認為形象性的符號，可以
充分體現深邃委曲的「意」[15]。關於此點，王弼在《周易略
例·明象》中就說明道：

> 夫象者，出意者也；言者，明象者也。盡意莫若象，
> 盡象莫若言。言生於象，故可尋言以觀象；象生於
> 意，故可尋象以觀意。意以象盡，象以言著。（頁
> 21~22）

由此可知，就「言」、「象」、「意」三者而言，尋言可以觀
象，尋象可以觀意，所謂「理念」、「情意」（虛的「意」），
可透過「形象」（實的「象」）來表現，而且可以表現得十分
清楚、具體。葉朗在《中國美學史大綱》裡，則是由「立象
以盡意」的哲學思想，尋繹出形成藝術形象的理論基礎，他
說道：

> 「象」是具體的，切近的，顯露的，變化多端的，而

> 「意」則是深遠的，幽隱的。〈繫辭傳〉的這段話接
> 觸到了藝術形象以個別表現一般，以單純表現豐富，
> 以有限表現無限的特點。（頁72）[16]

這段話指出，意象中的「意」是抽象幽隱的，「象」則是具
體外顯的，其理論基礎可上溯至〈繫辭傳〉的「立象以盡
意」，因為以「單純」、「有限」的「象」，來表現「豐富」、
「無限」的「意」，正是構成藝術形象的淵源。此外，從王弼
在《周易略例》的闡述中，尚可得知在意和象之間，還有
主、從的不同[17]，陳望衡的《中國古典美學史》論道：

> 王弼將「言」、「象」、「意」排了一個次序，認為
> 「言」生於「象」、「象」生於「意」。所以，尋言是
> 為了觀象，觀象是為了得意。言──象──意，這
> 是一個系列，前者均是後者的工具，後者均為前者的
> 目的。（頁207）

其中，「言──象──意」為逆向的解讀過程，就順向的
創發而言，即為由源而委的「意──象──言」過程了。
但無論順逆向，言語、形象都是「從」，義理、情意才是
「主」。再由哲學層面轉向文學創作而言，辭章作品中所寫的
事、景之「象」，乃為凸顯情、理之「意」而服務，兩者在
辭章作品中，存在著相當緊密的內部聯結，胡雪岡《意象範
疇的流變》就說道：

> 「立象」是「盡意」的手段，而「盡意」是「立象」

的目的，「意」、「象」並重，兩者之間有著不可分
　　　　割的內在聯繫。（頁40）

所以在辭章內容結構的四大成分中，作為目的的「意」
（情、理）是核心成分，而作為工具的「象」（事、景）則歸
屬於外圍成分，這一點將於下一章節再作進一步討論。

　　質言之，《周易》之「象」，是由陽爻和陰爻組成八
卦，分別代表天、地、雷、風、水、火、山、澤等八種自然
界具體物象，後人又將八卦兩兩相重，構成六十四卦。這些
卦象都來自對客觀事物的模擬，並指向某種物理、事理或哲
理[18]。由此可見，整個《周易》的象、意系統，是透過具體
性的「象」，來體現幽遠抽象的「意」。再就文論上來說，由
於人的思想、情感十分複雜、紛繁，所以在藝術構思和創作
中，需藉由「實」的具體事件、眼前景物，來表達「虛」的
抽象理念或情感，其中，前者為「象」，後者為「意」，故見
中國古典文學的意象論，正植基於主觀精神（意）與客觀事
物（象）的聯繫上。因此，無論就哲學或就文學而言，兩者
皆切合於藝術表現的特徵，並具有普遍性，胡雪岡在《意象
範疇的流變》中便提出：

　　　　《易》象和藝術意象都是通過「象」來反映生活和表
　　　　達思想情感，這其間是有相通或相似之處的。[19]

「立象以盡意」是意念和物象的渾然整合，它概括了文藝創
作心與物交融的觀照作用。透過對象的主體化和主體的對象
化，使「意」與「象」互為條件又相互生發，於是藝術胚胎

得以發展而成為文學意象[20]。陳良運在《周易與中國文學》中，也論及《易》與《易傳》因具備了文學作品形成的要素，不但使其自身充滿文學趣味，而且還有很多重要的文學、美學觀念由此發生，形成中國古代文學藝術理論的重要基礎，如「形象與意象的可感與生動」，就是中國古典文學「意象」說的理論基礎[21]。所以，先秦的象意之辨，確實為辭章意象形成論，提供了理論依據，奠定其哲學基礎。

　　綜上所述，辭章意象形成論乃深深的奠基於先秦的有無、象意等哲學思想的基礎上。雖然先秦時對於道、有無、象意等議題的討論，屬於哲學思想範疇，但對辭章意象論和虛實文論的理論基礎和發展，確實具有一定程度的關係和影響，是故透過探索這些哲學論題本身及其與辭章學之間的融通關係，亦有助於掌握辭章意象形成的哲學基礎和理論淵源。

註　釋

1　參見劉若愚著、杜國清譯《中國文學理論》，頁27。
2　參見葉朗《中國美學史大綱》，頁26。
3　參見葉朗主編《現代美學體系》，頁140～141。
4　參見葉朗主編《現代美學體系》，頁141。
5　參見張少康《古典文藝美學論稿》，頁13。
6　見王弼注、石田羊一郎刊誤《老子王弼注》，頁13。
7　參見胡雪岡《意象範疇的流變》，頁11。
8　參考李澤厚〈審美與形式感〉，收於《美學論集》，頁730。
9　參見嚴雲受《詩詞意象的魅力》，頁10。
10　參見胡雪岡《意象範疇的流變》，頁26。
11　參見錢穆《中國文化史導論》，頁74。敏澤亦言：《周易》最

根本的特點，就是由變化多端的卦爻之象，來表現流動不居的
現實的吉凶禍福。參見〈中國古典意象論〉，《文藝研究》
1983年第3期，頁55。又，胡雪岡：「《易》象是無所不包
的，『成天地之文』，『定天下之象』(〈繫辭上〉)，顯然其中除
自然物象外，還包括大量的人文事象，如農事、畋獵、婚嫁以
至國家政治、戰爭征伐，而且滲透著人的精神和情感。」見
《意象範疇的流變》，頁27。

12　見馮友蘭《馮友蘭選集》上卷，頁394。

13　參見葉朗《中國美學史大綱》，頁66。

14　參見胡雪岡《意象範疇的流變》，頁206。

15　嚴雲受：「深邃委曲的『意』，不能用概念性符號完全表達，
卻可以用形象性符號充分體現。」見《詩詞意象的魅力》，頁
10～11。

16　葉朗並提出「立象以盡意」的概念，對後人理解藝術形象的審
美特點，具有很大的啟發性。見《中國美學史大綱》，頁72。
另參見陳良運《周易與中國文學》，頁312～334；及王基倫
〈《易》與柳宗元古文表現風格之關係析論〉，《國文學報》第
31期，頁156～157。

17　王立表示：「王弼《周易略例·明象》的這段名言，說明意為
象本，象為意用。」參見《心靈的圖景──文學意象的主題史
研究》，頁1～2。

18　參見胡雪岡《意象範疇的流變》，頁26；嚴雲受《詩詞意象的
魅力》，頁9；及陳良運《周易與中國文學》，頁6～7。

19　見胡雪岡《意象範疇的流變》，頁28。另參見敏澤〈中國古典
意象論〉，《文藝研究》1983年第3期，頁56。

20　參見胡雪岡《意象範疇的流變》，頁35。

21　參見陳良運《周易與中國文學》，頁5～11。

第三章

辭章意象形成之理論基礎

　　歷代的文學理論，總是十分關注於辭章內容或形式方面的探討，這是由於「言有物」、「言有序」一直是創作或鑑賞之根本要項。就內容而言，一篇辭章總離不開「情」、「理」、「事」、「景」（物）等成分[1]，其中，「情」和「理」屬於抽象的「意」，「事」與「景」（物）則屬於具體的「象」，歷來文論家對於辭章內容的討論，亦不外此四大內容要素，只是其切入點有著各種不同的角度，如內容、形式、題材、文體、表達方式、篇章結構等。雖然前賢在古典文論、詩話、詞話、及詩文評註中，留下了許多豐富珍貴的資料，但所闡述的相關理論，多半為零散的吉光片羽，而且某些著眼點，雖與辭章意象相涉，不過有時在掌握意象的要素和關係時，也會造成一些意義或內涵上的模糊。因此，本章擬鎖定辭章之內容成分，先就辭章意象之形成，分外緣與本質兩方面，來探討各家對於辭章內容之相關理論，並進一步的在前人的研究成果下，理清辭章意象形成之成分及其關係，從而建立較完整的辭章意象形成之體系。

第一節　辭章意象形成之理論探賾

　　本節乃依時代先後，由外緣與本質兩部分，一方面探討就文體、題材等角度所闡之理論，對於辭章內容意象形成論的影響和異同，另一方面亦聚焦於直探辭章內容本質的文論，以得相互補證之效，並藉此考察辭章意象在形成層面上的理論發展。

一、辭章意象形成之外緣方面

　　此部分包括由文體或題材等切入點，談及有關辭章意象之形成要素的理論。前者是在探討各種文體的分類標準或特色的同時，亦涉及內容方面之理論者；後者則是從題材的觀點來闡述辭章作品諸問題，而與辭章內容互有關涉者。唯稱之「外緣」理論，則因文體與題材等角度，雖有其著眼點，但就形成辭章意象的要素而言，這些論述只能說與辭章內容有某種程度的關係，但並非等於內容本身，故僅能視為意象形成理論之外圍層面。另外，先就外緣部分談起，一方面希望能透過這些闡述，整理出與辭章意象形成相關的部分理論，一方面也藉此釐析何以此類觀點無法直入內容本質之因，接著再由外延而中心，於下節探研其本質理論。

　　在「文體觀」方面，如陳騤和吳訥分別在談「載事之文」和「記」之文體時，都觸及到敘事和議論這兩種內容要素。陳騤在《文則》中即提出：

載事之文，有先事而斷以起事也，有後事而斷以盡事
也。如《左氏傳》欲載晉靈公厚斂雕牆，必先言「晉
靈公不君」，……若此類，皆先斷以起事也。如《左
氏傳》載晉文公教民而用，卒言之曰：「一戰而霸，
文之教也。」……若此類皆後斷以盡事也。（頁19）

他舉《左傳》為例來說明先論斷、再敘事者，以及先敘事、
後論斷者，這會形成章法中的「先論後敘」與「先敘後論」
兩種結構類型，可見，所謂「載事」這種文體，不純然僅有
「事」的成分，而是「事」、「理」之內容要素在其中相互為
用。

而吳訥的《文章辨體序說》在談「記」的文體時則表
示：

記之名，始於戴記、學記等篇。記之文，文選弗載。
後之作者，固以韓退之〈畫記〉，柳子厚遊山諸記為
體之正。然觀韓退之〈燕喜亭記〉，亦微載議論於
中。至柳之記新堂、鐵爐步，則議論之辭多矣。迨至
歐蘇而後，始專有以議論為記者，宜乎后山諸老以是
為言也。大抵記者，蓋所以備不忘。如記營建，當記
月日之久近，工費之多少，主佐之姓名，敘事之後，
略作議論以結之，此為正體。至若范文正公之記嚴
祠、歐陽文忠公之記畫錦堂、蘇東坡之記山房藏書、
張文潛之記進學齋、晦翁之作婺源書閣記，雖專尚議
論，然其言足以垂世而立教，弗害其為體之變也。
（頁41~42）

「記」這種文體，先是為了「備不忘」並微載議論，後來也出現專以議論為記的作品。但不論敘事或議論的比重，在此文體之沿革發展上的變化為何，仍可發現事象和義理等內容成分，在「記」這類文體裡的蹤影。

　　王葆心的《古文辭通義》，也是站在文體論的觀點，用三種「文類」概括出「情」、「事」、「理」三類內容本質。他在〈關繫篇〉的序言中提出「言古文必先挈其大綱」，故書中彙編出「告語、記載、箸述」三種文類，並說明此三者分屬「情、事、理之質」，以收「舉一綱而萬目張」、「說一章豁全部」之效[2]。王氏也在卷十三中說道：

> 告語門者，述情之匯，記載門者，記事之匯，箸述門者，說理之匯也。三門之中，對於情、事、理三者，有時亦各有自相參互之用，而其注重之地與區別之方，要可略以情、事、理三者畫歸而隸屬之。（卷十三，頁二十三上）

這裡指出告語文、記載文、箸述文中最根本的特質，論其分以述情、記事、說理為主要內容，並且指出各類亦有「自相參互之用」的現象。王葆心在卷十三末尾，又引魏善伯謂「詩文不外情、事、景三者」[3]，和惲子居由言事、言理、言情以區別文事等見解，並總結道：

> 文章之體製，既不外告語、記載、箸述三門，文章之本質，亦不外述情、敘事、說理三種。（卷十三，頁26）

述情、敘事、說理的確是辭章內容本質的部分面向，不過，這樣一來，易忽略了抒寫景物的內容成分，並且以文類的角度切入，較無法純粹的看出情、理、事、景之意象形成成分，譬如這裡所說的「記載文」中，可能有純敘事者，也可能有夾敘夾議或就事抒情等現象。再進一步的來看，王氏所標舉之「情、事、理」三者，易被視為平列的關係，但事實上情理、事景在性質上還存有核心與外圍的分別，「事」不過是外圍的材料，「情」、「理」才是內在義旨，辭章家可就事以抒情，亦可就事以說理，因此，其平列「情、事、理」，又忽略「景」（物）之內容成分，即存在著不容易釐清內容要素的問題。

　　許恂儒在《作文百法》談文章體例時，曾指出：

　　　文章之體例雖多，約言之，不外論辨與記事二種。
　　（卷三，頁1）

把文體大別為「論辨」與「記事」兩類。文中並解析道：有關發明義理、議論時事等內容，皆屬論辨文範疇，而記歷史、地理、或一人一事之始末，乃至日記、遊記等，則為記事之文[4]。若全文僅以發議論為主，則可視為「單理」的內容結構類型，但這裡所謂記史實、時事、日記、遊記等「記事」之文，其中可能也會牽涉到「事」、「景」等內容，甚至含有「情」、「理」之成分，如此一來就無法以「單事」類型來看待了。

　　此外，也有將文體觀上溯至文學發展之源者，如：陸桴亭在〈曹頌嘉漫園文稿序〉中云：

義文之易，所以述天人，即後世性理諸書是也；虞夏
商周之書，孔子之春秋，所以紀政事，即後世史傳諸
書是也；商周之雅頌，十五國之風詩，所以言性情，
即後世樂府詩歌之類是也。（《柈亭先生文集》卷三
十二，頁493）

他在文中分別以「述天人」之《易》、「紀政事」之《書》
和《春秋》、「言性情」的《詩》，矅括古今文家以理、事、
情三者為主的體例。章實齋也曾表示，「經義」和「論辯」
類為「說理」文章，「傳記」類為「記事」文章，「詞章」
類則為「抒情」之匯，而此三門亦是分別出自經、史、子。
王葆心在《古文辭通義》中同樣也說道：

屬三統之遠源，則《易》為說理之祖，《詩》為述情
之祖，《書》、《春秋》為敘事之祖。屬三統之近
宗，則莊周為說理之宗，屈原為述情之宗，左氏馬遷
為敘事之宗。（卷十三，頁39）

基本上，此觀點屬「文章源於五經」之說，且早在《文心雕
龍‧宗經》即已出現此類文論[5]。雖以文體觀點切入之侷限
性已如上述，但這種以文學的歷史發展與承繼關係，來談各
種文體及其與抒情、說理、敘事等關係的論述，在研討辭章
內容的諸般問題時，亦可參之。

　　今人吳應天在《文章結構學》一書中，則是從議論文、
說明文、敘述文、描寫文、複合文等五種文體，探討其內部
結構，建立所謂「五大體系」。而在闡述結構體系的同時，

亦多與文章寫作的內容息息相關。其中，議論和說明體系，大部分集中於說理之內容；敘述體系之性質，是以敘述為主，古稱傳或記，後代稱傳記、敘事、敘記，通常和敘事之內容有關；而描寫文則多半為描述景物之內容；複合體系則是指前四種文體的互相結合，如敘議、描議、描敘等[6]，此即屬辭章意象的組成類型中，複合性的一類。唯其問題在於獨缺抒情一類，吳氏表示歷來所謂抒情文並沒有獨特的結構，它需依靠說明、議論、敘述或描寫，但此說恐是限於形式問題而產生，而且議論文有時也不全然通篇說理，敘述文通常也多半是為了帶出道理或情意。

　　總之，由文體學的角度來談「情」、「理」、「事」、「景」，很容易發生成分與成分之間的重疊現象，比如所謂抒情文，可能透過寫景或敘事而來，以這樣的層面來看「情」之內容成分，則無法純粹釐清，因此，雖然文體論和辭章意象形成的理論有某種程度的相關性，但它仍存在著綜含情、理、事、景，而釐析不出意象形成的要素究竟為何，以及限於形式因素而理不清四者關係等狀況。

　　在「題材觀」方面，如鄭頤壽在《辭章學概論》裡，曾針對「題材」說道：

> 題材，就是寫進文章裡的材料。它包括時間、空間、人物、事物、景物、場面、典故、論據等等。（頁63）

這裡是把題材等同於材料，故其所說的「題材」，實際上即是辭章的外圍材料，也就是意象中的「象」——「事」與

「景」（物）的成分。

陳植鍔《詩歌意象論》在按「題材」為意象分類時指出：由於時代風尚和文人生活的相似，使得中國古典詩歌形成不少題材相近的作品群，他舉例表示：

> 以唐詩而論，就可粗分為贈別、鄉思、閨怨、宮怨、邊塞、山水、愛情、懷古、詠物、哲理、干謁、朝會以及社會詩、政治詩等等。各種不同題材的詩歌，均有適合表現這一題材的意象類型。（頁133）

如「贈別題材」中常見的意象就有楊柳、雁、雨、落日、月、秋風、長亭、孤帆、故人等，而且按題材區分的意象，又會出現交叉現象，如楊柳、鴻雁、月等，不僅為贈別類意象，也是常用以表達鄉思題材的意象[7]。不過，就其題材分類而言，有偏於研究情理之「意」者，如山水題材、詠物題材，有偏於探索事景之「象」者，如鄉思題材、哲理題材等，有些則關涉到「體裁」的問題，如贈別詩、社會詩等，所以由題材探討內容意象，易在義界上產生模糊地帶。另就其所謂意象類別而言，大多仍聚焦於「象」的探析上，如邊塞題材中的落日、明月、沙場、羌笛等意象，又如鄉思題材中的月、霜露、杜鵑、猿啼等，皆與物材或事材取得較高度的聯繫。

洪順隆在《抒情與敘事》中，是以六朝詩為考察對象，並從「題材」的角度著眼，將詩歌分為「抒情」與「敘事」兩大系統。唯需注意的是，書中所用的「題材」一詞，是指「用來作為表現主題（題目）的材料（素材）。」（頁371）但

一般來說，材料的性質較為個別性而瑣細，而題材是較提煉的一類集合，作家通常會在辭章作品中，以各種相關的寫作材料，提煉組合成某種題材以表現主題。因此，他所謂之「題材」雖與辭章的寫作「材料」稍有不同，但書中仍有許多觀點，值得在研究辭章內容結構時引為參考。

　　首先是對於敘事與抒情所下的義界。就「事」而言，他解釋「敘事」一詞的意義，謂：

> 「敘」是依次第陳述的意思。事，是事情，事件，事務，《大學》云：「物有本末，事有終始。」事是具時間性，也就是有情節發展的。（頁85）[8]

並說：

> 事就是敘事詩的根本因素。作為敘事詩本質的事，在本論文的義界中，含蘊人、事、物的連繫脈絡關係，所以「事」，具有時間性、空間性，是有情節發展的。（頁170）

因此，敘事題材的寫作內容，其本質是「事」，它主要是以敘述為表現手法，而寫作的對象則是具有活動性的人物、事件。若擴大其範圍而言，不只是詩，詞、曲、散文等皆有可能出現敘事的成分。再就「抒情」而言，其意義為：

> 「情」是由外界事物引起的苦、樂、好、惡的感性，又稱感情。所以「抒情」就是人把由外界事物引起的

> 苦、樂、好、惡、哀、喜的感情渫散出來，挹取而有
> 次第的伸展布列，傾注於接受對象之謂。（頁199）[9]

「情」指人內在的感情，包括苦、樂、好、惡、哀、喜等。
對於抒情詩，他亦再進一層的說：

> 抒情詩所直接表現的不是客觀事件和人物，也不是客
> 觀生活和景物，而是這些事件與人物和景物所激起的
> 詩人的主觀情感，詩人正是通過情感抒發，化成形
> 象，形成詩歌的。（頁236）

故抒情題材的詩作，主要就是在辭章中，將主觀的內在情感
加以擯洩者。

此外，因為洪順隆所談的「敘事」與「抒情」兩大系
統，是由題材角度切入，故在其下所分出的各類詩作，並非
「內容結構」（辭章意象的形成）層面中，全篇純粹敘事或抒
情之況，而是可能透過敘事、議論、抒情、寫景等內容之相
互組織來表現主題，形成複合類型的內容結構。正如同他在
書中所說：

> 由於詩人創作敘事詩時，其思維形式受傳統文化機制
> 的影響，除少數篇什如費昶〈發白馬〉、鮑照〈代結
> 客少年場行〉、陸機〈博陵王宮俠曲〉等，全詩用敘
> 事手法外，其餘多數作品都敘事與議論，敘事與描寫
> 結合而穿插運用。（頁171）

他認為當詩人的主體意識和客體形象契合時，除了事件的敘述外，很容易傾向於借議論去評斷，或借描寫去表達自我的喜、怒、哀、樂。其次，他在談抒情題材的部分也引朱子南之說，謂：

> 抒情詩的表達方式，或即景抒情，或寓情於景，或記事述情，或詠物言志，或直抒胸臆。不論哪一種表現手法，一般都離不開人、事、景、物這些具體生動的形象。（頁202~203）

因此，就題材所論之敘事詩及抒情詩，只能說其最鮮明的特色，即在事件的陳述和情意的抒發，但是在內容成分和表現手法上，則不能忽略會有情、理、事、景複合為用的情況，這點是在由題材觀中尋繹內容理論時所需辨明的。而且針對意象形成而言，「意」之情或理才是作者所欲呈現的義旨，故就「敘事」一類而言，還應抓出辭章作品中，究竟是透過敘事來表現何種情理。

　　以傳統題材觀而言，通常指的是辭章作品中，由個別的事象或物象所構成，用以表現某種主題意識的一類素材，如山水題材、詠物題材、邊塞題材、征戰題材、不遇題材、神話題材等，可見它所牽涉到的多半是「事」、「景」等內容成分，但若未進一步掌握此事景材料所欲表現的核心、抽象之主旨為何，則易混雜辭章內容中「意」與「象」的關係，如以「送別」這一種題材為例，辭章家可能會運用與送別相關之景物，如草、煙等，或透過交代送別之事件，來表現離情，甚至由個人的私情，擴大為某種事理通則，如對於人生

變化無常的體會等。可見一篇以送別為題材的辭章作品中，可能會有景、事、情、理等辭章意象成分，因此，有時實在無法從題材的角度來釐清內容要素。

總而言之，從外緣層面之理論中，雖可見某些與辭章之情、理、事、景相關的部分論述，但由於著眼點的限制，這些角度極易混淆及重疊了形成辭章意象的要素，因此，總無法釐清辭章意象之形成的成分和關係。

二、辭章意象形成之本質方面

從「內容觀」來談辭章意象形成論者，是較能直探情、理、事、景（物）等意象形成因子及其組成的研究視角，故稱之為本質論。而且歷來針對辭章內容的內涵、成分、技巧等層面來闡述的文論，可說十分豐富，對於理清意象形成要素、建立其體系，亦有一定的價值。

首先，由鎖定「意」中之「情」與「象」中之「景」的理論而言，如明代謝榛《四溟詩話》：

> 詩乃模寫情景之具，情融乎內而深且長，景耀乎外而遠且大。（卷四，頁118）[10]

主張詩歌主要在承載情、景之內容，而且以情、景二者合而為詩，常能使作品中所描繪的景致耀現，情意也更加深長。

李漁在《窺詞管見》中，則簡要的挑明「作詞之料」云：

作詞之料，不過情景二字。非對眼前寫景，即據心上
說情，說得情出，寫得景明，即是好詞。（《詞話叢
編》，頁554）

他以情、景來概括詞作的內容，並表示客觀景物應植基於現
實，透過吸取自現實生活中的寫作材料，來抒發主觀情意。

田同之的《西圃詞說》表示：

詞與詩，體格不同，其為攄寫性情、標舉景物一也。
（《詞話叢編》，頁1480）

他重視詞作應力求性情之露與景物之真等內容層面，認為寫
詞不能僅於外在形式上，徒然模仿於詩家。

劉熙載的《藝概》是由主、客二端提出：

在外者物色，在我者生意，二者相摩相盪而賦出焉。
（卷三〈賦概〉，頁98）

所謂的物色，指的是外在的景象，而所謂的生意，即指發自
內在的情意，當情與景、意與象兩者相摩相盪，遂有文學作
品的產生。

由顧亭鑑纂輯、葉葆王詮注的《學詩指南》，引趙汸之
言來論情景，其云：

詩家作法雖多，要在摹景寫情，各極其勝。（頁33）

書中更對此下一按語道：

> 一詩之中，實寫四時節候，風花雪月，雲山水樹等
> 物，皆景也，一切書懷敘事，皆情也，少則數語，長
> 或千言，總不出二大端之外。（頁34）

由這段話裡可了解到，所謂「四時節候，風花雪月，雲山水
樹」，都歸屬於自然物材的範疇，而且具體的景物之象，乃
為實寫之筆法。相對於「摹景」而言，抒懷寫情，則為虛
寫，因為它在辭章中屬於抽象「意」。由此足見摹景寫情，
實為詩家作法之兩大要項。

在許恂儒撰寫的《作文百法》中，舉有一「寫景法」，
他說：

> 以文采之筆，寫美麗之景，此亦文人之韻事也。……
> 然而即景生情，抒寫懷抱，亦足以涵溶德性，陶養心
> 靈。（卷三，頁55~56）

可見在篇章中以藻采之筆，描寫模山範水等景物，也是為文
者的雅事之一，再加上因即景而「生情」或「抒懷」，更能
獲致陶冶心性、怡然自樂之效，而此種筆法，則會在意象形
成的組成類型上，構成「單景」或「情景複合」之況。

其次，亦有針對「意」中之「理」與「象」中之
「事」，來論述辭章意象形成者，如宋代張耒〈答汪信明
書〉：

> 古之文章，雖制作之體不一端，大抵不過記事、辨理
> 而已。記事而可以垂世，辨理而足以開物，皆詞達者
> 也。（《張右史文集》卷五十八，頁453）

故見文章體製雖有不同，但記事與辨理都是十分重要的內容因子。

劉熙載的《藝概》說：

> 敘事有寓理，有寓情，有寓氣，有寓識，無寓，則如
> 人偶也。（卷一〈文概〉，頁42）

他認為在敘事中要寄托理、情、氣、識，其中，其所謂在敘事中寓理，和在敘事中寓情，即形成辭章「事、理」與「事、情」的複合類型。

李紱在〈覆方望溪論評歐文書〉則談到：

> 說理之文，以論事出之，則無微不顯；論事之文，以
> 說理出之，則無小非大。蓋必事與理相足，而後辭
> 達，詞達而後詞之能事畢。（《古文法纂要》，頁209）

他主張說理與論事應相輔相成，而其所謂「說理」即議論，「論事」即敘事。以論說為主的文章，若能輔以敘事，必能增強理論的說服力，相同的，若記敘人事的文章能生發議論，則必能深化事件的內涵，加強作品的表現力。

袁守定《佔畢叢談》也針對理、事言文之材質：

> 攄文無他巧，不過言理、言事二者而已。（卷五，頁
> 六）

認為文章的寫作，大致不出「言理」與「言事」兩者。

此外，在章法現象中，也有許多和事、理的寫作有所關
連，如劉熙載曾在《藝概》中談到敘論法的兩種結構說：

> 先敘後議，我注經也；先議後敘，經注我也。文法雖
> 千變萬化，總不外於敘議二者求之。（卷六〈經義
> 概〉，頁179）

他提出「先敘後論」及「先論後敘」兩種方式，明言敘與論
在千變萬化的文章法則中是不可忽略的。

許恂儒在《作文百法》中列有「夾敘夾議法」，他解釋
說：

> 夾敘夾議者，半為記事之筆，半為議論之辭，合事實
> 理論交互錯綜而出之是也。吾人對於往事之陳述、時
> 事之評論、新聞報章之紀錄，皆可適用此種文法，故
> 應用甚廣。（卷三，頁50）

敘事與議論交迭呈現的筆法即「夾敘夾論」，在內容上，則
是有記事、有議論的情況。

陳滿銘曾特別針對「先敘後論」這種寫作形式加以探
討，他在〈談採先敘後論的形式所寫成的幾篇課文〉裡說：

先敘後論的寫作形式，最常用於史傳上，即先敘個人
的生平事蹟，再依據其一生的表現，作一綜合性的論
贊，譬如《史記》的本紀、世家、列傳與《漢書》的
列傳，就是一律採用這種型式寫成的。除此之外，也
常出現於變體寓言上，本來寓言僅是敘述故事，而不
加以論斷的，如〈愚公移山〉一文便是；而變體寓言
則不但敘述故事，也在末尾將所寓託的意思明點出
來，如〈黔之驢〉一文便是。（《國文教學論叢》，頁
121）

由此可知，以「先敘後論」格來呈現的作品包括了：先敘
事、再作論贊的史傳類文章，以及先敘述故事、再加以論斷
的變體寓言。

再次，辭章的意象除以「情、景」或「事、理」所構成
以外，尚有其他的組成類型，如事與情、景與理、景事情
等。

白居易在《白氏文集・策林四・六十九採詩》中曾說：

大凡人之感於事，則必動於情，然後興於嗟嘆，發於
吟詠，而形於歌詩矣。（《白氏長慶集・白氏文集》
卷六十五，頁1603）

此即說明作家情思與生活事件的關係。若發之於文，則易形
成有敘事、有抒情的內容結構。

劉大櫆《論文偶記》則謂：

> 理不可以直指也，故即物以明理；情不可以顯出也，
> 故即事以寓情。（頁12）

這裡不僅說明了辭章當中理、物、情、事四大內容，並且也
提出在表達方面，可以就事、物的描述，來寄寓情感或闡明
道理。

黃子雲《野鴻詩的》曾談及：

> 詩不外乎情事景物，情事景物，要不離乎真實無偽。
> 一日有一日之情，有一日之景，作詩者若能隨境興
> 懷，因題著句，則固景無不真，情無不誠矣。（《清
> 詩話》三，頁八下～九上）

其就詩作內容不外乎「情」、「景」、「事」，並且應求景真
情誠。

劉鐵冷《作詩百法》列有「提挈綱要法」：

> 詩之大綱，其一曰說理，其二曰言情，其三曰寫景。
> （卷下，頁136）

認為詩之大綱，有「理」、「情」、「景」等項。他所說的
「綱要」，實際上就是詩歌所表現的內容類別，謂作詩者可就
事或就物生發議論，可就家人友朋寫其情，或就接觸於目之
花草山水寄託情感，亦可寫花寫鳥，將畫入詩。

宋文蔚的《評註文法津梁》，特別在「即景抒情」一則
中說到理、情、景（物）的關係：

> 題目之種類雖多，其大別則理與情二者盡之矣。理不
> 可以空言，必即物以明理；情不可以顯言，必即景以
> 寓情。（上冊，頁19）

他先由題旨的種類，提到一篇辭章的核心作意，可大別為
「理」與「情」二者，並認為「虛」的理與情，必藉由「實」
的物與景來抒發。

就作用而言，王葆心《古文辭通義》引王宏〈文稿自序〉
說：

> 文，君子之言也，以明理、以曉事、以宣情，取其達
> 而已矣。（卷十三，頁二十五上）

明理、曉事、宣情一方面是為文之目的與作用，另一方面，
理、事、情也是文學作品的內涵表徵。

仇小屏的《文章章法論》，則是深入的挖掘出景、情、
理自由配合的情況，他說：

> 辭章當中固然常常藉景傳情，但由景物所引發的不是
> 只有情感而已，有時也會引起思考、產生議論。（頁
> 238）

很明顯的，辭章家可以藉由景物抒發情感，亦可引發議論。
另外，他也曾在《篇章結構類型論》中，收有「泛具結構」
這種章法現象，並且在為泛具法下定義時說：

> 泛具法應該是文學作品中「因景而明理」、「因事而
> 生情」者,所自然形成的一種章法;而且「事、景、
> 情、理」在單寫時,也可能會出現泛寫、具寫合用的
> 情形。(上冊,頁290)

這是就章法的角度而言,值得注意的是前半所提出的「因景
而明理」、「因事而生情」者,說明了辭章內容可以有寫景
與議論、敘事與抒情之統合,而組織「景、理」和「事、情」
之內容,所形成的章法即屬泛具法範疇。

最後,較全面的牢籠「情」、「理」、「事」、「景」等
意象形成要素者,如元代陳繹曾的《文說》:

> 景,凡天文地理物象皆景也,景以氣為主;意,凡議
> 論思致曲折皆意也,意以理為主;事,凡實事故事皆
> 事也,事生於景則真;情,凡喜怒哀樂愛惡欲之真趣
> 皆情也,意出於情則切。凡文體雖眾,其意之所從
> 事,必由於此四者而出。故立意之法,必由此四者而
> 求之。(文淵閣《四庫全書》,頁246)

其說整理出景、意、事、情四種為文之內容,而「意」在此
指的便是議論(理),最後,陳繹曾更總結出文章之立意,
必從理、景、事、情四者而來。

清代焦循在〈與王欽萊論文書〉云:

> 百世之文也,乃總其大要,惟有二端:曰意、曰事。
> 意之所不能明,賴文以明之,或直斷、或婉述、或詳

> 引證、或設譬喻、或假藻繢，明其意而止；事之所
> 在，或天象算數、或山川郡縣、或人之功業道德、國
> 之興衰隆替，以及一物之情狀、一事之本末，亦明其
> 事而止。（《雕菰集》卷十四，頁233）

焦循所謂的「意」泛指思想情意，「事」則包含景物、事
件，因此，大體上可相應於情、理、事、景四項。

王國維在〈文學小言〉裡也說：

> 文學中有二原質焉，曰景，曰情。前者以描寫自然及
> 人生之事實為主，後者則吾人對此種事實之精神的態
> 度也。故前者客觀的，後者主觀的也。（《王觀堂先
> 生全集・靜安文集續編》，頁1842）

顯然，王國維所稱之「景」與「情」，屬於較廣義的範疇，
就主、客觀之關係而言，實可含括情、理與景、事。如此一
來，這裡所提出的「景」與「情」，實際上正與意象中的
「象」和「意」相對應。

章微穎則是在《中學國文教學法》裡，主張文章有表達
事狀或情理等內容：

> 文章的思想材料，大別之不外表達事狀的與表達情理
> 的兩類。（頁30）

事狀包括景物的樣態和事件的陳述與發展，比起情感或道理
要來得具體得多，由此可看出，其所謂文章的「思想材

料」，也就不出情、理、事、景四大要素。

　　鄭頤壽的《辭章學概論》亦有多處提及內容方面的論題，他先說明：「內容是文章所提供的信息。」並表示：從信息學的角度而言，文章的信息就是對客觀事物的感受、認識和評價[11]。其中，客觀事物就包括了對「事」、「景」（物）等材料所寫的內容，而與此相融攝的感受、認識和評價，則牽涉到「情」、「理」等義旨的部分。另外，他也從「表達方式」來談辭章內容，正好對應了內容結構中的情、理、事、景等成分：

　　　　敘述，就是對人物、事材的發展變化作平實的敘說、
　　　　表述。（頁126~127）
　　　　議論，就是對事物闡明自己的觀點，講道理，論是
　　　　非，定臧否。（頁151）
　　　　描寫，就是用形象可感的語言對人物、環境、事物作
　　　　具體的描繪、摹寫。（頁168）
　　　　抒情，就是抒發感情，表達作者喜愛、憎惡、崇敬、
　　　　鄙視、悲哀、歡樂、憤怒、恐懼等等感情，使讀者受
　　　　到感染，而充分發揮文章的藝術魅力。（頁201）

可見「敘述」，指的即是事材，也包括寫人；「議論」，則是說理；而「描寫」，可含「事」或「景」；末項的「抒情」，則屬「情」之範疇[12]。

　　賈文昭主編的《中國古代文論類編》，在「創作論」的章節中，總結了古代文論關於內容與形式之論述，他表示：

> 作為文學形式的構成因素就是文、辭或語、言，作為
> 文學內容的構成因素就是情、意、理、質、事、物。
> （頁1~2）

值得注意的是，他在文學內容的構成因素中，總括出「情、
意、理、質、事、物」，「意」通常指辭章家所欲表達的義
旨，可分為抒情或論理，而「質」的意義很多，有時指整個
作品的內容，有時指樸實的表現手法等，在這裡應為內容之
代稱，這樣一來，其所謂的「情、意、理、質、事、物」，
則可再進一步的歸納出「情、理、事、物（包括景）」四項
要素。

　　李國平、沈正元《文章內容的理解》，是從閱讀與理解
的角度而言，認為把握文章的背景材料，對於理解文章的內
容，具有很重要的意義。而其所謂背景材料，含括了辭章中
所出現的敘述性內容，如人物對話的記錄、時間的交代、環
境的描寫、事件的陳述等[13]。由此可見，這部分的寫作內
容，多半屬於「事」或「景」的寫作材料。而在談理解主旨
的章節中，則提出不可忽視議論性和抒情性的語句[14]，這是
由於情語或理語，常常即是辭章的主要義旨所在。當然，文
章中涉及議論或抒情的內容，也就是「情」或「理」等辭章
的核心成分。

　　王基倫則是由文藝美學的基本概念，來談古文的內容與
美感。他說明道：

> 「美學」，通俗地說，即是研究「美」的學問。美，一
> 方面來自作品所呈現的「事物的屬性」，一方面來自

作者自身的「人心的感覺」，將外在的環境、客觀的
事物，透過人們內心情志的主動創造，而後始有文學
作品的產生。15

事實上，辭章作品中「事物的屬性」，指的就是「象」，包括
「事」與「景」，而「人心的感覺」，即為「意」，包括「情」
與「理」。由其論述亦可歸納出「情」、「理」、「事」、「景」
是意象形成之要素，也是構成辭章美感的根源。

張春榮在《作文新饗宴》的序文，也提出無論是欣賞或
創作，「首重主題內涵（情、景、事、理）的統攝、運材」16，
可見一篇文學作品的成形，牽涉到情、理義旨的統合，以及
事、景材料的運用。

此外，方東樹所闡釋的義法論，曾提及「顧其始也，判
精麤於事與道；其末也，乃區美惡於體與詞」17，強調內容
層面是文章的根本所在。而蔡美惠的《方東樹文章學研究》
則是特別針對其所謂「事」與「道」提出說明，認為「道」
乃理、情，泛指天地間一切情理；「事」者，即材料，舉凡
自然萬物、人事際遇等，皆為事之範疇18，這裡是把物材和
事材統括到廣義的「事」（材料）中，而從這樣的角度去談
方東樹的「事與道」，也與前文焦循所論及的文章二端——
「事」（物之情狀、事之本末）與「意」（思想情意），不謀而
合，所以，由方東樹的內容觀（義，包含事與道）延伸出
來，則可得知情、理、事、物都是文章的內容義涵。

由此可知，無論是就「偏」，即就情與景、理與事、或
其他模式（如景與理、事景情等），或是就「全」，即同時關
顧到情、理、事、景（物）者，都可顯見從內容的觀點切

入，較能掌握辭章意象之形成，也就是情、理、事、景(物)
等要素。

第二節　辭章意象形成之體系

　　本節先就內容結構之成分，統整出「情」、「理」、
「事」、「景」(物)四大要項，並以辭章之「意」與「象」
的形成來加以統合。其次，再就其主從之特性，將此四大內
容要素，綰合於核心成分和外圍成分兩大類之下。最後則就
其各種組成模式，統整為單一和複合兩大組成類型。

一、辭章意象的形成成分

　　由於辭章家在創作時，總會選擇具體的材料(「事」、
「景」)，來抒發抽象的義旨(「情」、「理」)，故辭章的內
容，大致可統括為抒情、說理、敘事、寫景等四大成分。因
此，歷來文論家對此多有所觸及和闡發，如陳繹曾提出的
景、意、事、情；王國維的景、情二原質論；賈文昭統括的
情、意、理、質、事、物等文學內容構成因素等。

　　辭章內容結構的「情」、「理」、「事」、「景」四大要
素，可統攝於主體與客體的兩大關係之中。劉勰《文心雕
龍·體性》即開宗明義的闡述道：

　　　　夫情動而言形，理發而文見；蓋沿隱以至顯，因內而
　　　　符外者也。(《文心雕龍注》卷六，頁505)

情理是隱藏於內在的，當作家受到外在事物的激盪與引發，就會將某種內隱的思想感情，行之於文辭，化為文學作品。謝榛曾云：情融乎內，景耀乎外[19]，王夫之亦闡述道：「形於吾身以外者，化也；生於吾身以內者，心也。」[20]前者屬外在化象，後者則為內在心意，兩者「相值而相取」，遂成詩文。劉熙載在《藝概‧賦概》中也曾表示：在外者為自然物色，在我者乃所生之情意[21]，而紀昀〈鶴街詩稿序〉亦提出心靈寄託與物色興象間的關係，其云：

> 心靈百變，物色萬端，逢所感觸，遂生寄托。寄托既遠，興象彌深，於是緣情之什，漸化為文章。（《紀文達公遺集》卷九，頁三十二下）

源於心靈所抒發的感觸、寄託，歸之主觀情思，而宇宙間萬端之物色，則屬客觀的事物。總之，在「主體——客體」的互動中，由於外在的物象紛繁，加上人的內在思維多端，行之於文，則主觀而抽象的情、理，與客觀而具體的事、物，皆有可能相互搭配，以組織起辭章作品的內容。

再就意象與辭章的密切關係而言，辭章內容結構成分中，主觀而抽象的「情」、「理」，即屬內在的「意」，客觀而具體的「事」、「物」，就屬外在的「象」，陳滿銘在探討「意象」與「辭章」的研究中，就闡述了兩者的關係：

> 辭章內容的主要成分，不外情、理與事、物（景）。其中情與理為「意」，屬核心成分；事與物（景）乃「象」，為外圍成分。[22]

可見辭章的內容結構成分——情、理、事、物（景），完全可用意象的觀念來統合。從辭章學的整體內涵而言，探討意象之形成與表現者，皆與形象思維有關，它包含了意象學和修辭學的層面，其中，研究篇章所選以運用的寫作材料（象），與所欲表達的情意思想（意）者，就屬於「辭章意象形成」的研究範疇[23]。

　　由於「情」、「理」、「事」、「物」當中具有這層主客關係，故辭章家所選以書寫的客觀事件、景物，實是為了表達主觀的情意或思想而服務[24]，這樣一來，形成意象的四大成分之間，就存在著主從的關係，也就是說，「情」、「理」的表抒是寫作的目的，而「事」、「景」的運用則是手段。劉勰在《文心雕龍‧鎔裁》篇中說：

> 履端於始，則設情以位體；舉正於中，則酌事以取類；歸餘於終，則撮辭以舉要。（《文心雕龍注》卷七，頁543）

由此可見，為文的步驟應先求立意，然後再選擇適當的寫作材料，最後才是修飾的問題。在此過程中，前者關乎核心的「情」、「理」，中間階段則屬取材方面，關乎「事」、「物」之內容。《文心雕龍‧附會》中更強調：文章的組織成分，是以「情志為神明，事義為骨鯁」（卷九，頁650）若以人體來比況辭章，則情感意志的地位就如同一個人的精神，事理資料就像是一個人的骨幹[25]，所以，安排辭章的中心義旨，是寫作時的首要工夫，其次才是依文章情意的需要，去選取材料。而晉摯虞在〈文章流別志論〉中，論述「賦」這種文

體時曾謂：

> 古詩之賦，以情義為主，以事類為佐。[26]

摯虞在文中先將「賦」大別為孫卿、屈原一類的「古詩之賦」
與體制宏大的「今之賦」，並指出「頗有古詩之義」的賦
作，是以情意之抒發為主，以事件典故、外在物象為佐[27]。
除了古詩、賦體，此主從概念亦可擴大至其他文類而言，故
其說亦可在探討核心的「情」、「理」與外圍的「事」、「景」
時做為參考。清代黃子雲在《野鴻詩的》也說：

> 情志者，詩之根柢也；景物者，詩之枝葉也。根柢，
> 本也；枝葉，末也。（《清詩話》三，頁五下）

此處是以本、末關係來看待情志與景物。陳滿銘在〈談篇章
的縱向結構〉中，即針對內容結構的主從性質，明確的說
道：

> 其中「情」與「理」，是「主」；而「景」（物）、
> 「事」為「從」。……也就是說，作者用「景」（物）、
> 「事」來寫，是手段，而藉以充分凸顯「情」與
> 「理」，才是目的。（《章法學新裁》，頁505~506）

故見辭章是以義旨為主，以材料為輔。事實上，王國維在
《人間詞話》中曾說過：「一切景語皆情語也。」[28]在此則
可加以擴充為[29]：

辭章作品大致上離不開寫景以表情、記事以言理，或是詠物以明理、敘事以抒情，甚至是更複雜的複合性組織，如「景、事、理」、「事、景、情」等情況。但無論如何曲盡變化，只要能透過所運用的寫作材料（象），掌握住作者真正所欲表達的核心情理（意），對於分析辭章內容或章法，也就不至於滯礙難通。

因此，辭章意象形成的四大成分，可依辭章內容之情、理、事、物（景），在文學作品中的主從關係，歸納為「核心成分」和「外圍成分」兩類[30]。

屬於「意」的「核心成分」，包括「情」與「理」，是辭章的抽象意涵。宋文蔚曾論道：文章的題目義旨種類雖多，然其大別則「理」與「情」兩者盡矣[31]。「情」者，指的是辭章中抒發情感的內容，如表達喜、怒、哀、懼、愛、惡、欲等心理狀態皆屬之；「理」者，則包含議論、說明、評斷等層面。相對於事、景等寫作材料而言，辭章中所出現的情語或理語，通常都是作品裡重要的義旨（含章旨、篇旨）所在，因此形成了內容結構中的「核心成分」，而這部分又含括作者真正所要表達的情意思想，也就是最核心的情理——主旨。

屬於「象」的「外圍成分」，則有「景」與「事」，這兩種成分是辭章作品中的具體材料，也就是所謂的「物材」（包括景）和「事材」。在進行創作時，作家常會藉由運「物」為材或「事」為材，以呈現出作品的內蘊。

綜上所述，所謂辭章的內容結構，包括「情」、「理」、「事」、「景」四大成分。一般而言，辭章作品是以義旨為主，材料為輔，因此，可以說所有材料（外圍、具體的「事」、「景」）是為主旨（核心、抽象的「情」、「理」）服務的。而辭章的內容成分，又是與意象之形成層面融為一體的，也就是說，在這四大成分中，「情」與「理」為抽象、主觀的「意」，屬於內容結構的核心成分；而「事」與「景」屬具體、客觀的「象」，為外圍成分。

茲將辭章意象形成之四大成分列表如下，以清眉目[32]：

二、意象形成之組成類型

由於人的思緒千端，外境紛繁，再加上寫作技巧的多元，使得辭章意象形成之四大成分，有單獨呈現者，亦有透過相互搭配以呈現一篇之內容者。章微穎在《中學國文教學法》書中即提到：「文章是多彩多姿的，其所含事狀與情理，一篇之中，常常或多或少，兼而有之 —— 表達事狀的或介入情理以抒意見感想；表達情理的，或介入事狀以為引據例證。」此外，也有「純粹表達事狀及純粹表達情理的文

章」[33]其中，「兼而有之」者，即複合抽象情理與具體事物為內容，「純粹」者，即單寫情、理或事、景。而陳滿銘則進一步將意象形成之組成類型，統整為「單一類型」與「複合類型」兩種[34]。

　　「單一類型」是指「情」、「理」、「事」、「景」這些主要成分，單獨出現於篇章結構中的某些層級，構成只偏於呈現「意」的單「情」、單「理」類型，和僅偏於呈現「象」的單「事」、單「景」等類型。

　　舉例而言，單「情」類型者，如〈吳聲歌曲‧子夜歌〉之二十一（別後涕流連），是以「目凡目」的結構，抒發別後相思之情[35]，再如崔顥〈黃鶴樓〉末二句，以「愁」字，統括全詩懷古思鄉之意[36]。單「理」類型者，譬如杜秋娘〈金縷衣〉，透過「先反後正」之結構來說明「少壯不努力，老大徒傷悲」的道理[37]，又如《孝經‧廣要道》先由本而末的平提「孝」、「悌」、「樂」、「禮」，再側注於「禮」[38]。單「事」類型者，像是《世說新語》記晉明帝早慧一則，多次運用了「先問後答」結構來敘述事件[39]，還有《列子‧愚公移山》，是以因果法記錄一則寓言故事[40]。單「景」類型者，如馬致遠的〈天淨沙〉，全曲即是透過圖底章法，將充溢著「斷腸」況味的秋郊夕景，融為一爐[41]，再如歐陽脩的〈采桑子〉，首句以「西湖好」總括全篇，再由近處的隄上之景，與遠處的水上之景，分兩目描繪西湖的春深好景[42]。

　　「複合類型」則是指組合「情」、「理」、「事」、「景」中，兩種或兩種以上的成分，它可以有：一、「情」與「景」的複合；二、「理」與「事」的複合；三、其他類型的複合，如「景、理」、「事、情」、「景、事」、「情、理」、

「事、景、情」等，不論是意結合意、象結合象、或是意結合象，這些不同的組合方式，都可以呈現於篇章結構中的任何層級，形成豐富多變的內容樣態和章法現象。

一、就「情」與「景」的複合而言，是指複合「情」（意）與「景」（象）的成分，以形成「篇」或「章」某一層結構的類型[43]，而其所形成的篇章結構，則有「先景後情」、「先情後景」、「景情景」、「情景情」等。此種複合類型之例，如先抒情再寫景的王安石〈秣陵道中口占〉之二，將日暮途遠的客愁，寄於秋風蕭索的茫茫歸路[44]，再如馬戴的〈落日悵望〉，以孤雲、歸鳥和夕陽等景致，引發自己留滯異鄉的愁思[45]。二、所謂「理」與「事」的複合，意為複合議論（意）與敘事（象）之內容結構成分，以形成「篇」或「章」某一層結構的類型[46]，它可形成「先敘後論」、「先論後敘」、「論敘論」等結構型態。「理」與「事」的複合之例，譬如姚鎔的〈海魚〉以「先敘後論」的結構，點明知進不知退的警世之語，又如李紱〈無怒軒記〉，是一篇以「論 ── 敘 ── 論 ── 敘」結構所寫成的文章，並且又可以「先因後果」來統括兩個「論 ── 敘」，主要乃在闡發了「無怒」的真意[47]。三、則是其他類型的複合，此指「情」、「理」、「事」、「景」四大要素，扣除「情」與「景」、「理」與「事」兩種複合類型的其他組合方式，像是李白的〈黃鶴樓送孟浩然之廣陵〉，主要藉「景」（象）、「事」（象）來烘托離情[48]；而「景」（象）與「理」（意）的複合類型，如朱熹〈觀書有感〉之一，從反映天光雲影之清澈方塘，提煉出人生哲理[49]；再如龔自珍〈病梅館記〉，為「事」（象）、「情」（意）結合的篇章，文中先寫開闢「病梅

館」照顧梅栽之事，再因事生情，抒發願窮盡一生來照顧病梅的強烈期望[50]；又如蘇軾〈記承天寺夜遊〉，全文以「事」、「景」、「情」之內容結構成篇，即先就「象」，記夜間一遊承天寺的事，再寫所見之景，最後就「意」，抒發由此而生的閒適之情。可見其他類型的複合，可以呈現出許多不同的組織方式。

　　最後，為求條理明白，特將辭章意象形成之組成類型，列表如下：

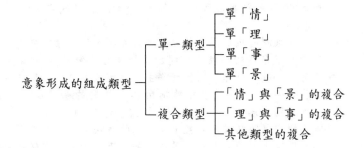

意象形成的組成類型
├─ 單一類型
│　　├─ 單「情」
│　　├─ 單「理」
│　　├─ 單「事」
│　　└─ 單「景」
└─ 複合類型
　　├─ 「情」與「景」的複合
　　├─ 「理」與「事」的複合
　　└─ 其他類型的複合

註　釋

1　陳繹曾：「立意之法，必由此四者（按：指「景」、「意」（理）、「事」、「情」）而求之。」見《文說》，頁246。陳滿銘更清楚說道：「一篇辭章從頭到尾，都離不開『情』、『理』、『景』（物）、『事』。」見《章法學新裁》，頁535。
2　參見王葆心《古文辭通義》卷十七，頁一～二。
3　清魏際瑞《伯子論文》：「詩文不外情、事、景，而三者情為本。」
4　參見許恂儒《作文百法》卷三，頁1。
5　劉勰《文心雕龍·宗經》：「故論說辭序，則《易》統其首；詔策章奏，則《書》發其源；賦頌歌贊，則《詩》立其本；銘誄箴祝，則《禮》總其端；記傳盟檄，則《春秋》為根。」見

劉勰著、范文瀾注《文心雕龍注》卷一，頁22。

6 參見吳應天《文章結構學》，頁13～23。關於敘述文和描寫文之別，吳應天表示：「這種文章（按：指描寫文）的結構屬靜態形象思維的範圍，而敘述文是屬於動態思維的範圍。若按邏輯關係說，敘述文的結構是時間因果關係的具體表現，而描寫文的結構是空間分合關係的具體表現。」見《文章結構學》，頁21。

7 參見陳植鍔《詩歌意象論》，頁133～139。

8 另外，洪順隆也引用其他學者之說為證，如：蘇添穆：「敘事詩就是以記敘事物為主的一種詩。」吳慶元：「敘事詩是記敘人物事件為主的一種詩體。」路南孚：「敘事詩，詩歌的一種，以寫人敘事為主。」等。見《抒情與敘事》，頁85、124。

9 另外，洪順隆也引用其他學者之說為證，如：諸橋徹次：「抒情詩是以自己的感情為主題加以抒述的詩。」、朱子南：「抒情詩，詩歌的一種。以抒情為主，直接表達詩人對現實生活的體驗和感受。……組織結構由作者抒發的感情脈絡聯結起來。」等。見《抒情與敘事》，頁202、272。

10 方東樹在《昭昧詹言》裡也有類似的說法：「詩乃摹寫情景之具。情融乎內而深且長，景耀乎外而直且實。」亦屬特別標舉出情、景二端的詩論。見《昭昧詹言》卷二十一，頁四下。

11 參見鄭頤壽《辭章學概論》，頁43。

12 鄭頤壽也在「議論」一節中提出：「記敘事情，難免要發表對是非的看法，往往在較大篇幅的『敘』中，夾點『議』的成份。……抒情的文章，要表達喜樂哀怒之情，因此難免要『議』是非，明取捨。」這兩種情況即屬於「事」與「理」、「情」與「理」之複合類型。見《辭章學概論》，頁151。

13 參見李國平、沈正元《文章內容的理解》，頁11～13。

14 參見李國平、沈正元《文章內容的理解》，頁24。

15 見王基倫〈韓柳古文的美學價值〉，《中國學術年刊》第十七期，頁193。

16 參見張春榮《作文新饗宴·自序》。

17 見方東樹《攷槃集文錄》卷五，收於《續修四庫全書》，頁22。

18 參見蔡美惠《方東樹文章學研究》，頁160。唯其於論「事」時

提到：「舉凡自然萬物、山水人情，至於個人感懷，皆可為事之範疇」，這裡需進一步釐清其中的「人情」、「個人感懷」等內容，若指稱偏向抒情成分，則不應歸屬於寫作材料。

19　參見謝榛《四溟詩話》卷四，頁118。

20　見王夫之《詩廣傳》卷二，收於《續修四庫全書》，頁344。

21　參見劉熙載《藝概》卷三〈賦概〉，頁98。

22　見陳滿銘〈從意象看辭章之內容成分〉，《國文天地》19卷8期，頁95。

23　參見陳滿銘〈辭章「多、二、一（0）」結構論〉，《中國學術年刊》第二十五期。

24　晏小平亦曾論及：「意是內在的抽象的心意，象是外在的具體的物象。……心意靠物象來表達，物象為詩歌主旨駕馭並為之服務。」見〈淺析詩歌意象的運用手法〉，《文藝理論與批評》53期，頁54。

25　參見王更生《文心雕龍讀本》下篇，頁251。

26　見摯虞〈文章流別志論〉，《摯太常遺書》卷三，頁3上。

27　參見摯虞〈文章流別志論〉，《摯太常遺書》卷三，頁3上～3下。另外，摯虞所稱之「古詩」，包含《詩經》、樂府等，參見摯虞〈文章流別志論〉，《摯太常遺書》卷三，頁2上。

28　見王國維《人間詞話》卷下，收於《王觀堂先生全集》，頁5947。

29　參見陳滿銘《章法學新裁》，頁505～506；及其《章法學綜論》，頁137。

30　此依陳滿銘在〈談篇章結構〉一文之說，參見《章法學新裁》，頁392～403。

31　參見宋文蔚《評註文法津梁》上冊，頁19。

32　本表參見拙作〈論辭章內容結構之單一類型——以其所適用的章法為考察重心〉，收於《修辭論叢》第四輯，頁669，並根據陳滿銘〈論意象與辭章〉稿本修改。

33　見章微穎《中學國文教學法》，頁30。

34　見陳滿銘《章法學新裁》，頁490～528。

35　參見拙作〈論辭章內容結構之單一類型——以其所適用的章法為考察重心〉，收於《修辭論叢》第四輯，頁672。

36　陳滿銘：「在尾聯由自問自答中，很自然地逼出一篇主旨『鄉愁』作結。」見《文章結構分析》，頁222。又，喻守真：「末

聯以懷念故鄉作結，很有餘韻。」見《唐詩三百首詳析》，頁
215。

37 參見拙作〈論辭章內容結構之單一類型——以其所適用的章法
為考察重心〉，收於《修辭論叢》第四輯，頁674。

38 參見陳滿銘《章法學新裁》，頁501～502。

39 參見拙作《虛實章法析論》，頁203～204。

40 參見陳滿銘《章法學新裁》，頁490～492。

41 參見拙作〈論辭章內容結構之單一類型——以其所適用的章法
為考察重心〉，收於《修辭論叢》第四輯，頁679～680。

42 參見陳滿銘《章法學新裁》，頁496～497。

43 見陳滿銘《章法學新裁》，頁506。

44 黃永武：「那種日暮途遠的客愁，在秋風蕭索的異鄉，更顯得
孤寂無助了。」見《中國詩學——鑑賞篇》，頁81。

45 以上二例，參見拙作《虛實章法析論》，頁207、263～264。

46 見陳滿銘《章法學新裁》，頁511。

47 以上二例，參見拙作《虛實章法析論》，頁209～210、
227～228。

48 參見陳滿銘《文章結構分析》，頁11；及陳清俊《盛唐詩時空
意識研究》，頁364～365。

49 參見陳滿銘《章法學新裁》，頁523；及喻朝剛、吳帆、周航編
著《宋詩三百首譯析》，頁317～318。

50 參見仇小屏《章法新視野》，頁269。

第四章

辭章中「意」──核心成分之審辨（上）

　　辭章意象中的「意」──「核心成分」，涉及了文學作品裡有關的義旨部分，也就是作者所欲表達的「情」或「理」。辭章義旨的類別，有就全篇而言的「篇旨」，亦即主旨，有就部分章節而言的「章旨」，並且也和貫串全篇材料的「綱領」有關；而針對一篇之核心情理（主旨）來看，其表現手法又有安置部位和表達深淺之種種問題。故本章將先由篇章義旨和主旨顯隱等層面進行審辨，探析辭章意象形成論中，屬於「意」的核心成分。

第一節　義旨與綱領

　　辭章作品的「義旨」，可分為整體性的「篇旨」和部分性的「章旨」。「篇旨」是辭章作品中最核心的情語或理語，亦即一般所稱「主旨」；「章旨」則是篇章中某一節段的內容要義。而「綱領」就如同文學作品的「線索」一般，

用以統合事材與物材，貫串全文內容。

本節擬先爬梳各家相關理論，再鎖定三者在內容結構中的定位，及易產生混淆的諸般問題，一一加以釐析。

一、義旨與綱領的理論

首先，就「篇旨」部分而論。

在中國古代文論裡，對於辭章主旨的討論，多半以「意」稱之，但由於歷來對「意」字所認知之內涵頗寬，有時是泛指整個辭章內容，有的則是代表核心情理，故尚需加以深入考辨。茲擇其與主旨相關之要者，論述如下。

明代黃子肅的《詩法》，在談寫詩方法時表示：

> 大凡作詩須立意。意者，一身之主也。如送人則言離別不忍相捨之意；寄贈則言相思不得相見之意；題詠花木之類，則用〈離騷〉芳草之意。故詩如馬，意如善馭者，折旋操縱，先後疾徐，隨意所之，無所不可，此意之妙也。（收於顧龍振編《詩學指南》卷一，頁16）

黃氏謂作詩應以立意為先，並將「意」在文章中的地位，比喻為「一身之主」，顯然所指為一篇之主旨。

歸有光《文章指南》則說：

> 作文須尋大頭腦，立得意定，然後遣詞發揮，方是氣象渾成。（頁24）

此條作文法則，發揚自劉勰所說「情理設位，文采行乎其中」（《文心雕龍·鎔裁》），他提出辭章創作的原則就是先掌握大方向，立定義旨，之後再根據文章中心來遣詞造句，自然能成功的表情達意。

王夫之《薑齋詩話》以為辭章應有一主意，來綰攝各部分，其云：

> 無論詩歌與長行文字，俱以意為主。意猶帥也，無帥之兵，謂之烏合。（卷二，頁146）

「意」既有如統帥般的作用，則辭章若無核心情理來整合內容，那麼所有的寫作材料，就如同烏合之兵。由此可知，王夫之所謂猶「帥」之「意」，指的正是核心情理，也就是一篇之主旨。

方東樹《昭昧詹言》則是從閱讀的角度，提出掌握作者「命意」的重要性：

> 不尋其命意，則讀其詩不知其歸宿，亦並不能悟其文法所以為奇為妙，為變為遞，為棱為汁，為景象為精彩也。（卷十一，頁三）

方東樹所稱之「命意」，即為篇旨。他指出閱讀文學作品之首要工夫，乃在於掌握其「命意」，才能知其「歸宿」，悟其妙處。

吳曾祺《涵芬樓文談》說道：

> 作文之法，辭句未成，而意已立，既立之後，於是乎
> 始，於是乎終，於是乎前，於是乎後，百變不離其
> 宗。如賈生作〈過秦論〉，只重仁義不施四字。柳子
> 厚作〈梓人傳〉，只言體要二字。韓文公作〈平淮西
> 碑〉，只主一斷字。蘇長公作〈司馬溫公神道碑〉，只
> 用誠一二字。雖其一篇之中，波瀾起伏，變化不窮，
> 而大意總不出乎此。夫意只一言可盡，而必多為之辭
> 者，蓋獨幹不能成林，獨緒不能成帛，獨木不能成
> 屋，獨腋不能成裘。（〈命意〉第十一，頁21）

他也指出「意」是通貫全篇之要旨，並且舉了數篇文章為
例，末尾還進一步說明主旨雖「一言可盡」，但「獨幹不能
成林」，故尚需就主旨加以發揮，或運用外圍材料來表現核
心情理，以組織成一篇之內容。

　　吳闓生在《古文範》中，同樣闡述了主旨之要：

> 凡作文每篇必有一定主意。主意既定，通篇議論均必
> 與其本意相發，乃不背繆枝蔓，所謂一意到底，所謂
> 如放紙鳶，線索在手；所謂獅子弄球，千變萬態，目
> 光常有所注。（上編二，頁91）

文中用了兩段比喻來闡釋一篇辭章必有一「主意」，且通篇
內容亦皆由此生發的道理。

　　宋文蔚在《評註文法津梁》論「謀篇」之法時，特列
「語必歸宗」一項，其云：

> 作文既立主意，一篇之中，要令氣脈流通，雖議論橫
> 溢，意思傍出，必處處顧定主意。如枝葉扶疏，必本
> 於一幹；江海浩瀚，必出於源泉。否則詞旨雖極繁
> 衍，而氣脈不相貫注，散無統紀，閱至終篇，不能言
> 其主意之所在，此不講篇法之過也。（上冊，頁50）

要使辭章在豐富的內容中，能夠有相通貫的「氣脈」，靠的
就是主旨（綱領）的統攝作用，否則終易落至文意不明，散
無章法的毛病。

　　馮永敏的《散文鑑賞藝術探微》，也闡述「立意」的鑑
賞藝術，他說：

> 無論說理敘事，或寫景狀物，以至日常應用之文，總
> 要表現作者的觀點態度和寫作意圖，這稱之為「立
> 意」，現在一般也把它稱作「主題」、「主旨」或「中
> 心思想」。（頁141）

作者所要表達的情意思想，就是辭章所立之「意」，也稱作
主題、主旨、中心思想等，其中，稱為主旨或中心思想，頗
能使人一目了然，但「主題」一詞的含義，就比較複雜，這
點當容後討論。此外，馮永敏還論及，由文章表面看來，似
乎往往有許多各不相屬的事物，但其實這些材料都是被文中
的情理串連在一起的，所以他也指出「立意實是散文作品的
精神和核心所在。」[1]這也是主旨在辭章意象之形成層面中
屬於「核心成分」的緣故。

　　除了「意」，也有稱之「主腦」者，如劉熙載的《藝

概・經義概》云：

> 凡作一篇文，其用意俱要可以一言蔽之。擴之則為千
> 萬言，約之則為一言，所謂主腦者是也。（卷六，頁
> 172）

作者寫作一篇辭章，必有最重要的用意所在，它可用幾句話
來含括，也就是所謂的「主腦」，而全文也是依此主腦之意
來開展，使文章形成統一的整體。

李漁《閒情偶寄》也列有「立主腦」一項：

> 古人作文一篇，定有一篇之主腦。主腦非他，即作者
> 立言之本意也。（頁10）

「一篇之主腦」就是主旨所在，也就是說，作者真正欲抒發
的思想情意，即為辭章作品之核心成分。

而一篇辭章中最核心的情理，就是主旨，也就是其「中
心思想」，蔡宗陽在《文燈──文章作法講話》裡即解析
道：

> 所謂中心思想，就是各種思想出發點的基本中心，也
> 是某種思想中最重要、最根本的思想。一般人所說的
> 「主旨」，也叫做「主意」，也就是文章的中心思想。
> 什麼是文章的中心思想？簡單明白的說，就是文章的
> 主要意思和目的。（頁26）

這是以「中心思想」來稱謂文章最核心、最根本的情意思想
者。

　　另有以「主題句」作為主旨名稱者,如在成偉鈞等人編
寫的《修辭通鑑》中,即特列一章來談「主題句的選用」。
對於「主題句」的定義,書中說:「主題句即強調主題的句
子。」(頁283)並再透過劉熙載的理論,作進一步的說明:

> 清末劉熙載在《藝概》中說:「凡作一篇文,其用意
> 俱要可以一言蔽之,擴之則為千萬言,約之則為一
> 言,所謂主腦者是。」這個「一言蔽之」的「主腦」
> 便是主題句。(頁284)

由此可見,《通鑑》一書是將「主題句」等同於主旨,也就
是一篇辭章最核心的情理成分。當然,辭章主旨有時會以一
個字點醒,有時也可能是一個詞或句,甚至是一個段落,因
此,稱之為「句」,實易被認為是狹義的指一個句子,而產
生文法上的問題,故成氏等又解釋說:

> 對主題的概括,簡單的可以是一個詞,一個詞組,複
> 雜的可以是一個複句,甚至是一個句群,所以主題句
> 在形式上有簡單、複雜之分。(頁284)

把「句」的含義作了擴充,試圖解決它在涵蓋面上的疑義。
　　張春榮的《作文新饗宴》在談寫作觀念的辨析時,特別
提到掌握主題句的重要性,他先說明主題句的意義為:

> 主題句（topic sentence）係一段或一篇中主要論點所
> 在，標示著作者核心概念。（頁89）

可以說，以節段而言的主題句，即為「章旨」，以全篇的核
心概念而言，就是一篇主旨所在。此外，張春榮也探討了主
題句與各種章法的關係，認為主題句往往會出現在凡目法中
的凡、正反法中的正、平側法中的側、情景法中的情、淺深
法中的深等等，並謂：「如此一來，將以旁觀者清之姿，站
於制高點之上。不迷於繁花繽紛，不蔽於雲封霧鎖，掌控主
幹，總覽全局。」（頁89）是故明瞭作者立意之重心，對於
理解辭章極具助益。

其他像是黃宗羲〈論文管見〉云：

> 所謂文者，未有不寫其心之所明者也。心苟未明，劬
> 勞憔悴於章句之間，不過枝葉耳，無所附之而生。
> （《南雷文定》三集，卷三，頁十上）

意即不先掌握好根本的創作義旨，僅花功夫於寫作材料與字
句修飾等末節，則終致散不成篇，故見黃宗羲所說的「心之
所明者」，正是作家所欲反映的核心精神。

曾國藩〈復陳太守寶箴書〉也談到主旨的問題：

> 一篇之內，端緒不宜繁多，譬如萬山旁薄，必有主
> 峰；龍袞九章，但挈一領。否則首尾衡決，陳義蕪
> 雜，茲足戒也。（《曾文正公全集》八，頁49）

這裡是用萬山之主峰與九章之領,比喻篇章之端緒。

　　許恂儒的《作文百法》則稱確立主旨為「相題立柱法」:

> 相題者,相度題中之要義。立柱者,先定一篇之大
> 綱。……相題為第一要事,既能相題便可將題中最重
> 要之義,練成一篇之主腦,此即所謂立柱也。……作
> 文能有柱意,則命意措辭,皆有標準,行文布局,皆
> 有範圍,不致歧路徬徨,中無定見矣。(卷二,頁
> 51)

這裡主要是從斟酌題目下手,接著再由掌握題中要義,以立下一篇之柱,而文末也闡述了立定柱意在篇章中之作用。

　　此外,尚有以「點睛」為揭出主旨處者,如王德春《修辭學辭典》:

> 用傳神詞句突出文章中心,提挈全文,起畫龍點睛的
> 作用。(頁35)

而成偉鈞、唐仲揚、向宏業主編的《修辭通鑑》,在談篇章修辭時,也列有「點睛」一法:

> 點睛指的是將文章主旨要義,用極簡約、傳神的詞句
> 點出,以提挈全篇的技法。(頁1158)

這個提挈全篇的中心文意,就是主旨了,若再以簡約、傳神

的詞句來作修飾，則使之更具感染力。

　　其次，在探析辭章義旨的文論中，也有不少同時關顧篇旨與章旨的理論，且早在劉勰的《文心雕龍》中即已出現相當重要的論述，他在〈附會〉中提出：

> 何謂附會？謂總文理，統首尾，定與奪，合涯際，彌綸一篇，使雜而不越者也。（《文心雕龍注》卷九，頁650）

「附」者，談的是文辭的前後聯貫，而「會」，談的就是辭章如何由章統合為篇，以總攝於一宗，「貞百慮於一致」，使豐富的內容不致雜而越軌，王更生即說明道：「會義的意思，是使各段大意合乎全文主旨。」[2]文中更以車轂為喻，認為一篇文學作品之主旨，就如車輪之主軸，統縮著如其他的橫輻般的各節段之章旨，是故文章內容雖「情數稠疊」，但卻能因「篇統間關」而融會貫通，這就是「一轂統輻」的道理。

　　劉熙載在《藝概·經義概》中，提出「主腦」為一篇文章之主要用意後，亦進一步言及篇旨與章旨的關係：

> 主腦皆須廣大精微，尤必審乎章旨、節旨、句旨之所當重者而重之，不可硬出意見。（卷六，頁172）

他除了強調主要義旨所應具有的特色外，也指出「主腦」應與各章節字句的重要內容取得一致性。另外，劉熙載還在〈詞曲概〉裡說道：

> 余謂眼乃神光所聚，故有通體之眼，有數句之眼，前
> 前後後無不待眼光照映。（卷四，頁116）

十分巧妙的用「眼」來比喻辭章義旨。而其所謂「通體之
眼」，也就是篇旨；「數句之眼」，則如同章旨；這個篇章中
的「眼」，也起著統攝全文、照映前後的作用。不過，在某
些詩文評論中，有時「眼」字僅意為段落中特別突出的要
義，而此議題當於另節再作探討。

陳澧在〈復黃芑香書〉一文中，指出：

> 惟昔時讀小雅有倫有脊之語，嘗告山舍學者，此即作
> 文之法。……倫者今日老生常談所謂層次也，脊者所
> 謂主意也。……有意矣，而或不止有一意，則必有所
> 主；猶人身不止一骨，而脊骨為之主，此所謂有脊
> 也。意不止一意，而言之何者當先，何者當後，則必
> 有倫次。即止有一意，而一言不能盡意，則其淺深本
> 末，又必有倫次，而後此一意可明也。（《東塾集》
> 卷四，頁266~267）

文中有幾項重點頗值得探究。首先，他以「倫」與「脊」對
應於層次邏輯（層次）和核心情理（主意），一為章法，一
為主旨。其次，單就「意」而言，陳澧提出一篇文章或不只
一意，說的便是內容中的各節章旨，但無論如何，這些內容
「必有所主」，即統一於一個主旨底下，如同人之脊骨。最
末，他還談到欲安排這些內容，或主意之淺深本末等，就得
靠章法條理備其倫次。

宋文蔚在《評註文法津梁》中，闡述了許多有關篇與段的文章法則，如在討論「分段」之法時，他表示：

> 每段主意，於本段中醒出，自然分明，各段交互見
> 意，自然融洽，又要與全篇主意相照顧，使一篇如一
> 段，一段如一句，首尾一氣相生，乃見布局之妙。
> （上冊，頁95）

又說：

> 每段雖自為起訖，而用意必與通篇主意相照應，蓋分
> 之為各段，合之即為一篇也。全篇無論畫分若干段，
> 其前後承接處，必須有嶺斷雲連之妙，使血脈流通，
> 骨節靈活。（中冊，頁1）

而在談「意相承」時，則謂：

> 文章用意，有枝有幹。一篇之主意，幹也，每段自成
> 一意，枝也。枝必生於幹，自然一意相承，否則用意
> 龐雜，前後不相照顧，枝枝節節而為之，便不成段
> 法。（中冊，頁20）

「每段主意」說的正是各段的章旨，而「全篇主意」即為一篇主旨。它在寫作上的要求是：章旨必須「醒出」，並且還要與全篇主意相照應，注意各段間之互相聯絡，才能使意脈相承、首尾一貫。

　　再次，有關「綱領」之內涵與作用的理論，也是很早就受到矚目。劉勰《文心雕龍‧附會》即出現「綱領」一詞，其云：

> 凡大體文章，類多枝派，整派者依源，理枝者循幹，是以附辭會義，務總綱領，驅萬塗於同歸，貞百慮於一致，使眾理雖繁，而無倒置之乖，群言雖多，而無棼絲之亂，扶陽而出條，順陰而藏跡，首尾周密，表裡一體，此附會之術也。（《文心雕龍注》卷九，頁650~651）

綱領本就可能獨立串整辭章的紛繁材料，也可能與主旨相同，疊合著以統攝起全篇內容，劉勰所指之「綱領」，即等同於辭章的中心思想，故其闡述道：欲使一篇體大思精的作品綱舉目張，就必須「依源」、「循幹」，而附辭會義的首要工夫，務先總攬辭章之綱領（主旨），如此才能「驅萬塗於同歸，貞百慮於一致」，使作品「首尾周密，表裡一體」。

　　宋代李塗的《文章精義》，論作文之法時說：

> 學文切不可學怪句，且先明白正大，務要十句百句只如一句，貫穿意脈。（頁81）

這「貫穿意脈」以領起文中十百句內容的一句，就是綱領（主旨）之所在。

　　呂祖謙在《古文關鍵》，曾提及文章應有「一脈過接乎其間」的「綱目」：

> 常使經緯相通，有一脈過接乎其間然後可。蓋有形者
> 綱目，無形者血脈也。（卷上，頁21）

他提出以有形的文字所呈現的綱目，作為文章的脈絡來貫串
全文，能起著過渡接續的作用，使辭章「經緯相通」，形成
一個有精神的整體，無形中也構成一種貫通前後的文氣。

歸有光《文章指南》中，論有「前後相應」一條文章體
則，其云：

> 凡文章前立數柱議論，後宜鋪應，或意思未盡，雖再
> 三亦可。只要轉換得好，如此非惟見文字有情，而章
> 法亦覺齊整。（頁11）

「文章前立數柱」即於開篇先拈出全文義旨，並且在這個總
攝的地方，分出數軌綱領來呈現，「後宜鋪應」也就是在後
文需隨時關顧前半總述之內容，使前後相應相合。就章法來
說，如果「鋪應」處能根據此「數柱」，分出與總括部分相
呼應的條目，則這樣的謀篇方式常會形成凡目法，故歸有光
也在結尾提出，以主旨或綱領統貫全篇，其好處便在於能使
文章具情味力量，在章法上也會顯得有條有理。

李佳的《左庵詞話》也有這一方面的論述：

> 詞貴有意，首尾一線穿成，非枝枝節節為之。
> 制一詞，須布置停勻，血脈貫穿。（《詞話叢編》，頁
> 3165）

所謂「首尾一線穿成」和「血脈貫穿」，都是在要求辭章創作應符合章法四大原則中的「統一律」，意即成功的作品需以主旨（綱領）來統整各部分，使全篇合為一個整體。他揭示了辭章家在創作時，皆須謹慎布置，令其有一脈綱領貫穿，以免枝枝節節、散不成體。

劉熙載《藝概‧文概》在談敘事之法則時，謂：

> 敘事有特敘，有類敘，有正敘，有帶敘……種種不
> 同。惟能線索在手，則錯綜變化，惟吾所施。（頁
> 42）

他就敘事的文體，點明掌握「線索」，不管如何變化寫作技巧，皆能讓事材有條有理。

宋文蔚在《評註文法津梁》中談到許多和綱領相關的理論，他認為文章應要求「關鍵完密」、「文中立柱」。在立柱一節中，其謂：凡一篇文章，應先立其質幹，並處處顧定，方能一線到底；在要求關鍵處，則是提出其方法除了透過一些像是「提頓折落」、「抑揚開闔」等章法上的手法來達成外，還有以「提出線索」來設一篇之關鍵者，凡此種種，都能收到「不煩繩削而自合法度」的優點[3]。宋文蔚在書中還談到「脈絡貫注」一則：

> 一篇之中，其前後中間互相呼應，互相聯合處，即文
> 之脈絡。有脈絡，則篇中神氣往來，流行無滯，行文
> 自然活潑。如人之氣血，行於脈絡之中，環轉周身，
> 無一處不到，亦無一息之停，所以能行動健捷。文章

脈絡貫注，則篇法自然有生動之氣。（上冊，頁70）

所謂脈絡，就是在文章前中後相互呼應與連結之處，宋氏以人身與氣血作比喻，更能讓人了解到綱領之於文章的重要性，總之，就創作而言，「作文知有綱目，則通篇氣脈環轉，絕無留滯。」就賞析而言，「讀文知有綱目，則通篇線索分明，易於尋玩。」[4]

此外，成偉鈞等之《修辭通鑑》也稱綱領為「線索」，並解釋道：

> 線索即貫穿在整個記敘文或敘事性文學作品之中，連接其全部材料的脈絡。古人也把線索稱為「筋脈」、「命脈」。
>
> 線索的作用在於把文章的全部材料銜接起來，使文章有條不紊，結構嚴密。（頁929）

前段從貫穿整個作品和連接全部材料，來論述綱領最重要的特色；後段則交代了綱領在辭章中的作用。

而為配合辭章家的匠心、題旨的闡發，因此綱領還牽涉到「軌數」的問題，有的作品以一軌綱領貫穿到底，有的則運用雙軌甚至多軌綱領來串起內容材料，筆法不一而足。元楊仲弘《詩法家數》：

> 就即發其意者，有雙起二句，而作兩股以發其意者；有一意作出者。（收於顧龍振編《詩學指南》卷一，頁27）

這裡談到詩中如何「發意」的問題，而安排的方式則有透過「兩股」與「一意」來擴寫。以綱領的形式來講，「兩股」即雙軌分承，「一意」即單軌貫注。

明高琦、吳守素編的《文章一貫》，在「篇法」一章也引述：

> 場屋準繩云……有立兩柱貫一篇者，如蘇老泉〈春秋論〉之類是也。有將一字立意貫一篇者，如東坡〈留侯論〉用一忍字之類是也。（卷上，頁10）

舉出「立兩柱貫一篇」及「將一字立意貫一篇」兩種綱領軌數。

歸有光《文章指南》中，有「兩柱遞文則」一條文章體則，他以王陽明〈玩易窩記〉為例說道：

> 王陽明〈玩易窩記〉，篇內發明易理，而以觀象玩詞、觀變玩占立柱。下即雙承竹節推去，是謂兩柱遞文也。（頁21）

歸有光是以實例來講解這個篇章法則，所謂「兩柱遞文」也就是分兩軌綱領來統合情意材料的方式，如〈玩易窩記〉論理一段，是透過「居則觀其象而玩其詞」、「動則觀其變而玩其占」兩軌串起議論內容。

而《修辭通鑑》一書曾指出：「有些敘事性的文學作品，有兩條或兩條以上的線索同時存在。」並且以賓主關係分稱為主線與副線（頁930），但事實上，兩軌或以上的綱領之

間，有時也可能具有平列式的關係。

　　陳滿銘則於《章法學新裁》裡，對於綱領的軌數，有明確的定義和數篇例文，他表示所謂的「單軌」意指：

> 這是將主要內容凝為一軌，以貫穿節、段或全文的一種方式。（頁250）

如韋莊〈菩薩蠻〉，上片藉地點、殘月、淚來具寫別恨，下片則追述樓上夜別情景，可見全詞皆圍繞單一軌數（別夜惆悵）來鋪陳。而「雙軌」是指：

> 這是將平列或有主從關係的重要內容析為兩軌，以貫穿節、段或全文的一個方式。（頁252）

如杜審言〈和晉陵陸丞早春遊望〉，起聯先提明一篇的綱領「偏驚物候新」，是「總括」的部分，然後在頷、頸聯寫「物候新」，為「條分一」，末藉尾聯寫「偏驚」，是「條分二」。因此，無論在凡、在目，都以「偏驚」（軌一）與「物候新」（軌二）兩軌來組織。「三軌」者則是：

> 將平列或有主從關係的重要內容分為三軌，以貫穿節、段或全文的一個方式。（頁254）

如袁宏道〈晚遊六橋待月記〉，以「春」、「月」、「朝煙、夕嵐」為三軌，描寫西湖六橋的風光，層次分明[5]。當然，篇章中的軌數亦可達「四軌」、「五軌」或更多，而當軌數

愈多時，篇幅也會隨之擴大，並且更需作者精心布局。

　　仇小屏《文章章法論》同樣也說道：

> 綱領在辭章中扮演著貫串材料的角色，它可以形成單
> 軌或多軌，以起統整詞章的作用。（頁467）

這裡不但點明：「綱領」主要是在貫串辭章作品中所選取和
運用的寫作材料，也提出綱領可以形成「單軌」或「多
軌」。

　　最後，欲理清辭章意象的核心成分（意），便不能忽略
章法學「四大律」中的「統一律」，因為辭章當中的所有內
容，都是由核心成分來統合，以組織成一有機整體，故章法
的統一律也就同時關涉到義旨與綱領。此部分將鎖定統一律
這個辭章理則，綜合的來探討辭章內容的核心成分。

　　陳滿銘《章法學論粹》即言：

> 所謂的統一，是就材料情意的通貫來說的。一般而
> 言，辭章要達成「統一」，非訴諸主旨（情意）與綱
> 領（大都為材料）不可。（頁14）

由此可知，主旨是就核心情意而言，綱領則大多偏向材料方
面。仇小屏的《文章章法論・統一律》也承此論表示：要達
成篇章的統一，就必須注意到「主旨的確立與綱領的貫注」
（頁417），書中亦針對主旨安置的部位和綱領軌數的多寡，
仔細採擷歷代理論與例文[6]。

　　張壽康《文章學導論》一書，是從「總觀點」與「分觀

點」來談文章的統一律,他在〈觀點材料統一律〉中說道:

> 文章的觀點就是作者對客觀事物的認識或看法。觀點
> 有不同的平面:文章有總觀點(又叫「中心思想」或
> 「主旨」),總觀點又可以統帥若干分觀點,它們是總
> 觀點的支柱,是闡述和表現總觀點的。(頁54)

可見其所謂「總觀點」就是一篇之主旨,而「分觀點」也就
是章旨。各段章旨是為表現篇旨、撐持篇旨,且全文的內容
也在篇旨的統括下,使辭章構成一個整體。

　　鄭文貞在《篇章修辭學》中闡述篇章修辭的規律時,也
針對「統一律」來說明篇、段、句之間的扣合:

> 一篇文章是一個有機整體,無論內容還是形式,都應
> 該統一。篇有主題,段有段旨,句有句意;句受制於
> 段,統於段,段受制於篇,統於篇。(頁12)

文章之所以能形成一有機整體,就在於由句意、段旨到篇
旨,都能層層緊密的聯繫,使全文的中心凸顯,條理清晰。
　　由曾祥芹主編的《文章學與語文教育》,則是從「意貫
律」探討文章主旨的向心性,謂:

> 所謂「意」,包括觀點和情感。古人叫主腦、主旨
> 等。所謂「意貫律」,即「意」的貫通是雙向的,是
> 可順可逆的。在文章裡,「意」是一個焦點,全文由
> 它放射出去,又能回歸集中到這一點上來。也就是由

篇旨，可以推出章旨、句旨，由章旨、句旨又可回歸
到篇旨。（頁174）

他解釋「意貫律」中的「意」，正是所謂的「主腦」、「主
旨」，它代表著「普通文章中所有的文體所表現出來的『核
心內容』」[7]。而篇旨與章旨之間也是相互貫通的，正如劉熙
載所說的「擴之則為千萬言，約之則為一言」。

　　張會恩、曾祥芹合編的《文章學教程》，也在「文章的
內外規律」一章，提出「統一律」原則：

　　一篇獨立完整的文章必然要求內容和形式的統一。它
　　只有一個總旨，各部分應環拱於中心，為著中心而存
　　在，字句章篇，次第相從，做到「篇之彪炳，章無疵
　　也；章之明靡，句無玷也；句之清英，字不妄也；振
　　本而末從，知一而萬畢矣。」（《文心雕龍·章句》）
　　劉勰所說的「本」和「一」就是文章系統的核心主
　　旨，而「末」和「萬」就是外在表層的字詞、句子和
　　章節；只要核心主旨這個根本得到了振舉，其他字、
　　句、章等枝葉就會服從和歸順。（頁319）

文中也同樣指出了主旨即為篇章的核心成分，並引用劉勰
《文心雕龍》，來論述在篇旨與章旨之間，所存在的「本」與
「末」之關聯性。

　　仇小屏《文章章法論》中的〈統一律〉一章則表示：

　　眾所周知，一篇辭章之所以被寫成，就是為了表達一

個意思，這個意思可以是情，也可以是理，或者是由
情理交揉而成；然而無論它的內容為何，它都是全文
（詩、詞……）最重要的部分，沒有它，辭章不可能
留存。這個部分，我們稱之為「主旨」。（頁417）

情或理是辭章的抽象意涵，是一篇作品的中心，這裡已將
「主旨」的意義和重要性，作了十分明確的說明。

　　總之，一篇辭章作品是一個有機整體，而要達成辭章的
有機統一，就必須求之於核心情理（主旨）和貫串材料的綱
領。

二、義旨與綱領的關係

　　由於主旨、章旨、綱領、內容等，在一篇辭章當中可謂
關係緊密，但也常被混為一談，故於其關係的認辨上，也就
存在一些議題需進一步釐清。

　　首先，一篇辭章的核心成分，雖是以情語或理語來呈
現，但由於情或理本身有時也會有內在與外在之分，所以在
篇章當中出現的情語或理語，有時不見得就是它的主旨，如
晏殊〈浣溪沙〉：

　　一曲新詞酒一杯，去年天氣舊池臺。夕陽西下幾時
　　迴？　　無可奈何花落去，似曾相似燕歸來，小園香
　　徑獨徘徊。

作者是透過一些物事人非和聚散無常的意象，將「懷人」的

主旨隱於篇外[8]。因此，「無可奈何」雖是情語，但主要是在表達一種好景不常的感觸，以加強主人翁的愁悶情緒，而非這闋詞的核心成分[9]。又如祖詠〈望薊門〉：

> 燕臺一去客心驚，笳鼓喧喧漢將營。萬里寒光生積雪，三邊曙色動危旌。沙場烽火侵胡月，海畔雲山擁薊城。少小雖非投筆吏，論功還欲請長纓。

這首詩主要在表現詩人登臨薊門關，遠望邊塞雄偉景致，遂生請纓報國之志。雖然首句出現了「心驚」之情語，但此句乃是借典，暗寫郭隗、樂毅等賢士，在離開燕國後，燕國隨即被秦國所滅，因此見到燕昭王所築之黃金臺，不禁令人感到心驚，故此寫的是因「望」而弔懷史事，然而，全詩的主旨應在末聯所發出欲投筆從戎的心願，葉葆王在《學詩指南》就評註道：「此因臨邊而有志立功也。……末聯一縱一擒，於收句結出主意。」[10]明確指出此詩主旨所在。由此可見，欲掌握作者所要表達的真正情意，仍必須抓住最核心的部分。

其次，提到核心情理（主旨），即需注意到：通常一篇辭章的主旨只有一個，有時可以是多層的，如表層的、裡層的義旨，但它不會是多元的[11]。一般會把主旨理解為多個意思，通常是將辭章中的許多內容，皆誤為主旨所致。如鄭燮〈寄舍弟墨第四書〉：

> 十月二十六日得家書，知新置田穫秋稼五百斛，甚喜。而今而後，堪為農夫以沒世矣。

我想天地間第一等人，只有農夫，而士為四民之末。
農夫上者種地百畝，其次七八十畝，其次五六十畝，
皆苦其身，勤其力，耕種收穫，以養天下之人。使天
下無農夫，舉世皆餓死矣。吾輩讀書人，入則孝，出
則弟，守先待後，得志，澤加於民；不得志，修身見
於世；所以又高於農夫一等。今則不然，一捧書本，
便想中舉人，中進士，作官如何攫取金錢，造大房
屋，置多田產。起手便錯走了路頭，後來越做越壞，
總沒有個好結果。其不能發達者，鄉里作惡，小頭銳
面，更不可當。夫束修自好者，豈無其人？經濟自
期，抗懷千古者，亦所在多有；而好人為壞人所累，
遂令我輩開不得口。一開口，人便笑曰：「汝輩書
生，總是會說，他日居官，便不如此說了。」所以忍
氣吞聲，只得捱人笑罵。工人制器利用，賈人搬有運
無，皆有便民之處；而士獨於民大不便，無怪乎居四
民之末也，且求居四民之末而亦不可得也。
愚兄平生最重農夫。新招佃地人，必須待之以禮。彼
稱我為主人，我稱彼為客戶；主客原是對待之義，我
何貴而彼何賤乎？
吾家業地雖有三百畝，總是典產，不可久恃。將來須
買田二百畝，予兄弟二人，各得百畝足矣，亦古者一
夫受田百畝之義也。若再求多，便是占人產業，莫大
罪過。天下無田無業者多矣，我獨何人，貪求無厭，
窮民將何所措手足乎？

有稱此文主旨乃在抒發尊重農夫的態度，或主張其實為訓戒

當時的讀書人，或認為作者主要在告誡子弟不可貪求等，如此一來便造成了多元主旨的疑慮。事實上，這些看法皆為本文內容章旨，而板橋此家書，主要在戒勉子弟應以務農自給自守，寄寓了務本勤民之意。黃錦鈜就曾說：在分析文義時，需能把握住全文的中心要旨，而不致被各段各節的情節所迷惑，發生「指馬之百體而不得馬」（《莊子·則陽》）的狀況[12]，因此文學作品中的內容或章旨，雖涵蓋主旨，卻不等同於主旨，其作用雖在於凸顯主旨，但要抓出主旨，仍需鎖定核心情理。

　　再次，主旨與綱領雖然皆具有將辭章全篇包融、統一起來的作用，但嚴格說來，兩者在意義上仍是有所區別的。主旨是辭章家透過文學作品所欲表達的情理，是全篇作品中最核心、最重要的情意或思想，而綱領則是貫串起全篇內容，尤其是事、物材的重要線索，正如前文所言：「辭章要達成統一，非訴諸主旨（情意）與綱領（大都為材料）不可」[13]，可見，綱領不是作者寫作辭章的終極目的[14]，而主旨才是作者所真正要表達的情意。但是，要成就一篇辭章作品，有時也必須靠綱領串起所有的字句章節和運用的材料，為呈現主旨而服務。不過，由於主旨和綱領都是形成辭章統一的重要因素，因此，作者真正要表達的思想情意，也就是主旨，可能與綱領相疊合，當然也可能不同於綱領[15]。當辭章內容是以主旨來作統合的，則兩者即形成重疊，如劉禹錫〈陋室銘〉：

　　　　山不在高，有仙則名；水不在深，有龍則靈；斯是陋室，惟吾德馨。苔痕上階綠，草色入簾青。談笑有鴻

儒，往來無白丁。可以調素琴，閱金經。無絲竹之亂
耳，無案牘之勞形。南陽諸葛廬，西蜀子雲亭。孔子
云：「何陋之有？」

這篇銘文是以「凡目凡」結構組織而成，主要在戒勉自己修
養品德、充實內涵。篇首的「凡」，是以山水陪襯出主角
——室，並點出「斯是陋室，惟吾德馨」的主旨；中間則
分「室中景」與「室中事」兩目，來表現雖居陋室，依然安
適自樂之意，重點仍在一個「德」字；結筆處先引諸葛廬與
子雲亭之事典，再透過孔子語典，寄寓「君子居之」的內
涵，回扣篇首的「德」字，是後一個「凡」。林雲銘就曾評
析說：「通篇總是惟吾德馨四字衍出。」[16]可見此文之主旨
與綱領是屬於相疊合的類型。若在主旨之外，還有綱領來統
合景事材料者，則兩者即有所區隔，如杜甫〈石壕吏〉：

暮投石壕村，有吏夜捉人。老翁逾牆走，老婦出門
看。吏呼一何怒，婦啼一何苦。聽婦前致詞：「三男
鄴城戍。一男附書至，二男新戰死。存者且偷生，死
者長已矣。室中更無人，惟有乳下孫。有孫母未去，
出入無完裙。老嫗力雖衰，請從吏夜歸。急應河陽
役，猶得備晨炊。」夜久語聲絕，如聞泣幽咽。天明
登前途，獨與老翁別。

詩先以「有吏夜捉人」為引子（點），隨即進入敘事主體
（染），主體部分是依時間先後，如實的呈現整起事件。霍松
林評析道：「『有吏夜捉人』一句，是全篇的提綱，以下情

節，都從這裡生發出來。」並指出：「全詩的主題是通過對
『有吏夜捉人』的形象描繪，揭露官吏的橫暴，反映人民的
苦難。」[17]可見，全詩的內容皆自「有吏夜捉人」而來，故
此句是提起後文的引子，也是串起全篇內容的綱領。而本詩
屬於「單事」類型，即在篇內僅出現事材，故其主旨是隱於
篇外，所反映的正是動亂時代為百姓所帶來的苦難。

　　質言之，若統合各部分內容及材料者為主旨，則主旨便
同於綱領，若在主旨之外，另有貫串全文內容的線索，則兩
者便有所不同。但無論如何，「主旨」就是統一辭章的核心
成分，也就是作者所要抒發的思想情意。

　　最後再就篇旨與章旨的關係來看。

　　章旨與篇旨之間，實存在著一主一從的關係，也就是
說，各節段之主要內容，必須依附於全篇之核心義旨，前述
此部分理論時，亦有許多詩文論家談到此層面，如劉熙載：
「主腦需審乎章旨之所重者而重之」、陳澧：「不只有一意，
則必有所主」、宋文蔚：「每段主意要與全篇主意相照顧
……枝必生於幹，自然一意相承」等，總之，辭章是由各章
之內容組織成篇，就辭章義旨而言，章有章旨，篇亦有篇
旨，章旨是為呈現篇旨而服務，它必須時時緊合主旨、統攝
於主旨之下。而「積章」之所以能「成篇」，關鍵也就在於
節段與節段之間，必有其邏輯條理，其間的關係無論是從創
作或鑑賞的角度，都可透過章法的梳理，使各段內容連結為
一個有機的整體，以突出一篇之情理，這也就是劉勰《文心
雕龍・章句》所說：

　　　夫人之立言，因字而生句，積句而為章，積章而成

篇。(《文心雕龍注》卷七,頁570)

陳澧也認為應當重視「不只一意」的內容,是如何組織其倫次,以突出主旨,他說:

> 意不止一意,而言之何者當先,何者當後,則必有倫次。即止有一意,而一言不能盡意,則其淺深本末,又必有倫次,而後此一意可明也。(《東塾集》卷四,頁266~267)

這裡就論述了篇、章旨與章法的密切性。此外,陳滿銘也曾在定義「章法」時指出:

> 所謂的章法,是指文章構成的型態而言,也就是將句子組合成節段,由節段組合成整篇的一種方式。(《章法學新裁》,頁21)

因此,要了解辭章如何連段成篇,就需透過章法,理清各段旨意與全篇之中心思想的關係。

舉例而言,如歐陽脩〈賣油翁〉一文:

> 陳康肅公善射,當世無雙,公亦以此自矜。
>
> 嘗射於家圃,有賣油翁釋擔而立,睨之,久而不去,見其發矢十中八九,但微頷之。
>
> 康肅問曰:「汝亦知射乎?吾射不亦精乎?」翁曰:「無他,但手熟爾。」康肅忿然曰:「爾安敢輕吾

射！」翁曰：「以我酌油知之。」乃取一葫蘆置於
地，以錢覆其口，徐以杓酌油瀝之，自錢孔入，而錢
不濕。因曰：「我亦無他，惟手熟爾。」康肅笑而遣
之。

這篇文章主要在藉故事以寓道理，說明任何技藝能有所成
就，惟熟能生巧所致，故不必以此自矜。文中先說陳堯咨因
「善射」故「自矜」，作為故事的引子（點），隨後再依事件
發展之先後鋪開內容（染）。此部分是先寫賣油翁立而觀
射，並以「睨之」和「微頷」暗點其不以為然的態度，再由
因及果的透過問答，點出「手熟」二字；接著繼續透過兩個
人物的對話，和賣油翁精湛的瀝油技巧，再次強調「手熟」
以隱伏「不自矜」意，末句以堯咨「笑而遣之」收束整個事
件。其結構表可表示為：

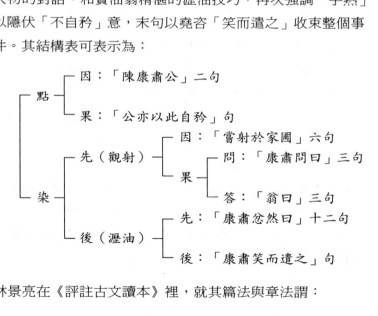

林景亮在《評註古文讀本》裡，就其篇法與章法謂：

> 是篇以戒矜作柱，前路寫矜字，後路寫不必矜。……

> 通篇分三段，自起句至自矜為第一段，此段以善射做
> 柱，惟善射故自矜。自嘗射於家圃至但手熟爾為中
> 段，此段以賣油翁之輕視堯咨作柱，而以睨之、微
> 領，逼出手熟二字。自康肅忿然以下為末段，此段以
> 酌油作柱，為手熟之證。（頁21~22）

故見此文先以善射而自矜為第一段章旨，再以輕視之姿逼出
手熟為二段章旨，後以酌油作柱，為手熟作證，為第三段章
旨，這些內容在章法上又構成「先點後染」、時間先後、先
因後果、先問後答等結構，而全篇則是統攝於篇外「戒矜」
的主旨上，故讀來首尾一貫，條理清晰。由此足見，掌握文
學作品之章旨、篇旨、與章法，在進行寫作與欣賞時，是有
其重要性的。

　　綜括而言，篇旨、綱領與內容的關係皆十分密切，以致
容易產生混淆，陳滿銘即曾發表專文，指出：如方苞〈左忠
毅公軼事〉一文的主旨，應是表現左光斗的忠毅精神，若認
為作者是在敘述師生情誼，則是犯了以部分內容為主旨的錯
誤；又如〈孔子世家贊〉，是以「鄉往」為綱領，從己身、
孔門學者、至全天下讀書人，貫串起全篇內容，最後帶出贊
其為「至聖」之主旨，故以「鄉往」為一篇主旨者，則是犯
了以綱領為主旨（當綱領不等於主旨時）的毛病[18]。可見為
求精準的理解義旨，在分析辭章作品時，是需要針對篇旨、
章旨、綱領詳加辨明的。

三、義旨、綱領與其他

　　前文探討了使用「意」、「旨」、「主腦」、「主意」等詞，來表示辭章核心情理的論述，而歷代詩文評論家也常提及「詩眼」、「文眼」、「警策」等詞，不過，這些在詩文理論中出現，或是在評析時被標為「眼」、「警」之處，有的是主旨所在，但有的卻不一定是主旨。此外，在一些涉及義旨理論的使用名稱上，也會出現精準性、普遍性等方面的問題，比如「意」、「主題」等，因此，有必要再針對與辭章核心成分的相關用詞，加以釐析其異同。

　　首先，許多專家學者在探討辭章「主旨」這個議題時，常以「主題」來稱述辭章的核心情理，也就是一篇文學作品之中心思想，不過，「主題」與「主旨」的意義，嚴格說來是有所差別的，使用源自西方文論的「主題」（theme）一詞，有時很容易在用詞上產生精確性的問題。王立在《中國古代文學十大主題》中便提出：某些術語會因為不同民族、文化的背景，使得語義並不總是一致的[19]。

　　所謂「主題」，勒文說：「主題類似象徵，意義極為分歧：也就是說，它們可以在不同的情況賦予不同的意義。」（〈主題學與文學批評〉）朱可夫斯基則表示：「主題是明確歸結出來的一些指涉性或語碼範圍常數。」可見主題是統稱性的一個集合，並可依作者意度、時代背景等因素，而有不同的深層內涵，例如許多針對民俗故事的演變來作探討的主題學史研究，即源於此。

　　而關於「主題學」，陳鵬翔在〈主題學與中國文學〉中

解釋說：

> 主題學為比較文學的一個範疇，源自十九世紀德國學
> 者對於民俗學的狂熱研究……當初的民俗學研究側重
> 在探索民間傳說和神話故事等的演變；目前則已大大
> 跨越出此一範圍，不僅探討相同的神話故事、民間傳
> 說在不同時代不同作家手裡的處理，而且也擴大探討
> 諸如友誼、時間、離別、自然、世外桃源和宿命觀念
> 等與神話沒有那麼密切的課題。（《主題理論與實
> 踐》，頁229）

主題學研究是對個別主題、母題、神話人物做追溯工作，探
討不同的時代和不同的作家，如何運用同一主題來抒發積愫
和反映時代[20]，所以陳鵬翔在〈主題學研究回籠〉中也指
出：「主題學理論裡的主題（theme）不僅指抽象的概念
（即語意的層次）也同時指具象的人物（即所謂的「前譬喻
性」的主題人物，亦即句構的層次）。」[21]像所謂「孟姜女
故事」的這個主題，就故事本身而言，它是一個可運用於辭
章創作的「事材」，而在個別作品中所表現出來的核心意
涵，如無助的婦女藉以控訴苦難社會，才是主旨；又如研究
「詩歌中的秋」主題，必須掌握住楓葉、白露、西風、落日
等具秋天意象的指標性材料，雖然這些詞彙是「主旨的」
（topical），能「直指詩之宏旨所在」[22]，卻不等同於主旨，
而是找出主旨的一些重要線索，藉此所呈現的身世之感、警
惕之意、及時行樂的觀念等，才是主旨，這樣一來，所謂
「秋主題」，就包括了材料與情理各方面；再如由杜鵑啼、蟬

鳴、猿聲等聽覺物材，談思鄉主題的表達、由文人的時間意識談惜時主題、懷古主題中撫今追昔的感歎等，同樣在主題與主旨之間，存在著指涉範圍上的問題。

　　所以廣義的「主題」一詞，涵蓋了文學作品中的母題、材料（包括人物、事件、場面等）、意象、情理，甚至風格等諸方面，是一個範疇較大的指稱，此外，又有稱為「個別主題」的研究，探索的是作家的理念或意圖的表現[23]，王立也說：主題一語，既可指具體、個別作品的中心意旨，又可指一類作品的共性思想傾向[24]，可見主題有時偏指主旨，有時又可涵蓋題材，如詠物主題、離別主題等，它與主旨之間實存有一種大包小的關係[25]，而使用「主旨」一詞，則能夠單純的、較精確的指稱一篇辭章作品中，最重要、最核心的情意思想。總之，主旨與主題二詞，雖有關聯性，但有時主題的容攝範圍更廣，含義也較為豐富，這是在使用和判別時，需多加審辨的部分。

　　其次，詩眼、文眼等詞，是另一個容易與主旨或綱領牽扯不清的概念。「眼」字通常用來指作品中最傳神、最精彩的部分，運用於各種文體中，也就有了詩眼、詞眼、文眼的說法。劉熙載在《藝概・詩概》裡曾談到「詩眼」的類別，謂：

> 詩眼，有全集之眼，有一篇之眼，有數句之眼，有一
> 句之眼；有以數句為眼者，有以一句為眼者，有以一
> 二字為眼者。（卷二，頁78）

就全篇而言之詩眼，即為篇旨或綱領，就某些段落或句子而

言之「眼」，則可能是章旨所在，或是作品中煉意、煉字特別突出、奇妙之處。

而說到提煉字句，則是許多詩歌理論在闡述「詩眼」時，所採取的角度，如明王昌會《詩話類編》：

> 五言以第三字為眼，七言以第五字為眼。凡詩眼要用實字，方得句健。（卷之一〈體格‧用字格〉，頁二十二上）

又如清施補華《峴傭說詩》：

> 五律需講煉字法，荊公所謂詩眼也。「泉聲咽危石，日色冷青松」……此煉實字。「古牆猶竹色，虛閣自松聲」……此煉虛字。（《清詩話》三，頁一上～一下）

劉鐵冷《作詩百法》在論「點眼法」時，也是從這個層面談詩眼：

> 詩之有眼，猶人之有目也。詩無眼則無致力處，故眼要響、要挺；人無目則無視物處，故目要清、要明……眼用實字則挺，眼用響字則響，眼用拗字則健。（卷上，頁90）

這樣從字眼或句眼來談論詩眼者，即偏向於文法或修辭的領域，因此這裡所說的「眼」，也就不見得是指詩歌的核心義

旨,就像施補華在《峴傭說詩》中所舉諸例,大多為寫景句,而非主旨所寓居之情語或理語。

當然也有部分詩文理論所指稱的「眼」,是與主旨、綱領有關的,如清黃生的《杜工部詩說》,就評註道:

> 吳東巖曰:詩眼貴亮,線貴藏,如〈何氏山林〉之五,滄江、碣石、風筍、雨梅、銀甲、金魚,皆散錢也,而以興字穿之,是線在結也。此作(按:指〈遣懷〉)霜露、菊花、斷柳、清笳、水樓、山日、歸鳥、棲鴉,亦散錢也,而以愁眼二字聯之,是線在起也。(卷十二,頁637)

杜甫〈陪鄭廣文遊何將軍山林〉之五:「腾水滄江破,殘山碣石開。綠垂風折筍,紅綻雨肥梅。銀甲彈箏用,金魚換酒來。興移無灑掃,隨意坐莓苔。」周振甫解析道:光說腾水、殘山、筍、梅、箏、酒,像散錢一般,要有根線來穿起,這個線索是「興」,即遊興。又,〈遣懷〉:「愁眼看霜露,寒城菊自花。天風隨斷柳,客淚墮清笳。水淨樓陰直,山昏塞日斜。夜來歸鳥盡,啼煞後棲鴉。」周振甫:這裡用「愁眼」做線索,下面所寫的種種景物,都從愁眼看出,這就把它們串聯起來了[26]。這兩篇詩作,一寫遊興,一寫客愁,故詩中的「興」與「愁」,是全篇的重要字眼,也統領起所有的內容材料,所以它一方面是詩眼,一方面也擔任著綱領或主旨的角色。

除了詩眼,還有「詞眼」。據劉熙載所言,「詞眼」二字,見於元陸輔之《詞旨》,其中載:

詞眼凡二十六則

燕嬌鶯姹（潘元質，倦尋芳）。綠肥紅瘦（李易安，
如夢令）。寵柳嬌花（前人，壺中天）。籠燈燃月（周
美成，意難忘，美人）……。（《詞話叢編》，頁336
～337）

可見《詞旨》裡僅是將佳句奇字摘錄出來。而劉熙載則更能
從宏觀的角度著眼，〈詞曲概〉中說：

「詞眼」二字，見陸輔之《詞旨》。其實輔之所謂眼
者，仍不過某字工，某字警耳。余謂眼乃神光所聚，
故有通體之眼，有數句之眼，前前後後無不待眼光照
耀。若捨章法而專求自句，縱爭奇競巧，豈能開闔變
化，一動萬隨耶？（卷四，頁116）

他認為辭章之「眼」，不只在字眼句眼的層面，而應放諸整
體，是其「神光所聚」，並且有著照耀全局的作用。再就其
類型來說，這裡所提到的「通體之眼」，可以是主旨，也可
以是綱領，「數句之眼」則為某些節段之義旨。

關於「文眼」，劉熙載的《藝概・文概》也有精闢的見
解，他表示：

揭全文之指，或在篇首，或在篇中，或在篇末。在篇
首則後必顧之，在篇末則前必注之，在篇中則前注
之，後顧之。顧注，抑所謂文眼者也。（卷一，頁
40）

主旨有安置於篇首、篇中、篇末等不同的技巧，但不論為何種類型，前後文必須時時扣緊主旨，輔助主旨的闡發。而劉氏認為所關顧者，也稱為文眼，故此所謂文眼，當指扣合辭章主旨的重要文句。

成偉鈞、唐仲揚、向宏業主編的《修辭通鑑》：

> 文眼指的是文章中最富有表現力、最能幫助讀者準確地理解作品主題思想或脈絡層次的關鍵詞句。
>
> 在內容上，它是全篇中最精彩、最關鍵的語句，統攝全文，交織文脈，起樞紐作用。（頁1043）

既是全篇最關鍵之處，又起著統攝全文的作用，則其所謂「文眼」，蓋屬主要義旨，再就成氏等人所分的類別和所舉範例，亦可證明，如「主題文眼」，是揭示文章真正意義的點睛部分；「感情文眼」是文中核心情語所在，如李清照〈金石錄後序〉的「悲」字；「線索文眼」是貫串文章所有內容與敘明主題的立眼詞句，如吳伯簫〈早〉一文，即以「早」字為文眼、綱領，而勸人珍惜時間，也是本文主旨。

其次，是有關「警策」、「奇警」、「警拔」等語。陸機〈文賦〉：

> 立片言以居要，乃一篇之警策。雖眾辭之有條，必待茲而效績。

陸機所提出的「警策」，是就全篇而言，他主張文章應有數語或段落，凝聚全篇之中心精神。一篇文章若無警策，則無

法興起藝術感染力。可見此「居要」之「片言」，說的正是主旨。

明楊慎《丹鉛雜錄》論「警策」時，對〈文賦〉所言，有進一步的說明，其謂：

> 陸機〈文賦〉云「立片言以居要，乃一篇之警策。」蓋以文喻馬也。言馬因警策而彌駿，以喻文資片言益明也。夫駕之法，以策駕乘，今以一言聚於眾詞，若策驅馳，故云「警策」。在文謂之「警策」，在詩謂之「佳句」也。（卷七，頁62）

以「馬因警策而彌駿」，比喻文章以核心情理之片言，統馭外圍材料，含括豐富的內容，使深刻的意涵越發明晰。

來裕恂在《漢文典》談文章在意匠經營時的手法時，列有「宜警策取勝」，並云：

> 警策者，於文氣馳緩時，忽生一二奇語，引起題意。如長途疲馬，一加鞭策，馳走如飛，故謂之警策。（頁263）

說明了奇警之語在提振文氣和引領文旨上，是有其作用的。

陳望道《修辭學發凡》解釋說：

> 語簡言奇而含意精切動人的，名為警策辭，也稱警句，以能像蜜蜂，形體短小而有刺有蜜，為最美妙。文中有了它，往往氣勢就此一振。（頁191）

文章中的警句，通常有類似格言般的特性，陳望道即舉《左傳・宣公十五年》：「雖鞭之長，不及馬腹」，為一篇之警策處，另外，也有一種屬於「反常合道」性的警語，如韓愈《原道》：「不塞不流，不止不行。」可稱為「奇說」、「妙語」（paradox）[27]。總之，它確實能吸引閱讀者的眼光，讓人發出深省。

再如成偉鈞等人的《修辭通鑑》，也作了深入的說明：

> 警策……是用最精煉、最有力而又蘊藏著深沉意義的一句話或一段話，來表達最豐富、最凝煉的思想，透闢地說明某一道理，發人深思，耐人尋味，並留下深刻的印象。（頁774）

值得注意的是，書中還提出警策乃「為主題思想服務」一語（頁775），這表示具精警性的詞句，可能正是作者要表達的思想感情，也可能是為加強或烘托主旨的某些重要節段，因此，這是需要落到篇章作實際體察的，不過，這也表示警策實與主旨有著密不可分的關係。

舉例來說，詩（文）眼與主旨相異者，如張繼的〈楓橋夜泊〉：

> 月落烏啼霜滿天，江楓漁火對愁眠。姑蘇城外寒山寺，夜半鐘聲到客船。

傅武光即曾指出：「這首詩的『詩眼』，應是末句『客船』的『客』字。」[28]這是因為全詩情意的開展，是由於客旅異

地而引起愁思，導致夜不能寐，所以「客」字成了此詩情意的源頭，自然在詩中的地位極其重要。然再針對其主旨而言，作者是透過因「不眠」所見的景，將歸思情懷，由一「愁」字拈出，傅武光也表示：「『作客思鄉』是這首詩的主調。」因此可以看出〈楓橋夜泊〉的詩眼在一個「客」字，主旨是安置於篇腹的思鄉愁緒，詩眼雖未必等同主旨，但卻與核心義旨有著極密切的關係。又如司空曙〈江村即事〉：

> 罷釣歸來不繫船，江村月落正堪眠。縱然一夜風飄去，只在蘆花淺水邊。

詩中記載了江村生活的一個片斷，劉鐵冷《作詩百法》評：「此詩全首著眼在不繫船三字，故起句即提出主腦，次句點明江村，第三句是放筆，第四句是拍筆。一轉一收，將不繫船一貫到底。」（上卷，頁109）劉氏指出，「不繫船」三字是詩歌著眼之處，事實上，此眼目實即全詩之綱領，它貫串起整個罷釣歸來、江邊縱舟的事材，使「即事」之內容統合成篇，故據此而言，這三字並非「主腦」，詩人透過事件所表現的一種隨性自在的心境，才是主旨，而它是暗藏於篇外的。

在散文方面，如戴名世的〈記老農夫說〉：

> 頃余讀書山間，西鄰有農夫，年老矣，猶治田事甚勤，暇則休手樹下而臥焉。余嘗視之，樸且鄙，然其意有以自得者。
>
> 一日，余謂之曰：「女勞苦田間，手足胼胝，顧不識

亦有所樂於此乎。」曰：「否也。然吾平生亦不知所
為憂戚，吾儕小人，生僻壤，未嘗見世事。忽忽以
老，筋骨之勞，與夫風雨暴露之苦，無歲無之，吾豈
有樂哉？然而，聊且治生，無饑寒之患，平居鮮與往
來，終其身未入城市，雖貧且賤，無求於世，縱橫荊
棘之中，出入麋鹿之侶，以此往往，習而自安。」余
聞之而歎曰：「至哉樂乎！何謂不得耶？」老農又
曰：「吾幼未學書，曾不識字，其何敢望君，而君若
有慕於余者何也？」

余聞其語，愈益慕之，因書其說。

作者主要在透過與老農的對話寄予感觸，林景亮在《評註古
文讀本》中眉批道：「樸且鄙三字為一篇眼目，後段文字皆
從此發生。」（頁74）然此文乃是感慕老農能在勞動中獲得
一種簡單的快樂，自適自得，引發自己在讀書方向與本份上
的思考[29]，因此，「樸且鄙」是下文寫老農形象與對話的重
要線索，並且作者也有意透過這三個字，與底下「然其意有
以自得」，造成強烈反差，但是全文的主旨則是對讀書真義
與真樂的感受，隱於篇外，所以，這裡的「一篇眼目」是指
內容提綱挈領處，與主要義旨是有所分別的。

　　前提有時詩文評家使用「警策」、「警句」等詞，其意
乃在標出作品中特別精警之處，如明瞿佑《歸田詩話》：

　　陳克子高〈題三品石〉云：「臨春結綺今何在？屹立
　　亭亭終不改。可憐江令負君恩，白頭仍作北朝臣。」
　　〈題望夫石〉云：「望夫處，江悠悠，化為石，不回

頭。山頭日日風和雨，行人歸來石應語。」二詩皆超出常格，而意警拔，不與諸作同。（卷中，《續歷代詩話》五，頁三上～三下）

舉陳克的兩首詠石詩，道其皆具警拔之意。又如施補華《峴傭說詩》：

「怪禽啼曠野，落日恐行人」，是奇警語。（《清詩話》三，頁一下）

點出賈島〈暮過山村〉詩中的奇警之語。《六一詩話》中也述及：「若意新語工，得前人所未道者，斯為善也。」並且同樣舉了賈島的這兩句詩作，謂其於表現「道路辛苦，羈愁旅思」上用語之工[30]，故「羈愁旅思」才是這首詩所要表現的情意，「怪禽」二句則是詩中意新語工之佳處。以上瞿佑、施補華所論，皆著重於用字煉意方面的脫俗精警，而此警策處，與全篇之主旨便非同指一物。

相反的，有時詩文評家所特別標舉的「眼目」或「精警」處，正是其主旨或綱領出現的地方，如蘇軾〈留侯論〉：

古之所謂豪傑之士者，必有過人之節。人情有所不能忍者，匹夫見辱，拔劍而起，挺身而鬥，此不足為勇也。天下有大勇者，卒然臨之而不驚，無故加之而不怒。此其所挾持者甚大，而其志甚遠也。

夫子房受書於圯上之老人也，其事甚怪；然亦安知其非秦之世，有隱君子者，出而試之。觀其所以微見其

意者，皆聖賢相與警戒之義；而世不察，以為鬼物，亦已過矣。且其意不在書。

當韓之亡，秦之方盛也，以刀鋸鼎鑊待天下之士，其平居無罪夷滅者，不可勝數。雖有賁、育，無所復施。夫持法太急者，其鋒不可犯，而其末可乘。子房不忍忿忿之心，以匹夫之力而逞於一擊之間；當此之時，子房之不死者，其間不能容髮，蓋亦已危矣。千金之子，不死於盜賊，何者？其身之可愛，而盜賊之不足以死也。子房以蓋世之才，不為伊尹、太公之謀，而特出於荊軻、聶政之計，以僥倖於不死，此圯上之老人所為深惜者也。是故倨傲鮮腆而深折之。彼其能有所忍也，然後可以就大事。故曰：「孺子可教也。」

楚莊王伐鄭，鄭伯肉袒牽羊以逆；莊王曰：「其君能下人，必能信用其民矣。」遂捨之。句踐之困於會稽，而歸臣妾於吳者，三年而不倦。且夫有報人之志，而不能下人者，是匹夫之剛也。夫老人者，以為子房才有餘；而憂其度量之不足，故深折其少年剛銳之氣，使之忍小忿而就大謀。何則？非有生平之素，卒然相遇於草野之間，而命以僕妾之役，油然而不怪者，此固秦皇之所不能驚，而項籍之所不能怒也。

觀夫高祖之所以勝，而項籍之所以敗者，在能忍與不能忍之間而已矣。項籍唯不能忍，是以百戰百勝，而輕用其鋒；高祖忍之，養其全鋒，以待其弊，此子房教之也。當淮陰破齊而欲自王，高祖發怒，見於詞色。由此觀之，猶有剛強不忍之氣，非子房其誰全

之？

太史公疑子房以為魁梧奇偉，而其狀貌乃如婦人女子，不稱其志氣。嗚呼！此其所以為子房歟！

作者將焦點鎖住子房，先抑其於受書前以少年剛銳之氣，「不忍忿忿之心」，再揚其受教於圯上老人之後，能「忍小忿而就大謀」，輔佐高祖完成王天下之功。全文以「忍」字為綱領，貫串起全篇的事材，宋文蔚在《評註文法津梁》中，就將各段事材如何扣緊忍字提出：「以忍字作主，從圯上受書事翻出議論，中間以意不在書提起，翻到教其忍作結。後段引古證起忍字，翻到納履圯上，知其能忍作結，處處回顧主意。」（上冊，頁53）而其旨意則論張良之所以能成就大事業，即在於能忍。林雲銘認為：「忍字是一篇眼目。」[31] 吳楚材亦評：「挈定忍字發議」、「能忍不能忍，是一篇主意。」[32]宋文蔚也說：「如此篇，主意在忍小忿而就大謀，開首即提出忍字，為一篇之骨。」[33]故「忍」字是一篇之文眼、綱領，更是主旨所在。

綜上所述，由於「主題」一詞的內涵，有時可偏指主旨，有時又用來稱呼從文學現象中歸納出來、具共性之研究對象，涵蓋了意象、題材、風格等方面，因此，在直指辭章核心旨趣的研究範疇上，仍以採用「主旨」一詞，較具普遍性和精確性。而當文學理論或評註中，出現所謂「詩眼」、「文眼」、「警策」等詞，實需進一層考量，其所指為何。總之，欲成功審辨辭章義旨，則必須掌握真正的情理呈現處，才能視為主旨所在。

第二節 核心情理的顯與隱

辭章的核心情理通常會根據實際的需要,或是手法上的講求,而有於篇章中直接顯出者,或將真正的主旨隱藏於篇外者,甚至還有在顯旨中暗含深層意義等方式。因此,就主旨表現的深淺性而言,就會有「全顯」、「全隱」或「顯中有隱」等不同的形態。

一、理論述要及其判別原則

歷來將研究視角關注於主旨表達之顯隱者不少,茲述其要如下。

劉勰《文心雕龍·隱秀》中說:

> 文之英蕤,有隱有秀。隱也者,文外之重旨也;秀也者,篇中之獨拔者也。(《文心雕龍注》卷八,頁632)

「隱」指的是「文外之重旨」,即所謂「情在詞外」,也就是將主旨隱含於篇外,形成主旨全隱的含蓄之美;而「秀」則是指「篇中之獨拔者」,如同陸機所說「居要之片言」、「一篇之警策」,將點明全篇文意的秀句呈現於篇內,即屬主旨顯揚之類[34]。

宋代姜夔在《白石道人詩說》中,有「辭意俱盡」、「辭盡意不盡」[35]等說法。辭章的主旨,關係到「意」方

面，故就「意」的部分來看，「意盡」者，即屬主旨全顯的辭章作品，而「意不盡」者，則主旨可以是全隱，也可以是顯中有隱的類型，端視核心情理是否已在篇中呈現。

　　清朱庭珍《筱園詩話》談到律詩寫作，在起筆、結筆上的一些技巧時，特別提到結句有「推開一步」、「反掉以顧首」、「從旁點而正意不露」等法度[36]。針對「正意不露」而言，若核心的義旨皆未於篇中敘明，則可能形成主旨全隱的情況；若表層主旨已在篇中出現，但作者還留下一些線索，將深一層「未露」之「正意」，寓於篇外，則可能形成主旨顯中有隱的情況。

　　清包世臣在〈書桃花扇傳奇後〉提及：

> 傳奇之至者，必有深得於古文隱顯、回互、激射之
> 法，以屬思鑄局。若徒於聲容求工，離合見巧，則俳
> 優之技死已。（《藝舟雙楫·論文二》，頁43）

他舉《桃花扇》說明傳奇如何借鑒古文之法，其中「隱顯」便是針對「意旨」（包氏語）方面而言，指出此作「其指在明季興亡，侯、李乃是點染」，可見他已注意到古文義旨之有顯、有隱，並且也被運用於傳奇的主題表現上。

　　黃錦鋐的《國文教學法》，也認為文章的中心思想有時會很明顯，一看就知道全文的義旨是什麼，然而，有時文義也有可能很隱晦，需從作者的寫作背景和所運用的寫作材料去辨認，除此之外，有些文章不僅具有文辭表達出來的明顯意義，也隱含了作者的人生哲學及真理大義，能給予讀者深一層的啟示[37]。以上正指出文章在表達的深淺上，有顯旨、

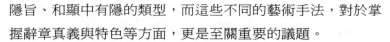

隱旨、和顯中有隱的類型，而這些不同的藝術手法，對於掌握辭章真義與特色等方面，更是至關重要的議題。

陳滿銘在〈談篇旨教學〉中則表示：對於辭章主旨的研究，需審辨它是屬於表面的，還是有更深一層的部分隱藏起來[38]。另外，他也在〈談辭章主旨的顯與隱〉一文論述道：

> 詞章的主旨，按理說，是最容易審辨的，因為它正是作者所要表達的某一思想或情意，本該顯著得讓人一目了然才對。但有時為了實際上的需要或技巧上的講求，作者往往會把深一層或真正的主旨藏起來，使人很難從詞面上直接讀出來。因此詞章的主旨便有的顯，有的隱，有的又顯中有隱，不盡相同。（《章法學新裁》，頁240）

這裡已明白的理清辭章主旨的性質，有「全顯」、「全隱」、或是「顯中有隱」等不同的特色。而探究核心情理的顯隱，可說是深入辭章不能或缺的過程。

再就判別核心情理是顯是隱的一些原則而言，首先可針對辭章作品的內容，依其是否能析出其中的情語或理語，來作判斷。如果能夠在篇內，找到明顯用以抒情或說理的字句或節段，則其主旨即屬於全顯的性質。如翁森〈四時讀書樂〉之二的後半寫道：

> 北窗高臥羲皇侶，只因素稔讀書趣。讀書之樂樂無窮，瑤琴一曲來薰風。

本詩是將季節鎖定在夏季，運用景、事材來抒發讀書的樂趣。篇末抒情的部分，先說明因平時即深悟讀書之趣，故常能學習羲皇之人的逍遙自在，最後再用譬喻，歸結出夏天讀書的無窮趣味，有如於南風中撫琴一曲般的美妙。故全詩的核心情語，就在篇末「讀書之樂樂無窮，瑤琴一曲來薰風」二句。又如李文炤〈勤訓〉開篇即云：

> 治生之道，莫尚乎勤，故邵子云：「一日之計在於晨，一歲之計在於春，一生之計在於勤。」言雖近而旨則遠矣。

此文重在論述人應尚勤的道理，作者在首段就先開門見山的提出「治生之道，莫尚乎勤」，點醒一篇主旨，此即核心理語，後文針對農、工、商、士各層，提出惡勞好逸之害，和舉大禹、陶侃等賢者之例，以勸人應珍惜光陰的種種論述，也都是為了闡發「尚勤」的義旨。相反的，若在篇內僅出現敘事或寫景（物）的內容，而沒有情理成分，則其主旨即是隱的，是安置於篇外的。如李白的〈黃鶴樓送孟浩然之廣陵〉：

> 故人西辭黃鶴樓，煙花三月下揚州。孤帆遠影碧空盡，惟見長江天際流。

此詩主要藉景、事來烘托離情，在敘事的部分，作者先交代送別的地點與時令，寫景的末二句，則描繪行人已乘船遠去，僅存長江兀自流入天際的景象，通篇雖不見情語，但濃

烈的別情卻自然於篇外無限發酵，此即主旨全隱的類型。

其次，掌握了篇中的情理成分後，還得進一步考察是否為「核心」之情、理語。當辭章作品於篇內出現兩個或兩個以上的情、理語，則需以深層者為核心，如白居易〈長相思〉：

> 汴水流，泗水流，流到瓜州古渡頭。吳山點點愁。
> 　思悠悠，恨悠悠，恨到歸時方始休。月明人倚樓。

本詞以「先染後點」的結構成篇，在「染」的部分又以前三句寫景，後三句抒情。詞中雖有「愁」字與「思、恨」等詞屬情語，但「吳山」句，主要在寫所見之山景，以點點山頭皆似帶著悠悠別恨，來為下半抒情預鋪路子[39]，故可視為景中帶情的成分，據此，這裡的「愁」字，作用在渲染山水景物[40]，而非全詞中最核心的情語，其主旨應在「思悠悠，恨悠悠」，這兩句是就當下，從正面抒發離情別緒，這才是一篇之核心情語。此外，有時篇內雖出現情、理語，但卻非主旨所在，如前節在探討「義旨與綱領的關係」時，所舉晏殊〈浣溪沙〉（一曲新詞酒一杯），雖出現了「無可奈何」等情語，但它並非核心所在，事實上，這闋詞的主旨——懷人，是隱於篇外的。

最後，再針對篇內的核心情理，判斷其屬「全顯」或「顯中有隱」。如果作者所欲表達的情意思想，在字面上即已清楚道盡，便是「核心情理全顯」者，如〈孔子世家贊〉：

> 太史公曰：《詩》有之：「高山仰止，景行行止。」

> 雖不能至，然心鄉往之。余讀孔氏書，想見其為人。
> 適魯，觀仲尼廟堂，車服、禮器，諸生以時習禮其
> 家，余低回留之，不能去云。天下君王至於賢人眾
> 矣，當時則榮，沒則已焉。孔子布衣，傳十餘世，學
> 者宗之。自天子王侯，中國言六藝者，折中於夫子，
> 可謂至聖矣！

作者先由己身推擴至孔門學者，乃至全天下的讀書人，分三個層次表出對孔子的嚮往之情，而於文末以「可謂至聖矣」拈明主旨，歸結出對孔子的無限讚美，意思完足。若是除了篇內的顯旨之外，還有另一層隱含的意思，即屬於「核心情理顯中有隱」者，如王之渙〈登鸛鵲樓〉：

> 白日依山盡，黃河入海流。欲窮千里目，更上一層
> 樓。

前兩句寫登樓所見的壯闊景象，後兩句由景入理，不但在顯的方面敘明「登高以望遠」的登樓現象，也在隱的方面激出一個追求理想、進取向上的人生境界。

　　總之，在判別核心情理的顯隱時，其原則乃端視核心情理是否已在篇中呈現，若無，則為全隱類型；其次再針對篇內的核心情理，考察是全顯或顯中有隱，如果作者所欲表達的情意，在字面上即以道盡，便是主旨全顯，如果除了顯旨，還有另一層意思，即屬顯中有隱。

二、核心情理全顯者

　　所謂「核心情理全顯」，意指「辭章的主旨，明顯地經由詞面表達得一清二楚」者，也就是說，辭章家若是藉由核心的情語或理語，將所欲表達的思想情意，作了充分的抒發與闡述，就屬於全顯的一類[41]，所以這類主旨必然是安置在篇內。由於作者將所要表達的某一情意或思想，明確而直接的提出，故能獲得一目了然的好處。

　　詩如王維〈九月九日憶山東兄弟〉：

　　獨在異鄉為異客，每逢佳節倍思親。遙知兄弟登高處，遍插茱萸少一人。

劉坡公在《學詩百法》中，特別點出題眼——「憶」字來，並評析道：「右詩題意全在一憶字，首句言作客異鄉，便含憶字之意，第二句思親二字，憶字已暗暗點明，第三四句從對面兄弟憶己，反託己之憶兄弟，詩境真出神入化矣。」（頁56）作者在詩中，先以前二句寫自己因身處異鄉，故逢九九佳節而思親，但末二句卻轉而從對面設想兄弟之憶己，全詩即透過「先實後虛」的空間設計，成功渲染出「倍思親」的核心情意，將一個異鄉客對親人的深切思念，表露無疑[42]。

　　再如杜甫〈聞官軍收河南河北〉：

　　劍外忽傳收薊北，初聞涕淚滿衣裳。卻看妻子愁何

在，漫卷詩書喜欲狂。白日放歌須縱酒，青春作伴好
還鄉。即從巴峽穿巫峽，便下襄陽向洛陽。

此詩因家鄉光復得還而作，「詩旨在寫『聞官軍收河南河北』
後『喜欲狂』之情」[43]。作者先由「劍外」一句，交代事件
的起因，然後透過自己和妻子淚濕衣裳、漫捲詩書的反應，
表現出聽聞好消息後狂喜的情形。後兩聯轉為虛寫的手法，
作者全就預想，先就春日寫打算還鄉的時間，再直呈四個地
名，虛寫還鄉所預備經過的路程，沈秋雄亦分析說：「通觀
全詩，前四句是實寫，後四句是虛擬，而句句都有喜躍意，
一氣貫注，把作者當時的歡悅心情表現得淋漓盡致。」[44]延
續七年的安史之亂終於結束，這份得以還鄉的喜悅心情，亦
在飽受戰亂流離的詩人筆下不得不發，而全詩的主旨就在篇
腹的「喜欲狂」三字清楚點明，因此是主旨全顯的類型。

晏殊在〈浣溪沙〉中所抒發的閒愁之情，亦於篇內訴盡
旨意，詞云：

> 小閣重簾有燕過，晚花紅片落庭莎，曲闌干影入涼
> 波。　　一霎好風生翠幕，幾回疏雨滴圓荷，酒醒人
> 散得愁多。

此詞主旨在末句「酒醒人散得愁多」中清楚點明。作者在前
段，由室內而室外、由近而遠的具寫「酒醒人散」後，所映
入眼簾的景物，首先是簾下過燕，其次是庭莎上的紅色落
花、涼波中的闌影，和翠幕中的一陣好風、圓荷上的幾回疏
雨。透過詞人的愁眼，成群成雙的燕子，正反襯著自己的孤

單，落花則表示美好時光的結束，水中的蘭影，也顯露了
「人散」後的淒清，而雨打風荷、香銷葉殘，更見景致之寥
落，這些景物都足以令人增添愁思，故全詞「得愁多」的核
心情意，也在前文的鋪陳後，畫龍點睛的在篇末豁然澄清[45]。

　　古典散文方面，可以看崔瑗的〈座右銘〉，全文是：

> 無道人之短，無說己之長。施人慎勿念，受施慎勿
> 忘。世譽不足慕，唯仁為紀綱。隱心而後動，謗議庸
> 何傷。無使名過實，守愚聖所臧。在涅貴不緇，曖曖
> 內含光。柔弱生之徒，老氏誡剛強。行行鄙夫志，悠
> 悠故難量。慎言節飲食。知足勝不祥。行之苟有恆，
> 久久自芬芳。

崔瑗所寫的這篇〈座右銘〉，作用是在警戒並策勵自己努力
修養，以成為一個有德的君子。銘文先由各個角度立論，條
分出日常做人處事的準則，文末兩句則是針對前文作一總
束，形成「先目後凡」的結構。吳小平對其內容指出：「全
文立論，從人與己的關係落筆，拈出社會生活中的一些常見
的現象，諸如優點與缺點、施人與受施、贊譽與毀謗、名稱
與實際、柔弱與剛強等等作為比較。」[46]而作者也就是透過
這些比較性的內容，將其思想觀念和行為準則具體的呈現出
來。前半大致是各以四句為一章，第一個節段是由不道人之
短、不揚己優，和施與人勿念、受惠勿忘兩方面，論人我相
處的態度；第二部分拈出「仁」字為根本法則，進而令自己
看清世俗浮譽，不為他人毀謗傷害；第三個節段則是戒勉自
己應該名副其實，不要被外在環境染污，但求充實內在，光

芒內含；第四個節段發揮老子學說，強調柔弱勝於剛強的思想；「慎言」兩句為第五部分，期許自己言語謹慎、飲食節制、凡事知足。而文章最後兩句，以行之有恆，必能成為品格高潔之人作一總收，可見本文的主旨，確實已在篇內作了詳盡的陳述。

又如《世說新語‧政事第三》中的一則：

> 陶公性檢厲，勤于事。作荊州時，敕船官悉錄鋸木屑，不限多少，咸不解此意。後正會，值積雪始晴，聽事前除雪後猶濕。于是悉用木屑覆之，都無所妨。官用竹，皆令錄厚頭，積之如山。後桓宣武伐蜀，裝船，悉以作釘。又云：嘗發所在竹篙，有一官長連根取之，仍當足，乃超兩階用之。

本文旨在表達敬佩陶侃檢束嚴厲，勤政簡約的辦事風格。「陶公性檢厲」二句，是帶有評論性、總結性的「凡」，故此顯旨在篇首即敘明。接著，文中舉陶侃收集木屑覆蓋融雪後的濕階、積累厚竹頭以作船釘、將以竹根取代鐵足的官長晉階，分三個「目」，為前文所謂「性檢厲，勤于事」作具體的說明，使讀者馬上對陶侃的處事態度，有了鮮明的印象。

另外，李密的〈陳情表〉也在字裡行間，將所欲向上陳情的內容，清楚表達，文云：

> 臣密言：
> 臣以險釁，夙遭閔凶。生孩六月，慈父見背。行年四歲，舅奪母志。祖母劉愍臣孤弱，躬親撫養。臣少多

疾病，九歲不行；零丁孤苦，至於成立。既無叔伯，終鮮兄弟；門衰祚薄，晚有兒息；外無期功彊近之親，內無應門五尺之僮；煢煢獨立，形影相弔。而劉夙嬰疾病，常在床蓐；臣侍湯藥，未曾廢離。

逮奉聖朝，沐浴清化。前太守臣逵，察臣孝廉；後刺史臣榮，舉臣秀才；臣以供奉無主，辭不赴會。詔書特下，拜臣郎中。尋蒙國恩，除臣洗馬。猥以微賤，當侍東宮，非臣隕首，所能上報。臣具以表聞，辭不就職。詔書切峻，責臣逋慢。郡縣逼迫，催臣上道。州司臨門，急於星火。臣欲奉詔奔馳，則劉病日篤；欲苟順私情，則告訴不許；臣之進退，實為狼狽。

伏惟聖朝以孝治天下，凡在故老，猶蒙矜育；況臣孤苦，特為尤甚。且臣少仕偽朝，歷職郎署，本圖宦達，不矜名節。今臣亡國賤俘，至微至陋，過蒙拔擢，寵命優渥；豈敢盤桓，有所希冀！但以劉日薄西山，氣息奄奄，人命危淺，朝不慮夕。臣無祖母，無以至今日；祖母無臣，無以終餘年。母孫二人，更相為命；是以區區，不能廢遠。臣密今年四十有四，祖母劉今年九十有六，是臣盡節於陛下之日長，報劉之日短也。烏鳥私情，願乞終養！

臣之辛苦，非獨蜀之人士，及二州牧伯，所見明知；皇天后土，實所共鑑。願陛下矜愍愚誠，聽臣微志；庶劉僥倖，保卒餘年。臣生當隕首，死當結草。

臣不勝犬馬怖懼之情，謹拜表以聞。

扣除前後之上表用語，就主體而言，文中一、二、三段為

「目」，分就公與私寫其「辛苦」的實情與原因，再由進退兩難的辛苦，表達「願乞終養」的願望；第四段為「凡」，作者在此先寫其「辛苦」是人神「共鑑」的，再正式提出「終養」的請求，望朝廷能加以成全，故此文之主旨，就在篇末「願陛下矜愍愚誠，聽臣微志；庶劉僥倖，保卒餘年」幾句[47]。綜言之，本文無論是目或是凡，皆以「辛苦共鑑」的實情（因）與「願乞終養」的心願（果），形成因果對應，流露出動人的至情至性，極具說服力。而全文通過「先目後凡」的結構所組織成的內容，也已把作者上表乞求在上位者能准許所請，以辭職終養的用意，說得十分明白，所以是主旨全顯之況。

三、核心情理全隱者

辭章作品的核心情理，有時並非在篇內的詞面上可以顯見，不過，閱讀者通常能在題目所透露的訊息，或篇中所運用的景事材料，感受到作者所欲抒發的情懷，此即所謂「意在言外」之作。沈祥龍在《論詞隨筆》中曾指出，詞家有時會在篇外隱含諷諫之意，其云：

> 詞不顯言、直言，而隱然能感動人心，乃有關係，所謂「言者無罪，聞者足戒」也。（《詞話叢編》，頁4053）

他舉了南唐潘佑在李後主遊宴時之進詞為例，詞云：「樓上春寒山四面，桃李不須誇爛熳，已失了春風一半。」這幾句

看似單純的寫景內容，卻是於言外寄託了「外多敵國，地日侵削」的諷意，而後主也因而罷宴[48]。所謂「不顯言」、「不直言」，就是核心情理全隱之況。

由於文章要形成意象，可有「情」、「理」、「事」、「景」等內容成分，其中核心的「情」或「理」，是一篇主旨所在，而「景」（物）或「事」，則為外圍材料，以烘襯出主旨為任務，因此，通篇用以敘事或寫景者，就屬於主旨全隱的類型。陳滿銘曾論道：辭章講求含蓄，主張「意在言外」、「不著一字，盡得風流」的美感，由來已久，更是辭章家所特別注意的藝術手法，這也使得主旨全隱於篇外的作品比比皆是[49]。他更在《章法學論粹》中提出：「通篇未出現核心『情語』或『理語』的，這就是主旨安置於篇外的一大特點，換句話說，此類文章從頭到尾，只是將『景』（物）或『事』的具體材料加以組合而已。」（頁114）不過，由此亦可看出，主旨安置於篇外和主旨全隱兩者，表現在內容結構的現象上是疊合的，它們同樣是在篇內僅出現敘事、寫景的內容，而真正的主旨則是隱藏起來，安置在篇外，唯其切入觀察的角度有所不同，前者是就安置的部位，後者是就表達之深淺來談，所以，還是有必要分開來探討，以使辭章在「意」的這一部分有完整風貌。簡言之，這類作品的主旨，往往通過敘事或寫景以寄託深意，所以它的主旨是安置於篇外的，在性質上則是隱伏的。

在例證方面，由於主旨全隱和安置於篇外實有密不可分的關係，因此，下一章節將在論述「核心情理安置於篇外」的例文時，從單寫景、單敘事，或景事複合出現於篇內，來掌握隱匿住核心情理的辭章作品，而此節則擬由另一個值得

探討的現象來呈現隱旨之例，那就是隱藏起來的主要義旨，有時會在題目上透露玄機，此即「隱旨出現於題目」的一類，當然也有在題目中仍不露痕跡者，像是一些以詞牌或曲牌為名的作品，這就是「隱旨不出現於題目」的一類。

「隱旨出現於題目」者，如李白〈玉階怨〉：

> 玉階生白露，夜久侵羅襪。卻下水晶簾，玲瓏望秋月。

首二句空間在室外，寫美人久立玉階，露侵羅襪，後二句轉入室內，寫他猶下窗簾，望月思人的情景，而時間亦隨著主角的動作推移前進，形成時空溶合的現象。全詩在內容上主要為事中帶景，作者所寫不過是美人的動作和周遭的景物，但卻從中透露出濃濃的怨情[50]，元蕭士贇即評說：「太白此篇無一字言怨，而隱然幽怨之意見於言外。」[51]沈德潛也指出：此詩「妙在不明說怨。」[52]由此足證〈玉階怨〉的主旨——懷人的怨情，雖隱於篇外，但卻已悄悄的在題目中的「怨」字點出。

又如杜甫〈客至喜崔明府相過〉：

> 舍南舍北皆春水，但見群鷗日日來。花徑不曾緣客掃，蓬門今始為君開。盤飧市遠無兼味，樽酒家貧只舊醅。肯與鄰翁相對飲，隔籬呼取盡餘杯。

首聯用春水和群鷗寫景，以成全詩情境之背景，而「鷗來」也暗伏著「客至」，使頷聯以後的焦點部分，有了很好的過

渡。接著，先以「花徑」二句寫客人到來，而且從平時花徑
不掃、篷門不開的情形，更見有客到訪之喜。次以「盤飧」
二句寫款待之盛情，雖是粗酒淡飯，卻自然流露深厚的賓主
情誼。尾聯由實轉虛，假設一情境，由欲邀鄰翁對飲，來加
強客至的愉悅氣氛。全詩即透過寫景和敘事，在篇外表現有
客到訪的歡喜，屬於主旨全隱的性質。在題目方面，作者於
主標題下，復自注道：「喜崔明府相過」，一「喜」字，亦
使本詩可歸於「隱旨出現於題目」的一類。另外，有評註家
認為這首詩的詩旨主要在表現作者的閒適之情[53]，但若由題
目加以審辨，則將其主旨理解為「抒寫有客到訪的喜悅」，
應該是比較貼切的。

　　文如方苞的〈左忠毅公軼事〉：

　　先君子嘗言，鄉先輩左忠毅公視學京畿。一日風雪嚴
　　寒，從數騎出，微行，入古寺。廡下一生伏案臥，文
　　方成草。公閱畢，即解貂覆生，為掩戶，叩之寺僧，
　　則史公可法也。及試，吏呼名，至史公，公瞿然注
　　視。呈卷，即面署第一；召入，使拜夫人，曰：「吾
　　諸兒碌碌，他日繼吾志事，惟此生耳。」
　　及左公下廠獄，史朝夕窺獄門外。逆閹防伺甚嚴，雖
　　家僕不得近。久之，聞左公被炮烙，旦夕且死，持五
　　十金，涕泣謀於禁卒，卒感焉。使史公更敝衣草屨，
　　背筐，手長鑱，為除不潔者，引入，微指左公處，則
　　席地倚牆而坐，面額焦爛不可辨，左膝以下，筋骨盡
　　脫矣。史前跪，抱公膝而嗚咽。公辨其聲，而目不可
　　開，乃奮臂以指撥眥，目光如炬。怒曰：「庸奴！此

何地也，而汝來前！國家之事，糜爛至此。老夫已矣，汝復輕身而昧大義，天下事誰可支拄者！不速去，無俟姦人構陷，吾今即撲殺汝。」因摸地上刑械，作投擊勢。史噤不敢發聲，趨而出。後常流涕述其事以語人曰：「吾師肺肝，皆鐵石所鑄造也！」

崇禎末，流賊張獻忠出沒蘄、黃、潛、桐間，史公以鳳廬道奉檄守禦，每有警，輒數月不就寢，使將士更休，而自坐幄幕外，擇健卒十人，令二人蹲踞，而背倚之，漏鼓移，則番代。每寒夜起立，振衣裳，甲上冰霜迸落，鏗然有聲。或勸以少休，公曰：「吾上恐負朝廷，下恐愧吾師也。」

史公治兵，往來桐城，必躬造左公第，候太公、太母起居，拜夫人於堂上。

余宗老塗山，左公甥也，與先君子善，謂獄中語乃親得之於史公云。

文章記載的是左光斗的軼事，並以「忠毅」二字貫穿全篇。第一個節段寫的是左光斗識拔史可法的經過，深刻的表現出左公為國舉賢的用心。二記左公入獄，史公冒死探監，以及被左公斥退的過程，充分顯出左公的公忠憂國與剛正不屈。最後寫史可法奉檄守禦的辛苦，和他篤厚師門的情誼，以凸顯史公繼承師志的忠毅表現，陳滿銘分析說：「綜觀此文，作者始終是針對著『忠毅』二字來寫的。其中寫左公『忠毅』的部分是『主』，而寫史公的部分則為『賓』，也就是說，寫史公的『忠毅』，便等於在寫左公的『忠毅』，所謂『藉賓以定主』，手段是相當高明的。」（《章法學新裁》，頁93~94）

是故，此文主旨──頌揚左公「忠毅」之精神，並未在文中出現，而是在題目中標明[54]。

又如胡廣〈文天祥從容就義〉：

> 初八日，召天祥至殿中。長揖不拜。左右強之，堅立不為動。極言宋無不道之君，無可弔之民；不幸母老子弱，權臣誤國，用舍失宜，北朝用其叛將、叛臣，入其國都，毀其宗社。天祥相宋於再造之時，宋亡矣，天祥當速死，不當久生。
>
> 上使諭之曰：「汝以事宋者事我，即以汝為中書宰相。」天祥曰：「天祥為宋狀元宰相，宋亡，惟可死，不可生，願一死足矣。」又使諭之曰：「汝不為宰相，則為樞密。」天祥對曰：「一死之外，無可為者。」遂命之退。
>
> 明日有奏：「天祥不願歸附，當賜之死。」麥朮丁力贊其決，遂可其奏。
>
> 天祥將出獄，即為絕筆自贊，繫之衣帶間。其詞曰：「孔曰成仁，孟云取義；惟其義盡，所以仁至。讀聖賢書，所學何事？而今而後，庶幾無愧！」過市，意氣揚揚自若，觀者如堵。臨刑，從容謂吏曰：「吾事畢矣。」問市人孰為南北，南面再拜就死。俄有使使止之，至則死矣。見聞者無不流涕。

作者是以順敘之方式，記錄文天祥從容赴刑、成仁取義之事蹟，以讚揚其忠君愛國的情操。文章起頭先寫元世祖召令文天祥至殿中，但天祥僅拱手行禮而不跪拜之表現，然後分就

宋朝內部的狀況和北朝入侵的行動，來敘明原因，強調其愛國而不屈服的決心。中段強調天祥但求一死，也不願接受元朝的兩度利誘，然後再交代他因不願歸順而被處死的結果。末段則是由出獄受刑、押經市集、臨刑前、和使者趕抵等過程，直擊天祥從容就義的細節。由於篇內僅呈現事材，故歌頌忠義之士的主旨是安置於篇外的。這篇文章乃節選自胡廣的〈丞相傳〉，題目雖為後人所加，但也使得文旨因而見於題目。

「隱旨不出現於題目」者，如王維〈雜詩〉：

> 君自故鄉來，應知故鄉事。來日綺窗前，寒梅著花未？

全篇以敘事為主，作者因對方來自於自己的故鄉，而猜測他應該了解家鄉情形，在泛泛的提出他的推斷後，選以寒梅開否一事，以部分代全體，具體的詢問「故鄉事」，而全詩正是以此欣見並急問彼方的心情，自然的於篇外浮現一股思鄉之情，但這樣的隱旨，並未在題目中出現，而是需要透過篇內敘寫牽繫故鄉狀況的事、物材來體會。

又如李珣〈南鄉子〉之四：

> 乘綵舫，過蓮塘，棹歌驚起睡鴛鴦。帶香遊女偎伴笑，爭窈窕，競折團荷遮晚照。

作者於詞中生動的刻劃了夏日的南國風情，其中，前二句敘事，後四句寫景，將粵女遊湖時天真可愛的模樣，表現得淋

漓盡致，陳滿銘在《詞林散步》中說：「全詞以『遊女』為
中心，先敘事而後寫景，由他們的『棹歌』、『偎伴笑』、
『爭窈窕』、『折團荷』、『遮晚照』等動作，串成一線，而
用『綵舫』、『蓮塘』、『鴛鴦』作點綴，構成一幅清新愉悅
的地方風物圖，讀來令人賞心悅目。」（頁45）解析得相當
清楚。可見，這首詞作的主旨隱於篇外，並且也未出現在以
詞牌為名的題目中。

文如歐陽脩〈賣油翁〉：

> 陳康肅公善射，當世無雙，公亦以此自矜。
> 嘗射於家圃，有賣油翁釋擔而立，睨之，久而不去，
> 見其發矢十中八九，但微頷之。
> 康肅問曰：「汝亦知射乎？吾射不亦精乎？」翁曰：
> 「無他，但手熟爾。」康肅忿然曰：「爾安敢輕吾
> 射！」翁曰：「以我酌油知之。」乃取一葫蘆置於
> 地，以錢覆其口，徐以杓酌油瀝之，自錢孔入，而錢
> 不濕。因曰：「我亦無他，惟手熟爾。」康肅笑而遣
> 之。

歐陽脩在這篇文章中，藉故事以寓道理，說明任何技藝能有
所成就，惟熟能生巧所致，故不必以此自矜。文中先說陳堯
咨因「善射」故「自矜」，作為故事的引子，隨後再依事件
發展之先後鋪開內容。此部分是先寫賣油翁立而觀射，並以
「睨之」和「微頷」暗點其不以為然的態度，再由因及果的
透過問答，點出「手熟」二字；接著繼續透過兩個人物的對
話，和賣油翁精湛的瀝油技巧，再次強調「手熟」以隱伏

「不自矜」意，末句以堯咨「笑而遣之」收束整個事件。由此可見，作者在文章中單用敘事，並且巧妙的從問答中，生動的刻劃出兩個對比性角色，而將「戒矜」的人生態度寓於篇外，然此文之題目為「賣油翁」，作用在提明主角以統攝整個故事內容，故屬於「隱旨不出現於題目」的一類。

又如岳飛〈良馬對〉：

> 帝問岳飛曰：「卿得良馬否？」
> 對曰：「臣有二馬，日啗芻豆數斗，飲泉一斛，然非精潔即不受；介而馳，初不甚疾，比行百里，始奮迅，自午至酉，猶可二百里，褫鞍甲而不息不汗，若無事然。此其受大而不苟取，力裕而不求逞，致遠之材也。不幸相繼以死。今所乘者，日不過數升，而秣不擇粟，飲不擇泉，攬轡未安，踴躍疾驅，甫百里，力竭汗喘，殆欲斃然。此其寡取易盈，好逞易窮，駑鈍之材也。」
> 帝稱善。

本文主要在記載高宗與岳飛的一段對話，屬「單事」類型。作者先以高宗對岳飛提出「得良馬否」之問句展開，接著，岳飛即針對良馬與劣馬，作正反對比，是文章中心所在，他從食量、性情、能力等層面，指出良馬「受大而不苟取，力裕而不求逞」，劣馬「寡取易盈，好逞易窮」，所以一為「致遠之材」，另一卻僅是「駑鈍之材」。最後，以「帝稱善」結束全篇。陳滿銘強調：「岳飛是藉此以諷喻高宗要識拔賢才、重用賢才、信任賢才、珍惜賢才的。這種諷喻的意思，

盡在言外，很容易讓人聽得進去。」[55]而這層喻上重才的隱旨，不見於篇內，也不見於題目，這種中間完全不雜以議論的筆法，則需靠讀者於篇外體會其言外之意。

四、核心情理顯中有隱者

有時，辭章家雖在作品中表達了某種意思，但根據他所運用的材料，或是其寫作的時代背景、個人遭遇、為文動機等線索，還能推敲出另一層深意，這就形成了「核心情理顯中有隱」的處理方式。

白居易的《金鍼集》首條，即為「詩有內外意」則：

> 內意欲盡其理，外意欲盡其象，內外含蓄，方入詩格。（收於黃省曾編《名家詩法》，頁106）

他解釋說：「理」指義理，如頌美箴歸之類；「象」謂物象，如日月山河、魚蟲草木之類。註中更舉杜公「旌旗日暖龍蛇動，宮殿風微燕雀高」（〈奉和賈至舍人早朝大明宮〉），指首句暗點「號令當明時，君所出，臣奉行也。」次句則是「言朝廷政出，而小人向化，各得其所也。」（頁106）所以，這兩句表面上是詠早朝情景，但又隱含對政教昌明的頌揚，故白樂天說詩歌除了「盡其象」的那層「外意」，還需注意是否具有「含蓄不露」的「內意」（頁107），此即所謂「顯中有隱」之況。

揭傒斯《詩法正宗》也提到：

> 唐司空圖教人學詩須識味外味，坡公嘗舉以為名言。
> ……要見語少意多，句窮篇盡，目中恍然別有一境界
> 意思，而其妙者，意外生意，境外見境。（收於顧龍
> 振編《詩學指南》卷一，頁21）

他發揚了司空圖的見解，談到學詩應識得「味外味」，雖然
篇內已窮盡一層字句義旨，但作者若有意埋設線索，含藏另
一層意思，則進行賞讀時，就必須要能掌握這個「意外之
意」。

歸有光在《文章指南》中，曾提出一「題外生意則」：

> 題意平常，若溺此，發揮文字卻無味矣，須於題外另
> 生議論，以相題之不及方佳。（頁22）

除了與題目有直接關係之內容外，還要能另生一層義旨，如
果這深一層的意思，是暗藏於言外的，那麼就會構成了主旨
顯中有隱的情形。

朱熹也曾發表有關篇旨探究的相關言論，其謂：

> 曉得文義是一重，識得意思好處是一重。若只是曉得
> 外面一重，不識得他好底意思，此是一件大病。[56]

他將辭章義旨的掌握，分為「曉得文義」與「識得意思好處」
兩重，這也就是核心情理顯中有隱的類型。而對於主旨顯中
有隱者，如果只曉得表面一層，而忽略了內在或更深層的涵
義，就會造成理解上的瑕疵。

陳滿銘在《章法學新裁》中，論主旨的顯隱時，就作了一番說明，他表示：「作者處理詞章主旨，有時雖把它表層的部分明顯地作了表達，卻將它深一層或真正的部分隱藏起來。」（頁243）對於這「深一層」或「真正的」主旨，有時可能「只稍予涉筆」，有時也可能「完全匿而不宣」（頁273），但通常能從使用材料和寫作背景等方面體察而出，因此，主旨為顯中有隱的辭章作品，得仔細審辨，才不致於使篇章的顯旨或隱旨，在賞讀時遭到忽略，甚至發生失誤。

　　舉例而言，詩歌方面如崔顥〈黃鶴樓〉：

　　　昔人已乘黃鶴去，此地空餘黃鶴樓。黃鶴一去不復返，白雲千載空悠悠。晴川歷歷漢陽樹，芳草萋萋鸚鵡洲。日暮鄉關何處是，煙波江上使人愁。

首、頷聯虛寫黃鶴樓來歷，透過一去不返的黃鶴與悠悠白雲，擴大時空，預為愁思蓄力，頸聯實寫登樓所見的空闊景觀，以晴川和芳草暗含無限愁恨，尾聯承上，把空間由漢陽、鸚鵡洲推向遠方的故園，很自然的逼出一篇之主旨「鄉愁」，這是顯旨的部分。但除了流浪之苦（懷鄉），作者還有意的運用鸚鵡洲這個材料，寄寓身世之感，因為看到鸚鵡洲，就會讓人聯想起懷才不遇的禰衡來。禰衡少有才辯，卻剛傲慢物，故先後不見用於曹操、劉表，死後葬於一沙洲上，此沙洲原產鸚鵡，且禰衡曾作〈鸚鵡賦〉，後人遂以鸚鵡名洲。由此可見，崔顥在這首詩裡，除了抒發思鄉之情外，還引用典故暗藏他懷才不遇的痛苦[57]。

　　次如白居易〈慈烏夜啼〉：

> 慈烏失其母，啞啞吐哀音，晝夜不飛去，經年守故
> 林。夜夜夜半啼，聞者為沾襟；聲中如告訴，未盡反
> 哺心。百鳥豈無母，爾獨哀怨深？應是母慈重，使爾
> 悲不任。昔有吳起者，母歿喪不臨。嗟哉斯徒輩，其
> 心不如禽！慈烏復慈烏，鳥中之曾參。

白居易於唐憲宗元和六年（西元811年），因為母親去世，
而守制家居，這首詩就是他守母喪期間的作品，清汪立名即
云：「按此詩當是元和辛卯居憂之作。」[58]全詩主題在歌詠
慈烏為「鳥中之曾參」，以諷喻人類應如慈烏之孝[59]。作者
在此是以慈烏和吳起，形成對比性的賓主照應。首段先從慈
烏失母，導出其頻吐哀音的現象，並點出「哀」字總攝起下
文「守故林」與「夜半啼」二部分，以具寫其哀狀；後再透
過問答筆法，說明慈烏之所以哀慟不已的原因。次段寫
「賓」，以吳起逢母喪卻未盡人子之心，再由此發出嚴正的評
議作為反襯。詩之末二句再由賓而主，從頌揚慈烏之孝心來
收束全詩，這也是一篇要意所在，不過，此詩之主旨還有顯
隱之分，其意在藉慈烏的念母夜啼，來勸諭世人奉行孝道，
連文萍就指出：這首詩「以慈烏孝親和吳起棄親不顧為對
比，引出議論，並經由對慈烏的頌揚，暗示出本詩呼籲世人
重視孝道，而孝親需及時的真正意旨。」[60]故篇末讚揚慈烏
的部分是顯旨，而藉此勸喻世人及時行孝者，則為隱旨。

又如蘇軾〈題西林壁〉：

> 橫看成嶺側成峰，遠近高低各不同。不識廬山真面
> 目，只緣身在此山中。

詩的前兩句，以概括性的筆法，從各種不同的角度，勾勒廬山峰巒迭起的勝景，後二句由果溯因，抒發遊賞山景的體驗，林東海在《古詩哲理》中，對末二句的顯旨分析說：「從不同的角度遠觀，便見各呈不同的姿態；身在廬山之中，便無法認清廬山峰巒的形貌。」此外，他也進一步針對主旨顯中有隱的部分談到：蘇軾或許未必有意說理，僅只寫出遊山、看山的體悟，但在這種切身的體驗中，本身就包含著人生哲理，也就是「陷於主觀的境地，就不容易看清問題」，而欲準確的認識人事物，就必須全面的從不同角度去觀察、理解，因為「身處其中，便不是『旁觀者清』，而成了『當局者迷』」[61]。所以，整首詩的顯旨在於抒發看山心得，也就是篇末議論的部分；隱旨則是將此道理由偏而全的推擴到人生諸事，表達一種當局者迷的哲理，無怪乎詩評家總是讚譽本詩「借景明理，極富理趣」[62]。

　　文如選自《呂氏春秋‧慎大覽‧察今》的〈刻舟求劍〉：

> 楚人有涉江者，其劍自舟中墜於水，遽契其舟，曰：「是吾劍之所從墜。」舟止，從其所契者入水求之。舟已行矣，而劍不行。求劍若此，不亦惑乎！

這篇寓言故事是先敘述楚人刻舟求劍之事，末尾再根據上文提出評論。敘事的部分先點出有一楚人過江，然後詳述他因劍墜江中，而在船舷邊刻作記號，並於船靠岸後入水尋找的過程；議論的部分則寫因舟已移動，而劍仍留在墜河的原地，並藉此表達楚人如此的舉動，實在令人疑惑。故此文之

顯旨是安置於篇末的議論,即對「刻舟求劍」一事,提出了
「不亦惑乎」的看法,而隱旨則是由「偏」而「全」的擴大
至人生諸事,說明運用錯誤的方法,不但不能有效解決問
題,也會使自己落至困窘的境地。

又如韓愈〈送董邵南序〉:

> 燕趙古稱多感慨悲歌之士。董生舉進士,連不得志於
> 有司,懷抱利器,鬱鬱適茲土,吾知其必有合也。董
> 生勉乎哉!
> 夫以子之不遇時,苟慕義彊仁者,皆愛惜焉,矧燕趙
> 之士,出乎其性者哉!然吾嘗聞,風俗與化移易。吾
> 惡知其今不異於古所云邪?聊以吾子之行卜之也。董
> 生勉乎哉!
> 吾因子有所感矣!為我弔望諸君之墓,而觀於其市,
> 復有昔時屠狗者乎?為我謝曰:「明天子在上,可以
> 出而仕矣!」

董邵南因屢試不第,而欲往河北謀求發展,韓愈即寫了這篇
贈序勸勉之。文章開篇先讚古燕趙一帶多豪俠之士,料想董
生此番前去,應會獲得見用的機會,然後再以風尚仁義者,
皆會有愛惜人才的心意,來加強「必有合」的意思。但首段
實是從反面說話,因為作者在二段,馬上就用了「然」字一
轉,婉轉暗示古今風俗已移易的現象,蓋河北如今已被習亂
不臣的藩鎮所主導,則是否異於昔日之稱,惟待此行結果來
評斷,可見韓愈言下之意,實是勸其不必往,所以過商侯在
《古文評註全集》中,指首段:「此正寫送一遍,卻是作者

心頭賓意」，又在次段下云：「此反寫送一遍，卻是作者心頭主意」[63]。作者在末段則是要董生觀察是否有不得志的能人志士，並勸其來仕，如此一來，董生不當往的意思又更加顯豁了。除此之外，從文中所謂惡知燕趙之今不異於古，和反勸感慨謳歌之士出而仕觀之，實還暗諷諸鎮應從順來歸之意，吳楚材、吳調侯就評註道：「始言董生之往必有合，中言恐未必合，終諷諸鎮之歸順及董生不必往。文僅百十餘字，而有無限開闔，無限變化，無限含蓄，短章聖手。」[64]綜上言之，本文的顯旨是勸董邵南不當往，並暗諷河北藩鎮應稟命朝廷[65]。

再如蘇洵〈六國論〉：

> 六國破滅，非兵不利，戰不善，弊在賂秦。賂秦而力虧，破滅之道也。或曰：「六國互喪，率賂秦耶？」曰：「不賂者以賂者喪。蓋失強援，不能獨完。故曰，弊在賂秦也。」
> 秦以攻取之外，小則獲邑，大則得城。較秦之所得，與戰勝而得者，其實百倍；諸侯之所亡，與戰敗而亡者，其實亦百倍；則秦之所大欲，諸侯之所大患，固不在戰矣。思厥先祖父，暴霜露，斬荊棘，以有尺寸之地。子孫視之不甚惜，舉以予人，如棄草芥。今日割五城，明日割十城，然後得一夕安寢；起視四境，而秦兵又至矣！然則諸侯之地有限，暴秦之欲無厭，奉之彌繁，侵之愈急，故不戰而強弱勝負已判矣。至於顛覆，理固宜然。古人云：「以地事秦，猶抱薪救火，薪不盡，火不滅。」此言得之。

齊人未嘗賂秦，終繼五國遷滅，何哉？與嬴而不助五
國也。五國既喪，齊亦不免矣。燕、趙之君，始有遠
略，能守其土，義不賂秦。是故燕雖小國而後亡，斯
用兵之效也。至丹以荊卿為計，始速禍焉。趙嘗五
戰於秦，二敗而三勝。後秦擊趙者再，李牧連卻之。
洎牧以讒誅，邯鄲為郡；惜其用武而不終也。且燕、
趙處秦革滅殆盡之際，可謂智力孤危，戰敗而亡，誠
不得已。向使三國各愛其地，齊人勿附於秦，刺客不
行，良將猶在，則勝負之數，存亡之理，與秦相較，
或未易量。嗚呼！以賂秦之地，封天下之謀臣；以事
秦之心，禮天下之奇才；并力西嚮，則吾恐秦人食之
不得下咽也。悲夫！有如此之勢，而為秦人積威之所
劫，日削月割，以趨於亡。為國者，無使為積威之所
劫哉！
夫六國與秦皆諸侯，其勢弱於秦，而猶有可以不賂而
勝之之勢；苟以天下之大，而從六國破亡之故事，是
又在六國下矣。

六國滅亡的原因，正在於「弊在賂秦」和「不賂者以賂者
喪」，此即一篇之核心理語，因此，這篇文章的表層主旨，
在首段就已清楚呈露。然而，這個顯明的義旨，在透過第
二、三段言六國以地事秦之況，復舉齊、燕、趙等國之事實
等作一番論述後，實已充分的說服人，但作者卻在末段提
出：六國雖為弱勢的諸侯國，卻一度有「可以不賂而勝之之
勢」，身為泱泱大國，實不應重蹈六國之覆轍，這樣一來，
就有了借古諷今的意味，可說是從暗處逼出了深一層的主

旨，也就是諷喻當時北宋行賂敵的退怯政策。過商侯曾評註道：「蓋宋是時歲輸幣，以賂契丹，老泉全是借六國以諷宋。」[66]所以本文的主旨一方面在提出六國破滅之因乃在賂秦，一方面也借以暗諷北宋，形成主旨顯中有隱的現象。

註　釋

1　參見馮永敏《散文鑑賞藝術探微》，頁141。

2　見王更生《文心雕龍讀本》下篇，頁245。

3　參見宋文蔚《評註文法津梁》上冊，頁54、105。

4　參見宋文蔚《評註文法津梁》中冊，頁31～32。

5　以上有關韋莊〈菩薩蠻〉、杜審言〈和晉陵陸丞早春遊望〉、袁宏道〈晚遊六橋待月記〉之綱領軌數分析，參見陳滿銘《章法學新裁》，頁57～58、510、254～255。

6　參見仇小屏《文章章法論》，頁417～501。

7　參見曾祥芹主編《文章學與語文教育》，頁174。

8　唐圭璋：「明為懷人，而通體不著一懷人之語，但以景襯情。」見《唐宋詞簡釋》，頁54。

9　此依陳滿銘於臺灣師大國研所「章法學研討」課程之講授內容。又，鍾陵：「細玩全詞，雖含傷春惜時之意，卻實是抒懷人之情。」見唐圭璋主編《唐宋詞鑒賞辭典》，頁261。

10　見顧亭鑑纂輯、葉葆王詮注《學詩指南》下卷，頁128。

11　此依陳滿銘於臺灣師大國研所「章法學研討」課程之講授內容。關於此點，清代王夫之即曾謂：「一篇載一意，一意則自一氣，首尾順成，謂之成章。」見《薑齋詩話》卷二，頁169。另外，黃錦鋐：「所謂文章的主旨，也就是文章的中心思想；每篇文章都有一個主旨，不管作者說得天花亂墜，但其主旨只有一個。」見《國文教學法》，頁109。王更生：「一篇或一節文字裡面，意思不妨層出不窮，其主要的意思只有一個。」見《國文教學新論》，頁181。蔡宗陽亦言：「文章的中心思想只能有一個，不能有兩個；否則，容易造成雜亂無章的現象。」見《文燈——文章作法講話》，頁26。張會恩、曾祥

芹亦表示:「一篇獨立完整的文章必然要求內容和形式的統一。它只有一個總旨,各個部分應環拱於中心,為著中心而存在。」見《文章學教程》,頁319。

12 參見黃錦鋐《國文教學法》,頁90~91。

13 見陳滿銘《章法學論粹》,頁14。又,傅庚生在《中國文學欣賞舉隅》指出,文章若「不明條貫,則雜亂而無章」,無論抒寫者或欣賞者,皆應求其「旨意」與「脈絡」。參見《中國文學欣賞舉隅》,頁65。

14 仇小屏:「綱領並非辭章寫成的直接目的。」見《文章章法論》,頁417。

15 陳滿銘:「作者真正要表達的思想情意──主旨,可以是綱領,也可不是。」見《章法學新裁》,頁204。另參見仇小屏《文章章法論》,頁418。

16 見林雲銘《古文析義》卷五,頁270。

17 見馬美信、賀聖遂主編《中國古代詩歌欣賞辭典》,頁214~215。

18 參見陳滿銘《章法學新裁》,頁194~198。

19 參見王立《中國古代文學十大主題》,頁6。

20 參見陳鵬翔《主題理論與實踐》,頁231。

21 見王立《中國古代文學十大主題·序》,頁2。

22 見陳鵬翔《主題理論與實踐》,頁247。

23 見陳鵬翔《主題理論與實踐》,頁239。就這個層面來理解「主題」一詞者,如劉世劍:主題是「作者通過具體材料所表達的文章內容的核心。」見《文章寫作學》,頁81;又如朱伯石:「主題就是指文章的具體內容所表達的基本思想。」見《寫作概論》,頁8等。

24 見王立《中國古代文學十大主題》,頁7。

25 此論述乃根據陳滿銘之說。

26 參見周振甫《詩詞例話》,頁139~140。

27 見陳望道《修辭學發凡》,頁191。

28 見傅武光〈「江楓」不是楓樹嗎?〉,收於《名家論國中國文續編(上)》,頁42。

29 林景亮:「讀書識字,而因以繼往開來,生平之樂,無逾於此。若以讀書為利藪,工運動,昧天良,作偽心勞,誠不如老農之不讀書、不識字之為樂也。」見《評註古文讀本》,頁

74。

30　參見歐陽脩《六一詩話》，收於《歷代詩話》，頁267。

31　見林雲銘《古文析義》卷六，頁306。

32　見吳楚材評註、王文濡校勘《精校評註古文觀止》卷十，頁42。

33　見宋文蔚《評註文法津梁》上冊，頁50。

34　參考王更生《文心雕龍讀本》下篇，頁201～202。

35　參見姜夔《白石道人詩說》，頁3。

36　見朱庭珍《筱園詩話》卷四，收於《清詩話續編》，頁2399。

37　參見黃錦鋐《國文教學法》，頁96、102。

38　參見陳滿銘《章法學新裁》，頁271。

39　陳滿銘：「『吳山點點愁』一句，寫向南所見到之『山』景，藉吳山之『點點』又襯托出另一份悠悠別恨來，使得情寓景中，全力為下半的抒情預鋪路子。」見《詞林散步》，頁21。

40　俞陛雲在評註此詞時表示：前四句寫的是愁眼中所見的山色江光，第四句用一愁字，使前三句皆化愁痕。參見《唐宋詞選釋》，頁6。

41　參見陳滿銘《章法學新裁》，頁271、240～241；及江錦珏《詩詞義旨透視鏡》，頁80。

42　參見仇小屏《古典詩詞的空間設計》，頁147；及拙作《虛實章法析論》，頁170。

43　見陳滿銘《文章結構分析》，頁38。又，黃振民：「此寫初聞兩河收復，安史亂息，狂歡待歸之狀。」見《歷代詩評解》，頁345。

44　見沈秋雄〈一首喜心翻倒的詩──杜甫〈聞官軍收河南河北〉賞析〉，《國文天地》4卷12期，頁99。

45　參見陳滿銘《詞林散步》，頁108～109；及其《章法學新裁》，頁65～66。

46　見陳振鵬、章培恒主編《古文鑒賞辭典》，頁414。

47　過商侯：「結出終養，乃通篇主意。」見《古文評註全集》卷六，頁423。

48　參見沈祥龍《論詞隨筆》，收於《詞話叢編》，頁4053。

49　參見陳滿銘《章法學新裁》，頁247、274。

50　參見陳滿銘《章法學新裁》，頁82。

51　見楊齊賢集注、蕭士贇補注《分類補注李太白詩》卷五，頁

112。

52 見沈德潛《唐詩別裁集》卷十九，頁94。

53 如喻守真：「此詩好處，在以家常話表示一種閒適之情，並不
露出有意做作之態。」見《唐詩三百首詳析》，頁231。

54 參見仇小屏《章法新視野》，頁234。

55 見陳滿銘《章法學新裁》，頁248。

56 見宋黎靖德編《朱子語類》卷第一百一十四〈訓門人二〉，頁
2755。

57 參見陳滿銘《文章結構分析》，頁222；及其《章法學新裁》，
頁245~246。

58 參見羅聯添《白樂天年譜》，頁105~110。

59 見王熙元《詩詞評析與教學》，頁229。

60 見連文萍〈啞啞思侵曲‧苦苦勸世歌——白居易〈慈烏夜啼〉
賞析〉，《國文天地》5卷5期，頁93。

61 參見林東海《古詩哲理》，頁135~139。又，喻朝剛等謂：
「後兩句抒發詩人登廬山的獨特感受：沒能認清廬山真實的面
目，只是因為置身其中的緣故。引發一個令人深省的哲理：
『當事者迷，旁觀者清』。」見喻朝剛、吳帆、周航編著《宋詩
三百首譯析》，頁144。

62 見喻朝剛、吳帆、周航編著《宋詩三百首譯析》，頁144。

63 見過商侯《古文評註全集》卷八，頁520。

64 見吳楚材評註、王文濡校勘《精校評註古文觀止》卷八，頁
36~37。

65 劉禹昌、熊禮匯：「韓愈這篇贈序的中心思想就是反對董邵南
到河北去。同時對河北藩鎮的『不臣而習亂』和朝廷有司之不
明深有譏刺。」見《唐宋八大家文章精華》，頁100。

66 見過商侯《古文評註全集》卷十一，頁742。

第五章

辭章中「意」── 核心成分之審辨（下）

就辭章意象中的「意」而言，居於一篇之核心地位的「情」或「理」，即其主旨所在，一般說來，作者對於主旨安置的部位，不外乎篇內與篇外等兩大類，其中，前者又包括安置於篇首、篇腹、與篇末三種不同的藝術技巧[1]。

底下即鎖定辭章核心之「意」，先搜採有關主旨呈現位置方面的理論，接著再考察如何認定安置部位之種種問題，最後再分就此四種安排方式，一一探討其理論與例文。

第一節　安置部位之理論與認定

核心情理對於一篇辭章而言，至關重要，各代也有許多文論家探討其安置部位的相關理論。總述主旨之安置技巧者，如李紱的《秋山論文》即明白的指出：

> 文章精神全在結束，有提於前者，有束於中，有收於

後者。(《古文辭通義》卷十一，頁二上)

其所謂「結束」，意味著辭章內容的總結、統括處，而非完結之意[2]，故此處可說是由「提於前」、「束於中」、「收於後」，提出了主旨出現於篇內的三種情況。

方東樹在《昭昧詹言》裡，亦曾論及核心情理的安置，其云：

> 章法有見於起處，有見於中閒，有見於末收。（卷一，頁11）

他提出主旨安置之章法，有見於「起處」（篇首）、「中閒」（篇腹）、「末收」（篇末）三類。

而劉熙載的《藝概‧文概》也說：

> 揭全文之指，或在篇首，或在篇中，或在篇末。在篇首則後必顧之，在篇末則前必注之，在篇中則前注之，後顧之。（卷一，頁40）

同樣點明主旨放在篇首、篇中（腹）、篇末的類別，並且也說明了這三種情況，在篇旨與章旨上的配合要素。

吳闓生《桐城吳氏古文法》則是論述道：

> 凡行文必有總挈之處，或在前，或在後，或在中央，無總處則散錢無串，不成片段，不能成章矣。（上篇，頁5）

「總挈處」正是辭章的主旨（綱領），它可於作品的前、中、後部分作呈現。而其重要性，能使所要表現的內容和情理，形成一個有機整體，就如同散落的錢幣，得以成串一般。

宋文蔚的《評註文法津梁》，在談「謀篇」的章節中也說道：作文應以確立主意為要，並言：

> 主意既定，或於篇首預先揭明，或在中間醒出，或留
> 於篇終結穴，皆無不可。（上冊，頁50）

書中更舉蘇軾〈留侯論〉為例，敘其主意在「忍小忿而就大謀」，是屬於在篇首就提明的手法。

成偉鈞、唐仲揚、向宏業所編《修辭通鑑》，在討論「主題句」時曾提出：

> 主題句在文章中可出現，可不出現，它受到語體因素
> 的制約。（頁284）

「主題句」實即文學作品之主旨，其所謂「可出現」和「可不出現」，也就分別構成主旨安置於篇內或篇外的兩大模式。此外，他們也從語體因素，探究出現這些安排技巧的原因，如某些文藝作品講求「含蓄」，故需隱藏觀點，又如政論文一般要求明確表達主張，故主題常需疾呼而出[3]。另外，他們也在「點睛」一節中，以「睛」代表文章主旨，認為：

> 「點睛」的部位要根據文章的表達需要和結構特點而

定，有的「點」在篇首，開篇便引發讀者的注意；有

　　　　　的「點」在篇中，起著歸攬前篇、擴展後篇的作用；

　　　　　有的「點」在篇末，進一層地深化主題。（頁1159）

不但更清楚的說明主旨安置的一些手法，也闡述其運用時所
依據的原則。

　　陳滿銘則是在《國文教學論叢》中，總結前人之理論成
果，全面的整理出主旨安置的幾種基本形式，寫成〈談主旨
見於篇首的幾篇課文〉、〈談主旨見於篇腹的幾篇課文〉、
〈談主旨見於篇末的幾篇課文〉、〈談主旨見於篇外的幾篇課
文〉等文[4]。另外，在《章法學新裁》中，也有〈談安排詞
章主旨（綱領）的幾種基本形式〉一文，將這個寫作的重要
議題，作了詳盡的探究[5]，而其理論當於探究各安置部位的
小節中敘明。

　　張春榮《作文新饗宴》於辨析辭章主旨的許多觀念時，
也主張「主題句的位置，大抵出現在文章段落的開端、結尾
……亦有出現在中間、言外者」[6]。其中，主旨出現在「開
端、結尾、中間」，即所謂安置於篇內之首、末、腹，而出
現於「言外」，則屬安置於篇外了。這些技巧皆須精於辨
識，才能切中文章要點。

　　主旨安置部位認定的方式，以往多以篇幅為判別標準，
但如此一來，易產生機械性的去數字句節段之毛病，而且以
「第一句」、「最末句」等位置去認定，也往往極易出現問
題，比如《左傳·曹劌論戰》：

　　　十年春，齊師伐我，公將戰。曹劌請見，其鄉人曰：

「肉食者謀之，又何間焉？」劌曰：「肉食者鄙，未
能遠謀。」遂入見。

問何以戰？公曰：「衣食所安，弗敢專也，必以分
人。」對曰：「小惠未遍，民弗從也。」公曰：「犧
牲玉帛，弗敢加也，必以信。」對曰：「小信未孚，
神弗福也。」公曰：「小大之獄，雖不能察，必以
情。」對曰：「忠之屬也，可以一戰。戰則請從。」
公與之乘，戰於長勺。公將鼓之，劌曰：「未可。」
齊人三鼓，劌曰：「可矣。」齊師敗績，公將馳之，
劌曰：「未可。」下視其轍，登軾而望之，劌曰：
「可矣。」遂逐齊師。

既克，公問其故，對曰：「夫戰，勇氣也。一鼓作
氣，再而衰，三而竭。彼竭我盈，故克之。夫大國難
測也，懼有伏焉；吾視其轍亂，望其旗靡，故逐之。

第一段簡略的敘述齊師伐魯，曹劌請見莊公之事，並提醒全
篇的綱領「遠謀」二字，這是「凡」的部分；底下再依時間
先後，分「戰前」、「戰時」、「戰後」三目，凸出曹劌能遠
謀於未戰之先、方戰之時和既勝之後的緣由。由此可見，主
旨「遠謀」二字雖不在文章的前幾句，但其安置的位置卻屬
篇首，但若以結構表來看，便能清楚的分辨出來：

```
        ┌凡：「十年春」……「遂入見」 ※7
    ┌順─┤        ┌先（戰前）：「問何以戰」……「戰則請從」
    │   └目─┼中（戰時）：「公與之乘」……「可矣」
    │        └後（戰後）：「齊師敗績」……「遂逐齊師」
    └補：「既克」……「故逐之」
```

「遠謀」之內容安置於開篇第一個結構單元「凡」當中，故
屬於主旨安置於篇首的情形。所以，主旨安置的位置，必須
以章法切入後，透過結構分析表，從大的「結構單元」[8]來
看，較能掌握作者在安排篇章主旨上的匠心巧思，以及辭章
作品的特色。

　　其次，還需以「核心結構」作為確立主旨位置的起點。
一篇辭章作品的結構，通常會有主要的核心結構，和次要的
輔助結構，陳滿銘在〈論章法「多、二、一（0）」的核心結
構〉謂：

　　　　一篇辭章，無論是散文或詩詞，通常都由許多章法結
　　　　構以「二元對待」呈現其「層次邏輯」，層層組合而
　　　　成。而它必有一個「核心結構」，與兩個或兩個以上
　　　　的「輔助結構」。其中「核心結構」，不但是居於凸顯
　　　　一篇辭章之主旨或綱領的關鍵地位，也是藉以形成其
　　　　風格、韻律、氣象、境界的主要因素。

並進一層的表示：

　　　　就在「多、二、一（0）」的諸多結構中，必有其核心
　　　　結構，它一定落在一篇文章之主體所在，也就是最能
　　　　凸顯「主旨」的部分，以牢籠各主體及其他對應材
　　　　料。[9]

可見「核心結構」在一篇辭章中是重心所在，並居於關鍵地
位，由於它具有凸顯主旨的功能，故在判別主旨安置的部位

時,應針對核心結構加以考量,也就是以切入中心、主體的部分來認定。有時,一篇作品的最上一層結構即是核心,而次層及其以下的各個結構為輔助結構,但有時候低一層或更低一層的結構,對於扣緊主旨及風格的作用上,比前層結構更加密切,所以首層若出現像是點染法中的「點」、問答法中的「問」、或是「補敘」[10]等,往往在認定主旨位置時,是被排除在外的。前者如選自林景亮《評註古文讀本》的姚鎔〈海魚〉一文:

> 海有魚曰馬嘉,銀膚燕尾,大者視晬兒孾,用火薰之,可致遠。
> 常淵潛不可捕,春夏乳子則隨潮出波上,漁者用此時簾而取之。簾為疏目,廣衺數十尋,兩舟引張之,絕以鐵,下垂水底,魚過者,必鑽觸求進,愈觸愈束,愈怒則頰張鬛舒,鉤著其目,致不可脫。
> 向使觸網而能退卻,則悠然逝矣。知進而不知退,用罹烹醢之酷,悲夫。

此文之結構表可表示為:

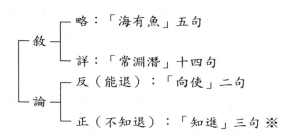

此文以「先敘後論」的結構成篇。在「敘」的部分,作者先

略為介紹名為馬嘉的海魚，接著在次段詳寫捕此種魚時，魚
愈觸愈束的情況，最後再於末段上承捕魚情況，先就反面以
假設的方式寫「能退」，再由正面寫「不知退」，點明知進不
知退的警世之語。全文藉事說理，主旨很自然的出現在
「論」，屬於安置於篇末之類型，故第一層「先敘後論」即其
核心結構，餘如「先略後詳」、「先反後正」等條理，則為
輔助結構。後者如李白〈謝公亭〉：

> 謝公離別處，風景每生愁。客散青天月，山空碧水
> 流。池花春映日，窗竹夜鳴秋。今古一相接，長歌懷
> 舊遊。

其結構表為：

```
      ┌─ 點：「謝公」句
      │        ┌─ 凡：「風景」句 ※                    ┌─ 昔：「客散」二句
      ├─ 染 ─┤                         ┌─ 因（風景）─┤
               │        ┌─ 目 ─┤                    └─ 今：「池花」二句
               └─ 目 ─┤      └─ 果（生愁）：「今古」二句
```

作者先以首句交代其時空之落足點，再於二句將主旨「風景
每生愁」敘明，後半則分別就當時與今日之景，從物是人非
引出懷舊之愁，由因及果的呼應主旨句。但乍看之下，其主
旨安置的部位似乎在篇腹，若再將二句仔細以「先因（風景）
後果（每生愁）」來統括，並對應「目」之因果，則看來就
更像安置於篇腹，然而，經過深入的審查，則會發現此詩的
核心結構應該在「先凡後目」的地方，也就是說首層的「先
點後染」僅是輔助結構，其主體應就「染」這個結構單元的

部分而言，因此，〈謝公亭〉的主旨應屬開門見山的安排於篇首，並且後半大部分的內容，亦是根據主旨句加以具體細述。

　　再就結構表所呈現的型態而言，如果第一層即是全篇的核心結構，且可以分出三或三個以上的部分，通常即可由主旨是出現於偏第一、二、或三部分，來確定安置的部位是屬於篇首、篇腹、或篇末。以安置於篇腹的情形來說，比如「目凡目」、「賓主賓」、「實虛實」等結構類型，其主旨在「凡」、「主」、「虛」的部分者，很容易便可看出主旨是在篇腹。然而，如果在結構上分為兩大單元，則必須再根據第二、三、或以下各層的結構狀況來做判斷。

　　再次，結構表切得夠不夠細，也會影響主旨安置的判別，因此，除了觀察結構表，也應配合內容，考慮是否能再仔細往下分出其他結構層次。以杜甫的〈曲江〉和范仲淹的〈蘇幕遮〉為例，〈曲江〉云：

　　　　一片花飛減卻春，風飄萬點正愁人。且看欲盡花經
　　　　眼，莫厭傷多酒入脣。江上小堂巢翡翠，苑邊高塚臥
　　　　麒麟。細推物理須行樂，何用浮榮絆此身？

此詩之結構表為：

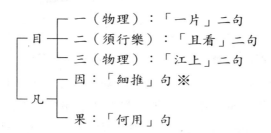

〈蘇幕遮〉：

> 碧雲天，黃葉地。秋色連波，波上寒煙翠。山映斜陽
> 天接水，芳草無情，更在斜陽外。　　黯鄉魂，追旅
> 思。夜夜除非，好夢留人睡。明月樓高休獨倚，酒入
> 愁腸，化作相思淚。

其結構表可畫為：

```
        ┌ 近：「碧雲天」四句
    ┌ 景 ┼ 中：「山映斜陽」句
    │    └ 遠：「芳草」二句
    │    ┌ 先：「黯鄉魂」四句 ※
    └ 情 ┤
         └ 後：「明月」三句
```

光就形式的角度來看，兩首作品似乎具有同樣的結構樣貌，
即：

```
      ┌ a
  ┌ A ┼ b
  │   └ c
  │   ┌ a ※
  └ B ┤
      └ b
```

但是其主旨安置的位置卻一屬安置於篇末，一屬安置於篇
腹。〈曲江〉的主旨在「細推物理須行樂」一句，並與末句
以因果關係加強此番道理，故此處的「凡」總括了全詩義
旨，使此詩的主旨歸納於篇末。附帶一提的是，一般而言，

由於「凡目法」的「凡」具有統括全篇義旨的作用，故若主旨在「凡」，雖然「凡」底下可再分出一層關係，但主旨所在的位置，可依著「凡」在篇章結構中的部位來判斷即可[11]。而以「先景後情」寫成的〈蘇幕遮〉，其主旨在「黯鄉魂，追旅思」處，唯深入考辨後可以發現，抒情的部分實可再分為「先」、「後」兩大結構單元，也就是先敘述滯留外地的思鄉之情，再寫當下倚著高樓，藉酒化淚的情感，因此後半還承載了相當篇幅的內容，且上片淒寥的秋景，可說成功的融於中間所點出的鄉愁，而後半事中帶景的抒情段落，亦有輔助主旨闡發的作用在，故其主旨屬安置於篇腹，若將結構表表示為：

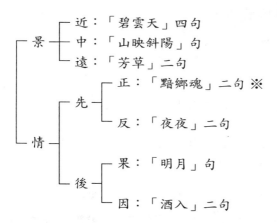

如此一來，則更能看出其安置於篇腹的狀態了。總之，在認定時，除了觀察結構表，還須配合內容，推敲是否能再分析出其他的結構單元，並將篇幅列入考量因素之一，不過篇幅仍不宜作為首要條件，尤其是詩歌類的作品，因其句子少、篇幅短小，在判別上更需多加注意。

　　最後，還需注意另一個因素。那就是由於不同的切入角

度，會產生相異的邏輯風貌，而所呈現出來的結構表，也會
有所不同，這當然也會影響到主旨位置的認定。雖然在一定
的水準之上，篇章結構的分析無絕對是非，但會有相對的好
壞，故若檢查時發現問題，則需再考慮其他方向來調整結
構，改以另一種方式統整其各部分的關係，以求更嚴謹的去
判斷主旨安置的位置。如陶淵明的〈飲酒〉之五：

> 結廬在人境，而無車馬喧。問君何能爾，心遠地自
> 偏。採菊東籬下，悠然見南山。山氣日夕佳，飛鳥相
> 與還。此中有真意，欲辨已忘言。

其結構表大致可呈現如下：

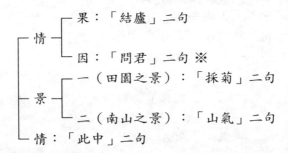

作者於開篇先寫出「心遠地偏」的情意，起頭二句表明自己
雖處於喧囂人境，卻能不受世俗干擾；接著再以問答點明緣
由，並提出「心遠」二字為貫串全詩的綱領。其次，承上
「心遠」之意，轉而實寫其外在體現，藉由採菊見山的田園
之景和山氣飛鳥的南山之景，充分表達詩人悠然自得的隱逸
生活。末兩句再由景入情，以「真意」呼應「心遠」，說明
心遠才能領悟此番真意，而既已領於心則不待辯言，將其深

遠意蘊推至極高境界。事實上，〈飲酒〉的結構表還可再作
小幅度的調整：

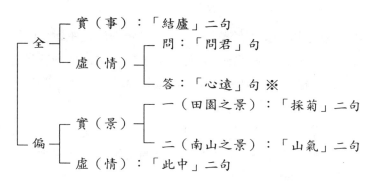

因前二句的內容偏於事中帶情，而以敘事的成分居多，故以
「先實（敘事）後虛（抒情）」的組織來調整，接著，在抒情
的部分亦將「先問後答」的關係標示出來，以凸顯主旨句的
地位。以上是就總體情況而言，後半則是就目前所在的環境
來敘寫，故又可透過偏全之對待關係，來統合兩層虛實結
構。由此可見，「心遠地偏」的情意，是全篇義旨之核心，
並且有關顧前後內容的作用，因此在調整結構後，則更容易
辨別出作者將主旨安置於篇腹的巧思。

第二節　核心情理安置於篇內

　　核心情理安置於篇內的寫作技巧，又可分為呈現在篇
首、篇腹、篇末三類。

一、核心情理安置於篇首

「核心情理安置於篇首」，意思是將一篇之主旨，開門見山的在篇首點明，然後再根據主旨，於後文鋪陳內容[12]。

元代楊仲弘《詩法家數》在論述詩之「主意」時提出：

> 有主意在上一句，下則貼承一句，而後方發出其意
> 者。（收於顧龍振編《詩學指南》卷一，頁27）

「主意」即一篇之核心情理，這裡指的就是將主旨置於上一句，再以下一句作承接，並於後半作闡發，這就屬於核心情理安置於篇首的情形。

宋代李塗在《文章精義》中說：

> 文字起句發意最好，李斯〈上秦始皇逐客書〉起句，
> 至矣盡矣，不可以加矣。（頁75）

「起句發意」指的就是在開篇就提明一篇主旨之況，李塗也舉了李斯的〈諫逐客書〉為例，而此文於篇首即寫道：「臣聞吏議逐客，竊以為過矣。」正是文章主旨所在。

宋文蔚的《評註文法津梁》，有一「總提分疏」法云：

> 行文時於首段總挈大綱，先立一篇之局，以下承首
> 段，逐層分說，如此則眉目清楚，事理明晰。（上
> 冊，頁74）

其實這就是章法上的「先凡後目」結構，由於其謀篇方法是先在前段總括起一篇之主意，後段再就此一一分述，所以這種結構類型通常會與主旨安置在篇首者相疊合。

例證方面，如杜甫的〈江村〉：

> 清江一曲抱村流，長夏江村事事幽。自去自來堂上燕，相親相近水中鷗。老妻畫紙為棋局，稚子敲針作釣鉤。多病所須惟藥物，微軀此外更何求。

結構表為：

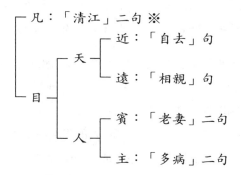

此詩作於草堂新成之時，詩人身處夏日清幽的浣花溪畔，抒發了閒適的情懷。元代楊仲弘《杜律心法》，在首聯下引吳成的註說：「此詩只作事事幽三字。」[13]而范德機在《詩格》裡也評曰：「事事幽是三字棟樑，下皆發明事事幽之意。」[14]由此可見，首聯先拈出「事事幽」以為「凡」，底下再分「天」（自然）與「人」（人事）二目，就此主意細寫，其中，三、四句寫自在的飛燕和相伴的鷗鳥，分別點出「村中一事之幽」與「江上一事之幽」，頸聯轉寫怡然安適的家

人，末再「結歸己身」[15]，表達一種淡泊的志趣，由人事緊扣愜意清幽的情感基調，所以全詩之主旨即安置於篇首。

又如王維〈鳥鳴澗〉：

> 人閑桂花落，夜靜春山空。月出驚山鳥，時鳴春澗中。

結構表為：

```
┌ 情（凡）：「人閑」※
│              ┌ 一（桂花）：「桂花落」
└ 景（目）─┼ 二（夜山）：「夜靜」句
               └ 三（澗谷）：「月出」二句
```

王維此作是「藉皇甫嶽雲溪別墅的閑景，將主人翁的閑心作充分的襯托。」[16]首句的「人閑」二字，即直接抒發了作者恬適的心境，是詩中的核心情語所在[17]。接著，一連串幽靜的山中春夜景致，便隨之一一浮現：由於人的閒靜，而觀察到香氣極淡的四季桂，隨風飄落，在夜闌山靜的氛圍中，連月光從雲際中透出，都會驚動了山中鳥兒，時於澗谷中，發出清亮的鳴聲。其中，末二句可謂成功的化用王籍「蟬噪林逾靜，鳥鳴山更幽」的詩句，巧妙的以動顯靜[18]。故〈鳥鳴澗〉的主旨即在篇首的「情」（人閑），屬於顯旨；二句之後，分別就桂花之閑、夜山之閑、澗谷之閑來寫景，其作用乃在於以景襯情，而且後半描繪景致的部分，也是全詩焦點──「人閑」的背景，適切的起著烘托閒靜之情的作用。

韋應物〈秋夜寄邱二十二員外〉亦為主旨安置於篇首之佳例：

懷君屬秋夜，散步詠涼天。空山松子落，幽人應未眠。

結構表為：

這是一首秋夜懷人的詩作，陳滿銘《章法學新裁》評析說：「作者首先在起句便開門見山地以『懷君』作一泛寫，拈出主旨，然後藉自身於秋夜『散步詠涼天』的動作與『空山松子落，幽人應未眠』的設想，將『懷君』具象化。」（頁206~207）詩之首句即拈出「懷君」之旨，接著再藉秋夜散步與設想幽人未眠，來具寫對邱二十二員外的無限懷念，情意十分幽長。

　　文如韓愈〈師說〉：

　　古之學者必有師。師者，所以傳道、受業、解惑也。人非生而知之者，孰能無惑？惑而不從師，其為惑也終不解矣！
　　生乎吾前，其聞道也，固先乎吾，吾從而師之；生乎吾後，其聞道也，亦先乎吾，吾從而師之。吾師道也，夫庸知其年之先後生於吾乎？是故無貴、無賤、無長、無少，道之所存，師之所存也。
　　嗟乎！師道之不傳也久矣！欲人之無惑也難矣！古之

聖人，其出人也遠矣，猶且從師而問焉；今之眾人，
其下聖人也亦遠矣，而恥學於師。是故，聖益聖，愚
益愚，聖人之所以為聖，愚人之所以為愚，其皆出於
此乎？

愛其子，擇師而教之，於其身也則恥師焉，惑矣！彼
童子之師，授之書而習其句讀者也，非吾所謂傳其
道、解其惑者也。句讀之不知，惑之不解，或師焉，
或不焉，小學而大遺，吾未見其明也。

巫、醫、樂師、百工之人，不恥相師；士大夫之族，
曰師、曰弟子云者，則群聚而笑之，問之，則曰：
「彼與彼年相若也，道相似也。位卑則足羞，官盛則
近諛。」嗚呼！師道之不復可知矣！巫、醫、樂師、
百工之人，君子不齒，今其智乃反不能及，其可怪也
歟！

聖人無常師；孔子師郯子、萇弘、師襄、老聃。郯子
之徒，其賢不及孔子。孔子曰：「三人行，則必有我
師。」是故弟子不必不如師，師不必賢於弟子。聞道
有先後，術業有專攻，如是而已。

李氏子蟠，年十七，好古文，六藝經傳，皆通習之。
不拘於時，請學於余，余嘉其能行古道，作師說以貽
之。

結構表為[19]：

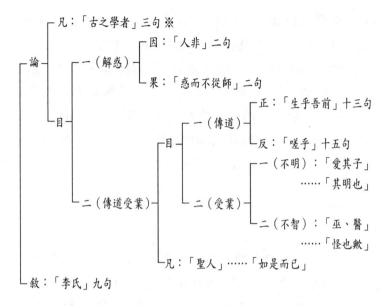

作者一下筆就標舉學必有師的道理，以師之「傳道」、「受業」、「解惑」總挈起文章之三大條目，吳楚材在《精校評注古文觀止》即就首二句說：「開口說得師道如此鄭重，一篇大綱領，具見於此。」[20]這是全篇的核心理語，而底下第一個「目」，議論人必有惑，故須從師以解惑，也就是針對「解惑」論從師之要。第二個「目」合說「傳道、受業」，先就己身從正面闡述「道之所存，師之所存」，再就反面言師道之不傳，點出一個「愚」字來；接著，先論時人雖能擇師教子，但自己卻恥於師，且教師僅授童子句讀等不明師道的狀況，再從巫醫樂師百工之人相師，反襯士人恥於相師之不智；後以聖人無常師，從「聞道有先後，術業有專攻」之理，回應「道之所存，師之所存」，總收傳道、受業一節。吳楚材復於「道之所存，師之所存也」下云：「道在即師

在，是絕世議論。」（頁1）並在「其可怪也歟」後評：
「此蓋與前之論聖人且從師同意，前以至貴者形今人之不從
師，此以至賤者形今人之不從師，反覆劇論，意甚切至。」
（頁2）末於「如是而已」下曰：「收前吾師道意完足。」
（頁3）由此觀之，前六段皆在論述「從師」之重要，而末
段主要在敘述李蟠背景與其敬重師道的可貴，並帶出作此文
之緣由，形成較少見的「先論後敘」格[21]，而主旨就在篇首
「論」中的「凡」。

又如歐陽脩〈五代史伶官傳序〉：

> 嗚呼！盛衰之理，雖曰天命，豈非人事哉！原莊宗之
> 所以得天下，與其所以失之者，可以知之矣。
> 世言晉王之將終也，以三矢賜莊宗而告之曰：「梁，
> 吾仇也，燕王，吾所立，契丹與吾約為兄弟，而皆背
> 晉以歸梁。此三者，吾遺恨也。與爾三矢，爾其無忘
> 乃父之志。」莊宗受而藏之於廟。其後用兵，則遣從
> 事以一少牢告廟，請其矢，盛以錦囊，負而前驅，及
> 凱旋而納之。
> 方其係燕父子以組，函梁君臣之首，入於太廟，還矢
> 先王而告以成功，其意氣之盛，可謂壯哉！及仇讎已
> 滅，天下已定，一夫夜呼，亂者四應，倉皇東出，未
> 及見賊，而士卒離散，君臣相顧，不知所歸，至於誓
> 天斷髮，泣下沾襟，何其衰也！豈得之難而失之易
> 歟？抑本其成敗之？而皆自於人歟？
> 《書》曰：「滿招損，謙受益。」憂勞可以興國，逸
> 豫可以亡身，自然之理也。故方其盛也，舉天下之豪

傑莫能與之爭；及其衰也，數十伶人困之而身死國
滅，為天下笑。夫禍患常積於忽微，而智勇多困於所
溺，豈獨伶人也哉！作〈伶官傳〉。

結構表可表示如下：

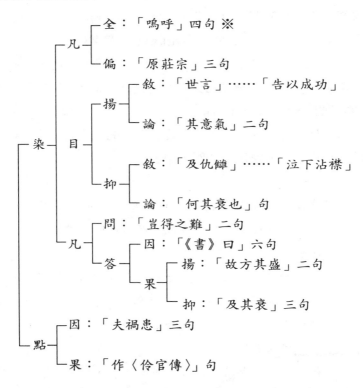

序文首三句，先全面的提出國家興盛或衰亡，實與人事有
關，是全文的綱領和中心旨意所在，然後再偏取後唐莊宗得
失天下的史事，來說明此番道理，故二、三段緊接著先揚莊
宗完成帝業之盛，再抑其敗亡時的頹喪，以反詰語氣說明盛
衰取決於人事[22]。末段前半，續引《尚書》加強論理，並提

出「憂勞可以興國，逸豫可以亡身」，分別以「盛之由於人事」和「衰之由於人事」繳應首段，然後再度針對後唐之盛衰，反覆伸說。最後則將文勢蕩開，點出一個更廣泛的歷史教訓，以為當局者之戒[23]，同時也交代了作〈伶官傳〉的用意。而關於本文在主旨的安置方面，吳闓生在《桐城吳氏古文法》中，即於開篇處，謂：「此三句綰攝通篇。」並引汪武曹之說，云：「盛衰二字是眼目，人事是主意。」（下篇，頁76）吳楚材、吳調侯也指出：「起手一提，已括全篇之意。」（《精校評注古文觀止》卷十，頁5）足見本文的核心理語，在篇首即已拈出。

　　此外，陳滿銘在談主旨安置於篇首的散文時，舉有陸游的〈跋李莊簡公家書〉為例，文云：

> 李丈參政罷政歸鄉里，時某年二十矣。時時來訪先君，劇談終日，每言秦氏，必曰咸陽，憤切慨慷，形於色辭。
>
> 一日平旦來，共飯，謂先君曰：「聞趙相過嶺，悲憂出涕，僕不然。謫命下，青鞋布襪行矣，豈能作兒女態耶！」方言此時，目如炬，聲如鐘，其英偉剛毅之氣，使人興起。
>
> 後四十年，偶讀公家書，雖徙海表，氣不少衰，丁寧訓戒之語，皆足以垂範百世，猶想見其「青鞋布襪」時也。

結構表為：

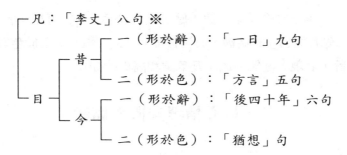

李莊簡公即李光，以剛直敢言不為秦檜等權臣所容，多次遭到誣陷與貶官，但仍不改浩然之風骨。本文即陸游在閱讀李公家書而懷想過去時，對其精神所興起的讚佩之意。在內容的呈現上，陳滿銘在《章法學新裁》中解釋：「本文先從李丈罷歸鄉里後與作者先君時相過從的事實寫起，很巧妙的拈出『憤切慨慷，形於色辭』八字，作為一篇的綱領。」（頁61）這是「凡」的部分，除了分兩軌串起一篇事材外，也是全文的主旨所在，勾勒出李莊簡公突出的人格形象。二、三段則分別對應於總括的「憤切慨慷，形於色」及「憤切慨慷，形於辭」，作者先就「昔」，記自己在二十歲時，所親見的李公言行，以趙鼎之事，見李公不為貶謫而苦，反而仍是一派正氣凜然，這是寫他「憤切慨慷，形於辭」，然後具體描述李公的表情，令人感受到其「英偉剛毅」之氣，這是寫他「憤切慨慷，形於色」。末段就「今」，記六十歲時，偶讀李公家書所生之感悟，其中，言李公雖被遠謫海南，然「氣不少衰」，家書字字珠璣，足以垂範後世，此應前「形於辭」，而想見其坦然作「青鞵布襪」之態，則是應前「形於色」。所以，林雲銘在《古文析義》裡，就說明篇首的「憤切慨慷四字，是一篇之綱」，並於下文的兩個節段後，分

註：「應上文形於辭」與「應上文形於色」[24]，可見作者是以「先凡後目」的結構，於篇首提明「憤切慨慷，形於色辭」之旨，表現李莊簡公的不凡氣象和高尚的節操。

二、核心情理安置於篇腹

前節已論及李紱《秋山論文》所提：文章精神除了有「提於前」、有「收於後」者，更有「束於中」者，劉熙載的《藝概》也說：揭全文之指，或在篇首，或在篇中，或在篇末。而宋文蔚的《評註文法津梁》，除了曾提及一篇之主意「或在中間醒出」外，也謂：

> 布局扼要中權，就題中要義，在中間發揮，而前後互相迴抱，以取緊密。……蓋扼要既在中權，即一篇之精神所注。前路可用原題起法，或用襯筆，徐徐引入，至後路，或回應中間，或用餘波作收。（上冊，頁118）

他說的「扼要中權」，就是將主旨安置在篇腹的寫作技巧，而其特色即在於以前文徐徐引入，再透過後文作回應，使篇腹的中心義旨能夠凸顯出來。

陳滿銘則有鑑於安置篇腹的類型，常為人所忽略，故曾發表〈談主旨見於篇腹的幾篇課文〉，文中闡述道：辭章主旨見於篇腹的，雖不像見於篇首、篇末與篇外的那麼多，但也不乏其作。此外，他更進一步表示：這類作品多半會採「插敘」的手法來點明主旨，尤其是慣於用插敘法來表情抒

感的詩詞作品,如李白〈送友人〉,首尾各寫送別之地與離別當時所見之景,中間則將寫景的兩部分提開,插入了抒情成分,以「遊子意」與「故人情」,點明離情別意為一篇之核心情意[25]。

張繼的〈楓橋夜泊〉,即是一首將核心情語置於篇腹的例子:

> 月落烏啼霜滿天,江楓漁火對愁眠。姑蘇城外寒山
> 寺,夜半鐘聲到客船。

結構表為:

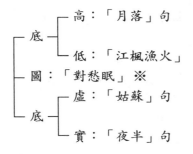

全詩之核心情意,是在抒發旅居異鄉的愁苦[26],焦點集中於客旅異地、愁不能寐的主人翁身上(圖)。首句就高處寫仰觀之月景、霜氣與聽覺的烏啼,次句就低處寫平視所見之江楓、漁火,烘托出一片蕭瑟憂淒的環境背景(底一);三句則將空間推向眼所未見的寒山寺,再把鏡頭順著寺裡所傳來的鐘聲,回到客船上,彷彿這股旅愁也隨之迴盪不已,形成另一個加強愁思的背景(底二)。就結構而言,由表中可見前後對應之「底」結構,雙夾著中間突出的「圖」結構;就

詩意而言，這些空間景致，無一不渲染出一片淒清愁苦的況味，而二句的情語——「愁」字，也就是統括人與景的主旨所在；綜上所述，此詩之主旨很明顯是安置於篇腹的形式。

又如蘇軾的〈醉落魄〉，詞云：

> 分攜如昨，人生到處萍飄泊，偶然相聚還離索，多病多愁，須信從來錯。　　尊前一笑休辭卻，天涯同是傷淪落。故山猶負平生約，西望峨嵋，長羨歸飛鶴。

結構表為：

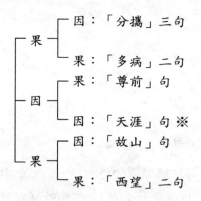

此詞題作「席上呈楊元素」，是東坡於熙寧七年將赴密州前，與同遭貶謫失意的楊繪匆匆分別而作，主旨就安置在篇腹的「天涯同是傷淪落」句。陳滿銘分析道：「蘇軾在此篇腹，就有『天涯同是傷淪落』之句，這可說是作者傷別離、動歸思的根本原因。而這首詞自篇首起至『須信』句止，主要就是針對『傷別離』來寫；至於『故山』三句，則完全針

對『動歸思』來寫。」[27]全篇就這樣因「歎淪落」，而「傷別離」、「動歸思」，形成「果因果」結構。

再如張養浩〈山坡羊・潼關懷古〉：

> 峰巒如聚，波濤如怒，山河表裡潼關路。望西都，意躊躇，傷心秦漢經行處，宮闕萬間都做了土。興，百姓苦；亡，百姓苦。

其結構分析表如下：

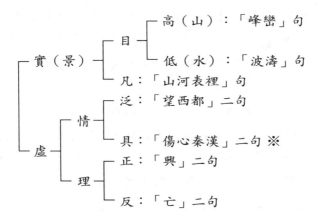

此曲主要是寫其路經潼關時所生發的感歎，表達對民生疾苦最沉痛的悲憫。前三句以寫景始，首先映入眼簾的是層層峰巒與奔騰急湍，可見得開篇這兩句已給整首曲作，潑出一幅氣勢恢宏的意象，其後再用「山河表裡」一句，收拾峰巒與波濤，並點出固若金湯的潼關地理，而這險要的關隘，自然也成為歷代兵家必爭之地，故行文至此，即由景轉而抒發情理。遙望著都城，卻令人意有所感，想起由秦至漢，宮闕無

不隨王朝盛衰，新建起又成焦土，而付出代價的卻總是可憐百姓，因此，為百姓所受的苦痛而「傷心」，可說是全曲的點睛之處，趙山林就說：「從秦到漢，兵家爭奪潼關，經營關中，在千千萬萬百姓的屍骨上建立起新的王朝，建造起富麗堂皇的宮殿，到了舊王朝滅亡的時候，這些宮殿又總是付之一炬，化為焦土。這一不斷重演的歷史活劇，被作者壓縮在『傷心』二句之中」[28]這一壓縮，不僅使詩歌具有精煉的藝術性，也使作品發出強大的張力。總之，這裡的「傷心」二字，扣合了「懷古」的主題，是全曲之核心情語；後四句則由歷史現象，提煉出精警的理語，用以加強為人民苦難而傷心的情意，由此可知，主旨是呈現於篇腹抒情的部分。

以古典散文來看，像是司馬相如的〈上諫獵書〉：

> 臣聞物有同類而殊能者，故力稱烏獲，捷言慶忌，勇期賁育。臣之愚，竊以為人誠有之，獸亦宜然。今陛下好陵阻險，射猛獸，卒然遇逸材之獸，駭不存之地，犯屬車之清塵，輿不及還轅，人不暇施巧，雖有烏獲、逢蒙之技，不得用，枯木朽株，盡為難矣。是胡越起於轂下，而羌夷接軫也，豈不殆哉！
>
> 雖萬全而無患，然本非天子之所宜近也。且夫清道而後行，中路而馳，猶時有銜橛之變，況乎涉豐草，騁邱墟，前有利獸之樂，而內無存變之意，其為害也不難矣！夫輕萬乘之重，不以為安樂，出萬有一危之塗以為娛，臣竊為陛下不取。蓋明者遠見於未萌，而知者避危於無形。禍固多藏於隱微，而發於人之所忽者也。故鄙諺曰：「家累千金，坐不垂堂。」此言雖

小，可以喻大。臣願陛下留意幸察。

其結構表可表示如下：

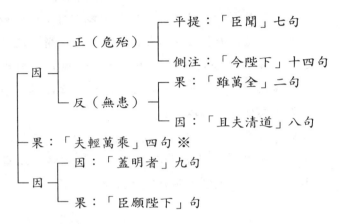

　　司馬相如因有鑒於漢武帝喜自擊熊豕，馳逐野獸，故寫此文上疏奏諫。文章以「因果因」的結構，仔細分析畋獵活動之害，首先，以物有殊能者，平提「人」與「獸」，再側注到「獸」，設想君王卒然遇獸的危險，這是就面臨險境，「以禍恐之」（吳楚材語）。接著，又轉就萬全無患之際，論君子因具有高貴的身分，故需清道而後行，並且也應有防患於未然的思想，敘明此道非天子之所宜近。中段則是直接點醒在上位者「輕萬乘之重」，而以萬分危險之境為樂，是不可取的，明白的提出上書的用意，過商侯就在《古文評註全集》中謂：「通篇只是輕萬乘之重一句作主。」（卷四，頁292）是以本文之主旨，即安置於篇腹的「果」這個結構單元處。末段再就此意，以明智之人總能預見危險而避之，純粹從事理來加強論點，希望君王能夠明察。

　　又如陶淵明〈五柳先生傳〉：

先生不知何許人也，亦不詳其姓字。宅邊有五柳樹，
因以為號焉。

閑靜少言，不慕榮利。好讀書，不求甚解；每有會
意，便欣然忘食。性嗜酒，家貧不能常得；親舊知其
如此，或置酒而招之。造飲輒盡，期在必醉；既醉而
退，曾不吝情去留。環堵蕭然，不蔽風日；短褐穿
結。簞瓢屢空。——晏如也。常著文章自娛，頗示
己志。忘懷得失，以此自終。

贊曰：黔婁之妻有言：「不戚戚於貧賤，不汲汲於富
貴。」味其言，茲若人之儔乎？啣觴賦詩，以樂其
志。無懷氏之民歟！葛天氏之民歟！

結構表為：

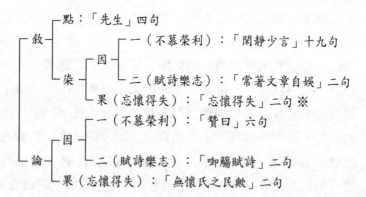

這篇文章是以「先敘後論」的結構寫成。作者在前四句，先
點出主人翁之來歷，說明其稱號的來源，而這裡埋沒了他的
姓名與出身，無疑是給當時的門第制度一記棒喝，也由此更
見其真隱士之風範。接著再寫他因「不慕榮利」、「賦詩樂

志」，而能「忘懷得失」的閑淡自得的品格，然而，無論是他少言、不喜為官的個性，或是在讀書、飲酒、寫作的志趣，以及能在物質生活上安貧樂道，都是使他能夠忘卻一切世俗得失的原因，故此忘懷得失之意，起著包孕全篇內容的作用。篇末則仿史傳形式，以贊語做結，在這個節段中，引黔婁妻所言者，正呼應著「不慕榮利」一節，「啣觴賦詩」兩句，則呼應著前文「賦詩樂志」的內容，而藉上古時代的人物喻其高風亮節，則是呼應著首段和「忘懷得失」一節，可見後半的贊語，完全根據前面敘事的內容所生，而通常一篇主旨即會出現在這種帶有評論性與總結性的文字裡，但由於末二句是以譬喻的方式，發出讚美之意，而並未出現情理語，此時就必須順著文章的內部呼應，回到前半，抓出明確呈現的「忘懷得失」四字，為主要的核心成分，如此一來，篇腹的「忘懷得失」即為主旨所在，是相當特殊的例子。

再如吳均〈與宋元思書〉：

> 風煙俱淨，天山共色，從流飄蕩，任意東西。自富陽至桐廬，一百許里，奇山異水，天下獨絕。
> 水皆縹碧，千丈見底，游魚細石，直視無礙。急湍甚箭，猛浪若奔。
> 夾岸高山，皆生寒樹。負勢競上，互相軒邈，爭高直指，千百成峰。
> 泉水激石，泠泠作響；好鳥相鳴，嚶嚶成韻。蟬則千轉不窮，猿則百叫無絕。鳶飛戾天者，望峰息心；經綸世務者，窺谷忘返。橫柯上蔽，在晝猶昏；疏條交映，有時見日。

結構表為：

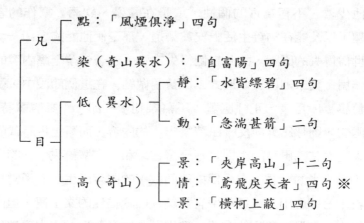

這篇山水小品是透過富陽到桐廬間的奇山異水，抒發不慕仕宦功名的隱逸思想。篇首即清楚的總述出此地「奇山異水，天下獨絕」的勝景，底下再先就低空間寫「異水」，然後就高空間寫「奇山」。其中，寫水處，是由形容水色及其深度，凸顯其中的魚與石，表現水之靜態美，接著從急湍猛浪，描述水景的另一面，表現其動態美。寫山處，是由視覺寫競相爭高的山峰，再轉向聽覺，由泉聲、鳥鳴、蟬囀、猿啼，寫天籟般的山聲，末尾則回到視覺，以時明時昧的光影變化寫山樹。就在前後兩節寫景的段落之間，作者又用插敘的方式抒發心中感喟，將外在的模山範水與內在嚮往自然的心境，融為一爐，周兆祥表示：「這自然是一方面在讚嘆山之高、林之深、谷之幽，同時也在暗喻功名之不可求。」[29]而陳滿銘也說明：「這四句話寫了作者面對『奇山異水』時所湧生的感觸，透露作者隱逸的思想，這可說是一篇主旨之所在。」[30]由此可看出，中間偏後用以抒情的章節，便是一篇主旨，屬於安置於篇腹的型態。

三、核心情理安置於篇末

　　所謂「核心情理安置於篇末」的手法，是先針對主旨在前文一一敘寫，最後才在篇末，畫龍點睛的拈出核心情理。陳滿銘在《章法學新裁》中指出，這種將主旨點明於篇末的形式，就整個篇章結構來說，古時稱為內籀，今則稱為歸納，十分具有引人入勝的優點（頁62）。

　　而專談核心情理安置於篇末的文論，有李塗《文章精義》：

> 文字有終篇不見主意有結句見主意者[31]，賈誼〈過秦論〉「仁義不施而攻守之勢異也」，韓退之〈守戒〉「在得人」之類是也。（頁74）

此即文章至結末處才見一篇之主意者，如賈誼的〈過秦論〉，就是在篇末以「仁義不施而攻守之勢異也」的主旨收束全篇。

　　又楊仲弘《詩法家數》說：

> 夫詩之為法也……有前六句俱若散緩，而收拾在後兩句者。（收於顧龍振編《詩學指南》卷一，頁27）

在他的論述中，姑且不論句數問題，其意主要是說明詩之前半先散緩的緒勢，待於篇末作「收拾」，因此，形成主旨位於篇末的類型。

　　歸有光的《文章指南》，在談一些文章寫作的原則時，也特別標舉一「結末括應則」：

　　　　凡文章前面散散鋪敘，後宜總括大意，與前相應，方
　　　　見收拾處。（頁26）

作者若於文章前半鋪敘，而在末尾才總束上文，歸結出一篇大意，則屬於主旨位居篇末的謀篇方式，以凡目法而言，前面依各個條目分別抒寫，最後再作總括以繳應前意，則會形成「先目後凡」的結構，而其主旨亦多半會落在篇末的「凡」。另外，歸有光還指出：

　　　　文章前面各意分說，後又總扭過下立論，是謂綴上生
　　　　下也。（頁16）
　　　　凡作罵題文章，須於結末垂規戒意，方有餘味。（頁
　　　　27）

這兩種謀篇技巧，一是在前文分說以蓄其勢，再於結尾處總攬各分線內容，收束全文，一是針對諷刺性文章，應在結末處垂戒，以突出一篇要義，如此一來都會構成主旨安置於篇末的布局。

　　而宋文蔚在《評註文法津梁》中，談到有一種文章「束法」，是運用於篇章結尾處的，其載：

　　　　束法……有用之後段者，前半筆法紆徐，至後段提
　　　　起，總束上文，即引起正意作結，為一篇之結穴。

（中冊，頁18）

書中之所以強調「束法」、「束筆」，是為避免文章因放恣開展，而導致氣勢渙散，唯需注意的是，這類筆法有時僅指文中作為過渡、接榫的部分，不一定就是拈出主旨之處，但此段說明，論述到將「束法」用於後段者，不但具有「總束上文」之特色，還是「一篇之結穴」，意即引出「正意」以結束全文者，這就形成了主旨安排於篇末呈現的類型。

　　例證如王維〈山居秋暝〉：

　　　　空山新雨後，天氣晚來秋。明月松間照，清泉石上流。竹喧歸浣女，蓮動下漁舟。隨意春芳歇，王孫自可留。

其結構表為：

```
        ┌天：「空山」四句
   ┌景─┤
   │    └人：「竹喧」二句
   └情：「隨意」二句 ※
```

此詩在藉山居秋日的美景，抒其閒淡之情，主旨在篇末抒情的部分[32]。詩之前半寫景，作者先寫山林中，秋日傍晚雨後的天氣，以形容其時空意境，接著描寫松間明月、石上清泉的自然幽景，與浣女喧鬧之聲、漁舟在蓮葉搖曳中順流而下的人事佳景，透過清新生動的畫面，暗把秋暝山居的閒適一一體現。末兩句屬於抒情的節段，是全詩旨意的重點所在，說明即使春日美景不再，但山中人事景物一樣有值得留戀之

處。由此可見，此詩正是以空山雨後清幽的景物，使得詩人不慕官職、一心歸隱的決心更強而有力[33]。

又如戴復古〈頻酌淮河水〉：

> 有客遊濠梁，頻酌淮河水。東南水多鹹，不如此水美。春風吹綠波，郁郁中原氣。莫向北岸汲，中有英雄淚。

結構表為：

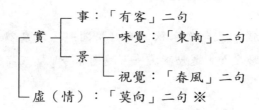

作者在首二句先就「事」，寫客遊濠水，酌飲淮河水，以引起下文。中段就「景」，先由味覺寫東南方帶有鹹味的水，遠不如此地甘美，暗伏旨意，再通過視覺，形容春風吹皺綠色水波的佳景，讚揚淮河地區的繁盛氣象。最後即景抒情，以反語勸人莫取北岸之水，因為南渡的宋室，苟求偏安，不積極收復中原失土，使得河裡充滿英雄憂國憂民的眼淚，並由此抒發了詩人悲痛憤懣的心情和愛國情操。王文濡在《評註宋元明詩》即謂：「蒼茫感喟，末句哀宋室之不能復振也。」（頁31）說明此詩之核心情語，就安置於篇末。

馬致遠的〈天淨沙〉，也是一首主旨安置於篇末的作品，全曲寫道：

枯藤、老樹、昏鴉。小橋、流水、人家。古道、西
風、瘦馬。夕陽西下。斷腸人在天涯。

結構表為：

本曲題為「秋思」，其作意在藉冷落、淒涼之景，襯托出浪
跡天涯的愁苦。作者於前三句，運用了「鼎足對」的形式，
寫眼前所見的空間，其中「枯藤」兩句是寫道旁所見，「古
道」句是寫道中所見。接著，再以「夕陽」一句，兼寫時
空，不僅點明黃昏時刻，也以遠方之落日擴大空間，增強全
曲的情味力量。然而，前面所描繪的景致，實皆為了凸顯末
尾「在天涯」的「斷腸」之人，曲中遊子思鄉的情緒與充溢
著「斷腸」況味的秋郊夕景，亦因而融為一爐[34]。黃克就分
析道：「這些畫面，表面看起來是孤立的、靜止的，彼此之
間似乎毫無關聯；僅僅通過這篇末點題，『斷腸人在天
涯』，才告訴讀者：如上畫面乃是遊子眼中補捉到的，它們
無一不牽動著遊子的心弦。」[35]這淒涼衰敗的景象，都是飄
泊異鄉孤客所見，自然令其傷心斷腸，也自然牽動著讀者的
情感，進而產生共鳴[36]。由此可知，作者在前半將九個景物
織成一幅幅畫面，以醞釀氣氛，而「人在天涯」「斷腸」之
旨，則在篇末點明，使整首曲意脈絡貫通[37]。

　　再以古典散文為例，如李文叔的〈書洛陽名園記後〉：

洛陽處天下之中，挾殽黽之阻，當秦隴之襟喉，而趙魏之走集，蓋四方必爭之地也。天下當無事則已，有事則洛陽必先受兵。予故嘗曰：「洛陽之盛衰，天下治亂之候也。」唐貞觀開元之間，公卿貴戚，開館列第於東都者，號千有餘邸。及其亂離，繼以五季之酷，其池塘竹樹，兵車蹂蹴，廢而為丘墟，高亭大榭，煙火焚燎，化而為灰燼，與唐共滅而俱亡無餘處矣。予故嘗曰：「園囿之興廢，洛陽盛衰之候也。」且天下之治亂，候於洛陽之盛衰而知；洛陽之盛衰，候於園囿之興廢而得。則名園記之作，予豈徒然哉？嗚呼！公卿大夫，方進於朝，放乎一己之私，自為之而忘天下之治忽，欲退享此，得乎？唐之末路是已。

結構表為：

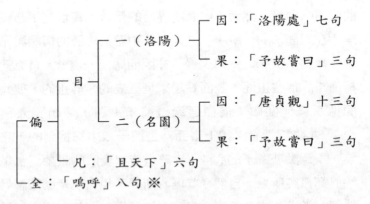

本文先分兩目，一就洛陽的局勢來論述，言洛陽的盛衰，關乎天下之治亂，二就唐代東都名園之興廢，點出園囿的起落，牽動著洛陽的盛衰。自「且天下」始，則總括起洛陽與

名園，並說明寫作〈名園記〉乃有其用意。以上皆偏就洛陽
名園來闡述其看法，底下則將論述之範疇，引伸至為官者的
處事態度，從反面提出公卿大夫應戒一己之私，以天下之治
平為任。林雲銘在《古文析義》中便評析道：「此既作〈名
園記〉之後，又自敘所以作記之意，……見得此記之作，大
有關係。末發出感慨正旨，只用唐之末路四字，一結便
住。」（卷五，頁276）說明「不可放縱私慾，而忘天下之治
亂」的主旨，就安置在篇末。

　　次如宋琬的〈擁劍〉：

　　　　海濱有介蟲焉，狀如蟛蜞，八足二螯，惟右螯獨鉅，
　　　　長二寸許。潮退，行沮洳中，聞人聲弗避，豎其螯以
　　　　待，若禦敵者；然土人取而烹之，螯雖熟不僵也。嗚
　　　　呼！螳螂奮臂以當車轍，漆園吏固笑之矣！彼夫恃其
　　　　區區之才與力，殺身而不悟者多矣！之二蟲何知焉？

結構表為：

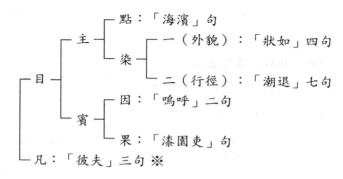

自「海濱」至「不僵也」在寫介蟲，是「目一」，而從「嗚

呼」以下三句，又以螳螂陪襯，是「目二」，文末則並寫二蟲，是「凡」，因此，本文形成「先目後凡」的結構，林景亮在《評註古文讀本》解說其篇法時論道：「是篇以恃才殺身作柱，前半以蜣螂豎螯作喻，後段起處，復以螳臂當車陪蜣螂，至末數語始點清作意。」（頁6）結處不但是綰合了介蟲和螳螂，更是由偏而全的警醒恃才殺身之徒，這樣在文前以蟲為喻，至篇末才點明主旨的寫作技巧，使文章更具說服力。

又如劉蓉〈習慣說〉：

> 蓉少時，讀書養晦堂之西偏一室。俛而讀，仰而思；思而弗得，輒起，繞室以旋。室有窪徑尺，浸淫日廣。每履之，足苦躓焉；既久而遂安之。
> 一日，父來室中，顧而笑曰：「一室之不治，何以天下國家為？」命童子取土平之。
> 後蓉履其地，蹴然以驚，如土忽隆起者；俯視地，坦然則既平矣。已而復然；又久而後安之。
> 噫！習之中人甚矣哉！足履平地，不與窪適也；及其久，而窪者若平。至使久而即乎其故，則反窒焉而不寧。故君子之學貴慎始。

結構表為：

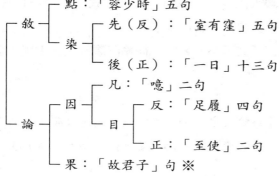

這篇文章的主旨在篇末的「果」，意在透過習慣對人的影響，領出「學貴慎始」的道理[38]。文章前半，先以自己讀書有繞室思考的習慣，作為敘述此事的引子，接著分由反正兩面，細說原來「室有窪」而「足苦躓」，久而久之卻習以為平，以及後來將窟窿填平，反而「蹴然以驚」，但卻又「久而安之」二事；文之後半則從事件中衍出議論，此部分是先就「因」，以「習之中人甚矣哉」為總括，底下再分「室窪」與「地平」兩目，說明習慣之重大影響，並呼應著前文敘事主體中的兩軌內容，至篇末，則由因及果、由習慣引伸至為學，歸結出一篇作意。

第三節　核心情理安置於篇外

　　辭章作品的主旨，一般都會藉由核心的情語或理語來表達，因此，若篇內未出現核心成分，僅以外圍的事、物材作為內容，則其核心情理即安排在篇外。陳滿銘《章法學新裁》即對此寫作技巧說道：「這是將主旨蘊藏起來，不直接點明

於篇內，而讓人由篇外去意會的一種方式。」（頁81）這種
方式也最合乎於含蓄的審美要求。

　　歸有光在《文章指南》中，從論辯類的文章來談「含意
不露則」：

　　　　有一等辨論文字，全不直說破，盡是設疑，佯為兩可
　　　　之詞，待智者自擇，此別是一樣文字。（頁18）

主旨若在文中「全不直說破」，而形成「含意不露」的情
形，即是主旨安置於篇外的類型。

　　宋文蔚《評註文法津梁》有「假物為喻」的文章法則，
其中有一類是「通篇皆比，全不說明正意者」（上冊，頁
24），這樣的表現手法，也就是在篇內透過相關的事物作
比，而把真正的意思藏在篇外。宋文蔚又說：「理不可以空
言，而常隱於事物之中……至正意則使讀者於言外領會。」
（上冊，頁24）利用事物作比的寫作方式，能使所欲抒發的
道理不致於太空泛，或是太過直接，就像韓愈的〈雜說〉之
四，通篇全以良馬不遇伯樂來比喻懷才不遇的真意，而這種
「正意」就必須靠閱讀者尋著篇內的線索，於「言外領會」
了。

　　許恂儒的《作文百法》，將文意不在篇內點明者，稱為
「虛寫法」：

　　　　虛寫者，文中不明點題面，而已將全題意義發揮無
　　　　遺。如用兵然雖不明張旗鼓，而軍實部伍已畢備。
　　　　（卷一，頁44）

雖然文內未明指主意，但仍可依循作者所運用的事材或物材為線索，體會隱含的真正義旨。

　　仇小屏的《文章章法論》在提出主旨可出現在篇首、篇腹、篇末之後，也對於主旨安置於篇外的情形作了說明：

> 有時，主旨並沒有直接用文字寫出，可是我們讀過全篇之後，自然可以感受到那最重要、最深刻的情意訊息，這就是我們常說的「意在言外」之作，所以，此時辭章的主旨是見於篇外的。（頁417）

所以，有時主旨雖未在篇章內，用很清楚的文字表達出來，但閱讀者仍可由辭章中所提供的事景材料，作為「情意訊息」，來領略作者特意隱藏起來的義旨。這就是核心情理見於篇外的類型。

　　承上述，一篇辭章作品如僅於篇內出現外圍的「景」（物）、「事」材料，則其核心情理即屬安置於篇外，因此，它的呈現方式又可以分為「單一類型」與「複合類型」。

一、單一類型

　　所謂核心情理安置於篇外的單一類型，指的是全篇完全或主要為單寫景、或單敘事者，故底下即分「單景類型」和「單事類型」來加以探討。

　　「單景類型」者，如樂府相和歌辭中的〈江南〉：

> 江南可採蓮，蓮葉何田田。魚戲蓮葉間，魚戲蓮葉

東，魚戲蓮葉西，魚戲蓮葉南，魚戲蓮葉北。

結構表為：

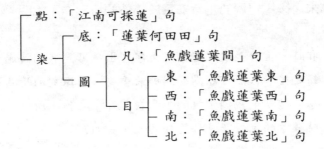

這篇純粹寫景的小詩，首句點出江南以為引子，二句先以田田蓮葉渲染出背景，再仿《詩經》復沓吟詠的方式，齊整的由方位的轉換，突出魚兒悠遊葉間的焦點。江寶釵表示，整首詩作勾勒出緞匹似的蓮塘、山水間畫上去的小舟、輕波晃漾裡搖曳著吳儂情語，魚兒交喋，活潑輕巧，那是柔美的構圖，純粹江南的水土[39]，是南方特有的情調。雖然內容未提及人物，但透過生動的蓮塘景致，彷彿見到了划著船開心採蓮的人們，尤其在層疊的荷葉間游動的魚兒，看似畫面主角，「實際上，意在襯托採蓮少女們的活潑可愛及愉快的心情」[40]，是故，此篇在內容結構上，屬於「單景類型」，而主旨——採蓮人的歡樂，則是藏在篇外。

次如柳宗元〈江雪〉：

千山鳥飛絕，萬徑人蹤滅。孤舟簑笠翁，獨釣寒江雪。

結構表為：

這首詩在內容結構上是「單景」類型，其寫作特色在於將空間由底而圖的逐步凝聚。首句就高處寫群山，及失去蹤跡的飛鳥，次句就低處寫無人行經的路徑，刻劃出廣袤淒清的大環境，三、四兩句，則呈現孤舟上獨自垂釣的主人翁，可見整個畫面的視覺焦點，正由遠山到野徑，再凝聚至小船，最後集中在垂釣老翁上。其中的「孤」字與「獨」字，再加上前半所謂「鳥飛絕」與「人蹤滅」，更渲染了全詩獨絕的意象。仇小屏對其空間美感的設計，和營造出來的特殊意象提出：前兩句的大空間起著烘托作用，使後兩句的獨釣身影，產生極大的聚焦效果，令一種孤絕感與高潔幽獨之意，盡在不言中[41]。而李元洛在《歌鼓湘靈》中，也作了深一層的分析，他說：「如果三四兩句中的『孤』字和『獨』字，正面點染出表面是簑笠翁而實際上是詩人自己的孤獨形象，那麼前面的環境描寫，就起著襯托他那不與世同流合污的風姿的作用了。」[42]所以詩人是藉由傲然獨立的簑笠翁，來為貶謫於永州的自己，作一比況，然而，這股高潔幽獨之意，就隱隱藏於篇外了。

又如袁枚〈由桂林溯灘江至興安〉：

> 江到興安水最清，青山簇簇水中生。分明看見青山頂，船在青山頂上行。

這是一首描寫桂林山水的名詩，其結構表為：

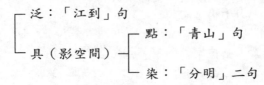

全詩以「先泛後具」的結構，來描繪灘江風光。首句先泛泛
的提出船行至興安一地，和此處清淨之江水，二句之後則是
針對「清」字具體的寫景。而作者在具寫的部分，則極力將
焦點置於「影空間」，其先點出水中所映出的山色，然後隨
即進入主體，寫層巒山峰之倒影，以及船隻如同行於山頂的
奇妙景象。如此一來，一方面能令讀者透過實中虛的倒影，
來體會桂林山水的美景，這比起直接描寫實空間又多了一分
韻味，而另一方面，也成就了不可能發生於實空間的情況，
使得作品更具詩趣[43]。

古典散文如明代劉侗的〈水盡頭記〉：

> 觀音石閣而西，皆溪，溪皆泉之委；皆石，石皆壁之
> 餘。其南岸，皆竹，竹皆溪周而石倚之。燕故難竹，
> 至此，林林畝畝。竹，丈始枝；筍，丈猶籜。竹粉生
> 於節，筍梢出於林，根鞭出於籬，孫大於母。
>
> 過隆教寺而又西，聞泉聲。泉流長而聲短焉，下流平
> 也。花者，渠泉而役乎花；竹者，渠泉而役乎竹，不
> 暇聲也。花竹未役，泉猶石泉矣，石罅亂流，眾聲漸
> 漸，人踏石過，水珠漸衣。小魚折折石縫間，聞跫音
> 則伏，於苴於沙。
>
> 雜花水藻，山僧園叟不能名之。草至不可族，客乃鬥

以花，采采百步耳，互出，半不同者。然春之花尚不敵秋之柿葉，葉紫紫，實丹丹。風日流美，曉樹滿星，夕野皆火。香山曰杏，仰山曰梨，壽安山曰柿也。

西上圓通寺，望太和庵前，山中人指指水盡頭兒，泉所源也。至則磊磊中，兩石角如坎，泉蓋從中出。鳥樹聲壯，泉喈喈不可驟聞。坐久，始別，曰：彼鳥聲，彼樹聲，此泉聲也。

又西上廣泉廢寺，北半里，五華寺，然而遊者瞻臥佛輒返，曰：臥佛無泉。

結構表為：

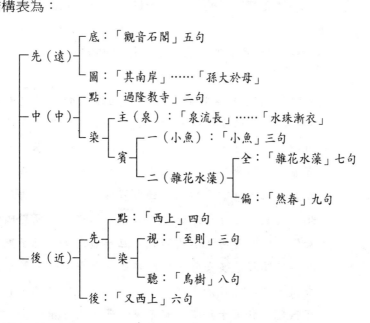

這篇文章依著時間先後，記述了遊歷壽安山的泉源風光，為

單景類型。由於作者是順著旅程來寫，就題目「水盡頭」而言，可以越近目的地者為「近」，越遠者為「遠」，故本文在章法上，除了時間的流動外，還可見空間的推移。旅途由觀音閣展開，這一帶的風光是以溪水和積石為背景，襯托出叢叢竹林，而且作者還花了些筆墨來特寫竹，畢竟古時燕地是不易長竹的。接著，寫在經過隆教寺後，始聞泉聲，並且也仔細觀察到泉水的流動和聲響，而泉中小魚、附近多采多姿的雜花水藻、和山上最負盛名的柿樹，也一併入鏡了。最後，終於來到水盡頭處，作者分別透過視覺和聽覺，將山泉發源的地方，描繪得清新如畫。末尾續進一層，寫遊人至五華寺參禮臥佛，而一句「臥佛無泉」亦暗示著旅行的結束，藉由作者細膩而有條理的敘述，著實令人感受到此次尋幽訪勝的盡興。

「單事類型」者，如樂府梁鼓角橫吹曲的〈木蘭詩〉：

> 唧唧復唧唧，木蘭當戶織。不聞機杼聲，唯聞女歎息。問女何所思，問女何所憶，女亦無所思，女亦無所憶。昨夜見軍帖，可汗大點兵。軍書十二卷，卷卷有爺名。阿爺無大兒，木蘭無長兄。願為市鞍馬，從此替爺征。東市買駿馬，西市買鞍韉，南市買轡頭，北市買長鞭。旦辭爺孃去，暮宿黃河邊。不聞爺孃喚女聲，但聞黃河流水鳴濺濺。旦辭黃河去，暮至黑山頭。不聞爺孃喚女聲，但聞燕山胡騎聲啾啾。萬里赴戎機，關山度若飛。朔氣傳金柝，寒光照鐵衣，將軍百戰死，壯士十年歸。歸來見天子，天子坐明堂。策勳十二轉，賞賜百千強。可汗問所欲，「木蘭不用尚

書郎，願馳千里足，送兒還故鄉。」爺孃聞女來，出郭相扶將。阿姊聞妹來，當戶理紅妝。小弟聞姊來，磨刀霍霍向豬羊。開我東閣門，坐我西間床。脫我戰時袍，著我舊時裳。當窗理雲鬢，挂鏡貼花黃。出門看火伴，火伴皆驚惶。「同行十二年，不知木蘭是女郎。」雄兔腳撲朔，雌兔眼迷離。雙兔傍地走，安能辨我是雄雌。

結構表為：

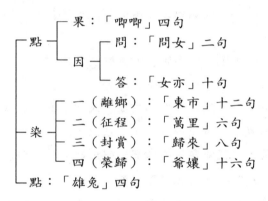

詩旨主要在歌詠一尋常女子因孝心而寫下的不凡事蹟[44]，其作法則是依時間先後，由木蘭出征、作戰、到歸家的順敘法來表現。首段以敘述木蘭代父從軍的緣由為引子，主體的部分則是先由「東市買駿馬」至「但聞燕山胡騎聲啾啾」，描述木蘭出征前忙碌的準備工作，及征途上的所見所想，把乍離故鄉、思念親人、及對征戰生活的未知，交織成一種複雜的情感。「萬里」底下六句，泛寫木蘭十年來的征戰生活，簡要的道盡戰地之遠、征途之艱、戰事之激，以及十年後才

得勝還鄉之過程。接著，再寫木蘭十年征戰歸來、入朝見天
子、及拒賞盼歸的情形。最後則敘述木蘭回鄉後，全家歡欣
熱鬧的場面，及其恢復女兒身的喜悅心情。作者成功的處理
勝利歸來與久別重逢等不同的情感，強化了木蘭慨然從軍、
衛國保家的主題。末段是一個尾聲，詩中以兔為喻，再次表
達對木蘭的英勇與智慧由衷的佩服，全詩也在這頗具趣味的
比喻中結束。江寶釵從史詩（epic）角度提出：「〈木蘭辭〉
採用敘事（narrative）的方式，記錄一個巾幗英雄（heroine）
的事蹟，主題是她的孝思。」[45]足見這是一篇以「點染點」
成篇的單事類型詩作，而其歌頌木蘭高尚品德的核心情意，
也就隱於篇外。

　　蘇軾〈水龍吟〉則以「全虛」的姿態展現事材：

　　古來雲海茫茫，道山絳闕知何處。人間自有，赤城居
　　士，龍蟠鳳舉。清淨無為，坐忘遺照，八篇奇語。向
　　玉霄東望，蓬萊暗靄，有雲駕，驂風馭。　　　行盡九
　　州四海，笑紛紛、落花飛絮。臨江一見，謫仙風采，
　　無言心許。八表神遊，浩然相對，酒酣箕踞。待垂天
　　賦就，騎鯨路穩，約相將去。

結構表為：

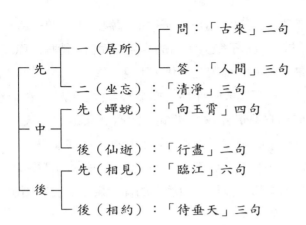

詞有題序云：「昔謝自然欲過海求師蓬萊，至海中，或謂自然曰：『道歉隔弱水三十萬里，不可到。天臺有司馬子微，自居赤城，名在絳闕，可往從之。』自然乃還，受道於子微，白日仙去。子微年百餘，將終，謂弟子曰：『吾居玉霄峰，東望蓬萊裳有真靈降焉。今為東海青童所召。』乃蟬蛻而去。其後李太白作〈大鵬賦〉云：『嘗見子微於江陵，謂余有仙風道骨，可與神遊八極之表。』元豐七年冬，余過臨淮，湛然先生梁君在焉，童顏清澈，如二十許人。然人有自少見之，善吹鐵笛，遼然有穿雲裂石之聲。乃作〈水龍吟〉一首，記子微、太白之事，倚其聲而歌之。」序文從謝自然求道，說到司馬子微蟬蛻仙去，及其與李白欣然相隨之事，交代了作者於臨淮遇梁君，倚笛聲而歌詠的內容。陳滿銘在《章法學論粹》談文章主旨置於篇外的詩詞時，就特別選以本詞說明道：此詞正如題序所言，完全用以記「子微、太白之事」，屬單事類型。就內容來看，作者是依事件發展的先後順敘，其中，「古來」四句，用以記謝自然求師受道之事，點出子微居所；「清淨」三句，用以記子微之清淨坐

忘；「向玉霄」六句，用以記子微的蟬蛻而去；自「臨江」
至「酒酣」句，乃寫子微與太白的相見；而自「待垂天賦就」
至末，則是記兩人的神遊之約[46]。可見，這是一篇全以虛構
性質的遊仙題材所寫成的作品，亦屬於事材之範疇。在情意
上，作者時值烏臺詩案謫官期間，故有意藉這首「天上人
間，自由馳騁」的詞作，寄寓「遊心物外」的曠達思想。

　　單事類型的散文為數不少，大致上有一般敘事類、不加
議論的正體寓言類、純粹呈現故事的神話類等。前者如柳宗
元的〈童區寄傳〉：

　　　柳先生曰：越人少恩，生男女，必貨視之。自沒齒已
　　上，父兄鬻賣以覘其利，不足則盜取他室，束縛鉗梏
　　之，至有鬚鬣者，力不勝，皆屈為僮。當道相賊殺以
　　為俗，幸得壯大，則縛取么弱者。漢官因為己利，苟
　　得僮恣所為不問。以是越中戶口滋耗，少得自脫。惟
　　童區寄，以十一歲勝，斯亦奇矣。桂部從事杜周士，
　　為余言之。
　　　童寄者，柳州蕘牧兒也。行牧且蕘，二豪賊劫持反
　　接，布囊其口，去逾四十里之虛所賣之。寄偽兒啼恐
　　慄，為兒恆狀。賊易之，對飲酒醉。一人去為市，一
　　人臥，植刃道上，童微伺其睡，以縛背刃，力下上得
　　絕，因取刃殺之。逃未及遠，市者還，得童大駭，將
　　殺童，遽曰：為兩郎僮，孰若為一郎僮耶？彼不我恩
　　也，郎誠見完與恩無所不可。市者良久計曰：與其殺
　　是童，孰若賣之，與其賣而分，孰若吾得專焉，幸而
　　殺彼，甚善，即藏其尸。持童抵主人所，愈束縛牢

甚。夜半，童自轉，以縛即爐火燒絕之，雖瘡，手勿
憚，復取刃殺市者。因大號，一虛皆驚，童曰：我區
氏兒也，不當為僮，賊二人得我，我幸皆殺之矣，願
以聞於官。虛吏白州，州白大府，大府召視兒幼愿
耳。刺史顏證奇之，留為小吏不肯，與衣裳，吏護還
之鄉，鄉之行劫縛者，側目莫敢過其門，皆曰：是兒
少秦武陽二歲，而討殺二豪，豈可近耶？

它形成如下的結構：

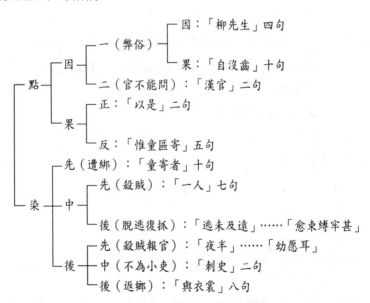

本文主要以敘事構成，宋文蔚《評註文法津梁》認為這是
「以敘事為議論」的筆法，也就是：「雖不著議論，要使讀
者自能得其旨於言外。」[47]作者在首段先寫越人賣子劫兒的
弊俗，和官府縱容不理的怪現象，並點出主角——奇童區

寄，以交代事件的背景。接著，按順敘的方式詳寫區寄被劫
持、待機逃脫、殺賊報官、不肯留為小吏等過程。因此，全
文雖不著大段議論之語，但文中主人翁的智慧與勇氣卻不言
而喻，暗地裡也透過一個兒童的不凡事蹟，表現出作者對擄
販人口的這種惡習，和官僚視而不見的現象，予以批判[48]。
所以宋文蔚也對此文總評道：「通篇敘事，不著一筆議論，
而神情畢露，童之智勇，如在目前，其用筆勝也。」（頁86）

　　選自《戰國策‧燕二》的〈鷸蚌相爭〉，是一篇僅呈現
故事，而未加評論的寓言，故事說：

> 蚌方出曝，而鷸啄其肉，蚌合而拑其喙。鷸曰：「今
> 日不雨，明日不雨，即有死蚌！」蚌亦謂鷸曰：「今
> 日不出，明日不出，即有死鷸！」兩者不肯相舍，漁
> 者得而并禽之。

其結構表如下：

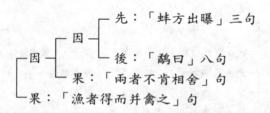

總體來說，其結構是先以鷸蚌互不相讓為「因」，導致漁翁
得其利之「果」。就「因」的節段而言，作者是先寫蚌張殼
曬日，遭鷸鳥伸嘴欲啄其肉，故合起蚌殼夾住鷸嘴；其次以
兩者之對話，顯露雙方劍拔弩張的態勢，最後再交代「兩者
不肯相舍」的結果，由此可見，全文即構成了兩層因果結

構，將一篇故事清楚呈現。吳秋林說：「這則寓言是那則最
著名的成語『鷸蚌相爭，漁人得利』的源頭。這是一個根源
於生活的深刻教訓，經過寓言的總結，推及社會生活，就有
了非凡的意義。」[49]他提出將一個根源於生活的故事，提煉
出哲理，即會產生非凡的意義，本篇寓言正是藉著一則簡單
的動物寓言，由「偏」走向「全」，擴及人生諸事，闡發雙
方若互相爭強，不肯相讓，那麼最終必令第三者獲得利益，
而此深意又必須靠讀者透過故事於篇外體會，此即單事類型
而將主旨隱於篇外的例子。

　　神話方面，可以出自《山海經‧北山經》的〈精衛填海〉
為例：

> 又北二百里，曰發鳩之山，其上多柘木。有鳥焉，其
> 狀如鳥，文首，白喙，赤足，名曰精衛，其鳴自詨。
> 是炎帝之少女名曰女娃。女娃游于東海，溺而不返，
> 故為精衛，常銜西山之木石，以堙于東海。

其結構表是這樣的：

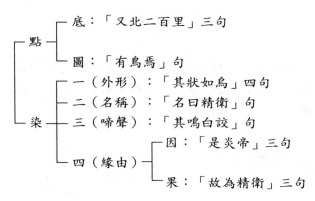

這則神話主要以「先點後染」的結構成篇。「點」為前面四
句，作者先透過發鳩山與茂盛樹林，為主人翁精衛鳥渲染出
一片背景，而「有鳥焉」一句，就是「點」裡面的焦點所
在。主體的部分，依次以「其狀如烏」四句，形容牠的外
形；「名曰精衛」句，說明其稱號；以「其鳴白詨」句，摹
寫精衛鳥的啼聲。以上可說是著眼於較外圍的部分敘說，從
「是炎帝之少女」直至篇末，則是偏向較內在的精神層面來
寫，其中，先交代炎帝之女「女娃」，因溺於東海，而成常
銜木石欲填東海的「精衛」。一般來說，先人所創造的神
話，都會有隱藏於故事內的深層意義，如此篇就是藉著精衛
不畏艱難，亦不問能否成功，只一意的勇往直前的力量，傳
達一種鍥而不捨的精神與堅定的意志。

二、複合類型

所謂核心情理安置於篇外的複合類型，指的是全篇主要
以寫景及敘事組成內容者，其表現樣態又有「先景後事」、
「先事後景」，和「景事景」、「事景事」等數種。

「先景後事」者，如王維〈終南山〉：

> 太乙近天都，連山接海隅。白雲回望合，青靄入看
> 無。分野中峰變，陰晴眾壑殊。欲投人處宿，隔水問
> 樵夫。

結構表可呈現如下：

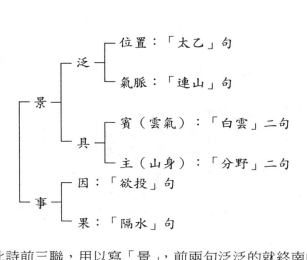

此詩前三聯，用以寫「景」，前兩句泛泛的就終南山的地理方位與其連綿不斷的氣脈，形容山之高遠。中間兩聯，一就「賓」，寫雲氣的變化，一就「主」，正詠終南山本身的遼闊和陰晴之殊景。結二句以敘「事」為主，寫因己身遊興之濃，於是在日暮時分，隔水欲向山中人家借宿，以備明日能入山窮勝。全詩即透過景事內容，表現終南山的高遠與遼闊，並於言外充分反映了作者愛好山林的情意及其坦蕩的胸懷[50]。

柳永的〈望海潮〉亦是一例：

> 東南形勝，江吳都會，錢塘自古繁華。煙柳畫橋，風簾翠幕，參差十萬人家。雲樹繞隄沙。怒濤卷霜雪，天塹無涯。市列珠璣，戶盈羅綺，競豪奢。　重湖疊巘清嘉。有三秋桂子，十里荷花。羌管弄晴，菱歌泛夜，嬉嬉釣叟蓮娃。千騎擁高牙。乘醉聽簫鼓，吟賞煙霞。異日圖將好景，歸去鳳池誇。

結構表為：

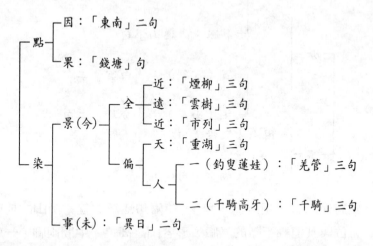

```
         ┌ 點 ┬ 因：「東南」二句
         │    └ 果：「錢塘」句
         │           ┌ 全 ┬ 近：「煙柳」三句
         │           │    ├ 遠：「雲樹」三句
         │    景(今)─┤    └ 近：「市列」三句
         │           │    ┌ 天：「重湖」三句
         │           └ 偏 ┤    ┌ 一（釣叟蓮娃）：「羌管」三句
         └ 染         │    人 ┤
                      │        └ 二（千騎高牙）：「千騎」三句
                      └ 事(未)：「異日」二句
```

　　這首詞作主要是以「先景後事」的結構成篇。王偉勇在談古
典詞的「記遊主題」時，特別標示出這是一首「歡遊之
作」，兼寫了山水登臨之美與人物邑居之繁[51]。首節三句，
由因及果的就其位居東南方之重要形勢，又是三郡所在之都
會區，點明這個位在錢塘江畔繁華的杭州城入題。上片從近
處寫橋邊煙柳、富庶的人家和街衢，中間再就遠處，從江邊
雲樹帶至壯觀的錢塘江潮，全面的勾勒整個杭州景致。下片
則將鏡頭聚焦於西湖，先就「天」，刻劃三秋桂子和十里荷
花的自然之景，再由釣叟蓮娃和達官貴人歡樂的遊湖活動，
就「人」呈現人事之景。末兩句將時間伸向未來，由景入
事，一方面祝福這裡的地方官能調任京師，另一方面建議他
能將杭州的美景畫下來，以誇耀於其他同僚，可說是予以杭
州極力的讚美，也為此詞作了很好的收束，而作者歌頌杭州
之美和承平氣象的情意，也由詞中寫景與敘事的內容流洩而
出。

　　文如林紓〈記九溪十八澗〉：

過龍井山數里，溪色澄然迎面，九溪之北流也。溪發源於楊梅塢，余之溯溪，則自龍井始。

溪流道萬山中，山不峭而蟄，踵趾錯互。蒼碧莫途徑，沿溪取道，東瞥西匿，前若有阻而旋得路。水之未入溪，皆號曰澗，澗以十八，數倍於九也。余遇澗即止。過澗之水，必有大石互其流，水石沖激，蒲藻交舞。溪身廣四五尺，淺者沮洳，由草中行；其稍深者，雖渟蓄猶見沙石。

其山多茶樹，多楓葉，多松。過小石橋，向安理寺路，石尤詭異。春籜始解，攢動岩頂，如老人晞髮。怪石摺疊，隱起山腹，若櫥，若几，若函書狀。即林表望之，翁然帶雲氣。杜鵑作花，點綴山路。岩日翳吐，出山已亭午矣。

時光緒己亥三月六日。同遊者：達縣吳小邨，長樂高鳳岐，錢塘邵伯絅。

結構表為：

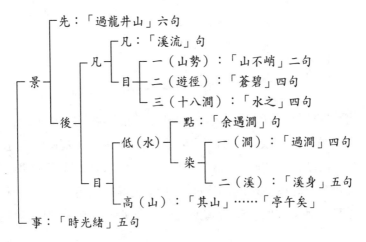

這是林紓記遊杭州九溪十八澗的風景散文，全文除末段補敘出遊的時間和同行的遊伴，為「事」之外，前半主要用以寫「景」。在寫景的部分，又先以龍井山和澄澈的溪色，帶出九溪支流和出發的地點，然後再分寫當地的山光水色。其中，「凡」的節段是先由錯落的山勢、曲折的遊徑、和十八澗，作一番總覽，接著，分兩「目」就低處寫水之沖石與其深淺異景，再就高處，從樹木、怪石、春筍、山岩、雲氣、花卉、日光等，來描繪山景，可以說是用最洗鍊的文字，將九溪十八澗的明媚風光表露無遺。

「先事後景」者，如柳中庸〈征人怨〉：

> 歲歲金河復玉關，朝朝馬策與刀環。三春白雪歸青塚，萬里黃河繞黑山。

結構表為：

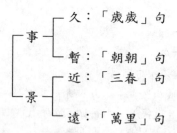

此詩主要乃在抒寫征人久戍邊塞，不能還鄉的怨情。前兩句先就長時間，敘述每年不是到金河關駐紮，就是移防至玉門關，再就較短的時間象限，言每日不是拿著馬鞭，就是提著戰刀，這屬於敘事的內容成分，但在事中也暗示征戰不休的現況，而「刀環」也帶有還歸的願望[52]，且在密集的疊字運

用中，更透露征夫的厭倦與抱怨之意。後兩句則寫春雪覆塚
與黃河繞山長流，是邊塞所見的景象。富壽蓀、劉拜山在
《千首唐人絕句》中，即評謂：「四句皆寫征人之怨，詩中
雖不著一字，而言外怨意彌深。」[53]故見作者是組織起事景
材料為一篇之內容，而於篇外表現出濃濃的怨憤之情。

　　次如溫庭筠〈瑤瑟怨〉：

　　　冰簟銀床夢不成，碧天如水夜雲輕。雁聲遠過瀟湘
　　　去，十二樓中月自明。

結構表為：

```
┌─事（因）：「冰簟」句
│           ┌─視：「碧天」句
└─景（果）─┼─聽：「雁聲」句
            └─視：「十二樓」句
```

這是一首表現閨怨的詩作，首句先言「夢不成」的事實，後
三句寫景，其中，二句就視覺描寫夜空如水，雲影輕飄，三
句轉就聽覺寫雁鳴遠去，末句回到視覺，形容京都附近的高
樓，正輝映著皎潔的月光。全詩即因夜不能寐而見此秋夜之
景，但碧天輕雲、幽遠的雁聲、與一輪孤月，又無一不觸動
著主人公的愁緒，喻守真說：「篇中無一怨恨字面，而怨意
自見。」（《唐詩三百首詳析》，頁323）就是這個道理。

　　再如朱敦儒的〈好事近〉一詞：

　　　搖首出紅塵，醒醉更無時節。活計綠簑青笠，慣披霜
　　　衝雪。　　晚來風定釣絲閒，上下是新月。千里水天

一色，看孤鴻明滅。

結構表為：

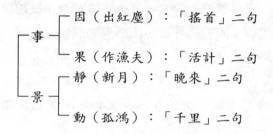

此詞作於朱敦儒晚年閒退時期，其內容上片敘事，下片寫景，形成「先事後景」結構。陳滿銘分析說：上片四句，泛敘自己不得已而歸隱，從事漁釣的事實。下片四句，具寫一次漁釣經驗，描繪了新月在水面上下相映的靜景，和孤鴻在水天一色中出沒的動景。而這首詞就藉由「事」與「景」，表達出作者的閒適之情來。不過，讀者隱約可由「搖首」，見其無可奈何的心境，再加上淒清的新月與天地之孤鴻等物材，使得全詞的情調，在閒逸中又帶有一些冷峻空寂的意味[54]。

「景事景」和「事景事」等其他類型者，如孟浩然〈過故人莊〉：

> 故人具雞黍，邀我至田家。綠樹村邊合，青山郭外斜。開軒面場圃，把酒話桑麻。待到重陽日，還來就菊花。

結構表為：

```
    ┌ 實（今）┬ 點：「故人」二句
    │         │    ┌ 景：「綠樹」二句
    │         └ 染 ┤
    │              └ 事：「開軒」二句
    └ 虛（未）：「待到」二句
```

詩以自然的筆調，由實（今）而虛（未）的時間動線，透過敘事和寫景，從篇外襯托出老朋友相見的情誼。首二句點出老友的邀約，以開展事件始末；次二句主要在寫途中所見之景，染出一派田家風貌；接著具體敘述宴席情境，而「場圃」、「桑麻」等詞，又緊合篇首之「田家」；結二句將時間盪開，就未來預約下次相見之時機，可見除「綠樹」二句屬寫景外，餘皆屬敘事之內容。李浩就曾解析道：「全詩寫訪友經過。場圃桑麻，田家之景；殺雞為黍，田家之味；把酒閒話，田家之情。通篇充滿了田園風味，泥土氣息。尾聯用招呼法寫未來事，造成一種期待感。然著一『就』字，則係不邀而至，顯得真率灑脫。不說訪人，卻單提賞花，愈加妙趣橫生了。」[55]足見全詩透過景事內容所營造出來的藝術效果。

又如辛棄疾〈清平樂·村居〉：

> 茅簷低小，溪上青青草。醉裡吳音相媚好，白髮誰家翁媼？　大兒鋤豆溪東；中兒正織雞籠；最喜小兒亡賴，溪頭臥剝蓮蓬。

結構表為：

```
┌ 景（天──自然之景）：「茅簷」二句
├ 事：「醉裡」二句
│                                    ┌ 大：「大兒」句
└ 景（人──人事之景）─────────────┼ 中：「中兒」句
                                    └ 小：「最喜」二句
```

這首詞寫於辛棄疾閒居帶湖期間，主要藉景、事，描寫鄉居生活之樂，格調清新純樸。上片先就自然之景寫村居環境，然後再由聲及人，突出相親相悅的白髮翁媼。下片則是透過遠近畫面的營造，由孩子們的活動，刻劃出趣意盎然的人事之景。顧復生說：「在美好風物應接不暇的帶湖佳處，攝取了特具畫意詩情的人物活動鏡頭，組合成了江南農村的清秋風景畫和勞動風俗畫。」[56]詞中所描繪的，本是農村中最平常而樸素的人事物，但一經詞人的巧手布置，卻能從平凡中提煉出清新的美感，自然流露出盎然的村居情趣[57]，在這些鏡頭的帶領下，也令人感受到農村人家恬淡自適的心境，和來自生活中一種簡單的快樂。

文如元結〈寒亭記〉：

> 永泰丙午中，巡屬縣至江華。縣大夫瞿令問咨曰：「縣南水石相映，望之可愛。相傳不可登臨。俾求之，得洞穴而入。棧險以通之，始得構茅亭於石上。及亭成也，所以階檻憑空，下臨長江；軒楹雲端，上齊絕顛。若旦暮景氣，煙靄異色；蒼蒼石墉，含映水木。欲名斯亭，狀類不得，敢請名之，表示來世。」於是於亭上為商之，曰：「今大暑登之，疑天時將寒，炎炎之地而清涼可安。不合命之曰『寒亭』歟？」

乃為寒亭作記，刻之亭背。

其結構表可畫為：

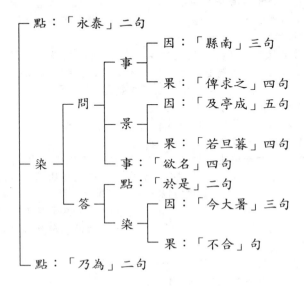

此文主要在記錄江華縣寒亭的建成經過及其風物景致。作者先以前兩句，交代時空落足點，然後進入全文主體，主體的部分是透過縣大夫與元結之間的問答，敘說名亭的緣由。其中，先敘縣南因江水山石相映成趣，但人們卻無法登臨遊覽，故派人前往探勘，並修築棧道，最後才得以建茅亭於石上；接著描寫亭子築成後，所能觀賞的勝景，並順勢提出請命亭名的要求，以上是「問」的節段。後半則為作者就當地氣候給亭子起了個「寒亭」的名字，並補敘刻記一事為結。綜言之，本文在內容結構上，除「及亭成」一段寫景，餘皆偏於敘事，並在章法上形成「點染點」、「先問後答」、「事景事」等關係。

）

註　釋

1　陳滿銘於〈談篇旨教學〉中統整出：「一般說來，作者安置主旨或綱領的部位，不外篇首、篇腹、篇末和篇外等四種。」見《章法學新裁》，頁264。

2　仇小屏曾解釋說：「此處所說的『結束』，並非文章之結尾，而是內容總束處，也就是主旨。」見《文章章法論》，頁441。

3　參見成偉鈞、唐仲揚、向宏業主編《修辭通鑑》，頁284。

4　參見陳滿銘《國文教學論叢》，頁85～120。

5　參見陳滿銘《章法學新裁》，頁54～88。

6　見張春榮《作文新饗宴》，頁89～90。

7　為使主旨安置的部位能一目了然，特以「※」符號標示出來。

8　「結構單元」是指某個結構成分下的內容，一個結構單元有的可能兩三句，有的可能含括幾段，因文而異，如「先景後情」結構的王維〈山居秋暝〉，「空山」底下六句，為「景」這個結構成分下的一個結構單元。〈山居秋暝〉結構表參見本書第五章，頁181。

9　見陳滿銘〈論章法「多、二、一（0）」的核心結構〉，《師大學報：人文與社會科學類》48卷2期。

10　仇小屏：「在一些篇章中會分析出『補敘』的部分；但補敘等於是前文成為一個整體，再附加上去的，作用在補充前面的篇幅所不便容納、卻又必須一提的內容，彼此之間其實沒有非常清晰的、一脈相通的關係，因此在計算結構層以及確認主旨位置時，『補敘』不宜列入考量。」見《深入課文的一把鑰匙》，頁67。

11　以「凡」之結構單元所出現的部位來判別主旨位置者，還可以祖詠的〈蘇氏別業〉為例，其首層結構是「先凡後目」，而「凡」底下還可用「先因後果」來組織一、二句的關係，雖然主旨在第二句的「到來生隱心」，就第二層結構而言，屬於「後一個結構單元」，但其主旨通常即可就「凡」所在的部位，視為安置在篇首。祖詠〈蘇氏別業〉之內容與分析，參見陳滿銘《章法學新裁》，頁55～56。

12　陳滿銘：「這是將主旨（綱領）開門見山的安排於篇首，作個統括，然後針對主旨（綱領），條分為若干部分，以依次敘寫

的一種形式。」見《章法學新裁》，頁 54。

13　見楊仲弘《杜律心法》，收於顧龍振編《詩學指南》，頁 216。

14　見范德機《詩格》，收於顧龍振編《詩學指南》，頁 246。

15　參見楊仲弘《杜律心法》，收於顧龍振編《詩學指南》，頁 216。

16　見陳滿銘《章法學新裁》，頁 293。

17　陳滿銘：「此詩首先以『人閑』二字直接寫主人翁恬適之心境，是一篇之主旨。」見《章法學新裁》，頁 293。

18　王熙元表示：「靜中山鳥時鳴，是以動喻靜的手法，不僅在景觀氣氛上，劃破了月出時春澗的寧靜，而且鳥鳴生顯示生命的存在，禪趣靈活生動地顯露無遺。」見《詩詞評析與教學》，頁 38。

19　參考陳滿銘《文章結構分析》，頁 163～164。

20　見吳楚材評註、王文濡校勘《精校評注古文觀止》卷八，頁 1。又，謝无量：「第一段先立傳道、授業、解惑三大綱，言無貴賤、少長，皆需從師。」見《實用文章義法》卷上，頁 52。

21　參見拙作《虛實章法析論》，頁 86～87。

22　參見拙作〈抑揚法的理論與應用〉，收於《修辭論叢》第一輯，頁 234。

23　吳闓生：「推開作結，有煙波不盡之勢。」又，汪武曹：「推廣言之，更見包舉。要之不重在推廣上，只是不肯用正筆作收耳。」見《桐城吳氏古文法》下篇，頁 78。

24　見林雲銘《古文析義》卷六，頁 328。

25　參見陳滿銘《國文教學論叢》，頁 93～95。另外，成偉鈞、唐仲揚、向宏業：「如果文章有正面論述，反面論述；或有肯定，有否定；或有破，有立；那麼主題句往往選用在這相輔相成的兩部分中間。」所指亦是一種透過插敘方式，於篇腹引出主旨的情形。見《修辭通鑑》，頁 284。

26　陳滿銘：「此詩旨在寫旅愁。」見《文章結構分析》，頁 14。又，邱燮友：「這是一首客旅不寐的詩，重點在『愁』字。」見《新譯唐詩三百首》，頁 363。

27　蘇軾〈醉落魄〉之結構表與分析，參見陳滿銘《章法學新裁》，頁 484。

28　見趙山林《詩詞曲藝術論》，頁 261。

29 見周兆祥〈山水騈文的佳作——讀吳均〈與宋元思書〉〉，《文史知識》1982年第11期，頁42。

30 見陳滿銘《章法學新裁》，頁277。又，于非亦表示：「『息心』、『忘返』是述遊人之意。」在描繪景致的內容中，所插寫的這個「意」，即是文章的情語所在。見《古代風景散文譯釋》，頁17～18。

31 文津閣《四庫全書》無第二個「有」字，此據元代于欽刊本。

32 黃振民：「結言山中適意如此，雖春芳已歇，王孫亦自可留，蓋極言山居之佳也。」見《歷代詩評解》，頁209。

33 參見拙作〈情景法的理論與應用——以中學詩歌課文為例〉，《國文天地》15卷5期，頁75。

34 參見陳滿銘《文章結構分析》，頁106。另依其於師大國文研究所「章法學研討」課程所講授之內容。

35 見黃克〈小令中的天籟——〈天淨沙〉〉，《國文天地》4卷10期，頁76～77。

36 參見王熙元《詩詞評析與教學》，頁220。

37 參見拙作〈論辭章內容結構之單一類型——以其所適用的章法為考察重心〉，收於《修辭論叢》第四輯，頁680。

38 陳滿銘：「此文旨在說明習慣對人影響之大，藉以讓人體會『學貴慎始』的道理。」見《章法學新裁》，頁512。

39 見江寶釵〈從史詩角度讀〈木蘭詩〉——兼談南北樂府詩之情調差異〉，《國文天地》6卷3期，頁86。

40 見馬美信、賀聖遂主編《中國古代詩歌欣賞辭典》，頁42。

41 參見仇小屏〈論「圖底」章法的空間結構〉，《國文天地》17卷5期，頁100～101。

42 見李元洛《歌鼓湘靈》，頁173。

43 見拙作〈論章法的「四虛實」〉，收於《修辭論叢》第五輯，頁794～795。

44 見陳滿銘《文章結構分析》，頁69。

45 見江寶釵〈從史詩角度讀〈木蘭詩〉——兼談南北樂府詩之情調差異〉，《國文天地》6卷3期，頁87。

46 蘇軾〈水龍吟〉之結構分析表與說明，參見陳滿銘《章法學論粹》，頁124～126。

47 參見宋文蔚《評註文法津梁》上冊，頁84。

48 王更生表示：乍看本文，作者只是客觀地描繪，但細讀幾遍，

就會發現其中滲透著作者強烈的愛憎，一方面歌頌區寄的勇敢機智，一方面也表達對掠賣人口惡俗的不滿。參見《柳宗元散文研讀》，頁 172～181。

49　見吳秋林《中國寓言史》，頁 132。

50　王維〈終南山〉之結構分析表與說明，參見陳滿銘《章法學論粹》，頁 127～129。另參見喻守真《唐詩三百首詳析》，頁 151～152。

51　參見王偉勇〈古典詞的主題與技巧——以唐宋詞為論述核心〉，《國文天地》18卷9期，頁 37～38。

52　《漢書·李陵傳》：「立政等見陵，未得私語，即目視陵，而數數自循其刀環，握其足，陰諭之，言可還歸漢也。」見《漢書》卷五十四〈李廣蘇建傳〉第二十四，頁 2458。

53　見富壽蓀、劉拜山評解《千首唐人絕句》，頁 363。

54　朱敦儒〈好事近〉之結構分析表與說明，參見陳滿銘《章法學論粹》，頁 132～133；及其《詞林散步》，頁 264～265。另參見錢鴻瑛、喬力、程郁綴《唐宋詞》，頁 279～280。

55　見李浩《唐詩的美學詮釋》，頁 36。

56　見唐圭璋主編《唐宋詞鑑賞辭典》，頁 890～891。

57　參考楊海明《唐宋詞主題探索》，頁 194～195。

第六章

辭章中「象」──外圍成分 之歸納

　　辭章意象形成之「外圍成分」，指的就是用以表情達意的「材料」，即具體的「象」。一般說來，文學作品的義蘊是抽象的，而所運用的材料是具體的，以具體的材料來表出抽象的義蘊，能使辭章發揮最大的說服力和感染力[1]，而掌握住篇中重要的寫作材料，亦有助於深入領會作者所欲表露的情意思想[2]。

　　清李重華《貞一齋詩說》的第五十四條，即闡述了「選料」之要：

> 吟詠先須擇題，運用先須選料。不擇題則俗物先能穢目，不選料則粗才安足動人？（《清詩話》，頁932）

他主張在動筆前，需先「擇題」，以立定一篇文意之走向，在鋪陳內容時，則需先慎選材料，才能以最貼合義旨的典型事物，增強情味力量。

沈德潛在《說詩晬語》中也曾闡述道：

> 事難顯陳，理難言罄，每託物連類以形之。鬱情欲
> 舒，天機隨觸，每借物引懷以抒之。比興互陳，反覆
> 唱歎，而中藏之懽愉慘戚，隱躍欲傳。其言淺，其情
> 深也。倘質直敷陳，絕無蘊蓄，以無情之語而欲動人
> 之情，難矣。（《清詩話》卷上，頁640）

「託物連類」能引以蘊蓄情理，而在比興互陳中，也可使或
懽愉或慘戚的感情「隱躍欲傳」。

來裕恂在《漢文典》則謂：

> 作文之道，貴有原料。化合離質，以集眾妙，眾妙既
> 集，乃有體要。（《漢文典注釋》，頁271）

指出作文之道，貴在能集合相關的寫作材料，以成一篇之體
要。

章微穎在《中學國文教學法》中談文章作法的審辨時，
則特別論述了閱讀者應從文章的材料（象）知見作者思想之
發展（意）。他認為在閱讀辭章作品時，必須去審辨作者如
何選取寫作材料，以體現事物，組合意象，因為這搜尋和控
制思想材料的工夫，實乃作者志識的表現，由此足見辭章
「意」與「象」之間的緊密聯繫。因此，欲深掘辭章精義，
就不可輕易放過作者所運之材，藉此明瞭作品中最適切、最
精彩的材料為何，而相對於題旨之下，又各具譬證、烘托、
渲染等何種任務功用[3]。

黃錦鋐的《國文教學法》也特別論述了文章「運材」之
要，他說：運材就是選擇寫作的材料，去配合自己所建立的
文章主旨，意思能否表達得恰如其分，全靠材料選擇與運用
的手法如何而定，如果材料選擇得好，運用手法很高妙，文
章自然寫得有聲有色[4]。雖然這是就創作的角度而言，事實
上，由於主旨與材料之間的關係密切，因此，從鑑賞的一面
來看，透過作者所運用的材料，來體會其情意思想，無疑也
是一條重要的路子。

　　總的來說，辭章內容中的「象」──外圍成分，大致
可分為「物材」和「事材」。

　　焦循曾指出，古今之文，總其大要，惟有「意」、「事」
二端。所謂「事」者，指的就是材料（象），他說：

> 事之所在，或天象算數、或山川郡縣、或人之功業道
> 德、國之興衰隆替，以及一物之情狀、一事之本末，
> 亦明其事而止。（《雕菰集》卷十四，頁233）

是故，辭章之「象」，包含「物之情狀」的物象，和「事之
本末」的事象。

　　方東樹〈答葉溥求論古文書〉也論述了有關取材的問
題，其謂：

> 人事之陰陽、善惡、窮通、常變、悲愉、歌泣，凌雜
> 深賾，以為之施。天地、風雲、日星、河嶽、草木、
> 禽獸、蟲魚、花石之高曠、夷險、清明、黲露、奇
> 麗、詭譎，一切可喜可駭之狀，以為之情。（《攷槃

集文錄》卷六，頁30）

足見攸關「陰陽、善惡、窮通、常變、悲愉、歌泣」之事件，與「天地、風雲、日星、河嶽、草木、禽獸、蟲魚、花石」之景物，皆可以為文章材料。

袁行霈在〈中國古典詩歌的意象〉一文，將意象分為五大類，分別是：自然界的，如天文、地理、動物、植物等；社會生活的，如戰爭、遊宦、漁獵、婚喪等；人類自身的，如四肢、五官、臟腑、心理等；人的創造物，如建築、器物、服飾、城市等；人的虛構物，如神仙、鬼怪、靈異、冥界等[5]。事實上，其所謂自然界的物象、人體自身、人工創造物等，皆可歸入「物材」，而社會活動、虛構的對象與空間等，則屬「事材」。

陳滿銘在《章法學新裁》中，則闡述道：「就『物』材來說，凡是存於天地宇宙之間的實物或東西都可以成為文章的材料。以較大的物類而言，如天（空）、地、人、日、月、星、山（陸）、水（川、江、河）、雲、風、雨、雷、電、煙、嵐、花、草、竹、木（樹）、泉、石、鳥、獸、蟲、魚、室、亭、珠、玉、朝、夕、晝、夜、酒、餚……等就是；以個別的物件而言，如桃、杏、梅、柳、菊、蘭、蓮、茶、麥、梨、棗、鶴、雁、鴛、鷗、鷺、鵜鴂、鷓鴣、杜鵑、蟬、蛙、鱸、蚊、蟻、馬、猿、笛、笙、琴、瑟、琵琶、船、旗、轎……等就是。這些物材可說無奇不有，不可勝數。……再就『事』材來說，凡是發生在天地宇宙之間的事情都可以成為文章的材料。以抽象的事類而言，如取捨、公私、出入、聚散、得失、逢別、迎送、仕隱、悲喜、苦

樂、歌舞、來（還）往（去）、成敗、視聽、醒醉、動靜，
甚至入夢、弔古、傷今、閒居、出遊、感時、恨別、雪恥、
滅恨、修身、齊家、治國、平天下，泛論、舉證、經過、結
果……等就是；以具體的事件而言，如乘船、折荷、繞室、
讀書、醉酒、離鄉、還家、邀約、赴約、生病、吃糠、遊
山、落淚、彈箏、倚杖、聽蟬、接信、拆信、羅酒漿、備飯
菜、甚至孝、悌、敬、信、慈……等就是。這些事材，可說
俯拾皆是，多得數也數不清。」（頁397~400）陳植鍔在《詩
歌意象論》中也談到，就詩人的藝術思維來說，「象」即是
客觀物象，包括自然界以及各社會聯繫之客體，並以《詩經》
及其他詩歌為例，說明文學作品的意象塑造，都離不開有關
「物象」或「事象」的組合[6]。

　　質言之，就「物材」而言，舉凡天文、地理、動植物、
時節氣候等自然物，和人體特徵、人工建築、器物、飲食等
人工物，以及不帶有事件發展的人物，皆歸屬於物材的範
疇。再就「事材」來說，凡是發生在天地宇宙之間的事情，
都可以成為辭章的材料，而所敘述的「事」，可以是經歷過
且時隔不久的事實，也可以是歷史事件或典故的運用，甚至
可以是虛構的故事。

　　茲將外圍成分之分類，列表如下：

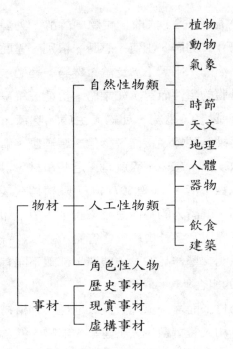

本章將依上述分類，選取相關詩文為例，舉出各篇較重要或較具代表性之材料加以分析，以凸顯辭章之外圍成分在篇章中的作用、意涵、及特色。

第一節　物材

許多辭章家之所以常會透過物材來表情達意，其原因便在於意與象的結合，能使思想情感的表出更有韻味，陳滿銘在《章法學新裁》中表示：

「物」本來是沒有情感的，而詞章家卻偏偏賦予它們

情感，使「物」產生了意象，和自己內在的情感結合
在一起，達到情景交融的境界，所以王國維說：「一
切景語皆情語。」（《人間詞話》）是說得一點也沒錯
的。[7]

王長俊亦指出，意象生成的根本因素，就是「象」（表象）
接受「意」的統攝，換句話說，一旦生活表象接受了情意的
滲透，就會形成辭章意象[8]。可見在文學作品中，藉由掌握
各式景與物的特性、價值，使之與人們內在的思想情理相結
合，便能產生體切人情的種種意象，所謂「夕陽芳草尋常
物，解用都為絕妙詞」（袁枚〈遣興〉），就是這個道理。同
樣的，若反由賞析的進路言，透過對景物意象的探究，實亦
有助於深入領會作者所欲表露的情思。

僧皎然在《詩式》中，由比興論意象時曾謂：

> 取象曰比，取義曰興，義即象下之意。凡禽魚、草
> 木、人物、名數，萬象之中，義類同者，盡入比興。
> （卷一，頁4）

文中還舉陶公以「孤雪」比「貧士」等例為證，說明了萬象
之中，凡「禽魚草木」、「人物名數」等具體物材，皆可取
義類相應者入詩。

題署為白居易的《金鍼集》，其末則乃為「詩有物象
比」，他舉例道：

> 日月比君臣，龍比君位，雨露比君恩澤，雷霆比君威

刑，山河比君邦國，陰陽比君臣，金石比忠烈，松柏
比節義，鷥鳳比君子，燕雀比小人，蟲魚草木各以其
類之大小輕重比之。（《名家詩法》卷一，頁118）

日月山河、雨露雷霆、蟲魚草木等，都是常出現在辭章作品
中的物象，這些物材在一些寓有美刺規箴之意的詩歌中，也
常被拿來與君臣邦國作比附，這也是一種「象」、「意」關
係。

　　賈島《二南密旨》也列有兩三條與「物象」有關的理
論，其一是「論物象是詩家之作用」：

造化之中，一物一象，皆察而用之，比君臣之化。君
臣之化，天地同機，比而用之，得不宜乎？（《詩學
指南》卷三，頁79）

此與白居易在《金鍼集》中的看法一致。另外，還有一則
「論引古證用物象」：

四時物象節候者，詩家之血脈也。……陶潛〈詠貧士〉
詩：「萬族各有托，孤雲獨無依」，以孤雲比貧士
也。（《詩學指南》卷三，頁79）

四時、物象、節候等物材，在與作者腦海中的想法和心中的
意緒相應後，確實都能幫助辭章家表現情理。

　　沈祥龍《論詞隨筆》有「詞中詠物」：

> 詠物之作，在借物以寓性情。凡身世之感，君國之
> 憂，隱然蘊於其內，斯寄託遙深，非沾沾焉詠一物
> 矣。（《詞話叢編》，頁4058）

表面上是在篇內詠物，實於篇外暗蘊情思、寄託深意，此即
「借物以寓性情」。

　　王基倫則是從美學的角度，談與寫作主體相互聯繫的山
川風景，會形成文學作品中的「自然美」，他指出：

> 自然美是指自然事物的美，包括日月星辰、花鳥蟲
> 魚、園林樓閣等等，它是以自然原有的感性形式喚起
> 人的美感。……自然美一般分為兩類，一為天然未雕
> 飾者，一為經過人們加工改造者。[9]

這裡提出能喚起人們審美感知的素材，大致有自然性和人工
性兩大類，舉凡有關日月星辰等天文類物材，花鳥蟲魚等動
植物類物材，以及園林樓閣等人工性建築類物材，都能因滲
透著主觀情意思想，大大增強辭章的感染力。由此足見，經
過辭章家精心營構的意象，能成功的引發文學作品的美感效
果。

　　一般說來，「物材」大致有「自然性」、「人工性」、和
「角色性人物」三大類，其中，「自然性物類」又有植物、
動物、氣候、時節、天文、地理等面向，而「人工性物類」
則可分為人體、器物、飲食、建築等類。

一、自然性物類

（一）植物

　　文學作品中常見的植物類物材，有總稱性的各種穀、花、果、草、木等，和特稱性的植物，如麥、豆、蓮、菊、梅、梨、棗、柳、竹等。當辭章創作者選取某種植物材料為文入詩，通常會蘊含某種特殊意象，以助於情思的表出。

　　在詩歌中出現植物物材者，如陸機一首表達思鄉懷人之憂思的〈贈從兄車騎〉，詩云：

> 孤獸思故藪，離鳥悲舊林。翩翩遊宦子，辛苦誰為心。彷彿谷水陽，婉孌崑山陰。營魄懷茲土，精爽若飛沉。寤寐靡安豫，願言思所欽。感彼歸塗艱，使我怨慕深。安得忘歸草，言樹背與衿。斯言豈虛作，思鳥有悲音。

作者於後段運用了一個特殊的物材——「忘歸草」。在植物類的物材中，「草」意象原本就常用於抒寫離情別緒的辭章作品，這是因為「草」的漫生無際，正代表著無窮的傷離意緒[10]，不過，陸機在此卻是一反正面襯托離情的草意象，而發出欲種「忘歸草」於屋之前後的心願，李善對此注道：「《韓詩》曰：焉得諼草，言樹之背。」[11]諼者，忘也，原指忘憂草，孫月峰評註說：「變忘憂作忘歸，固妙。」[12]其妙即妙在運用忘歸草來反襯愁思。事實上，詩由營魄懷土、寤

寐靡安，至感歸途之艱的陳述，已使整個思鄉懷人的愁緒達
到飽和，在難以消解的狀態下，只好希望自己能夠忘歸，進
而因忘歸而忘憂[13]，但是，藉由詩末之離鳥尚且思歸，反而
暗寓自己不可能忘歸，將全詩的悲苦情懷，又推深了一層，
王令樾則分析道：「先言求忘歸，後言不可能忘歸，兩意正
反對比，使得意深情重。」[14]以反筆運用此物材，確實使得
思鄉懷人的情意更加深刻。

次如王維的〈雜詩〉，這是一首抒寫懷鄉之情的詩作，
內容寫道：

> 君自故鄉來，應知故鄉事。來日綺窗前，寒梅著花
> 未？

在這麼多與故鄉有關的人事物象中，作者僅選以「寒梅著花
未」入詩，使得故鄉綺窗下的「寒梅」，頓成全詩之焦點物
材。黃永武就特別在談詩歌的「空間簡化」時，舉了王維的
〈雜詩〉作分析，他表示：「故鄉」的空間概念十分空泛抽
象，可以寫的景物也很多、很雜，但作者只擇取綺窗與梅花
二個具體景物，將場景簡化，以綢糊的綺窗作底，來襯托開
花的寒梅，使寒梅成為空間精緻化處理後，所獨存的景物，
在鏡頭前十分突出[15]。而梅意象對於這首詩的氣氛營造和情
思的襯托，也的確具有一定的功用。首先是它暗含懷想故里
的意識，洪邁《容齋詩話》云：「古今詩人懷想故居，形之
篇詠，必以松竹梅菊為比興。」他舉例說，陶淵明有：「我
屋南窗下，今生幾叢菊」之言，杜公也有「為問南溪竹，抽
梢合過牆」、「故園花自發，春日鳥還飛」等詩句，王介甫

亦云：「道人北山來，問松我東岡」等[16]，皆可見古今詩人，憑著本身對故園空間的經驗和印象，藉故鄉所生之松竹梅菊等植物意象，來抒發思鄉之情，而王摩詰詩曰：「來日綺窗前，寒梅著花未」，也是用以寄託遊子思鄉之意。其次，它也有交代時令和集中調性的作用，喻守真《唐詩三百首詳析》說：「故鄉別的事並不關心，只關心寒梅有沒有著花，非但暗點時令，並寫出一種閒適之情。」（頁267）由於梅花多半在嚴寒的冬季綻放，因此「寒梅」有點出時節的作用，另外，作者僅選梅之開花與否，以家常口語詢問來者，在情調上不同於一般苦悶傷離的思鄉主題，故喻氏認為，末二句反見詩人之風趣閒適，對此，黃永武也從空間氛圍的角度提到：詩人所選取的景物，必然考慮到它的象徵性與暗示力，「像這裡選擇綺窗與寒梅，可以將雅潔閒適的意趣充分表現出來」[17]。寒梅這個物材，確實使全詩的情韻鮮明極了。

再如孟浩然〈過故人莊〉，這首詩的中間兩聯敘述道：

> 綠樹村邊合，青山郭外斜。開軒面場圃，把酒話桑麻。

全詩的場景就設定在郊野外老朋友的田莊，因此，詩中運用了許多農村景物來鋪陳環境，劉鐵冷《作詩百法》就說：「此詩以田家二字，為通體之眼，蓋所遇皆田家之境也。」（卷上，頁114）陳滿銘在分析其物材與情意的關係時表示：「綠樹村邊合」一聯，寫的是赴約途中所見到的景物，由田園明媚的風光襯托出心情的開朗與愉悅。「開軒面場圃」一

聯，寫的是到田家後老朋友相會面、話家常的喜悅[18]。無論是「莊外之境」或「莊中之境」，透過作者所揀選的綠樹、青山、場圃、桑麻等材料，皆可令人感受到一派田家風情，黃永武的《詩與美》就說：這些詞彙具有濃厚的泥土氣息，令人聯想著和平寧靜的青綠色，給人田園閒逸的樂趣[19]。這些物材不僅勾勒了全詩的田家風貌，也襯托出詩人在赴約時心情的輕鬆愉悅，和與老朋友對酌時的自然閒適，成功的將主旨——好友之間深厚的情誼凸顯出來，這就是所謂「由境生情，自然合拍」[20]。

李白〈黃鶴樓送孟浩然之廣陵〉則是用到了「煙花」這個物材。此詩是首春日送別之作，敘事的前二句云：

故人西辭黃鶴樓，煙花三月下揚州。

交代故人是於三月時，西辭武昌，前往揚州。這裡用了一個獨具情味的植物材料——煙花，煙花是指霧靄中的繁花，首先，作者運用這映入眼簾的迤邐春景，呼應離別的「三月」時節，趙山林表示：煙花是由「煙」和「花」聯合成一名性詞組，形成一個「複合意象」，在詩歌當中用以代表泛稱的時間意象，呼應前面「三月」的特稱性時間意象[21]。其次，除了時間意象，煙花還在送別之地（黃鶴樓）與所往之鄉（揚州）中間，起著連綴與填補兩地空間的作用，更重要的是，此物象亦被藉以渲染離情，因為籠罩在一層煙霧中的春花，正契合著離人憂悶不明朗的心境，而綿延不盡的花兒，又襯出詩人離愁之多。當自然外物與辭章家的內在情感，產生緊密的交融後，也就大大的增強了作品的感染力。

張繼的〈楓橋夜泊〉，是藉著描繪夜泊江邊時的所見所聞，來抒發客旅異地的愁思。首二句謂：

　　　　月落烏啼霜滿天，江楓漁火對愁眠。

在首聯所用以營造氛圍的物材中，歸屬於植物類的即是「江楓」。「楓」在此擁有特殊的象徵意義，傅武光認為：楓樹在秋天，葉子變紅，常給予人複雜而深刻的感受，像是韋應物詩：「坐厭淮南守，秋山紅樹多。」董西廂：「莫道男兒心似鐵，君不見滿川紅葉，盡是離人眼中血。」顯然紅葉有刺激鄉愁和離情的作用[22]。可見，楓意象總是與憂愁的情意相連結[23]，陳植鍔在《詩歌意象論》裡，也闡述道：「江楓」之作為離愁別緒的現成思路而形諸歌詠，從〈楚辭〉的「湛湛江水兮上有楓，目極千里兮傷春心」始，不下數計[24]。而陳滿銘更針對本詩，把江楓及漁火合觀，並從色彩意象與「月落」句作比較，提出：江邊的楓樹與漁船上捕魚的火炬，將前句的白色調轉變為次句的紅色調，而且又與作者徹夜未眠、眼絲泛起的樣子相互映照，使作者思鄉之情更趨濃烈[25]。質言之，江楓之「象」，與愁思之「意」，在意象的歷史發展上，本有其淵源，而張繼選此物材入詩，亦形成十分典型的情景交融之境。

　　翁森〈四時讀書樂〉之一，乃在形容春季讀書的無窮樂趣，他於詩之末二句說道：

　　　　讀書之樂樂何如？綠滿窗前草不除。

詩詞中所出現的草意象，除了用以渲染離情別緒之外，還象徵天地不息的生機，如謝靈運：「池塘生春草」一句，直寫春日青草的榮發，尤其是理學家，每借「草」以說活潑之生意，如周濂溪窗前草不除，人或問之，遂答曰：「自家生意一般」[26]。《宋元學案‧明道學案》亦載：「明道書窗前，有茂草覆砌，或勸之芟，曰：『不可，欲常見造物之意。』」[27]翁森的這首詩，正是以不剪除窗前長滿的綠草，來比喻讀書的快樂，這裡所使用草物材，是取其正面、積極的意象，除了以生長得欣欣向榮的綠草，呼應春天的季節外，也藉其蓬勃的生機，帶出生生不息的讀書之樂。

　　再就散文來看植物材料之運用，如陶淵明的〈五柳先生傳〉，作者在一開篇即交代：

> 先生不知何許人也，亦不詳其姓字。宅邊有五柳樹，
> 因以為號焉。

當中便運用了「柳」為寫作材料。一般而言，古人在住宅旁邊植柳，是一種普遍的現象，不過，陶淵明特別在〈五柳先生傳〉裡，選擇「柳」為其稱號，除了源於宅邊種柳的普遍性，還有更深刻的寓意。

　　李清筠在《時空情境中的自我影像》曾論道：建築學者認為中國傳統的建築觀念之一，即把住屋視為居住者本人的象徵，故不管是屋宇的設計、布置乃至園林中所栽植的花木，在一定程度上，表達了居住者的人格傾向和審美品味[28]。可見「宅邊有五柳樹」的主人翁，也是有意以「柳」來代表其人格特質的。王立在《心靈的圖景──文學意象的主題

史研究》探討「中國文學中的柳意象」時，則是表示：「柳的易栽易活郁郁青青的蓬勃生命力，使生命個體產生羨慕嚮往之心。」（頁49）而不為五斗米折腰的陶淵明，儘管環堵蕭然，簞瓢屢空，亦甘學柳樹堅毅的特質，過著無違己志的生活，這樣的柳意象，與他是起著共鳴作用的。其次，一向被視為「佳木」的柳，也有象徵化外仙鄉的意思，《山海經·大荒西經》即載：「西有王母之山，壑山、海山。有沃之國，沃民是處。沃之野，鳳鳥之卵是食，甘露是飲。凡其所欲，其味盡存。爰有甘華、璇瑰、甘柤、瑤碧、白木、白柳、視肉、琅玕、白丹、青丹、多銀鐵。鸞鳳自歌，鳳鳥自舞，爰有百獸，相群是處，是謂沃之野。」崑崙山上的沃國，一派仙境情景，當中即植有白柳，所以柳樹又代表著世外桃源。再就其形象而言，隨風搖曳的綠楊垂柳，確實能帶給人們精神上的舒暢感，而文中所表現的「不慕榮利」、「忘懷得失」之旨意，亦呼應著柳的隱遯意涵。綜言之，陶淵明會選以柳為文章的重要物材，主要還是在比況自我意識，李清筠在《時空情境中的自我影像》也談到辭章家會從意象的經營來表現心志，像陶淵明作品中的林木意象，不僅是其居處所植，也是用以自況，寄寓「質性自然」之人格特質，其詩作亦不只一次出現柳樹，如〈歸園田居〉之一：「榆柳蔭後園」和〈蠟日〉：「梅柳夾門植」等[29]，薛順雄則認為柳在當時被視為「珍樹」，是天地靈氣所匯，具有剛柔並濟、屈伸有度、配生自然、和強韌的生命力等特性[30]，而這正是陶淵明用以寄託其處境、思想、性情的內蘊。

又如周敦頤〈愛蓮說〉，作者在這篇文章中，從眾多「可愛」的「水陸草木之花」當中，挑選了「菊」、「牡

丹」、「蓮」三種為文章的寫作材料：

> 水陸草木之花，可愛者甚蕃：晉陶淵明獨愛菊；自李
> 唐來，世人盛愛牡丹。予獨愛蓮之出淤泥而不染，濯
> 清漣而不妖；中通外直，不蔓不枝；香遠益清，亭亭
> 淨植，可遠觀而不可褻玩焉。
> 予謂：菊，花之隱逸者也；牡丹，花之富貴者也；
> 蓮，花之君子者也。噫！菊之愛，陶後鮮有聞。蓮之
> 愛，同予者何人？牡丹之愛，宜乎眾矣！

其中，「菊」與「牡丹」（賓）是用以襯托「蓮」（主）的，
三種花分別象徵了「隱逸者」[31]、「富貴者」[32]與「君子」，
這在文章末段即已明確拈出，然而，前兩者在象與意的連繫
上，是眾所皆知的，所以作者只以略筆帶過，而蓮花則是作
者特地用以象徵君子的，所以就用了詳筆，自「出淤泥而不
染」至「不可褻玩焉」，仔細的寫出蓮花與眾不同的特質，
藉以代表君子的高潔的品格[33]。全文就透過菊、牡丹、蓮這
三種物材，將作者愛蓮的心意，和諷喻世人力求品德修養的
意思凸顯出來。

（二）動物

　　動物類物材就大的類別而言，有鳥、獸、蟲、魚之類，
以小的個別性材料而言，如燕、鷗、杜鵑、馬、猿、癩蛤
蟆、蚊、蟻等皆屬之。
　　呈現於詩歌者如樂府〈敕勒歌〉，運用了牛羊這兩個動
物類物材，使畫面由靜景轉變為動景，充滿生命力。詩歌先

勾勒了北方蒼茫遼闊的草原風光，然後以末句：

> 風吹草低見牛羊。

為全詩點睛之筆。由於曠野的長風吹起，使茂盛的水草低垂，這才使得成群覓食的牛羊顯現出來，進而使這幅雄渾的塞北風情畫有了焦點，並從中透露出蓬勃生氣，極具獨特的美感效果。陳友冰說：在藏青色的天幕下，白色的羊群、黃色的牛群散放在一望無際的綠色草原上，隨著陣風時隱時現，這是何等壯美的景象！而敕勒人民對家鄉的熱愛和自豪感，都透過這色彩鮮明又充滿生機的放牧圖，盡情展現出來[34]。這首詩，唱出了遊牧民族的豪邁剛健的性格，和對生長的廣袤草原，無限的熱愛與讚美。

而樂府〈江南〉，則是首表現江南風情的寫景小詩，在以田田蓮葉渲染出空間的大背景後，隨即將焦點移到蓮池裡的魚兒：

> 魚戲蓮葉間，魚戲蓮葉東，魚戲蓮葉西，魚戲蓮葉南，魚戲蓮葉北。

作者先總括性的提出「魚戲蓮葉間」，再分依東、西、南、北的方位變化，突出魚兒悠游葉間的形象，產生了視覺化的具象美，嚴雲受就說：在以自然美為吟詠對象的作品中，其中如果出現魚意象，就是自然美的一個構成因素，後來在許多詩歌作品中亦不乏此類意象，如謝朓〈遊東田〉：「魚戲新荷動，鳥散餘花落」、杜甫〈秋野〉：「水深魚極樂，林

茂鳥知歸」等[35]。黃永武則分析說：魚在荷葉中戲樂，忽東忽西，忽南忽北，形容得相當靈活，除了展現樂府詩有唱有和的音樂效果外，也有其象徵意義，張蔭嘉就說：「魚戲葉間，更有以魚自比意。」[36]所謂「以魚自比」，就是藉由在層疊的荷葉間游動的魚兒，襯托採蓮青年的歡樂，王國安指出：「這幾句看似在寫魚，實際上意在襯托採蓮少女們的活潑可愛及愉快的心情。」[37]所言甚是，此即「以物喻人，以景附情」[38]的妙處。

又如王維〈鳥鳴澗〉，此作是透過雲溪的閒景，來襯托出主人翁的閒心。前兩句先呈現一「閒靜」之景，後二句則是透過「山鳥」，以聲響反襯靜境：

月出驚山鳥，時鳴春澗中。

作者於詩中運「山鳥」為材，其作用有二。首先，鳥的鳴聲通常用來象徵春季，如此一來，便呼應了詩中所描寫的時節，劉熙載在《藝概·詩概》中曾謂：「以鳥鳴春，以蟲鳴秋，此造物之借端託寓也。」（卷二，頁74）王維的〈鳥鳴澗〉即是一例。其次，是藉時鳴於春澗的鳥聲，以動喻靜，烘托出「鳥鳴山更幽」的意境。柳晟俊在談「王維詩的自然風」時，特別從「聲」之聽覺角度，舉本詩「月出」二句為例，說道：王維所寫之聲，皆自然景物、山林閒客之聲，非市井朝中之聲，尤其是入輞川所寫諸篇，均天籟之聲，以烘托寧靜之心境，形成王維詩的一大特色，就這首詩而言，在靜寂的環境之中，「月出山鳥驚鳴，更顯示幽靜之境」[39]。陳鐵民在《王維新論》中也說：「王維偏好靜美境界，尤善

以音響描寫來刻劃靜景。如〈鳥鳴澗〉：『月出驚山鳥，時
鳴春澗中。』以空谷鳥鳴反襯出春山的幽靜。」（頁212）因
此，構成〈鳥鳴澗〉之詩境的要素之一——聽覺意象，就
是藉由「山鳥」這個物材，以描繪其聲來「暗示內心之幽玄
閒靜，表現自然之意趣」[40]。

　　杜甫的〈客至〉，則是以「群鷗」為物材，他在開篇即
大筆勾勒了草堂周圍的環境：

　　　舍南舍北皆春水，但見群鷗日日來。

這滿眼的春水，和日日飛來的鷗鳥，呈現了一派清寂閒淡的
生活。事實上，出現在文學作品中的鷗鳥，因淵源於《列子》
「海上之人有好漚鳥者」的傳說故事，而時常被賦予閒逸超
俗、歸心自然的意象，嚴雲受《詩詞意象的魅力》指出：
「〈客至〉中的鷗鳥意象不僅是江邊景色的點綴，使人們看到
杜甫居處的幽僻、冷寂，生活的悠閒，而且體會到詩人超脫
於名利、機務，以自然山水為心靈歸宿的淡泊情懷。」（頁
111）而二句中的「來」字，也暗暗引出「客至」的題旨，
劉鐵冷即謂：「起處先以鷗來引客至」、「第五六句寫款客
之情，即從客至生出」[41]，說明了「鷗來」在鋪陳詩歌內容
上的作用。此外，在詩人的閒居生活裡，平常只有成群的鷗
鳥相與為伴，今天卻難得有人到訪，因此，這首詩也有意藉
著唯見之群鷗，來反襯有客相過的喜悅。

　　而白居易〈慈烏夜啼〉中的慈烏，屬於烏鴉的一種，因
知反哺母烏，所以稱為「慈烏」。明李時珍《本草綱目》
載：「烏有四種，小而純黑、小嘴反哺者，慈烏也。此烏初

生，母哺六十日，長則反哺六十日，可謂慈孝矣。北人謂之
寒鴉。」因此，慈烏這種孝鳥，就有了孝親的意象，而白居
易藉以奉勸世人及時行孝，是再貼切也不過了。詩之前半著
力於描寫慈烏喪母之哀：

> 慈烏失其母，啞啞吐哀音，晝夜不飛去，經年守故
> 林。夜夜夜半啼，聞者為沾襟；聲中如告訴，未盡反
> 哺心。百鳥豈無母，爾獨哀怨深？應是母慈重，使爾
> 悲不任。

詩末更以贊語作結：

> 慈烏復慈烏，鳥中之曾參。

連文萍認為：慈烏是一種孝鳥，白居易將自我的感受投射，
強調「子欲養而親不待」的悲痛是萬物所共有[42]。以此孝鳥
為寫作材料，實為稱頌慈烏孝行的顯旨與呼籲世人重視孝道
的隱旨，作了最好的襯托。
　　再如周邦彥的〈浣溪沙〉，透過登樓所見的晴空、方草
等物材，和筍已成竹、花成巢泥的景象，表達滿腔的愁緒，
末句更謂：

> 忍聽林表杜鵑啼。

點醒思鄉不得歸的主旨。這是由於「杜鵑鳥」特殊的啼叫
聲，使其一向具有懷鄉之意象，《零陵記》載：「杜鵑，其

音云『不如歸去』。」杜鵑，又稱催歸、子規、思歸鳥等，
歷來也有許多詩詞家，常會運此物材以表現思歸的情意，如
杜甫〈子規〉：「兩邊山木合，終日子規啼。」韓愈〈贈同
遊詩〉：「喚起窗全曙，催歸日未西。」又如無名氏〈雜
詩〉：「近寒食雨草萋萋，著麥苗風柳映堤。等是有家歸未
得，杜鵑休向耳邊啼。」康與之詞：「鎮日叮嚀千百遍，只
將一句頻頻說。道不如歸去不如歸，傷情切。」等。動物的
鳴叫聲，本無確定的含義，但對有特定情懷的人而言，卻常
被賦予特定的意味，杜鵑「不如歸去」的淒切鳴音，便常使
異地遊子鄉思難消[43]，而這首〈浣溪沙〉的主要義旨，也正
是透過杜鵑這個物材，作了貼切的表出。

　　散文如取材自《戰國策》的動物寓言〈鷸蚌相爭〉，內
容說道：

> 蚌方出曝，而鷸啄其肉，蚌合而拑其喙。鷸曰：「今
> 日不雨，明日不雨，即有死蚌！」蚌亦謂鷸曰：「今
> 日不出，明日不出，即有死鷸！」兩者不肯相舍，漁
> 者得而並禽之。

很明顯的，故事中僵持不下的兩個主角，就是屬於動物類物
材的「鷸」和「蚌」。鷸，水鳥名，喙細長，一般喜棲息於
沼澤、沙洲、潮間帶等水域，以啄食沙泥中的甲殼類及貝類
等軟體動物維生。《說文解字・鳥部》：「鷸，知天將雨鳥
也。」[44]顏師古《匡謬正俗》也說：「鷸，天將雨即鳴，即
《戰國策》所稱鷸蚌相謂者也。」可見這種鳥類，具有預知
天雨的能力，也因此在故事中，鷸鳥會在蚌張開殼曬太陽

時，去啄食牠的肉，還對蚌說：「今日不雨，明日不雨，即有死蚌！」企圖渴死對方。蚌，軟體動物，有兩片可以開闔的外殼，所以故事才會設計蚌以硬殼拑住鷸嘴，令其動彈不得。作者可以說是充分掌握這兩種動物的習性，使這篇動物寓言，有了完整且充滿戲劇性的情節，更從中寄託了深刻的含意。

次如岳飛〈良馬對〉，藉岳飛與高宗的一段對話，取「馬」為材，以設喻說理，從篇外暗諷高宗要能識拔賢人。文云：

> 帝問岳飛曰：「卿得良馬否？」
>
> 對曰：「臣有二馬，日啖芻豆數斗，飲泉一斛，然非精潔即不受；介而馳，初不甚疾，比行百里，始奮迅，自午至酉，猶可二百里，褫鞍甲而不息不汗，若無事然。此其受大而不苟取，力裕而不求逞，致遠之材也。不幸相繼以死。今所乘者，日不過數升，而秣不擇粟，飲不擇泉，攬轡未安，踴躍疾驅，甫百里，力竭汗喘，殆欲斃然。此其寡取易盈，好逞易窮，駑鈍之材也。」
>
> 帝稱善。

林雲銘稱：「武穆乃將馬之所以為良，所以為不良處，細細分別出來，全為國家用人說法，妙在含蓄不露。」文中從食量、性格、能力等方面，來分析「良馬」與「劣馬」的差別，由良馬與劣馬實比況於賢才與庸才的含意而言，文章表面雖著重在寫馬，但卻無一不是指向朝廷用人的政策。林氏

亦云：「不幸相繼以死，今所乘者」以下，「罵盡舉朝無人，皆屬駑鈍，尤感慨之極也。」岳飛的善喻，甚至可令全文「作一篇國策讀」[45]。不過，因為文內只針對良馬與劣馬的不同分別敘寫，屬單事類型，而其核心理語則是盡在言外，所以說它具有「含蓄不露」的特色。這種將道理寓於事物之中的手法，不但十分常見，且以馬這個動物類物材，來表現士階層渴求知遇的的心聲，早在《戰國策》中即已出現，像〈楚策四·汗明見春申君〉透過驥服鹽車而傷重，途遇伯樂攀哭，解衣蒙蓋，驥於是仰天而鳴的故事，記載汗明向春申君論待賢之道的經過。又如〈趙策四·客見趙王〉載國家買馬尚待工於相馬者，則國君面對治天下之大事，更應遠嬖臣而重賢人[46]。此外，如韓愈的〈雜說〉之四，以「世有伯樂，然後有千里馬」，深刻的對當時不合理的用人制度提出針砭[47]，而劉大櫆的〈騾說〉，也是借助於騾的特殊性情，喻對待人才應「煦之以恩」。透過運物為喻的藝術技巧，也使得諷喻性的道理，較容易讓人所接受。

（三）氣象

偏於天候氣象類的物材，包括有雨、露、風、霜、露、雲、雪、煙、霧、雷、電等。

運用於詩歌者，如王維〈山居秋暝〉，此詩描寫秋日傍晚雨後山村的幽美景色，流露詩人領受這種佳景的愉快，和對自然的愛戀之情[48]。詩之首聯寫道：

空山新雨後，天氣晚來秋。

這幅山居秋景，在一陣新雨過後，顯得清新無比。唐汝詢：
「此見山居之佳，雨過涼生，夜氣浸爽。月明泉冽，景有秋
容。」[49]黃振民在《歷代詩評解》也說：「起寫天氣之佳，
言空山雨過，塵氛盡消，況值秋晚，清涼襲人，氣候美好，
概可想知。」（頁209）作者以「新雨後」之氣象類物材入
詩，一方面應題之「秋暝」，與傍晚、秋天的涼爽天氣相融
合，另一方面，雨後洗淨的山林，與下聯的月下松泉之景，
使全詩在視覺上構成一種清澹透明的美感。由此足見王維以
高妙的煉材技巧，將雨後的秋涼，配合上月泉的清新，與浣
女漁舟的動態美，形成全詩清幽的意境，寄託了詩人高潔閒
適的情懷。

　　翁森的〈四時讀書樂〉之二，於詩末云：

　　　讀書之樂樂無窮，瑤琴一曲來薰風。

其中，「薰風」是一個值得關注的氣象類物材。「薰風」是
指南方吹來的和風，古傳舜帝曾作〈南風〉之歌，詞云：
「南風之薰兮，可以解吾民之慍兮。」所謂「薰風解慍」即
源於此，可見和煦的薰風，頗能令人感到欣喜愉悅。而這個
物材，也常出現在詠夏景的詩詞作品中，如柳永〈女冠子〉
就寫道：「薰風時漸動，峻閣池塘，芰荷爭吐。」元劉時中
〈水仙操〉也有「荷香勾引薰風至」的句子，所以翁森在形
容夏天讀書的無窮樂趣時，就運用了「薰風」，一方面扣合
季節，一方面也藉此可「解慍」之南風，加上流洩而出的美
妙琴音，表現夏日展書讀的愉快心境。

　　在散文中運用氣象物材者，如《世說新語‧政事第三》

（陶公性檢厲），作者在文中選了三個事件，具體說明陶公
「性檢厲，勤於事」的處事風格，其中，第一件事就寫道：

> 作荊州時，敕船官悉錄鋸木屑，不限多少，咸不解此
> 意。後正會，值積雪始晴，聽事前除雪後猶濕。于是
> 悉用木屑覆之，都無所妨。

此事發生於正月集會時，正逢「積雪始晴」的氣候狀況。天
既放晴，則融雪必使地面變得潮濕，廳前階梯上的殘冰加上
雪水，不僅十分不利於人員行走，還有可能發生意外。然
而，在此之前，陶侃早已命人將鋸木所剩的木屑收集起來，
後來碰上這久雪初晴的天氣，正好將這些事前收藏的木屑，
覆蓋住濕滑的階梯，如此一來，人們在進出上下時，就一點
也不受影響了。作者在這則短文裡，借助此突發的天候狀況
為寫作材料，一方面使前面「咸不解此意」的行動，得到解
答，更讓人見識到陶侃辦事的檢束嚴謹，與其縝密周到的思
慮，時人稱陶侃「綜理微密」[50]，絕非溢美之辭。

此外，南梁吳均一向被讚譽是寄情山水而擅寫風景文字
的作家，〈與宋元思書〉就是一篇抒寫模山範水的優美駢
文。文章一開頭便以「俱靜」寫「風」與「煙」，「勾勒出
廣闊明淨的背景」[51]：

> 風煙俱淨，天山共色，從流飄蕩，任意東西。自富陽
> 至桐廬，一百許里，奇山異水，天下獨絕。

江上的風停了，山上的煙嵐也消散了，明潔的天候與清幽美

好的環境，著實令人心馳神往，充分引發了遊人的興致[52]。且由於「風煙俱靜」，才得見「天山共色」，使這「獨絕」的「奇山異水」，清晰的映入遊人眼底，開展了下文豐富精彩的畫卷。可見「風煙俱淨」，具有渲染明淨的背景以引起遊興和開展下文等作用，而吳戰壘也指出：「江上風平浪靜，煙光盡掃，兩岸山色無垠，遠與天接，視野是何等開闊，心情又是何等舒展！這正是一個秋高氣爽，游目騁懷的大好時節。這兩句景語孕情，大氣包舉，可謂善於發端。」[53]可說是把這個氣象類的物材，在文中所透顯的作用和寓含的情意，都作了清楚的分析。

（四）時節

時節類物材包括與時間、節日、季節等相關的名詞，如月份、佳節、重陽、中秋、端午、晨、早、午、晚、昏、晝、夜等。

在詩歌中運用時節為材料的例證，如王維〈鳥鳴澗〉，此詩以篇首的「人閑」直抒主人翁恬適之心境[54]，並統括起後半桂花、夜山、澗谷三目閒景來襯托情意，其中，二句寫夜山之閒云：

夜靜春山空。

以「夜」和「春」之時間材料，點出此詩所寫是皇甫嶽雲溪別墅在春天時節的幽靜夜景，並且也與後文的「月出」、「春澗」緊密的呼應著。柳晟俊認為，詩人因「人閑」，而能體察到夜之靜與春山之空，充分表現出「內心外境如一」的

詩意[55]，說明了材料與主旨之間的關係。另外，作者用「靜」與「空」來形容夜晚和春山，也與詩中所蘊含的禪趣有關，夜之靜，表達了一種禪寂之境界，而春山之空靈，則曲盡妙悟之境，這些象徵性的詞彙，本與禪學思想相合，由此亦見王維之性情及其審美觀[56]。

又如孟浩然〈過故人莊〉，詩中運用了由實（今）而虛（未）的時間設計，先記此次愉快的聚會，再預約下次見面的時機，將老友之間的真摯情誼，充分表現出來。而在寫虛時間的部分，作者以九九重陽為約，云：

待到重陽日，還來就菊花。

屬於以節令為材料的筆法。蓋農曆九月九日為重陽節，中國人在這天一向有登高敬老的風俗，大約從晉代開始，就相當受到重視。除了登高，還漸漸加入了野宴、賞菊、飲菊花酒、插茱萸等活動，這是因為古傳茱萸和菊花能夠趨吉避凶，消除陽九之厄。可見，以重陽為材，在氣候上，正值秋高氣爽的宜人季節，在時令上，更是中國人的重要節日，十分適合與親朋好友登山遊賞或宴飲為樂。就整聯的內容而言，兩位老友在席散之前，又以重陽為約，預定了下次聚會的時間，如此一來，不僅正襯出此次見面的盡興，更把朋友的情誼推深了一層[57]。劉鐵冷《作詩百法》即評析道：「結二語，一待字、一就字，是留無限餘情，含蓄入妙。」（上卷，頁114）點明了末聯的美感效果，或許作者在此亦藉「重九」，暗暗寄寓了兩人的友情能長長久久的心願。

散文如蘇軾〈記承天寺夜遊〉，蘇軾這篇文章，大致上

是以敘事、寫景、抒情三個節段組織成。在敘事的部分，又以「夜」字，點出時間以應題，文云：

> 元豐六年十月十二日，夜，解衣欲睡，月色入戶，欣然起行。念無與樂者，遂至承天寺，尋張懷民。懷民亦未寢，相與步於中庭。

這裡可說是以簡筆，交代了此次夜間閒遊之所以成行的原因，時間正是發生在「解衣欲睡」的深夜，也因為夜深，才見「月色入戶」而「欣然起行」，但一人獨賞，未免寂寞，於是前往承天寺尋友共遊。顏玲說：「興之所來，不可自已。這正是蘇軾那曠達性格的表現。」[58]試想，一般世人總被繁雜的世俗事所綁縛，恐怕不會在正好眠的夜裡，為灑落的月光所吸引，甚至隨即化為行動，因此，蘇軾於夜中興起遊心的表現，也與其閒逸的心境相應，當然，夜不能寐，多少也帶有一絲絲來自貶謫命運的複雜心理。總之，文章以「夜」開篇，一面扣合題意與文旨，一面也為後半描寫夜景和抒發閒情的內容，打開一條文路。

（五）天文

　　凡與日、月、星辰等有關之實物，即屬於天文類物材。
　　天文類物材在詩歌方面的運用，如陶淵明〈歸園田居〉，他在詩中詳述了歸隱後從事農耕的辛苦生活，其中三、四句謂：

> 晨興理荒穢，帶月荷鋤歸。

寫他清晨就得下田忙於農務，直到晚上，才披著月光返家。
這裡要特別探討的是詩句中的月意象，首先，它有點明時間
的用意，作者在結束一天的工作而得以歸家之時，已是明月
高掛的夜晚，並藉此以見躬耕生活之勞碌。其次，明亮的月
光，一方面象徵著自己高潔的人格[59]，一方面也暗合「但使
願無違」的主旨，駱玉明解析道，詩人美好的情緒，都表現
在「帶月荷鋤歸」一句，試想，扛了把鋤頭，在灑滿月光的
小路踏上歸途，是何等優美的情調，由此亦顯現出詩人心理
上的滿足感，並帶有肯定與欣賞自己人生選擇的意味[60]。雖
然農事繁重，但主人翁的心境卻是愉悅的，因為「復得返自
然」，正是他最嚮往的生活方式。

　　王之渙的〈登鸛鵲樓〉，是一首登樓遠眺的小詩，旨在
寫詩人面對眼前壯闊的山水，而興起更上層樓，一覽眾小的
雄心，並暗勉人生境界的提昇。在描摹登樓所見的景觀時，
作者選取了天文類物材的「白日」入詩，前二句謂：

　　白日依山盡，黃河入海流。

就詩意而言，所謂「白日依山盡」，是指中條山的山勢雄偉
高大，以致雖未值黃昏，卻隱沒了移到山後的太陽，徐增在
《而庵說唐詩》中就曾指出：「白日依山盡，非言登樓之時
晚，正言中條之高大。」[61]自然流洩的這五個字，可以說把
山勢的高峻都表現出來了。再就天文物材中的日意象而言，
白晃晃的太陽比起夕陽，要更具積極向上、健康明朗的意
義，江錦珏在《詩詞義旨透視鏡》中也說：「『日』有照耀
大地，給人希望、強盛、高高在上的感覺。」（頁229）這樣

的白日意象，與開拓胸懷、努力進取的詩旨，亦是密切契合的。總之，「依山盡」的「白日」配合「入海流」的「黃河」，無形中便起著加強氣勢與擴大空間的作用，深深的引動了詩人的情懷，從而激發出寬闊襟懷與向上進取的精神。

　　散文如蘇軾〈記承天寺夜遊〉，這篇文章既是寫「夜遊」，則月色無疑是文中重點景物之一。作者在正寫夜景的節段裡說道：

　　　　庭下如積水空明，水中藻荇交橫，蓋竹柏影也。

這段寫景文字，集中在表現庭中的皎潔月色，和月光穿過竹柏所產生的迷人光影，可以說是用最精鍊的比墨，選取了最突出的材料，以承載最豐富的情意。顏玲就說：「中段寫景，夜間閑遊，可入文者甚多：寺、庭、月、樹、草、風聲、蟲鳴等等，如果一一娓娓道來，可製成相當規模的文章。但作者只擷取月光來描寫，將庭中的月色比為『積水』，將月下竹柏影喻為『藻荇』，而一個『空明』，極言月光澄澈潔淨，一個『交橫』，則寫盡了竹木叢生錯雜之狀態。出奇的聯想構成了綺麗的美景，而又如此貼切、動人，令人宛然如見。」[62]這種特寫性的畫面，也在讀者心中留下最深刻的印象。就藝術手法而言，王更生在《蘇軾散文研讀》中，分析道：「他用『積水空明』，形容庭中融融月色，又就積水這個比喻，正面落筆到『水中藻荇交橫』，正當讀者想像藻荇形態時，他又輕輕點破，『蓋竹柏影也』，把那靜態的月色寫得如此搖曳多姿，令人心動神移。」（頁212）作者並不直接寫實景，而是透過譬喻的方式，來描繪庭中月色

與竹柏陰影，這樣不但更添文章情趣，且由特殊筆法所構成的風物妙境，也與主人翁的閑心緊密結合，所謂「蓋不閑，則無暇亦無趣，難以領略這寺院中特有的月色」[63]。此外，無論是月，或是竹、柏，這些材料都寓含了高潔清淨的意象，尤其是皎潔、美好的月光，往往借以象徵品格高潔，灑落庭中的空明月光，正代表著主角心中澄澈，不為外俗所苦，所以蘇軾才會於文末發出「但少閑人如吾兩人」之感謂，也因為有此情意，才能使這些再普通不過的常景，含藏著令人動容的力量。

（六）地理

舉凡山、水、溪、澗、泉、石、道、徑、地名等，皆屬於地理類物材。

詩歌方面，如樂府〈木蘭詩〉所運用的黃河、黑山、燕山等物材。在這首敘事詩的第二個節段中，寫木蘭在繁忙的行前準備工作完成後，隨即離家，正式踏上征途：

> 旦辭爺孃去，暮宿黃河邊。不聞爺孃喚女聲，但聞黃
> 河流水鳴濺濺。旦辭黃河去，暮至黑山頭。不聞爺孃
> 喚女聲，但聞燕山胡騎聲啾啾。

詩中以兩個層次，由近而遠的敘明木蘭離鄉的路程。由家門到黃河，再到薊北的黑山、燕山一帶，景致已由熟悉、溫暖的家園，轉移到陌生、肅殺的北國戰地，爺娘的聲聲呼喚已不復聞，耳所聽者，惟幽幽奔流的黃河水，和燕山附近不時傳來的胡人兵馬聲。透過場景的轉換，無形中也交織出木蘭

複雜又堅毅的心理狀態，陳友冰在《兩漢南北朝樂府鑑賞》中表示，這幾句「形象地寫出了木蘭初離父母時的那種依戀和惆悵心緒，既寫出了一個初離家門的少女心緒，又反襯出她決心從戎的堅強意志。」（頁432）在家鄉與北地的兩相對比下，不但暗含了木蘭對父母的懷思，也從漸行漸遠的征程中，表現出女戰士勇往直前的壯志豪情。關於後者，鄭利華更清楚的由黃河、燕山這些寫作材料說明道：「作者選取『黃河』、『燕山』等實地的場景配置，不僅以這些壯烈的圖景襯托出木蘭此時由一位悲嘆的弱女子，變成為毅然從軍的女戰士的開闊、堅定的精神境界，同時又恰到好處地渲染了臨戰的氣氛和木蘭上陣的心態。」[64]這樣勇敢、堅強、孝順的木蘭形象，正是詩人立意的重點所在。

　　次如陸機的〈贈從兄車騎〉，詩中在拈出「翩翩遊宦子，辛苦誰為心」之旨意後，復具體陳述自己「營魄懷茲土」的心理狀態，謂：

　　　　彷彿谷水陽，婉孌崑山陰。

當中便出現地理類的「谷水」與「崑山」。這兩個具有專指性質的地理空間，都位於陸機的故鄉——吳地，李善引陸道瞻《吳地記》云：「海鹽縣東北二百里，有長谷，昔陸遜、陸凱居此。谷東二十里有崑山，父祖葬焉。」[65]康榮吉在《陸機及其詩》中也引朱長文《吳郡圖經續記》說明道：「崑山，在吳縣西北，或曰在華亭，蓋割崑山之境以縣華亭故也。晉陸機與弟雲生於華亭，以文為世所貴。」（頁85）江南的好山好水，無時不讓遠遊他鄉的陸機魂牽夢縈，何義

門曾對其因長谷與崑山,而感興悲懷的原因表示:「贈從兄車騎,士衡之言如此,而終以懷安罹患,不能守先人之邱墓,亦可鑒矣。」[66]為承繼先人之功業而辭家,期開創一番事功,顯然與回歸故土守父祖之墓的心願,存在著強大的矛盾和衝突,致使陸機「戚戚多遠念,行行遂成篇」(〈答張士然〉),哀怨的情緒氛圍,籠罩著他的思鄉心曲[67]。

又如蘇軾〈題西林壁〉,這首詩主要在記錄遊歷廬山的心得:

> 橫看成嶺側成峰,遠近高低各不同。不識廬山真面目,只緣身在此山中。

「廬山」是個特稱性的地理類物材,位於今江西省九江市,是構成全詩內容的主要舞臺,作者將遊賞所見,及其所獲致的哲理思想,題寫於廬山西北麓的西林寺壁上,故名為〈題西林壁〉。廬山是個名聞遐邇的風景名勝區,它有著連綿陡峭的山勢,由正面、側面,或是遠、近、高、低等不同的角度觀賞,都會呈現出各種不同的美麗風姿。正由於詩人如此的觀察入微,遂引發攬勝後的深刻感受:就因為身處其中,才沒能認清它的真實面目,此外,還延伸出一個頗為耐人尋味的哲理——當局者迷,旁觀者清,成就了一篇借景物材料以喻理的佳作。

再如辛棄疾的〈清平樂·村居〉,作者在詞中擇取了許多清新的農村風物,來表現村居帶湖的安適。全詞寫道:

> 茅簷低小,溪上青青草。醉裡吳音相媚好,白髮誰家

翁媼？　　大兒鋤豆溪東；中兒正織雞籠；最喜小兒
亡賴，溪頭臥剝蓮蓬。

畫面中，首先映入詞人眼底的，就是樸實的茅草屋，在這有
著低矮屋簷的住所旁，是一條清澈的溪流，岸邊還長滿了綿
延青草，自然的呈現出一派鄉村美景。此時，順著醉裡的吳
儂談笑聲找去，隨即出現了兩個怡然自得的白髮公婆，然作
者在此復設一問句，亦暗點了溪邊的那戶人家。後半分寫溪
東有大兒在鋤豆，中兒正在編織雞籠，最可愛的小兒，則是
在溪頭臥剝蓮蓬，可見作者在下片所描繪的人事之景，仍以
溪流作為中心，並藉著孩子們的動作和神情，來勾勒農家的
生活片斷。顧復生說：「小小畫幅中，有清溪一水縈迴映
帶。從青草溪邊的茅屋、大兒鋤豆的溪東到小兒剝蓮蓬的溪
頭，意脈連綿，情思不斷。」[68]可見全詞正是以青草邊的溪
流，把這些場景貫串成整體，而這一灣清淺，亦承載著詞人
的歡悅閒情。

　　張養浩的〈山坡羊‧潼關懷古〉，則以「潼關」為重要
的地理類物材。元文宗天曆二年，張養浩奉命前往陝西賑
災，他在路經潼關時，登臨雄偉關隘，西望長安，而懷古傷
今，寫下這首關懷民瘼的作品。曲之前三句以寫景始，拈出
全篇的主要空間——「潼關」：

　　峰巒如聚，波濤如怒，山河表裡潼關路。

首句就「山」，描繪潼關所倚之連綿山峰，次句就「水」，形
容潼關所面對的滾滾黃河，三句總收山、水兩目，並以「山

河表裡」直指潼關的險勝形勢。潼關位於今天的陝西省潼關縣，在地理位置上內據崤山、華山諸山脈，外有黃河環流，是屏障長安的重要門戶，故此地素以險要著稱。想起這裡曾有無數次關係著歷朝興亡的戰事，自然引發作者撫今追昔的慨歎。

　　散文方面，像是劉禹錫〈陋室銘〉前四句，藉由「山」、「水」之地理材料為「賓」，以陪襯出「主」——「室」，並作為點出主旨句的鋪墊：

　　　山不在高，有仙則名；水不在深，有龍則靈；斯是陋室，惟吾德馨。

顧漢松說：「第一層次共為六句，以山水作為比喻，襯托出陋室的不陋。」[69]李如鸞則以為：「文章用山和水比附室，用不高和不深比附陋，用仙和龍比附主人，用名和靈比附德馨。這種『旁起』的寫法，使文章有波瀾，有曲折，曲盡引人入勝之妙。」[70]仔細說明了賓主之間所比附的內涵。一般總認為，山高水深方能使勝景極具知名度，然而劉禹錫卻獨排眾議，從反面立意，提出山水不在高深，只要有「仙」、有「龍」，就能使之聞名[71]，同樣的，居室也不在於寬闊華美，只要主人「有德」，即能使陋室不陋。這樣透過比喻和對照的方式引出主旨，不但使文章具有曲折美，也使所要抒發的道理，更具說服力。

　　再如蘇轍的〈黃州快哉亭記〉，本文因亭景生意，借亭名發論，全文從頭到尾，都緊扣著「快哉」二字為綱領，引出「使其中坦然，不以物傷性，將何適而非快」的人生哲

理，表面贊揚張夢得之不以謫為患，實亦藉記抒懷，更用以
彼此勉勵。文章在首段前半，先以長江為材，藉著寫江景來
帶出快哉亭：

> 江出西陵，始得平地，其流奔放肆大。南合沅、湘，
> 北合漢、沔，其勢益張。至於赤壁之下，波流浸灌，
> 與海相若。清河張君夢得，謫居齊安，即其廬之西南
> 為亭，以覽觀江流之勝，而余兄子瞻，名之曰快哉。

西陵峽是長江三峽中，最為灘多水險者，作者從此峽入題，
在文章的開頭，就給讀者一波瀾壯闊之感，而長江在穿越三
峽後，即流至湖北宜昌一帶，不但江面驟寬，流速亦減緩，
原有之驚湍，亦至此稍歇。接著，文中又敘述長江之收納
沅、湘、漢、沔等支流，使其局勢又擴大了一些。最後，寫
其流至赤壁以下，浩蕩如海，景緻更為之開展。蘇轍在空間
上由遠而近、由窄而闊的呈現此地理物材，不但營造了全文
汪洋浩瀚的氣勢[72]，更使大江與小亭在視覺上相映成趣，劉
禹昌、熊禮匯於《唐宋八大家文章精華》就評說：「它寫江
出西陵，流至赤壁，中經三變，水勢越來越壯闊。又由江水
自然引出『覽觀江流之勝』的快哉亭。」（頁778）此外，藉
由長江流勢的驚湍與開展，亦暗喻著觀景人由遭逢貶謫至胸
懷漸闊的心境變化。

二、人工性物類

（一）人體

　　與人體有關之人工性物類，亦可成為辭章的寫作材料，像是髮、顏、涕淚、鬢、髯、首、頸、項、膝、臂等都歸屬於人體類的物材。

　　詩歌如杜甫〈聞官軍收河南河北〉中的「涕淚」。一般「涕泗」、「淚眼」等物材，大部分用以表達憂傷情緒，不過，也有因喜極而涕零者，本詩運「涕淚」為材的作用，即屬後者。作者在首聯云：

　　　　劍外忽傳收薊北，初聞涕淚滿衣裳。

二句就用了涕淚，寫其驟聞捷報時的激動心情，沈秋雄說：「詩人在梓州，聽到安、史之亂平定的消息，不禁涕淚縱橫，正是『喜心翻倒極，嗚咽淚沾巾』（杜甫語，見〈喜達行在所三首〉之二），這是喜極而泣的眼淚。」[73]楊仲弘則是認為：一聞之初，悲喜交集，而先之以泣，後謾爾卷束詩書，不勝其喜而欲狂[74]。說明了這是詩人在乍聞好消息時，所生之激動、複雜的心理狀態，他一方面是欣慰將免於亂離，一方面又狂喜於終能歸鄉，而這「無愁有喜」的眼淚，也將作者當時喜不自禁的歡愉心情，作了最好的詮釋。

　　散文如魏學洢〈王叔遠核舟記〉。王叔遠的核舟，刻的是東坡泛遊赤壁的內容，其中，對於船首的東坡、佛印、魯

直三主客等人物，更是下了不少功夫，魏學洢形容道：

> 船頭坐三人，中峨冠而多髯者為東坡，佛印居右，魯
> 直居左。蘇黃共閱一手卷；東坡右手執卷端，左手撫
> 魯直背；魯直左手執卷末，右手指卷，如有所語。東
> 坡現右足，魯直現左足，身各微側；其兩膝相比者，
> 各隱卷底衣褶中。佛印絕類彌勒，袒胸露乳，矯首昂
> 視，神情與蘇黃不屬。臥右膝，詘右臂支船，而豎其
> 左膝，左臂掛念珠倚之，珠可歷歷數也。

值得注意的是，作者運用了許多人體類物材，如髯、手、
背、足、身、膝、胸、首、臂等，再配合上身體各部位的動
作，仔細的描摹出主客三人的體態。文中先點出「船頭坐三
人」，以總起下文，然後交代三人的相對位置，居中者，就
是蘇軾，其形象是「峨冠而多髯」，不但戴著高帽子，還有
滿頰的鬍鬚。接著，分兩部分具體描寫三人的形貌，其一乃
合寫蘇黃共閱書畫長卷的神態，其二則專寫盡享山光水色的
佛印。東坡是「右手執卷端，左手撫魯直背」，魯直是「左
手執卷末，右手指卷」，兩人一現右足，一現左足，身體各
自向一邊側站；一旁的佛印更是擺出如彌勒佛般的樣貌，
「袒胸露乳，矯首昂視」、「臥右膝、詘右臂、豎左膝」的
他，神情自然是「與蘇黃不屬」。隨著文字的刻劃，讀者也
很自然的將三個人的動作、姿態，形象的呈現在腦海中，並
且深深的體會到三人與好友一同尋幽訪勝的悠閒心境，另一
方面也可見雕刻者細緻的刻工，與記載者的描寫入微。

　　又如胡廣〈文天祥從容就義〉，本文主要在記載文天祥

從容赴刑、成仁取義之事蹟。文章的最末段，是細寫文天祥捐軀就義的過程，其中在「臨刑」、「使至」兩節云：

> 臨刑，從容謂吏曰：「吾事畢矣。」問市人孰為南北，南面再拜就死。俄有使使止之，至則死矣。見聞者無不流涕。

作者於末句以「見聞者無不流涕」，運用了「涕淚」之人工性物材，從側面表現出人們對於此事件的震撼與感動，在情意上，大大加強了文章的感染力，也使後人在讀此篇傳記時，更加感懷文天祥忠君愛國的精神。

（二）器物

因人力加工而製成的東西，即為人工性物材中的器物類，如盛裝食物的器皿、交通工具、樂器、工藝作品等生活中會運用到的各種器物皆屬之。

詩歌如〈木蘭詩〉的次段，在交代他決心代父從戎後，便展開出征前的準備工作，詩云：

> 東市買駿馬，西市買鞍韉，南市買轡頭，北市買長鞭。

鞍韉、轡頭、長鞭等，都是一些與軍旅裝備有關的物材，作者僅從側面敘寫行裝之添購，就將木蘭的形象由一個尋常女子，轉變為英勇的戰士。陳滿銘在《文章結構分析》說：這四句「從多方面去描寫木蘭所買的軍用裝備，木蘭的英雄形

象在此段形成。」（頁69）陳友冰於《兩漢南北朝樂府鑑賞》
也表示：「這時，她已不是停梭長嘆的閨中少女，而是一位
英姿勃勃、整裝待發的青年戰士了。」（頁431）詩中就是以
這些獨具特色的物材，刻劃出鮮明的人物形象。

　　次如李白的〈下江陵〉，本詩之內容是以「輕舟」表現
舟行的迅速：

　　　朝辭白帝彩雲間，千里江陵一日還。兩岸猿聲啼不
　　　住，輕舟已過萬重山。

朝發白帝，一日即得還千里外的江陵，這樣不僅表現出因順
流而下，水勢的急瀉，另一方面也反映出詩人遇大赦而終能
返鄉的急切與喜悅。王國安說：這首詩「以船行的輕快與詩
人心情的輕快，相互映襯，更可體味到詩人重獲自由後的歡
快激昂的心情。」[75]此外，作者為求快行的意象更加鮮明，
還用了「萬重山」，形成對比，以景襯景，黃永武指出：
「李白為了表現行舟的迅疾，利用『萬重山』與『輕舟』那
懸絕的比重，使『輕舟』像箭一樣地的輕飛起來。」[76]可
見，運用「輕舟」這個物材，來表現舟行快速的意象，亦與
詩人所欲表達的情意，作了最好的配合。

　　再如杜牧〈贈別〉之二中的「蠟燭」。這是一首抒發別
情的詩作，末二句謂：

　　　蠟燭有心還惜別，替人垂淚到天明。

詩人將離情別緒轉嫁到眼前之蠟燭，投射到外物，使人感到

蠟燭似乎也接收到這股傷別情意，為人淚流不盡。除了「垂淚」，「有心」一詞也以蠟燭的燭心，代表著情人的心意，一語雙關。黃永武說：「詩中的蠟燭，與詩人的心弦發生了生命的共振。……詩人將情感假借給蠟燭，蠟燭就變成有表情、有動作的有機體，與詩人一樣多愁善感了！」[77]這樣的移情作用，確實在渲染詩意上，能產生強大的感染力。同樣的物材也時常出現在其他詩作中，如李商隱〈無題〉：「春蠶到死絲方盡，蠟炬成灰淚始乾」除了用蠶絲喻情絲外，蠟淚所代表的就是情淚[78]，溫庭筠〈更漏子〉：「玉爐香，紅蠟淚……不道離情正苦」亦以蠟淚詠離情等，後來也為晏幾道化用於〈蝶戀花〉（醉別西樓）末兩句「紅燭自憐無好計，夜寒空替人垂淚」，此即運用物材的特殊意象，營造出雙關語意，以加深情味力量的美感效果。

　　散文方面，例如李斯的〈諫逐客書〉，文中從許多方面申明秦皇逐客之誤，其中在「今陛下致昆山之玉」一段，就以不產於秦地的各種天然及人工之珍異瑰寶，作為整個論點的陪襯，文云：

　　今陛下致昆山之玉，有隨和之寶，垂明月之珠，服太阿之劍，乘纖離之馬，建翠鳳之旗，樹靈鼉之鼓。此數寶者，秦不生一焉，而陛下說之何也？必秦國之所生然後可，則是夜光之璧，不飾朝廷；犀象之器，不為玩好；鄭衛之女，不充後宮；而駿良駃騠，不實外廄；江南金錫不為用；西蜀丹青不為采。所以飾後宮，充下陳，娛心意，說耳目者，必出於秦然後可，則是宛珠之簪，傅璣之珥，阿縞之衣，錦繡之飾，不

進於前；而隨俗雅化，佳冶窈窕，趙女不立於側也。
夫擊甕叩缶，彈箏搏髀，而歌呼嗚嗚快耳者，真秦之
聲也；鄭衛桑間，昭虞武象者，異國之樂也。今棄擊
甕叩缶而就鄭衛，退彈箏而取昭虞，若是者何也？快
意當前，適觀而已矣！今取人則不然，不問可否，不
論曲直，非秦者去，為客者逐。然則是所重者在乎色
樂珠玉，而所輕者在乎民人也。此非所以跨海內、制
諸侯之術也。

此段主要是「以秦所寶諸物，皆出異國，而用人獨否駁
之」[79]。在這些珍玩寶物中，屬於人工器物者，就有：楚王
召歐冶和干將煉製的名劍、裝飾鳳羽的旗子、以鼉魚皮精製
的靈鼉鼓、用犀牛角和象牙做成的玩物、以江南金錫所做之
器物、點綴南陽玉的髮簪、附有珠子的珥飾、產於齊國的細
絹衣、錦繡華麗之飾物等，還有水瓶、瓦缶、古箏、股骨
等，用來演奏秦音而與異國音樂作對照的各種樂器。作者藉
由這些秦王所喜愛的外國珠玉、器物、美色與音樂為立論材
料，提出在上位者以色樂珠玉不必「出於秦然後可」，唯獨
人才「非秦者去」，至為失計，實非「所以跨海內，制諸侯」
的辦法[80]，可以說是從側面有力的強化「逐客之過」的文
旨，吳楚材在《精校評註古文觀止》即評曰：「秦王好侈
大，故歷以紛華聲色之美動其心，此善說之術也。」（卷
四，頁45）點出李斯善於運材之妙處。

（三）飲食

在人工性物類中，像是酒、醯、餚、鮓、餐飯、雞黍

等，都是食物類的寫作材料。

　　在詩歌中有運用到飲食類物材者，如杜甫的〈客至〉，即運用「盤飧」、「舊醅」為寫作材料。全詩以流暢自然的筆調，展現了詩人熱情款待客人的生活場景[81]。作者在五、六句正敘款客之宴飲時，寫道：

　　　　盤飧市遠無兼味，樽酒家貧只舊醅。

由於遠離市井，使得宴客的菜餚無法兼備多種山珍海味，又因家貧，只能拿出舊釀而未過濾的薄酒來招待客人。從這兩句詩意當中，一方面可見得詩人居處之僻遠與其淡泊的情懷，另一方面，更能藉由這兩個飲食類物材，體現出主人的誠意和友朋之間濃厚的情誼。嚴雲受即表示：雖然食物並不豐盛，樽酒只是「舊醅」，但卻顯出詩人深長的情意[82]，所謂「不需俗套虛文，但見賓主間的知己」[83]，說的就是這層深含的義旨。

　　散文如《世說新語‧賢媛第十九》（陶公少時），這是收入〈賢媛〉篇中的一則短文，重點在敘述陶侃的母親退回物品，並回信責備陶侃的事件，文中寫道：

　　　　陶公少時，作魚梁吏，嘗以一坩鮓餉母。母封鮓付
　　　　使，反書責侃曰：「汝為吏，以官物見餉，非唯不
　　　　益，乃增吾憂也。」

「鮓」是一種經過處理而能久放的醃魚，《釋名‧釋飲食》中記載：「鮓，菹也，以鹽、米釀魚以為菹，熟而食之也。」

鮺，又作「羞」《說文解字‧魚部》：「羞，藏魚也。」段
玉裁則注云：「按古作羞之法，令魚不朽壞，故陶士行遠遺
其母。」[84]當時，陶侃擔任監管人民攔水捕魚的官吏，他曾
以一罈醃魚孝敬母親，不料卻遭母親封還，原來這一坩鮺菹
屬於公物，因此陶母不但未加以收受，還回信嚴責，要他不
能因為身為官吏，就隨便的公器私用。整起事件藉由一個簡
單的飲食類物材，即足見陶母的賢良品德，及其對子弟的深
切教誨。

（四）建築

　　以人工所建成之建築物，如橋、室、軒、齋、舍、亭
臺、樓閣等，即為建築類物材。

　　詩歌如馬致遠〈天淨沙‧秋思〉裡所寫到的「小橋」、
「人家」。此曲寫的是一個遊子於暮秋時節懷念故鄉的作品。
作者在曲中，用了三組自然風物，來襯托這份浪跡天涯的愁
苦：

　　　　枯藤、老樹、昏鴉。小橋、流水、人家。古道、西
　　　　風、瘦馬。

其中，「枯藤」句和「古道」句，都是一幅幅蕭瑟愁苦的圖
景，故於情調和色彩上是統一的，但中間卻插入「小橋」
句，用小橋、人家之建築類物材，以及流水之地理類物材，
勾勒出使人感到安謐閒適的景象[85]。潺潺流水上的一座小
橋，與彷彿透出溫暖光線與團圓歡笑聲的人家，反而更添遊
子心中的愁思，黃克說：「『小橋流水人家』之所以給他以

更有力的吸引，或許他的家鄉也是這樣溫暖、安適、生意盎然，不過，遠在天邊，可望而不可即。以這種悲涼的心情來體味這一『樂景』，勢必會更添一重悲涼。」[86]王夫之在《薑齋詩話》中，就曾闡述：「以樂景寫哀，以哀景寫樂，一倍增其哀樂。」（卷一，頁140）而在「小橋」句與前後兩組景物形成強烈對比下，也確實達到了「以樂景寫哀，而倍覺其哀」的美感效果。此外，就版本而言，「人家」一詞另有作「平沙」者，此是依徐征等主編《全元曲》作「人家」[87]，況且就上文所探討的意象而言，「枯藤、老樹、昏鴉」和「古道、西風、瘦馬」兩句，乃以淒清之景，正襯主人翁的流浪之苦，而「小橋、流水、人家」一句，則主要是以和樂之景，來反襯其心境，故應作「人家」為是[88]。

　　散文如劉蓉〈習慣說〉之「養晦堂之西偏一室」。文云：

> 　　蓉少時，讀書養晦堂之西偏一室。俛而讀，仰而思；思而弗得，輒起，繞室以旋。室有窪徑尺，浸淫日廣。每履之，足苦躓焉；既久而遂安之。
> 　　一日，父來室中，顧而笑曰：「一室之不治，何以天下國家為？」命童子取土平之。
> 　　後蓉履其地，蹵然以驚，如土忽隆起者；俯視地，坦然則既平矣。已而復然；又久而後安之。
> 　　噫！習之中人甚矣哉！足履平地，不與窪適也；及其久，而窪者若平。至使久而即乎其故，則反窒焉而不寧。故君子之學貴慎始。

作者在這篇文章中，先寫自己在少年時代，以養晦堂西側的一間小房間為書齋，再敘述讀書時，若因「思而弗得」，則會起身「繞室以旋」，然後很自然的就引渡出主題。他先從反面（室有窪），指出書房裡原有一塊窪地，每次踏經這個窟窿，總感覺到不舒服，但是久而久之卻又不以為意。直到有一天，父親前來，發現了這個現象，不但提出「一室之不治，何以天下國家為？」予以告戒，更命童子取土以填平窪地。接著，作者又就正面（室坦平），記載書房的地板填平後，反而令他「蹴然以驚」，甚至覺得地是隆起的，不過，一段時間後，又欣然安之了。而文章後半，同樣緊扣著「室」之「窪」與「平」來闡發議論，並透過這件生活中的小事，領出一番大道理，也就是說明習慣對人的影響實在很大，進而讓人體會「學貴慎始」的深意。故見此「室」，正是全文記事和藉此生發議論的主要場景，屬於人工物材中的建築類。然而，這樣一個日常生活中再平凡不過的物材，經過作者的巧思妙手，頓使其中所蘊含的義旨，著實發人深省。

三、角色性人物

所謂角色性人物，是指在辭章中，藉由某種泛稱性的人物形象作為材料，以形成烘托主旨的個別意象[89]，所以這類材料背後並不帶有事件發展或典故內涵，如果所運用的人物材料，是帶有活動或為有名有姓的特定對象，則歸為事材之類。作為物材使用的角色性人物，還可分為群類與個別兩種，前者是整體性的總稱某一人物群類，如士、農、工、商、百姓等；後者是特稱性的個別人物，如簑笠翁、白髮翁

媼、鄰翁、漁者等。

　　詩歌如柳宗元〈江雪〉中的「簑笠翁」。〈江雪〉是柳宗元謫居永州時所寫的作品，詩中有著相當特殊的空間設計，整個畫面的營造，是由大而小、由底而圖的逐步凝縮：

　　　千山鳥飛絕，萬徑人蹤滅。孤舟簑笠翁，獨釣寒江雪。

先是描繪出高處的千山與無影無蹤的飛鳥，後是就低處寫毫無人跡的山徑，形成全詩的空間背景，而下聯所凸顯的，是一位在飄雪的江上，獨自垂釣的「簑笠翁」，這是全詩的焦點所在。事實上，子厚當時正逢遠謫，因此他是有意藉著簑笠翁的幽獨形象，來影射自己高曠孤峭的性行，王文濡在《唐詩評註讀本》中，即表示：「子厚遠謫江湖，宦情冷淡，因舉此以自況云。」[90]李元洛在《歌鼓湘靈》中，也曾指出：詩歌表面上是在刻劃簑笠翁的身影，但實際上卻是詩人自己的孤獨形象[91]。綜括而言，作者是以傲然獨釣之簑翁，塑造出特殊的意象，再配合上整首詩的孤絕風格，暗地裡寄託了不與世俗合污的高潔心性。

　　散文如陶淵明〈五柳先生傳〉，在這篇用以自況的傳記式文章中，作者以仿史傳形式，於結尾透過贊語來收束全文。末二句謂：

　　　無懷氏之民歟？葛天氏之民歟？

無懷氏、葛天氏，為太古時代二位帝王之名，文中假「無懷

氏之民」和「葛天氏之民」兩個角色性群類為材料，主要是
藉著上古時代的人物，來暗喻傳主的高風亮節。吳楚材即針
對此二句評註：「想見太古風味。」[92]而林雲銘也在「無懷
氏」二句下，評曰：「自命羲皇上人，非晉宋間流品。」並
於文末分析道：「贊末無懷葛天二句，即夷齊神農虞夏之
思，暗寓不仕宋意。然以當身，即是上古人物，無採薇忽沒
之歎，更覺高渾也。」[93]倪其心則說：當他酣飲暢懷、賦詩
言志時，神往於理想的遠古時代，欣然於自己的內心世界，
彷彿自覺成為那個空想社會的人民，而不屬於這個門閥社
會，而作者特別點出這一個比喻，目的就是要進一步表明他
的隱居是為堅持自己的理想志向，是一位懷有美好光明理想
的志士，絕非那類無聊的假隱士可比[94]。由此足證，作者以
開放性問句，透過這個角色性物材，暗指五柳先生就像是遠
古時代的人民，一方面除了反映他嚮往上古時代那種逍遙自
適的生活態度，而不屑於晉宋時期的門閥亂象之外，另一方
面也表現出一位真隱士堅持理想的高古風範。

　　又如鄭燮〈寄弟墨書〉，作者以此封家書，表達出「堪
為農夫以沒世」的旨意，勸勉後輩應以務本勤民為處世之
道。其中，第二段的議論內容，占了全文相當之篇幅，這裡
主要是透過農、士、工、賈之對照與比較，仔細闡述其之所
以敬重農夫的緣由，文中說道：

　　　我想天地間第一等人，只有農夫，而士為四民之末。
　　農夫上者種地百畝，其次七八十畝，其次五六十畝，
　　皆苦其身，勤其力，耕種收穫，以養天下之人。使天
　　下無農夫，舉世皆餓死矣。吾輩讀書人，入則孝，出

則弟，守先待後，得志，澤加於民；不得志，修身見
於世；所以又高於農夫一等。今則不然，一捧書本，
便想中舉人，中進士，作官如何攫取金錢，造大房
屋，置多田產。起手便錯走了路頭，後來越做越壞，
總沒有個好結果。其不能發達者，鄉里作惡，小頭銳
面，更不可當。夫束修自好者，豈無其人？經濟自
期，抗懷千古者，亦所在多有；而好人為壞人所累，
遂令我輩開不得口。一開口，人便笑曰：「汝輩書
生，總是會說，他日居官，便不如此說了。」所以忍
氣吞聲，只得捱人笑罵。工人制器利用，賈人搬有運
無，皆有便民之處；而士獨於民大不便，無怪乎居四
民之末也，且求居四民之末而亦不可得也。

板橋在此節段中，先總括性的拈出章旨，謂：農夫為天地間
第一等人，而士人則為四民之末，底下再分三個條目，細細
述說提出此觀點的論據。首先，作者先就「實」（事實），農
夫論不論其耕地或大或小，皆能勤苦奉獻，以百穀養天下人
民，再就「虛」（假設），從反面指出農夫在社會上的重要
性。其次，又透過古今讀書人的不同面貌和心態來談，認為
過去的士人能夠兼善天下或獨善其身，實高於農夫之能養，
但現在的讀書人只以金錢、名利和私欲為重，甚至有作惡鄉
里的不良之徒，將一些尚且能修身自好的人都拖累了。末
尾，復以工人與商人做陪，以其能製器通貨，更見士人獨獨
無利於民，對國家社會無所貢獻，由此不但可以看出板橋對
讀書人的評議，對於烘托主旨也起了很大的作用。以上農
夫、讀書人、工人與賈人，都屬於不帶典故內涵或事件發展

的「角色性群類」，作者就這樣透過「四民」之間的對比，強力凸出「堪為農夫以沒世」的心願，使文章說服力十足。

第二節　事材

　　凡是發生在天地宇宙之間的實事、虛事，都可以成為辭章的材料，故辭章中的「象」，除了「物象」之外，也可以是「事象」，陳滿銘的《章法學新裁》曾針對「事材」說明道：

> 所謂「事」，可以是事實，也可以出自杜撰。以事實來說，又以過去的事實被運用得最多，而所謂「過去的事實」，則大都為典故。……至於出自杜撰的，以寓言為最常見。（頁 223~227）

所敘述的「事」，可以是經歷過的事實，也可以是歷史典故的運用，甚至可以是虛構的故事。透過事材，讀者很容易的能夠藉由聯想和比附，深刻的體會作者所欲表達的內容，是故許多辭章家常喜愛運「事」為材，以事象（象）呈現出作品的內蘊（意）。

　　劉勰在《文心雕龍·事類》裡，即論述了為文運材之道，其言：

> 事類者，蓋文章之外，據事以類義，援古以證今者也。（《文心雕龍注》卷八，頁 614）

王更生亦對此解釋說：

> 所謂事類，就是在從事創作時，除了注意文辭、章法
> 以外，還要「引據各種事物，來比類義理；援用往古
> 舊聞，來徵驗當今實況」的一種寫作技巧。（《文心
> 雕龍讀本》（下），頁179）

在寫作時，「引物援事」確實具有「比類證驗」的作用，而
欲呈現辭章深義，往往就需要倚靠材料的運用，因此，若能
將材料仔細選擇，再予以巧妙的安排，通常能使作品更具可
讀性。

許恂儒的《作文百法》則謂：

> 實證者，引古人事實，以證明題中之義是也。題目之
> 空泛者，須引事實以證之，則文字便有價值，立論亦
> 不致膚廓。（卷一，頁47）

引「古人事實」即使用曾發生過的史實來寫作，屬於「事典」
類材料。許恂儒還舉例說，凡國文歷史等書中，史事甚多，
皆可取之為作文資料。章微穎在《中學國文教學法》中談義
旨的探究時，也曾指出文章所蘊含的意思，不論是批評論斷
或是顯露情感，有的會直接顯於字面，有的則會託之於典故
史實[95]，所謂「託之典故史實」也就是利用歷史事材以寄託
文旨。

總的來說，「事材」共可分為「歷史事材」、「現實事
材」、和「虛構事材」三類，以下即舉例分說。

一、歷史事材類

「歷史事材」包括引用歷史故事，和出於古代詩文資料的詞語為典故者，前者稱為「事典」，後者則為「語典」，此外，純粹的敘述故實而不作典故用者，亦屬此類。

詩歌如王維的〈山居秋暝〉，此詩是以「先景後情」的結構，從山中氣候之舒適與自然人事之美景，表達對隱逸恬適之生活的嚮往，作者在末二句的抒情節段就寫道：

> 隨意春芳歇，王孫自可留。

這兩句逆用劉安〈招隱士〉：「王孫兮歸來，山中兮不可以久留」[96]的典故，意思是說任隨春芳消歇，這裡仍有宜人的秋色在留人[97]。〈招隱士〉原是藉著描寫山中幽深險阻的惡劣環境，勸賢德之人不要久留山中，以達到招賢納士的目的，然而，王維卻在〈山居秋暝〉的末兩句，一反「王孫兮歸來，山中兮不可以久留」的原意，逕謂：「隨意春芳歇，王孫自可留」，使其歸隱之心表現得更加毅然，唐汝詢曾對此解析道：「今春芳雖歇，山中亦自可留，當不受淮南之招矣。」[98]王文濡也說：「山居風景，在在可愛。即無芳草留人，而王孫亦不肯去。言外有不屑仕宦之意。」[99]足見王維在詩末是將語典反用，藉著「山居之佳」[100]，來抒發其閒逸之情。

又如翁森〈四時讀書樂〉之二，此詩是在表現夏日讀書的愉快心境，其於五、六句，用「先果後因」的結構形容

道：

> 北窗高臥羲皇侶，只因素稔讀書趣。

正因為平時確實了解到讀書的真趣，不為名，也不為利，故能如同羲皇時代的人一般的逍遙自適。其中，「北窗高臥羲皇侶」一句，運用了陶淵明〈與子儼等疏〉中的名句為語典，陶淵明在這篇寫給兒子們的書信裡說道：「少學琴書，偶愛閑靜，開卷有得，便欣然忘食，見樹木交蔭，時鳥變聲，亦復歡然有喜。常言五六月中，北窗下臥，遇涼風暫至，自謂是羲皇上人。」[101]他將鄉居生活與開卷有得的閒適樂趣，透過想像來表現，更增添了文學作品的情趣與藝術性。而翁森在表達夏季讀書的樂趣時，也把自己想像成上古伏羲皇帝的友伴，心中恬淡無求，但知高臥北窗，享受閒適逍遙的人生情趣[102]。

　　散文如崔瑗的〈座右銘〉，他在文中將古聖先賢的智慧，內化為自己人生處世之準則，故運用了許多出自《論語》、《老子》、《晏子春秋》等書的語典，今舉出自《戰國策》的「施人受施」二句，以見一斑。本文首四句，主要在提點人我相處之道，三四句謂：

> 施人慎勿念，受施慎勿忘。

這兩句話，語出《戰國策·唐雎說信陵君》，《文選》李善注：「《戰國策》唐雎謂信陵君曰：『人之有德於我，不可忘也，吾之有德於人，不可不忘也。』」[103]文章記載信陵君

殺晉鄙，保存了趙國，在趙王往迎時，唐雎對信陵君發出
「施恩勿念」、「功成不居」的警戒之語，崔瑗則是藉以自勉
應謹守「施恩勿念，受施勿忘」的待人處事之道。

　　次如司馬遷〈張釋之執法〉，本文記載了張釋之審問犯
蹕被捕的百姓，並依法判罪的經過：

> 釋之為廷尉。上行出中渭橋，有一人從橋下走出，乘
> 輿馬驚。於是使騎捕，屬之廷尉。
> 釋之治問。曰：「縣人來，聞蹕，匿橋下。久之，以
> 為行已過，即出，見乘輿車騎即走耳。」廷尉奏當，
> 一人犯蹕，當罰金。
> 文帝怒曰：「此人親驚吾馬；吾馬賴柔和，令他馬，
> 固不敗傷我乎？而廷尉乃當之罰金！」
> 釋之曰：「法者，天子所與天下公共也。今法如此而
> 更重之，是法不信於民也。且方其時，上使立誅之則
> 已。今既下廷尉，廷尉，天下之平也，一傾而天下用
> 法皆為輕重，民安所錯其手足？唯陛下察之。」
> 良久，上曰：「廷尉當是也。」

這是選錄自《史記》的一篇文章，張釋之是漢文帝時的名
臣，司馬遷在《史記・張釋之馮唐列傳》中，記載了他的事
蹟，由於已屬前代史事，故歸入歷史事材之列。文章單用敘
事，主要是依事件發展的先後順序形成結構，並以對話穿插
其中，一方面避免平鋪直敘的單調，一方面也以配合角色的
口吻，使文章讀來如見其人。由此可見，作者選取了可靠而
重要的史料，不假議論的客觀呈現，即能讓人於言外了解到

張釋之尊重法律、行事公正的賢明品德。

　　又如劉禹錫〈陋室銘〉，這篇文章由室中景、室中人，一路寫到室中事，凸顯了人之有德能使陋室不陋的道理。行文至此，主意似已說盡，但作者繼續引用歷史事材，將文章的內涵推深、推廣。

　　首先是「南陽諸葛廬，西蜀子雲亭」兩個事典，吳楚材在《精校評註古文觀止》註：「孔明居南陽草廬，揚子雲居西蜀，有元亭。」（卷七，頁36）諸葛廬指的是三國諸葛亮隱居在南陽時所住的草廬，子雲亭則是西漢揚雄所住過的元亭，作者引用這兩個居處，是為比況自己的陋室，證明主人的品德高尚，則能忘其室之陋，林雲銘《古文析義》在解析其作用時即說道：「取古今最著名之室以為比見，廬以諸葛重，亭以子雲重，原不較其室之陋不陋也。應上惟吾德馨句。」（卷五，頁270）透過類比，確實能「豐富了文章的內容，加重了主題的份量，使作品又多了一層波瀾」[104]。另外，這兩個事典的運用，還隱含著一積極的意義，顧漢松說：「孔明隱居隆中，但心懷神州政局，結果做出了一番驚天動地的大事業。揚子雲蟄居西蜀，精心著述，終於成為一代的學術宗師。劉禹錫的〈陋室銘〉，絕非遊戲文章，它不僅是作者內心高潔傲岸情操的真誠流露，同時也隱含著身處逆境而不忘畢生抱負的卓越情懷。通過與諸葛亮、揚雄兩個『陋室』的對比，進一步深化了前面『惟吾德馨』的判斷語。」[105]

　　其次是「孔子云：何陋之有」的語典。此語出自《論語・子罕》十四章：「子欲居九夷。或曰：『陋，如之何？』子曰：『君子居之，何陋之有？』」不過，作者巧妙的藏住

了頭一句,只顯示出「何陋之有」的部分,令讀者在閱讀時,需透過原典的挖掘,才能體悟到「君子居之」這一層意思,無形中更增添了文章的含蓄美[106],林雲銘謂:「末引夫子何陋之言,隱藏君子居之四字在內,若全引便著跡。」[107]對於〈陋室銘〉在事材上的運用技巧,陳滿銘於《文章結構分析》,曾綜合性的提出:「至於『南陽諸葛廬』四句,乃屬後一個『凡』,透過事典與語典之使用,作一番頌揚,暗含『君子居之』的意思,回抱頭一個『凡』之『德』字收結,結得高古有力。」(頁65)這裡結合了章法的觀念,將文末所運用的歷史事材,在作用、寓意和義旨的呼應上,都作了扼要的分析。

再看蘇轍〈黃州快哉亭記〉,文章中段,由眼前的「快哉景」過渡至「快哉事」:

> 至於長洲之濱,故城之墟,曹孟德、孫仲謀之所睥睨,周瑜、陸遜之所騁騖,其流風遺跡,亦足以稱快世俗。

作者由景物聯想起曹操、孫權、周瑜、陸遜等歷史人物,在此地的活動,諸人皆一時之雄,故足以稱快世俗,然作者特舉此四人,其因為:這些人物皆與此地有關,且都是極具功績的英雄豪傑,吳楚材即註曰:「曹操字孟德,孫權字仲謀,……周瑜,權將,嘗破曹操赤壁下,陸遜,亦權將,嘗破曹休,振旅過武昌,權以御蓋覆遜出入。……一段弔往古之事,以為快。」[108]作者一面藉此事材,點明此地足以稱快之緣由,一面也就這些人物對照於己,暗喻感慨,並漸萌

自處之道，將主旨於下文烘托出來。深一層的說，在一般世俗之人眼中，這些人物都是所謂「遇」者，當然具有「稱快」之要素，但若「不遇」，則情況或許就有所不同了，所以，作者才於末段，跳脫出世俗淺見，提出若能不以物傷性，那麼，「遇」或「不遇」就都能超然以對了。因此，這裡所運用的歷史事材，在引導和支撐主旨方面，是有著極大的作用。

其次，文章在進入議論的部分時，還引用了宋玉的〈風賦〉為事材：

> 昔楚襄王從宋玉、景差於蘭臺之宮，有風颯然至者，王披襟當之，曰：「快哉此風！寡人所與庶人共者耶？」宋玉曰：「此獨大王之雄風耳！庶人安得共之！」玉之言，蓋有諷焉！夫風無雌雄之異，而人有遇不遇之變。楚王之所以為樂，與庶人之所以為憂，此則人之變也，而風何與焉？

宋玉在〈風賦〉中，主要是以「大王之雄風」和「庶人之雌風」形成對比，凸顯君王與百姓在社會階層上的反差，並藉此諷諫楚王。這首賦作的首節寫道：「楚襄王遊於蘭臺之宮，宋玉、景差侍。有風颯然而至，王迺披襟而當之，曰：『快哉此風！寡人所與庶人共者邪？』宋玉對曰：『此獨大王之風耳，庶人安得而共之！』」[109]蘇轍在文中緊接著上段的流風遺跡，而聯想到更古的戰國時代，引出宋玉〈風賦〉中，楚王披襟當風的一段故事，藉宋玉和景差隨楚襄王登蘭臺的對答，指明「快哉」二字的由來，並轉發議論，提出

「此則人之變也，而風何與焉」的道理[110]。就一般常情而言，風仍舊是風，唯人有際遇、地位之變，遂生憂樂之異，不過，既是「風何與焉」，那麼前述的快哉景、快哉事亦「何與焉」？至此，前面兩個稱快的原因，退居幕後，全文也就是藉由此段一轉，跳出常情，建立起更深的論點：一樣的風景人事，自得者便能輔之成快，若不自得，則轉之成悲。所以此典故在本文中，具有轉化與深化並引出主旨的大作用。

　　而節錄自胡廣《丞相傳》的〈文天祥從容就義〉，則為純記史實之例。由於這是一篇史傳，因此作者徵集了傳主── 文天祥的事蹟，據實呈現其從容赴刑的過程，以盛讚他的大忠大節。文云：

> 初八日，召天祥至殿中。長揖不拜。左右強之，堅立不為動。極言宋無不道之君，無可弔之民；不幸母老子弱，權臣誤國，用舍失宜，北朝用其叛將、叛臣，入其國都，毀其宗社。天祥相宋於再造之時，宋亡矣，天祥當速死，不當久生。
>
> 上使諭之曰：「汝以事宋者事我，即以汝為中書宰相。」天祥曰：「天祥為宋狀元宰相，宋亡，惟可死，不可生，願一死足矣。」又使諭之曰：「汝不為宰相，則為樞密。」天祥對曰：「一死之外，無可為者。」遂命之退。
>
> 明日有奏：「天祥不願歸附，當賜之死。」麥朮丁力贊其決，遂可其奏。
>
> 天祥將出獄，即為絕筆自贊，繫之衣帶間。其詞曰：

> 「孔曰成仁，孟云取義；惟其義盡，所以仁至。讀聖
> 賢書，所學何事？而今而後，庶幾無愧！」過市，意
> 氣揚揚自若，觀者如堵。臨刑，從容謂吏曰：「吾事
> 畢矣。」問市人孰為南北，南面再拜就死。俄有使使
> 止之，至則死矣。見聞者無不流涕。

文中單以敘事之內容寫成。這裡的敘事材料，屬於純粹的歷
史事材，重點在呈現歷史人物的故實，而不作典故用。其細
節大致是依事件發展的先後來組織，由「初八日」到「不當
久生」，寫文天祥兵敗被俘後，但求速死，堅立不為所動的
決心。自「上使諭之」至「遂可其奏」，寫他因不願歸順而
被處以死刑的結果。最後，自「天祥將出獄」至「無不流涕」
止，分「出獄」、「過市」、「臨刑」、「使至」四節，具體
記載他從容赴刑的經過。本文於篇內雖不雜以議論，但主人
翁成仁取義、忠君愛國的精神，卻透過詳實的歷史事材，達
到撼動人心的力量。

　　李文炤的〈勤訓〉，開篇即運用語典云：

> 治生之道，莫尚乎勤，故邵子云：「一日之計在於
> 晨，一歲之計在於春，一生之計在於勤。」言雖近而
> 旨則遠矣。

本文的主旨在勉人應勤勉不懈，核心理語就在篇首的「治生
之道，莫尚乎勤」二句，隨後作者又引了邵雍的話作為論
證，以加強文章的說服力。這句話出自邵雍的《伊川擊壤
集‧觀事吟》，原文寫道：「一歲之事慎在春，一日之事慎

在晨，一生之事慎在少，一端之事慎在新。」[111]作者主要是藉由此語典，強調一個人若能體悟「人生在勤」的道理，並力行不倦，才能有所成。文句雖略有不同，但在勸人珍惜光陰，積極進取的用意上，確是達到言簡意賅的效果。

二、現實事材類

剛發生或時隔不久的事實，即為現實事材類。

詩歌如杜甫〈聞官軍收河南河北〉，此詩旨在寫「聞官軍收河南河北」後「喜欲狂」之情[112]。作者在篇首即以「劍外忽傳收薊北」一句，運用了現實事材，以交代詩作的時空背景。「劍外」指四川劍門山以外，「薊北」泛指河北北部。唐寶應元年十月，代宗命雍王李適率軍追討安史叛軍，十一月叛軍將領薛嵩、張忠志等先後投降，河南平。寶應二年正月（七月改元廣德），李懷仙以幽州降唐，田承嗣亦以魏州降，史朝義則遭唐朝官兵圍剿，敗走莫州，復於前往幽州途中，為李懷仙兵追及，途窮自縊，河北遂平[113]。歷經三朝（玄宗、肅宗、代宗）延續七年，造成多少生民塗炭的安史之亂終於平定了，飽受戰亂流離之苦的杜甫在梓州得知了這個喜訊，內心的狂喜激動可想而知，這首〈聞官軍收河南河北〉便深刻地反映了他當時的心情[114]。

于鵠的〈江南曲〉則是對當時發生的實事，有著精彩的細節描寫，詩云：

> 偶向江邊採白蘋，還隨女伴賽江神。眾中不敢分明語，暗擲金錢卜遠人。

詩之首句先記女主人公偶採白蘋，次句泛泛的寫出女主人公和女伴們參加賽江神的民俗祭典，以祈求降福，後二句則具寫女子於祭典中不敢明語，只能暗擲金錢，以卜問行人的吉凶與歸期。這裡敘述了「採白蘋」、「賽江神」、與「擲錢卜」三個事材，「採白蘋」的活動原就具有思憶遠人的深意，李白〈淥水曲〉也曾寫道：「淥水明秋日，南湖採白蘋。荷花嬌欲語，愁殺蕩舟人。」後宋代寇準更以「江南春盡離腸斷，蘋滿汀洲人未歸」，直指採蘋與懷人在意與象之間的聯繫。而「賽江神」與「擲金卜」，則是藉迎江神和卜問吉凶的活動，暗為遠方之人祝禱祈福，富壽蓀、劉拜山即評讚此詩為「刻劃入微之筆」[115]，作者如此的細描現實事材，確實將思婦對於遠行丈夫的懷念[116]，深刻的於篇外表出。

散文如《世說新語‧德行第一》（華歆王朗俱乘船），本文用以記載華歆、王朗一同乘船逃難時，於途中所發生的事件，並藉此現實事材，將處事應慎始慎終的主旨置於篇外。文中敘說：

> 華歆、王朗俱乘船避難，有一人欲依附，歆輒難之。朗曰：「幸尚寬，何為不可？」後賊追至，王欲舍所攜人。歆曰：「本所以疑，正為此耳。既已納其自托，寧可以急相棄邪？」遂攜拯如初。

作者先以兩人「俱乘船避難」為引子，再依時間先後陳述事件主體，也就是先寫有一個陌生人欲投靠他們，華歆感到有些為難，但王朗卻未經考慮就一口答應，接著再寫賊兵追至，王朗竟因情勢危急而想拋棄此人，最後經華歆分析事理

後，才一如初衷的同往避難。兩人面對同一情境，但處理的方式和態度卻天差地別，不僅使文章形成了鮮明的對比，透過文末一句「世以此定華、王之優劣」作收，也將一番待人處事之道含蓄點出。

次如歐陽脩〈賣油翁〉，記載了一則事件，以從中見處事之道。本文選自《歸田錄》，《歸田錄》原就以記「朝廷之遺事，史官之所不記，與士大夫笑談之餘而可錄者錄之」為主，這篇文章寫的就是一位賣油翁與陳堯咨之間，所發生的一段軼事，故事說：

> 陳康肅公善射，當世無雙，公亦以此自矜。
> 嘗射於家圃，有賣油翁釋擔而立，睨之，久而不去，見其發矢十中八九，但微頷之。
> 康肅問曰：「汝亦知射乎？吾射不亦精乎？」翁曰：「無他，但手熟爾。」康肅忿然曰：「爾安敢輕吾射！」翁曰：「以我酌油知之。」乃取一葫蘆置於地，以錢覆其口，徐以杓酌油瀝之，自錢孔入，而錢不濕。因曰：「我亦無他，惟手熟爾。」康肅笑而遣之。

陳康肅，名堯咨，字嘉謨，宋真宗咸平時進士，精於射箭。作者在首段，就點出了他的專長和自得意滿的態度，下文則從賣油翁「觀射」和「瀝油」兩件事，記述賣油翁與陳堯咨的對話與動作。由於記載的是當代的事，陳堯咨亦確有其人，故此屬現實事材之類。通篇不見議論性之理語，而是以此現實性的事材，鋪陳為一篇之內容，透過敘述故事的方

式，從篇外帶出「技高惟手熟，故不需自矜」的道理。

　　沈復的〈兒時記趣〉則是作者敘述自己於童年時，常常能靜觀萬物，而獲得許多生活上的樂趣。這種回憶式的敘事內容，就是一種典型的「現實事材」。本文是以「先凡後目」的結構成篇：

> 余憶童稚時，能張目對日，明察秋毫。見藐小微物，必細察其紋理，故時有物外之趣。
> 夏蚊成雷，私擬作群鶴舞空，心之所向，則或千或百，果然鶴也；昂首觀之，項為之強。又留蚊於素帳中，徐噴以煙，使之沖煙飛鳴，作青雲白鶴觀；果如鶴唳雲端，為之怡然稱快。
> 又常於土牆凹凸處、花臺小草叢雜處，蹲其身，使與臺齊；定神細視，以叢草為林，蟲蟻為獸；以土礫凸者為丘，凹者為壑，神遊其中，怡然自得。
> 一日，見二蟲鬥草間，觀之，興正濃，忽有龐然大物，拔山倒樹而來，蓋一癩蝦蟆也。舌一吐而二蟲盡為所吞。余年幼，方出神，不覺呀然驚恐。神定，捉蝦蟆，鞭數十，驅之別院。

具總括性的首段，先點出從「細察紋理」（因）而得「物外之趣」（果），由二段至篇末，則分「夏蚊」、「蟲蟻」、「癩蝦蟆」三目，具體的說明因「細察紋理」而獲致「物外之趣」的內容。綜括而言，文中的整個敘事材料，都是以「趣」字來貫串脈絡，使全文形成統一。

三、虛構事材類

　　虛構的事材包括設想未來或遠處情況、做打算與計劃、假設情境，和心中的願望、虛幻的夢境，以及透過藝術想像編造非真實的事，如神話、寓言、遊仙、幻想等[117]。

　　詩歌方面，例如岑參的〈春夢〉：

　　　洞庭昨夜春風起，遙憶美人湘江水。枕上片時春夢中，行盡江南數千里。

其前二句是就現實情況而言，首句是寫自己所在的洞庭，二句則以「憶」字將空間轉換至美人所在的彼地，而後二句則是運用了虛構事材，虛寫夢中景象，詩中的主人公竟能藉由夢境，使千里江南在一夢之中行盡，黃永武在《中國詩學──鑑賞篇》裡，亦對此解析說：「江南數千里，是否能在一夢之中行盡，這也是不必考校的。因為片時春夢中的『數千里』江南，是詩境，不是實境。美人娟娟隔著湘水，夢中奔向美人時，空間遠近的約束是不存在的。」（頁95）因此，透過夢境這種虛構事材，將現實情境改造為另一個詩的空間，不僅能使濃烈的思念得以抒發，全詩的意境與美感也由此生發。

　　又如杜甫的〈客至〉，就出現一假設性事材。這首抒寫客至之喜的詩作，在後半敘事的部分，是以「先實後虛」的結構寫成，也就是先實寫客人到來與款待之宴飲，然後在尾聯虛寫道：

　　肯與鄰翁相對飲，隔籬呼取盡餘杯。

作者在此是假設一情境，由欲邀鄰翁對飲，來加強客至的愉
悅氣氛。喻守真在《唐詩三百首詳析》中就指出：「末聯忽
轉別意，欲邀取鄰翁同飲，在文字上可說是峰迴路轉，別開
境界。」（頁231）而劉鐵冷在《作詩百法》中，也曾針對這
兩句評析說：「第七、八句忽然想到鄰翁作陪，情外有情。」
（卷上，頁94）詩中以這個假設性的虛構事材，寫主人想邀
隔籬的野老來一同盡興，正顯見詩人的情意深長，興致甚
高[118]，足見此一事材有著增加情味力量的作用。

　　以虛構的遊仙題材入詩者，如李賀的〈神仙曲〉：

　　碧峰海面藏靈書，上帝揀作神仙居。清明笑語聞空
　　虛，鬥乘巨浪騎鯨魚。春羅書字邀王母，共讌紅樓最
　　深處。鶴羽衝風過海遲，不如卻使青龍去。猶疑王母
　　不相許，垂露娃鬟更傳語。

這是一首全就虛處著筆的詩作，描繪出一幅神山仙人們悠閒
自得的生活畫面[119]，艾治平在《古典詩詞藝術探幽》說
道：「他想像馳騁於海外的神山中，但見『鬥乘巨浪騎鯨
魚。春羅書字邀王母，共讌紅樓最深處。』仙人騎著鯨魚，
乘風破浪，遨遊海上。還想用春羅的請柬來邀王母赴宴，
……完全是一派神仙世界。」（頁215）作者先在前四句，
由泛而具的就空間地點，拈出這座海上神山，後半則是寫仙
人們欲邀王母參加盛宴之事，生動而又富於想像的構築出一
派神仙世界，寄寓了詩人欲超脫生命困境的無限渴望。

散文如取自《山海經》的古代神話〈精衛填海〉，故事是說：

> 又北二百里，曰發鳩之山，其上多柘木。有鳥焉，其狀如烏，文首，白喙，赤足，名曰精衛，其鳴自詨。是炎帝之少女名曰女娃。女娃游于東海，溺而不返，故為精衛，常銜西山之木石，以堙于東海。

　　炎帝的女兒，名為女娃，一次到東海去遊玩，卻不幸溺斃，再也無法返回，死後，他化為一隻精衛鳥，形如烏鴉，有著花紋頭、白嘴、與紅足，住在北方的發鳩山上，為與大海抗衡，常銜著小樹枝和小石子，投到東海裡去，想要把滄海給填平。故事雖然簡單，但其中所蘊含的精神，卻使文章發出無限的感染力量，袁珂說：「這樣一隻小鳥，在波濤洶湧的海面上，從高高的天空中，投下一段小枯枝，或是一粒小石子，要想填平大海，這是多麼悲壯！我們誰不傷念這早夭的少女？又誰不欽佩她的堅強志慨？」[120]試想，一隻小小的鳥兒，與浩瀚的大海比較起來，是何等的微不足道，然而，精衛仍毫不畏懼大自然，勇敢的向大海挑戰。本文正是透過虛構的事材，表達一種堅毅精神，並「反映了遠古先民征服大自然，追求更加美好生活的強烈願望」[121]。

　　寓言故事多半是為寄託某種深刻的道理杜撰而來，因非真實發生的事件，故屬「虛構事材」。在《呂氏春秋》一書中，就集結了許多春秋戰國時期的寓言故事，〈刻舟求劍〉即是其一。文章敘事的部分寫道：

> 楚人有涉江者，其劍自舟中墜於水，遽契其舟，曰：
> 「是吾劍之所從墜。」舟止，從其所契者入水求之。

先點出有一個楚國人乘船過江，然後再就時間先後，詳述其
因劍墜江中，而於船邊刻作記號，並於船靠岸後，入水尋找
的過程。這樣異想天開的作法，明理人必覺不可思議，如此
一來，就使整個虛構事材有了衝突點，進而引起人們的審美
注意，並對其中所隱含的啟示進行思考。王恒展等人在《中
國古代寓言大觀》解釋本文的寓意時就說：「這則寓言尖銳
諷刺了那些不顧客觀實際的發展變化，不知變通的愚蠢之
士。」（頁188）因此，本文主要在透過一則寓言，說明人若
不顧形勢，昧於事實，而運用錯誤的方法，不但不能有效解
決問題，也會使自己落至困窘的境地。

列子〈愚公移山〉也是一篇相當著名的寓言故事，全文
僅呈現虛構故事，屬於不在篇內點明道理的正體寓言，文
云：

> 太形、王屋二山，方七百里，高萬仞，本在冀州之
> 南、河陽之北。北山愚公者，年且九十，面山而居，
> 懲山北之塞，出入之迂也，聚室而謀曰：「吾與汝畢
> 力平險，指通豫南，達于漢陰，可乎？」雜然相許。
> 其妻獻疑曰：「以君之力，曾不能損魁父之丘，如太
> 形、王屋何？且焉置土石？」雜曰：「投諸渤海之
> 尾、隱土之北。」遂率子孫荷擔者三夫，叩石墾壤，
> 箕畚運於渤海之尾。鄰人京城氏之孀妻有遺男，始
> 齔，跳往助之；寒暑易節，始一反焉。

河曲智叟笑而止之曰：「甚矣，汝之不慧！以殘年餘力，曾不能毀山之一毛，其如土石何？」北山愚公長息曰：「汝心之固，固不可徹，曾不若孀妻弱子。雖我之死，有子存焉；子又生孫，孫又生子；子又有子，子又有孫；子子孫孫，無窮匱也；而山不加增，何苦而不平？」河曲智叟亡以應。

操蛇之神聞之，懼其不已也，告之於帝。帝感其誠，命夸蛾氏二子負二山，一厝朔東，一厝雍南。自此冀之南，漢之陰，無隴斷焉。

這篇寓言選自《列子・湯問》，主要以層層的因果邏輯來敘事，可大別為四個段落，前三段由立志，寫到自助與人助，是「因」，最後一段是「果」，記天神感其精神而助其完成移山願望。從愚公堅定的意志、充滿哲理的辯言、與貫徹始終的行動中，使這則寓言的啟示得到充分的展現，也可以說，透過故事在種種矛盾顯現，又一一化解的過程中，將篇內的事材與篇外的道理，作了最好的結合。

《世說新語・忿狷第三十一》（王藍田性急），則是在文中運用了假設性事材。這則短文記載了王藍田與雞蛋奮戰不休的過程，藉此以見其急躁的個性。文章在開門見山的提出「王藍田性急」後，就展開了敘事的內容，這個節段是以「點染點」的結構來處理事材，也就是先以「食雞子」作為引子，再依時間先後詳述吃蛋過程，最後再記王右軍之語為尾聲，而文中的假設性事材，就出現在末尾：

王右軍聞而大笑曰：「使安期有此性，猶當無一豪可

論，況藍田邪？」

此部分先以「王右軍聞而大笑曰」為「點」，以引出後半說話的內容，「使安期」以下即為「染」，是主體所在。安期名承，是王藍田的父親，這句話是說：王承的才德勝過藍田，但如果有了這樣的急性子，也將毫無好處值得人談論讚揚，更何況是藍田。作者在此用了一個「使」字，即令此事材具有假設性，雖然藍田不至於是「無一豪可論」之人，但透過作者所運用的虛構事材與誇張筆法，卻更加強調了為人應戒性急的一番道理。

再如彭端淑〈為學一首示子姪〉，本文是以「論敘論」的結構成篇，提出為學之道就在「力學不倦」，但為避免說理太過空泛，故作者特於文章中段，敘述一個簡短卻富有深意的故事為例，其云：

> 蜀之鄙有二僧，其一貧，其一富。貧者語於富者曰：「吾欲之南海，何如？」富者曰：「子何恃而往？」曰：「吾一瓶一缽足矣。」富者曰：「吾數年來欲買舟而下，猶未能也。子何恃而往？」越明年，貧者自南海還，以告富者，富者有慚色。

作者特舉西蜀二僧，一至南海而一否的故事，即是要證明肯努力的終能成功，不肯努力的，就算條件再好，亦必將失敗的道理[122]，舉例貼切，並且也呼應了首段「為之則易，不為則難」的章旨。而全文有了敘事的潤滑，使得抽象的議論能更加明白曉暢，所謂「說理之文，以論事出之，則無微不

顯」[123]，就是這個道理。

註　釋

1 參見陳滿銘《章法學新裁》，頁 223。黃永武亦曾表示：「意象」形成於作者的意識與外界的物象相交會，當所描繪的意象愈具活動力，在讀者潛在經驗世界中喚起的共鳴也便愈強烈。參見《中國詩學——設計篇》，頁 3。

2 范衛東：幾個客觀的事象或物象按一定的組合關係呈現在讀者面前，讀者可以從這些組合中領會到詩人隱藏在這些物象或事象背後的主觀意圖和感情色彩。見王長俊主編《詩歌意象學》，頁 214~215。

3 參見章微穎《中學國文教學法》，頁 50。

4 參見黃錦鋐《國文教學法》，頁 231~232。

5 見袁行霈《中國詩歌藝術研究》，頁 63。

6 參見陳植鍔《詩歌意象論》，頁 15、35、65。

7 見陳滿銘《章法學新裁》，頁 230。另外，蔡宗陽也曾由移情理論談景物的描寫，認為寫作時若能將喜悅或失意等種種情感移置於景物，景物就有了生命，並能藉此構成文章的意象。參見《文燈——文章作法講話》，頁 127~129。

8 參見王長俊主編《詩歌意象學》，頁 20~21。

9 見王基倫〈韓柳古文的美學價值〉，《中國學術年刊》第十七期，頁 198。

10 陳滿銘：「因為『草』逢春而漫生無際，時時可入離人眼目，以襯出離愁之多來。」見《章法學新裁》，頁 231。而嚴雲受亦云：「詩人們屢屢用『春草』意象來寄寓別情思緒……表示別後的思念綿綿不盡。」見《詩詞意象的魅力》，頁 118~119。

11 見昭明太子編、李善等注《增補六臣註文選》，頁 453。

12 見于光華編《評註昭明文選》，頁 463。

13 李清筠：「至於『萱草』、『忘歸草』，則是芳草中用以解消憂懷的象徵。」見《時空情境中的自我影像——以阮籍、陸機、陶淵明詩為例》，頁 228。

14　見王令樾《文選詩部探析》，頁262。

15　參見黃永武《中國詩學——設計篇》，頁66~67。

16　見洪邁《容齋詩話》卷六，頁264。

17　見黃永武《中國詩學——設計篇》，頁67。

18　參見陳滿銘《章法學論粹》，頁15。

19　參見黃永武《詩與美》，頁128。

20　見劉鐵冷《作詩百法》卷上，頁114。

21　參見趙山林《詩詞曲藝術論》，頁127~129。

22　見傅武光〈「江楓」不是楓樹嗎？〉，收於《名家論國中國文續編》（上），頁40。

23　嚴雲受：「楓，以自然物象為材料而營構的審美意象，浸漬著抒情主體的悲哀的情思。」見《詩詞意象的魅力》，頁122。

24　參見陳植鍔《詩歌意象論》，頁171。

25　參見陳滿銘《文章結構分析》，頁14。

26　參見張春榮《詩學析論》，頁91~93。

27　見黃宗羲原本、全祖望修定《宋元學案》卷十四〈明道學案〉下，頁五下。

28　參見李清筠《時空情境中的自我影像——以阮籍、陸機、陶淵明詩為例》，頁141~142。

29　參見李清筠《時空情境中的自我影像——以阮籍、陸機、陶淵明詩為例》，頁233~238。

30　參見薛順雄〈論陶潛「五柳」的象徵意義〉，《東海中文學報》第八期，頁92。

31　菊，盛開於寒霜疾風的深秋時節，當百花凋零，惟其傲霜頂風，因此辭章家便紛紛賦予它不同流合污、清高貞潔、淡泊閒逸等意象。參考洪林鐘〈鳥·菊·酒——略論陶淵明詩歌意象建構及其人格凸現〉，《中國古代、近代文學研究》1993年第3期，頁75；及嚴雲受《詩詞意象的魅力》，頁164~165。

32　牡丹，春末夏初開花，花朵美豔，在中國人眼中具有美好生活與雍容富貴的意象。參考吳賢陵〈唐代民間歌謠植物意象舉隅〉，《傳統中國文學電子報》第八十四期。

33　參考陳滿銘《章法學新裁》，頁215。另參見拙作《虛實章法析論》，頁140。

34　參見陳友冰《兩漢南北朝樂府鑑賞》，頁441。

35　參見嚴雲受《詩詞意象的魅力》，頁117。

36　參見黃永武《詩與美》，頁96。

37　見馬美信、賀聖遂主編《中國古代詩歌欣賞辭典》，頁42。

38　見陳友冰《兩漢南北朝樂府鑑賞》，頁98。

39　參見柳晟俊《王維詩研究》，頁126、158。

40　見柳晟俊《王維詩研究》，頁179。

41　見劉鐵冷《作詩百法》卷上，頁94。

42　見連文萍〈啞啞思親曲・苦苦勸世歌──白居易〈慈烏夜啼〉賞析〉，《國文天地》5卷5期，頁93。

43　參見王立《中國古代文學十大主題》，頁235～237。

44　見許慎撰、段玉裁注《說文解字注》，頁154。

45　參見林雲銘《古文析義》卷八，頁798。

46　參見王立《心靈的圖景──文學意象的主題史研究》，頁139。

47　王茂恒：作者以客觀世界的物象（馬）為引導，使感興得以發生，聯想得以展開。全文把作者心裡深受壓抑的痛苦，借助馬的形象傾瀉而出。參見〈《馬說》意象世界層的構成〉，《文史知識》2003年第4期，頁78、81。

48　參見陳鐵民《王維新論》，頁189。

49　見唐汝詢《唐詩解》卷之三十六，收於《四庫全書存目叢書》，頁148。

50　見《新校本晉書》卷六十六〈列傳〉第三十六，頁1774。

51　見易俊傑〈奇山異水天下獨絕──吳均〈與宋元思書〉賞析〉，《國文天地》6卷5期，頁92。

52　周兆祥：「風煙」句乃在概寫天候的明潔，從而點染出作者遊興之濃。參見〈山水駢文的佳作──讀吳均〈與宋元思書〉〉，《文史知識》1982年第11期，頁40～41。

53　見陳振鵬、章培恒主編《古文鑑賞辭典》，頁725。

54　參見陳滿銘《章法學新裁》，頁363。

55　參見柳晟俊《王維詩研究》，頁158。

56　參見柳晟俊《王維詩研究》，頁159。

57　參見陳滿銘《章法學論粹》，頁15。

58　見王國安編《古代散文賞析》，頁228。

59　江錦玨：「『月』往往會被借以抒發思鄉的愁懷，也因其美不勝收，故也用來象徵美好的情景，或當作品格高潔的象徵。」見《詩詞義旨透視鏡》，頁229。另外，林聆慈也提出：「明

月高潔明亮的形象，就如一面鏡子，詩人從中觀照自我，也常用來作為自己高潔的人格表白。」見〈古典詩詞中的月意象〉，《國文天地》17卷10期，頁60。

60　參見馬美信、賀聖遂主編《中國古代詩歌欣賞辭典》，頁91~92。

61　見徐增《而庵說唐詩》，收於《四庫全書存目叢書》，頁646。王文濡亦曾在「白日」一句下評：「樓前所見者，中條之山，其山高大，日為所遮，故云。」見《唐詩評註讀本》卷三，頁二下。

62　見王國安編《古代散文賞析》，頁228。

63　見王更生《蘇軾散文研讀》，頁212。

64　見馬美信、賀聖遂主編《中國古代詩歌欣賞辭典》，頁122。

65　見昭明太子編、李善等注《增補六臣註文選》，頁453。

66　見于光華編《評註昭明文選》，頁463。

67　王秋傑：「翻閱陸機的詩賦，可以輕易地發現一個現象，即思鄉心曲的頻頻流露。」見《陸機及其詩賦研究》，頁46。

68　見唐圭璋主編《唐宋詞鑑賞辭典》，頁890~891。

69　見王國安編《古代散文賞析》，頁163。

70　見李如鸞〈短小、精粹、雋永——劉禹錫〈陋室銘〉賞析〉，《國文天地》4卷9期，頁76。

71　參見王國安編《古代散文賞析》，頁163~164。

72　葉慶炳：「像本文這樣，一開始就鋪敘『江流之勝』，不但立即使讀者接觸到快哉亭所能觀賞到的壯麗景物，也為本文營造了汪洋浩瀚的氣勢。」見《高中國文教材鑑賞分析》，頁265。

73　見沈秋雄〈一首喜心翻倒的詩——杜甫〈聞官軍收河南河北〉賞析〉，《國文天地》4卷12期，頁99。

74　參見楊仲弘《杜律心法》，收於顧龍振編《詩學指南》卷七，頁238。

75　見馬美信、賀聖遂主編《中國古代詩歌欣賞辭典》，頁192。

76　見黃永武《中國詩學——設計篇》，頁42。

77　見黃永武《詩與美》，頁20。另參見王長俊主編《詩歌意象學》，頁202。

78　參見王熙元《詩詞評析與教學》，頁69~70。

79　見林雲銘《古文析義》卷三，頁123。

80　參考陳滿銘《文章結構分析》，頁 208～209。

81　參見嚴雲受《詩詞意象的魅力》，頁 110。

82　參見嚴雲受《詩詞意象的魅力》，頁 110。

83　參見喻守真《唐詩三百首詳析》，頁 231。

84　見許慎撰、段玉裁注《說文解字注》，頁 586。

85　參考孫蓉蓉〈遊子的愁思──馬致遠〈天淨沙‧秋思〉賞析〉，《國文天地》17 卷 10 期，頁 97。

86　見黃克〈小令中的天籟──〈天淨沙〉〉，《國文天地》4 卷 10 期，頁 77。

87　見徐征等主編《全元曲》第三卷，頁 1738。

88　參見拙作〈論辭章內容結構之單一類型──以其所適用的章法為考察重心〉，收於《修辭論叢》第四輯，頁 679。

89　邱明正亦曾指出：按照意象的內容分，除有景物意象外，還有人物意象，這是社會生活中各種人的表象、形象和他們的思想、性格，與審美主體的情志相互融合而形成的意象。參見《審美心理學》，頁 356。

90　見王文濡《唐詩評註讀本》卷三，頁四下。

91　參見李元洛《歌鼓湘靈》，頁 173。

92　見吳楚材評、王文濡校勘《精校評註古文觀止》卷七，頁 11。

93　見林雲銘《古文析義》，頁 668。

94　參見倪其心〈隱士情懷，志士節操──析〈五柳先生傳〉〉，收於《古代抒情散文鑑賞集》，頁 85。

95　參見章微穎《中學國文教學法》，頁 48。

96　見梁昭明太子編、李善注《文選》卷三十三，頁 486。

97　參見金性堯《唐詩三百首新注》，頁 185。

98　見唐汝詢《唐詩解》卷之三十六，收於《四庫全書存目叢書》，頁 148。

99　見王文濡《唐詩評註讀本》卷五，頁六上。

100　黃振民：「結言山中適意如此，雖春芳已歇，王孫亦自可留，蓋極言山居之佳也。」見《歷代詩評解》，頁 209。

101　見陶淵明著、李公煥箋《箋注陶淵明輯》卷八，頁 68。

102　參見王熙元《詩詞評析與教學》，頁 236。

103　見梁昭明太子編、李善注《文選》第五十六卷，頁 785。

104　見李如鸞〈短小、精粹、雋永──劉禹錫〈陋室銘〉賞析〉，

《國文天地》4卷9期，頁76。

105 見王國安主編《古代散文賞析》，頁164。

106 李如鸞：「本文以孔子的話作結，是為了『援古以自重』，用來突出君子居之、陋室不陋的主旨。不過，作者有意不引『君子居之』四個字，只引『何陋之有』，而把『君子居之』這層意思暗含其中。這樣寫，不露痕跡，頗有餘味。」見〈短小、精粹、雋永──劉禹錫〈陋室銘〉賞析〉，《國文天地》4卷9期，頁76。

107 見林雲銘《古文析義》卷五，頁270。

108 見吳楚材評註、王文濡校勘《精校評註古文觀止》卷十一，頁37。

109 見梁昭明太子編、李善注《文選》第十三卷，頁195。

110 葉慶炳：「作者先記述了一段宋玉〈風賦〉中楚襄王與宋玉在蘭臺之宮的對話。不但藉此指出『快哉』一詞的出處，更重要的是引發了令人深思的議論。」見《高中國文教材鑑賞分析》，頁265。

111 見邵雍《伊川擊壤集》卷十六，頁118。

112 見陳滿銘《文章結構分析》，頁38。

113 參見《新校本新唐書》卷六〈本紀〉第六，頁168。

114 參見沈秋雄〈一首喜心翻倒的詩──杜甫〈聞官軍收河南河北〉賞析〉，《國文天地》4卷12期，頁98~99。

115 見富壽蓀、劉拜山評解《千首唐人絕句》，頁389。

116 見李元洛《歌鼓湘靈》，頁159。

117 見拙作《虛實章法析論》，頁189~250。

118 參見嚴雲受《詩詞意象的魅力》，頁110。

119 參見顏進雄《唐代遊仙詩研究》，頁330。

120 見袁珂《中國古代神話》，頁42~43。

121 見王桂蘭《遙遠的故事──古代神話傳説》，頁101。

122 參見陳滿銘《章法學新裁》，頁518。

123 見李紱〈覆方望溪論評歐文書〉，《古文法纂要》，頁209。

第七章

辭章意象之形成及其組合

　　古今辭章家在進行創作時，總會將內在深刻的思想情意，透過材料的揀擇與運用，以繽紛多元而合乎美感的謀篇方式表露出來。范衛東曾在論述意象的組合邏輯時提出：辭章意象的組合，總要遵循一定的規律，通過對各個單一意象的安排布局、位置經營、排列組合，使總體與部分、部分與部分，按一定的順序互相聯結，有詳有略，埋伏照應，共同組成一個和諧統一的整體[1]。可見，具體的事、物材和抽象的思想情意之間，尚須透過章法來安排和梳理，以使各部分內容形成條理，因此，辭章意象之形成與章法的關係相當緊密，它們之間的關係，實可透過以下的表列來說明[2]：

章法

意（情、理）◀━━━▶象（景、事）

其中，「情」、「理」是意象形成的核心成分，也就是創作主體所欲表達於辭章的義旨，「景」、「事」材料則是意象形成的外圍成分，是主體經過選擇、重組、提煉後的具體素

材，以上皆屬形象思維，所構成的是辭章的縱向結構；而章法則處於核心與外圍兩大內容成分之間，是疏通「情」、「理」、「事」、「景」的條理，進而使辭章內容形成章法結構，屬邏輯思維，所構成的是辭章的橫向結構。總之，辭章家在創作時，皆是自覺或不自覺的運用「條理」去處理「材料」、表達「情理」，形成合乎秩序、變化、聯貫、統一等規律與美感的作品，三者之間的關係是密不可分的。

辭章意象形成之四大成分 —— 情、理、事、景，與兩大組成方式 —— 單一類型及複合類型，可以呈現於篇章的各個層級，也就是能運用於辭章的「全篇」（篇，第一層）或「節段」（章，其他層級），並且形成各種統括於虛實法家族中的章法類型。此外，針對各別成分而言，無論其出現於篇章的哪一層級，都有某些適合於處理抒情、說理、敘事、寫景的章法[3]。

綜上所述，本章所欲考察的主要對象，即包括篇章的縱橫向結構、意象之組成類型所歸屬的章法，以及單就「情」、「理」、「事」、「景」凸顯於「篇」及「章」時，所用以安排其內容的幾種常見的章法。

第一節　篇章的縱向結構與橫向結構

一般說來，辭章的篇章結構，含縱、橫兩向，其中，縱向結構指的是「情」、「理」等在意象形成中的偏於「意」的成分，以及「事」、「景」等偏於「象」之成分，它所涉及的是辭章的內容；而橫向結構則是存在於辭章深層的邏輯

條理，是將內容統合成有機整體的組織形式，也就是章法。縱橫向結構之間的關係，是極其密切的，以下先就兩者之內涵與關係作一說明，然後再舉若干詩文，逐步由縱向結構至橫向結構，再至縱橫向結構之疊合，一探究竟。

一、篇章縱橫向結構之內涵

　　辭章學有「形象思維」與「邏輯思維」兩大研究領域，並且各自含括「字句」和「篇章」之研究範疇，其中，與「篇章」相關者，包括意象的形成（形象思維）和謀篇布局的條理（邏輯思維）等。前者涉及文學作品的思想情意（意）與寫作材料（象），屬於辭章的「縱向結構」，也就是辭章中「情」、「理」、「事」、「景」等成分。由於「縱向」所關涉的是辭章的內容，所以辭章的縱向結構，也稱為「內容結構」。而後者所謂謀篇布局的方式，指的就是「橫向結構」，即「情」、「理」、「事」、「景」等成分的組織關係，也就是一般所稱之「章法」。陳滿銘曾提出：

> 文章的篇章結構，含縱、橫兩向。其中縱向的結構，由內容，也就是情、理、景、事等組成；而橫向的結構，則由形式，也就是各種章法，如今昔、遠近、大小、本末、賓主、正反、虛實、凡目、因果、抑揚、平側……等組成。（《章法學新裁》，頁553）

可見縱向結構主要是指辭章作品中的情、理、事、景等成分本身；而涉及到組織與關係的形式結構，則是指在秩序、變

化、聯貫、統一的四大原則下[4]，進行謀篇布局的各種方
法，如正反、賓主、因果、虛實、今昔、遠近等章法。可以
說，辭章正是由形式構成篇章的橫向結構，並由內容形成其
縱向結構的[5]。

關於篇章的縱橫向結構，鄭頤壽指稱，這個研究對象談
的即為「內容與形式的辨證關係」，而這樣的研究就是「把
中國傳統的『經緯』論作具體而又深入的研討、發揮」[6]。
所謂「中國傳統的經緯論」，指的就是劉勰的「情經辭緯」
說，《文心雕龍・情采》：

> 情者，文之經，辭者，理之緯；經正而後緯成，理定
> 而後辭暢，此立文之本源也。（《文心雕龍注》卷
> 七，頁538）

〈情采〉篇中所言，即是將文章的義旨材料等內容，與組織
修飾等形式，喻為織布的經緯線。他所說的「情」，就是內
容；「辭」，就是形式。如落在篇章而言，則「情」是指
「意象」（整體含個別），這是就縱向來說的；「辭」則是指
「章法」，這是就橫向來說的[7]。是故辭章章法的縱橫向結
構，「與劉勰的『情經辭緯』說，是一脈相承的」[8]。清代
方苞所提之義法論，亦延此文學理則而來，他在〈又書貨殖
列傳後〉中指出：

> 《春秋》之制義法，自太史公發之，而後之深於文者
> 亦具焉。義即《易》之所謂「言有物」也，法即《易》
> 之所謂「言有序」也。義以為經，而法緯之，然後為

成體之文。（《方望溪全集》卷二，頁29）

其間便清楚的說道「義」為「經」，「法」是「緯」。除此之外，陳澧也曾提出辭章「倫脊說」，謂：「倫者今日老生常談所謂層次也，脊者所謂主意也。」他認為各節段之意必有所主，此主意在一篇文章中的地位，正如同人之脊骨，而對於文中紛紜的內容，又必須理出何者當先、何者當後的倫次，在疏通其淺深本末等條理後，則此一意可明[9]，所以他所說的「倫」與「脊」，一指章法，一指內容意象，正與縱橫向結構論合拍。總之，縱向結構與橫向結構各有所司又相互觀照，兩者合而為辭章作品之篇章結構。

　　就「縱向結構」而言，含「核心成分」和「外圍成分」兩大類，前者指「情」與「理」，是辭章的抽象意涵。由於作者所要表達的情思或是道理，通常都是辭章中一篇或一章之主要義旨所在，故「情」或「理」也就成了縱向結構中的核心部分。「外圍成分」則有「景」與「事」兩類，這兩種成分是辭章作品中的具體材料，也就是所謂的「物材」（包括景）和「事材」。再就縱向結構的組成方式而言，可分為兩種，即「單一類型」與「複合類型」。「單一類型」是指「情」、「理」、「事」、「景」這些內容要素，單獨出現於篇章結構中的某些層級，形成單「情」、單「理」、單「事」、單「景」等類型。「複合類型」則是指組合「情」、「理」、「事」、「景」中，兩種或兩種以上的成分，它可以有：一、「情」與「景」的複合；二、「理」與「事」的複合；三、其他類型的複合，如「景、理」、「事、情」、「景、事」、「事、景、情」等，這些不同的呈現方式，可以出現於篇章

結構中的任何層級，形成豐富多變的辭章現象。

　　由於抽象的「意」（情、理）與具體的「象」（事、景）在一篇辭章中，必須透過章法組織成一有機整體，而且辭章意象形成之四大成分，在文藝思維上又是極具普遍性之要素，因此不僅與章法關係密切，也很容易便與章法結合在一起，甚至形成章法的重要單元[10]。首先，以意象形成之組成類型來看，「情」、「理」、「事」、「景」這四大成分，能以「單一」或「複合」的模式，呈現於辭章的「篇」或「章」，這就分別構成了虛實法家族中的「全虛」（單「情」、單「理」）、「全實」（單「事」、單「景」）、「情景法」（「情」與「景」的複合）、「敘論法」（「理」與「事」的複合）、和「泛具法」（其他類型的複合）等。其次，單就「情」、「理」、「事」、「景」而言，無論其凸顯於篇章的哪一層級，又各有它們適用的某些章法，如適於表現抒情內容的淺深、因果、凡目、賓主等，常用以梳理議論內容的正反、抑揚、立破、平側等，再就敘事來看，適用的章法主要有今昔（先後）、點染、問答、詳略等，末以寫景而言，則適合運用大小、遠近、圖底、視角變換等章法來呈現。以上兩大縱橫向結構間的緊密聯繫，當容後詳述。

　　再就「橫向結構」而言，指的是謀篇布局的邏輯條理，也就是連句成節、連節成段、連段成篇的組織方式。由於「人同此心，心同此理」，只要是思路縝密的人，在寫作文章時，都會自覺或不自覺的運用適當的條理來疏通、安排內容，也由於這個共通的理則是與生俱來並合於宇宙自然規律，而非從外在強加上去，所以每一種章法現象，都有其相應的心理基礎。到目前為止，已經發現和確立的章法，約有

三十多種，即：今昔、久暫、遠近、內外、高低、大小、視角變換、知覺轉換、狀態變化、本末、淺深、因果、眾寡、並列、情景、敘論、泛具、凡目、詳略、虛實（時間、空間、時空交錯、設想與事實、願望與實際、夢境與現實、虛構與真實）、賓主、正反、立破、抑揚、問答、平側、縱收、張弛[11]、偏全、點染、天人、圖底、敲擊[12]等。每種單一的章法，皆有其個別的特性，因此有它們獨立存在的必要，以適應千變萬化的辭章作品。此外，還能就其共通特性，化繁為簡，有體系的整合出圖底、因果、虛實、映襯四大章法家族[13]。

　　不過，篇章的橫向結構雖偏於形式層面，卻又非與內容情意截然二分，毫無關係，陳滿銘在《章法學綜論》中，就把縱橫向結構的關係說明如下：

> 所謂章法，由於是綴句成節（句群）、連節成段、統段成篇的一種組織，所以一直被歸入「形式」來看待，似乎與情意（內容）扯不上關係。其實，這裡所指的「句」、「節」（句群）、「段」、「篇」，說的是句、節（句群）、段、篇的情意，而要組合這些情意，形成合乎「秩序、變化、聯貫、統一」此四大要求的辭章，則非靠各種「章法」來達成任務不可。（頁176）

由本章開篇之表列亦可得知，章法的地位乃處於核心與外圍兩大內容成分之間，是疏通和組合「情」、「理」、「事」、「景」的邏輯條理，當「章法」落實到一篇辭章的組織關係

來談時，即形成「結構」，所以這個結構是作品內在情意的
深層結構，不僅僅是外在、表象的形式而已。劉熙載《藝
概・詞曲概》謂：

> 詞以煉章法為隱，煉字句為秀。秀而不隱，是猶百琲
> 明珠，而無一線穿也。（卷四，頁115）

說的就是文學作品若只注意「表現於外」，用以傳遞情意的
「字句」，而不煉「蘊藏於內」，能將情意內容貫串成篇的
「章法」，則它必定失去內在的條理而雜亂無章，猶如「百琲
明珠，而無一線穿」了[14]。既然章法是任何一篇辭章所不可
缺少的內在邏輯條理，而這種邏輯條理又深蘊於辭章的情、
理、事、景等內容之中，因此，唯有結合縱橫向結構，先深
入體會辭章意象，即情意材料等內容，才能進一步理清整體
與部分、部分與部分之種種關係，以呈現出更為精確、完整
的篇章結構特色。

二、篇章縱橫向結構之疊合

分析篇章結構的步驟，大致上可分為三個過程，即節段
大意、內容結構、章法結構。一般在處理辭章時，很容易只
停留在分析的第一階段，也就是只整理出節段大意表，事實
上應進一步的由平面走向立體，抓出內容成分間的層次關
係，然後再將這些內容結構，轉化為章法單元，如今、昔、
正、反、凡、目之類，統整出各部分的組織條理。不過，為
能成功掌握辭章作品內在的層次邏輯，進而理解作者所欲抒

發的情意，並賞味文學的藝術美感，就需全面牢籠篇章的
縱、橫向結構，將縱向結構（意象、內容）與橫向結構（章
法）疊合為一，以完整凸顯辭章在內容與形式上的特色。茲
舉數例詩文說明如下，以見一斑。

　　如沈佺期的〈雜詩〉之一：

　　　　聞道黃龍戍，頻年不解兵。可憐閨裡月，長在漢家
　　　　營。少婦今春意，良人昨夜情。誰能將旗鼓，一為取
　　　　龍城？

這是一首閨怨詩，並從中表現征戍之苦與反戰思想。全詩之
內容共分為三個段落，其節段大意可製表如下：

　　┌─一、黃龍地區連年征戰，久不解兵。
　　├─二、夫婦相隔兩地，僅能望月相思。
　　└─三、表達希望戰事平息，得以撤兵的心願。

作者在首二句，先敘述黃龍城長年不得撤兵的狀況，次四句
則兼顧思婦征夫兩方，訴說別離相思之苦，最後在結二句承
上發出對戰事結束的無限渴望。而作者所攄寫的這些詩意，
還可進一步梳理成立體性的縱向（內容）結構表，即：

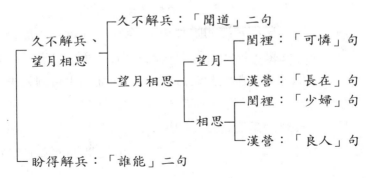

詩之前半，主要就「事」，寫「久不解兵」，中段即景抒情，
分由思婦所在之「閨裡」，與征夫所在之「漢營」，寫「望
月」、「相思」，末二句則是呼應前文的「不解兵」，表達
「盼得解兵」之心願。但是，在分析辭章結構時，還需掌握
住各節段內容的組織關係，找出它的**邏輯條理**，以形成橫向
（章法）結構，譬如此詩之橫向結構表即為：

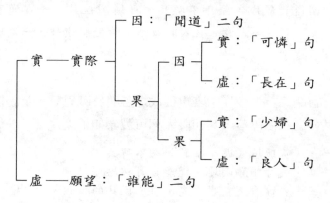

由以上之結構表可知，「久不解兵」與「望月相思」兩部
分，是針對現實狀況所作的抒寫，為「實」，而結尾兩句是
就前述之怨情所發的希望之詞，「因為攻取龍城，即可解
兵，即可回鄉團聚」[15]，那麼思婦與征夫就不需要再望月相
思了，以上為「虛」，是故，全篇在第一層的章法結構上，
就構成了「願望與實際的虛實法」。其中，在實寫的部分，
又形成兩疊因果，也就是因久不解兵（因）而導致望月相思
（果），又因望著象徵團圓的月景（因），而萌生月圓人未圓
的相思之情（果）。此外，陳滿銘還曾說明道：「值得注意
的是，在此無論是寫望月（即景）或是相思（抒情），都兼
顧了思婦之『實』與征夫之『虛』，也就是說，寫思婦在

『閨裡』望月相思，是『實』；而寫征夫在『漢家營』（黃龍）望月相思，是『虛』。」（《章法學新裁》，頁556）意指寫思婦所在之「閨裡」，乃實空間，從對面寫征夫所在之「漢營」，為虛空間，故中間四句即透過空間的虛實法，形成了兩疊「先實後虛」結構。這樣進一層的由意象內容，理出其情意、材料間的關係，並轉化為章法單元，以結構表呈現，就能清楚的掌握蘊藏於辭章深層的條理。最後，為求完整牢籠辭章作品在意象與章法上的特色，並使結構表的意涵能一目了然，則必須再以橫向結構為主，以縱向結構為輔，畫出縱橫向疊合之結構表，茲將〈雜詩〉之一的疊合結構表，表示如下[16]：

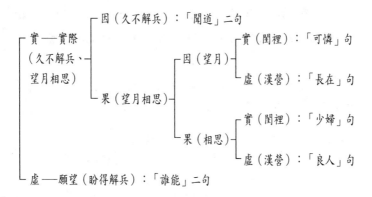

首層的「先實後虛」指的是實際情況與心中願望，其次，作者又在二層，寫因連年征戍故只得望月訴怨，形成「先因後果」結構，三層的因與果，則分指因望月而相思之內容，四層的兩疊虛實，是透過此（閨裡）、彼（漢營）兩地，形成空間的虛實流轉，綜上所述，結構表首層中的「實 —— 實際」與「久不解兵、望月相思」、「虛 —— 願望」與「盼得

解兵」，二層中的「因」與「久不解兵」、「果」與「望月相
思」，三層中的「因」與「望月」、「果」與「相思」，四層
中的「實」與「閨裡」、「虛」與「漢營」等，都是縱橫疊
合的，如此一來，便能明白的展現出這首詩在縱、橫向結構
上的細節。

又如周邦彥的〈過秦樓〉：

> 水浴清蟾，葉喧涼吹，巷陌馬聲初斷。閑依露井，笑
> 撲流螢，惹破畫羅輕扇。人靜夜久憑闌，愁不歸眠，
> 立殘更箭。嘆年華一瞬，人今千里，夢沉書遠。
> 空見說鬢怯瓊梳，容消金鏡，漸懶趁時勻染。梅風地
> 溽，虹雨苔滋，一架舞紅都變。誰信無聊，為伊才減
> 江淹，情傷荀倩。但明河影下，還看稀星數點。

此詞主要在表達懷人的深切情意，在內容上，大致可整理出
四大段落，它的節段大意為：

> 一、回憶過去相聚的美好時光。
> 二、描寫詞人靜夜久立，愁不成眠的現狀。
> 三、懸想對方因相思而憔悴的模樣。
> 四、透過江南梅雨和稀疏星光等景物，襯托自己懷人
> 　　的深情。

可見這首詞作的第一個章節，乃在追想昔日歡聚的情景，後
三部分則主要在抒發今日的相思之情，其表層的各個主要內
容，又可呈現出如下結構：

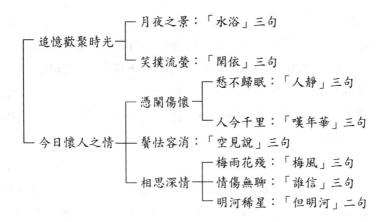

由上表可看出，作者先藉月夜的自然之景與女伴撲螢的人事之景，寫過去的美好回憶，然後再細述自己的憑闌傷懷與相思深情，中間又插寫對方鬢怯容消的樣子，將內心懷人的愁思表達無遺。若再加以審辨其深層的邏輯條理，則可形成以下的橫向結構分析表：

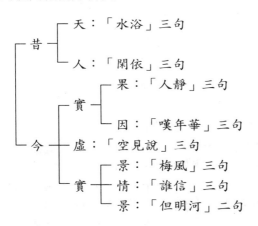

既已知此詞前六句在追想昔日歡聚的情景，後半主要在抒發今日的相思之情，故於首層就形成了「先昔後今」的結構。

「昔」的部分，則由自然之景與人事之景，構成「先天後人」
結構，而在「今」的部分，則是以空間的虛實法所寫成，作
者先就實空間，描述自己因兩人相隔千里而憑闌傷情、愁不
成眠的景況，再於下片的「空見說」三句，藉由傳聞將空間
轉至對方，虛想她對鏡怯懶憔悴的樣子；底下八句又回到詞
人本身所在的空間，其中，作者以「梅風」三句，插入江南
梅雨之景，最後以「誰信」三句抒情，以「但明河」二句寫
景，透過地溽花殘之景與荀奉倩、牛郎織女等典故，來加強
愁思，以上形成空間的「實 —— 虛 —— 實」結構，趙乃增
在《宋詞三百首譯析》中即言：「全詞寫景摹狀，融情傳
意，不同時空畫面切換、轉接無跡，虛實交映，以實寫虛，
曲折頓挫，具象生動。」（頁201）確實指出了此詞作的特
色。最後，若以橫向結構為主，將縱向結構以括號注明，則
能獲得兩者疊合的結構表：

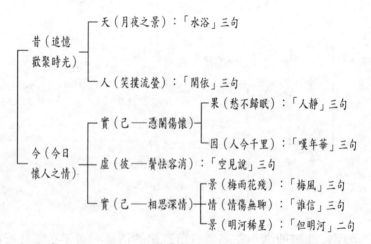

如此一來，不但能明白詞作的內在條理為何，也可清楚的了
解到各縱向之章法所指的是什麼內容了。

散文方面，如李翱的〈題燕太子丹傳後〉：

> 荊軻感燕丹之義，函匕首入秦劫始皇，將以存燕霸諸侯。事雖不成，然亦壯士也。惜其智謀不足以知變識機。
>
> 始皇之道，異於齊桓，曹沫功成，荊軻殺身，其所遭者然也。及欲促檻車駕秦王以如燕，童子婦人且明其不能，而荊軻行之，其弗就也非不幸。燕丹之心，苟可以報秦，雖舉燕國猶不顧，況美人哉！軻不曉而當之，陋矣。

本文是李翱在讀過〈燕太子丹傳〉之後，對荊軻其人其事所作出的評議，各節段之大意為：

```
┌ 一、略述荊軻刺秦之事，並提出論點。
├ 二、以古今對比，說明論據。
├ 三、以分析局勢，說明論據。
└ 四、以不明內幕，說明論據。
```

接著，可以再將章節作些調整，將所述之「事」與所論之「理」（包括論點與論據）區隔出來，則得出以下縱向結構表：

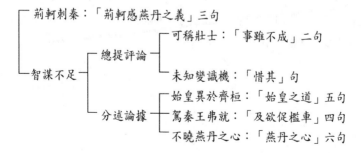

文章一開頭即先簡述荊軻刺秦王之事件的來龍去脈，然後馬上進入文章主體，也就是針對此事提出看法，評論中，則是先予以總提「事雖不成，然亦壯士也。惜其智謀不足以知變識機」，再針對「智謀不足以知變識機」，分就古今之異勢、不可為之狀況、與未明太子丹之動機等三方面，加以細說。若從章法切入，則其橫向結構表為：

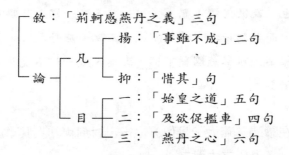

也就是說，先敘事後議論的內容，使全文在第一層結構上，形成「先敘後論」格，而在議論的「章」結構中，又形成「先凡後目」結構，即先透過「欲抑先揚」的技巧，總括出整體性的見解，接著，底下三目，則皆呼應於前面的「凡」，具體說明荊軻何以「不足以知變識機」，可見作者是透過「先敘後論」與「先凡後目」等結構，將荊軻失敗之因與其所評斷之論據，作了一番闡發。如以橫向（章法）為主，輔以縱向（內容），將兩結構表合而為一，可得縱橫向疊合之結構表如下：

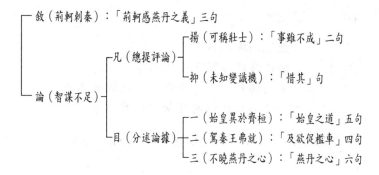

足見辭章的縱橫向結構是緊密聯繫在一起的[17]。

再如袁宏道的〈晚遊六橋待月記〉：

> 西湖最盛，為春為月。一日之盛，為朝煙，為夕嵐。
> 今歲春雪甚盛，梅花為寒所勒，與杏桃相次開發，尤
> 為奇觀。石簣數為余言：「傅金吾園中梅，張功甫玉
> 照堂故物也，急往觀之。」余時為桃花所戀，竟不忍
> 去湖上。
>
> 由斷橋至蘇隄一帶，綠煙紅霧，彌漫二十餘里。歌吹
> 為風，粉汗為雨，羅紈之盛，多於隄畔之草，豔冶極
> 矣。
>
> 然杭人遊湖，止午、未、申三時。其實湖光染翠之
> 工，山嵐設色之妙，皆在朝日始出，夕春未下，始極
> 其濃媚。月景尤不可言，花態柳情，山容水意，別是
> 一種趣味。此樂留與山僧遊客受用，安可為俗士道
> 哉！

這篇文章，旨在藉西湖六橋風光之盛，以寫遊六橋待月之

樂[18]。其節段大意：

> 一、總述西湖之盛景。
> 二、描述綠煙紅霧之豔冶春景。
> 三、描述朝日始出、夕春未下的湖光山色。
> 四、描述別具風味的月景與待月之樂。

各節段的意象內容，又可層層析出，成為下列的縱向結構表：

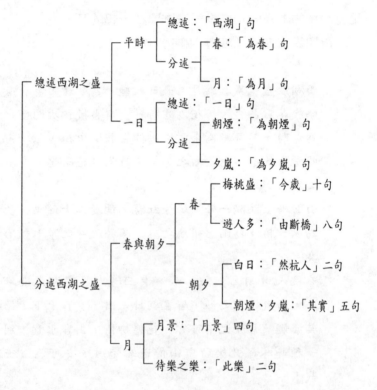

作者首先就平時與一日兩個時間點，提出西湖六橋之盛景，為春、為月、為朝煙夕嵐，形成三軌，這是總括的部分。後半則是透過梅花、杏桃之「相次開發」，與「歌吹」、「羅紈」

等遊人盛況，具寫春景；接著又以「午、未、申三時」與
「朝日始出，夕舂未下」作一對照，具寫朝煙、夕嵐；最後
由待月之景，帶出這是「安可為俗士道哉」的樂趣。它們之
間的邏輯關係是：

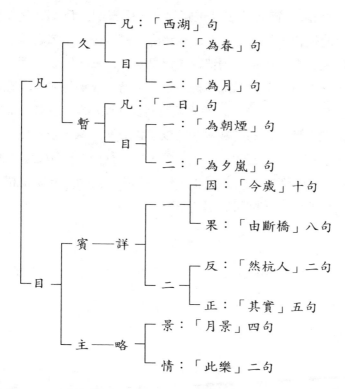

總括與分述就是「凡」與「目」的關係，因此，文章首層是
「先凡後目」結構，又「凡」中的「平時」與「一日」，在時
間的章法上，即有一久一暫的不同，而且各又以「西湖最
盛」與「一日之盛」為總括，再分述最盛者為何，故形成兩
疊「先凡後目」。此外，文章在二、三兩段，寫因「梅桃盛」
故「遊人多」，以表現綠煙紅霧之豔冶春景，是「目一」，然

後在末段自「然杭人遊湖」至「始極其濃媚」，藉白日與朝
夕之對比，具寫朝煙、夕嵐之美，此為「目二」，以上二目
也是居於陪襯月景的「賓」位。而從「月景尤不可言」至最
後，則是針對文章主題──待月，由景入情的加以敘寫，
是「目三」，而且除了賓主關係外，這三個「目」還存在著
詳略的變化，作者在文中有意藉由詳寫目一、目二之盛景，
來加強讀者「待月」的情緒，但是到了目三，即要正面描寫
月景之美時，卻只以疏疏幾筆帶過，留下無窮餘韻，吳戰壘
就賞析道：「題為〈晚遊六橋待月記〉，卻始終沒有正面寫
待月的情景。他的高妙處在於以層翻浪迭之筆，依次寫出梅
花、桃花之美，朝煙、夕嵐之美，……從而造成讀者強烈的
『待月』心理。」19以上即是本文的橫向結構。若將縱橫兩
向結構相疊合，則可表示如下：

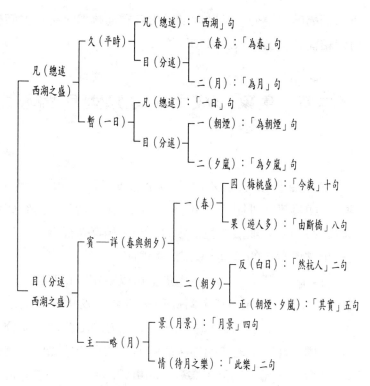

由此縱橫向疊合的結構表看來，不但是表層的景情等內容明晰可見，整篇文章的深層條理也梳理清楚了。

　　經由以上的探討可得知，欲使辭章作品的篇章結構，獲得較為完整的呈現，就需疊合其縱、橫兩向結構來分析，以兼顧表層的內容意象與深層的邏輯條理。不過，當要繪製篇章結構表時，為凸顯各層次邏輯的組織關係，通常會儘量以橫向結構為主，而以縱向結構為輔。在作法上，除呈現章法單元外，還可運用括號，補充說明重要的內容，如：虛（彼地）、實（此地）、高（山）、低（水）、天（自然之景）、人（人事之景）等，這樣一來，不但能讓人明白某個層級中的

章法結構所指為何，及其與節段內容有何聯繫，另一方面也可使結構分析表不致於太瑣細。

第二節 意象形成之組成類型所歸屬之章法

　　辭章意象形成之要素，包括抽象而核心的「情」、「理」，與具體而外圍的「事」、「景」，在分析篇章內容與章法時，必須要能理清這些成分的內涵、相互關係等，才得以進一步掌握辭章的義旨、結構、與特色。

　　「情」、「理」、「事」、「景」可以單獨或相互搭配的出現於篇章的各個層級[20]，當此種種組合，安排於「篇」或「章」時，又各有其歸屬的章法類型，這是由於這些成分，都具有構思條理上的普遍性，故能自然的和組成橫向結構的章法結合在一起，甚至成為章法的重要內容[21]。大體而言，因為抒情、論理的性質是抽象的，故為「虛」，敘事、寫景則屬具體的內容，故為「實」，所以無論是「單一」或「複合」，這兩大類型在篇章中所形成的章法現象，皆可包含於虛實章法的家族之中[22]。

　　本節將依意象形成的兩種組成類型，藉由歷代詩文之舉隅，探討意象形成之組成類型，在篇章所歸屬的章法。

一、單一類型所歸屬之章法

　　「單一類型」中的單事類型、單景類型，屬於虛實法中

的「全實」，也就是全篇或某節段僅敘事而無議論等其他內容，以及全篇或某節段僅寫景而無情語等其他成分，這類作品因無核心成分的存在，故其篇旨或章旨是置於篇外的。而單情類型、單理類型，則屬虛實法中的「全虛」，即全篇或節段主要皆在抒發情意，不雜以景語等其他內容，以及全篇或節段論理，未加入敘事等其他成分。

需進一步說明的是，由於單一型態僅屬於內容的總體性質，它還未理出內部各節段間的關係，故尚需以其他章法切入，因此當單一型態呈現於「篇」時，基本上還不形成結構。而章法中仍存有單一型，如虛實法中的「全虛」、「全實」，賓主法中的「全賓」、「全主」等，是為了在研究單種章法時，能藉此得以涵蓋全面之故。既然單一類型就全篇而言還不構成章法，所以「全虛」、「全實」這樣的名詞，通常只會出現於分析時的說明，而不會出現在結構分析表，當實際在分析此類的辭章結構時，會直接以下一層開始，故所謂辭章的「第一層」結構，在遇到單一類型時，便不指「全虛」、「全實」，而是指它的下一層結構。

底下即將單一類型所構成的章法列表如下：

$$單一類型\begin{cases}單「情」、單「理」：虛實法中的「全虛」\\單「事」、單「景」：虛實法中的「全實」\end{cases}$$

(一) 單「情」與單「理」──全虛

1、單「情」

單情類型是指辭章中的「篇」或「章」主要以抒情的成

分構成。當全篇皆以情感的抒發為主時，即形成虛實法中的「全虛（情）」結構。

如無名氏的〈子夜歌〉，就是一首單「情」類型的詩歌：

> 儂作北辰星，千年無轉移。歡行白日心，朝東暮還西。

其結構分析表為[23]：

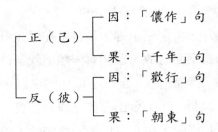

```
            ┌── 因：「儂作」句
   ┌正（己）─┤
   │        └── 果：「千年」句
───┤
   │        ┌── 因：「歡行」句
   └反（彼）─┤
            └── 果：「朝東」句
```

這首民歌主要是在抒發情感，詩中分別以「北辰星」和「白日」，來比喻自己（思婦）和對方，並且在己彼之間，形成「不變」與「變」的正反對比，很直接的表達出一位思婦的怨情。此外，這首民歌在抒情中又帶出北辰不移、白日升降的景致，透過這種「情中有景」的手法，亦使得「全情」結構的詩歌，讀來不致於太過虛空。

單情類型呈現於章節中者，如柳永的〈八聲甘州〉：

> 對瀟瀟暮雨灑江天，一番洗清秋。漸霜風淒緊，關河冷落，殘照當樓。是處紅衰翠減，苒苒物華休。唯有長江水，無語東流。　　不忍登高臨遠，望故鄉渺

邈，歸思難收。嘆年來蹤跡，何事苦淹留！想佳人、
妝樓顒望，誤幾回、天際識歸舟。爭知我、倚闌干
處，正恁凝愁。

此詞主要是從雨後登樓所見蕭瑟之景，引發出思鄉的愁緒，
故結構分析表為[24]：

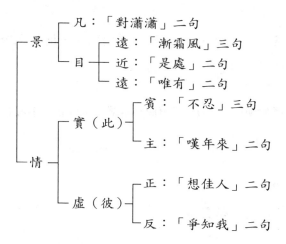

全篇是以「先景後情」的結構寫成，前由瀟瀟暮雨，帶出淒
清冷落的整體氛圍，下闋則是由景入情，在此抒情的節段
中，作者先就己處，分賓主二軌來抒發思鄉之苦與身世之
感，末尾再將筆鋒一轉，順著眼前的長江水，將視角一路拉
回故鄉，從對面虛寫佳人，倚樓望遠，殷殷切盼，甚而多次
誤識歸舟，故此詞後半是透過空間轉換所形成的虛實法，來
處理寫情的部分，並使「歸思」的情意力量獲得深化。

2、單「理」
若一篇辭章的「篇」或「章」的內容，主要是以議論或

說明道理構成，則為單「理」的型態，屬於虛實法中的「全虛（理）」結構。由於辭章家在處理抽象的道理時，通常會引事為證或就景物發論，因此全篇純粹說理的長篇辭章較為少見，不過，「理」這個內容成分，仍會在較短篇幅的辭章中單獨出現，構成全篇說理的情形，此外，它也可能被運用於文學作品的某個節段中，並搭配其他的內容結構來表現義旨。

　　如劉長卿的〈送上人〉，雖是一首送別詩，但其內容主要為議論的性質，詩云：

> 孤雲將野鶴，豈向人間住。莫買沃洲山，時人已知處。

結構分析表為：

```
       ┌─ 因：「孤雲」句
   ┌ 因 ┤
   │   └─ 果：「豈向」句
   ┤
   │   ┌─ 果：「莫買」句
   └ 果 ┤
       └─ 因：「時人」句
```

此詩完全是作者藉送上人之事，將自己對於此事的看法，做出一番評論，故可視為「全虛（理）」，喻守真在《唐詩三百首詳析》比較劉長卿的〈送上人〉和〈送靈澈〉時說：「此詩（按：指〈送靈澈〉）與上詩（按：指〈送上人〉）雖同為送上人，但前詩著議論，此詩全寫景。」（頁271）同樣指出此詩的評論性質。詩中先說天上的孤雲送走了野鶴，得出其

離開人間的結果，與後半形成因果關係，作者在此不但以「野鶴」喻「上人」，也以「將」字帶出送別意，更藉由「豈向」一句，點出全詩主題，即就野鶴不該居處人間，而勸上人不要隱於時人所知，已染俗塵的沃洲山，於篇外暗諷上人「入山不深」[25]之意，故全詩於第一層，是以「先因後果」結構來安排論理之內容。

再如李文炤的〈勤訓〉，則是以正反法來呈現議論：

> 治生之道，莫尚乎勤，故邵子云：「一日之計在於晨，一歲之計在於春，一生之計在於勤。」言雖近而旨則遠矣。
>
> 無如人之常情，惡勞而好逸，甘食褕衣，玩日愒歲。以之為農，則不能深耕而易耨；以之為工，則不能計日效功；以之為商，不能乘時而趨利；以之為士，則不能篤志而力行；徒然食息於天地之間，是一蠹耳。夫天地之化，日新則不敝。故戶樞不蠹，流水不腐，誠不欲其常安也。人之心與力，何不然？勞則思，逸則淫，物之情也。大禹之聖，且惜寸陰；陶侃之賢，且惜分陰；又況賢聖不若彼者乎？

其結構表如下：

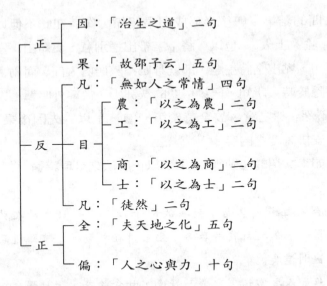

此文全篇皆是在論述「勤」之重要，屬於「全虛（理）」性質。而在全部論理的內容中，又是以「正 —— 反 —— 正」結構來統整。作者在首段就先點醒一篇主旨，並舉邵子之語為證，是第一個「正」。接著就反面立論，以「凡 —— 目 —— 凡」的形式，分別從「農」、「工」、「商」、「士」等層面，提出惡勞好逸者，如同一蠹的情形。最後又回到正面結論，先全面的論說「天地之化，日新不敝」的現象，再側重於人，舉大禹、陶侃之例，強調人應尚勤的道理。在正反對比之下，文章的主旨十分明確，說服力也增強不少。

(二)單「事」與單「景」—— 全實

1、單「事」

單事類型是指辭章中的「篇」或「章」主要以敘事構成。當辭章的篇或章僅出現敘事的內容，其間未就此事件加

以說理或抒情時，即形成虛實法中的「全實（事）」結構。

　　全篇敘事，也就是在第一層形成「全實」結構者，如劉義慶的《世說新語》一則，即為完全敘事而不雜以說理：

> 晉明帝數歲，坐元帝膝上。有人從長安來，元帝問洛下消息，潸然流涕。明帝問：「何以致泣？」具以東渡意告之。因問明帝：「汝意謂長安何如日遠？」答曰：「日遠。不聞人從日邊來，居然可知。」元帝異之。明日，集群臣宴會，告以此意；更重問之。乃答：「日近。」元帝失色曰：「爾何故異昨日之言耶？」答曰：「舉目見日，不見長安。」

其結構表為：

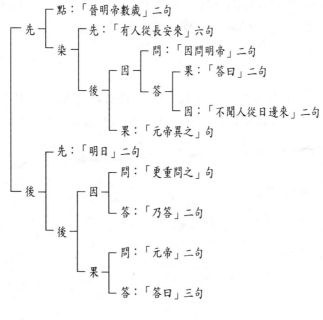

此則主要在寫晉明帝「夙慧」的故事。文中所敘長安與太陽之遠近的兩次問答，形成先後關係。在第一次的問答中，先以開篇二句，點出當時僅數歲的晉明帝，接著，透過有人從長安帶來洛下消息一事拉開序幕，然後再順勢展開關於「日遠」的問答。而第二次的問答，則先寫集宴群臣，再藉由「先因後果」的結構，記載關於「日近」之對話。陳滿銘在〈談主旨見於篇外的幾篇課文〉裡指出：「明帝面對同樣的問題，僅是隔一天而已，卻有兩種不同的回答，他的理由依次是『不聞人從日邊來，居然可知』和『舉目見日，不見長安』。從這兩種不同的回答中，作者輕鬆的寫出了明帝『夙慧』。」（《國文教學論叢》，頁119）由此可見，此文是屬於「全實（事）」的結構類型，並且以先後、點染、問答、因果等章法組織全篇，使此事件之敘述有條不紊。

陶淵明的〈歸園田居〉主要是藉由農忙之事象，表達回歸田園的心意，構成「先實（事）後虛（情）」的結構，詩云：

> 種豆南山下，草盛豆苗稀。晨興理荒穢，帶月荷鋤歸。道狹草木長，夕露沾我衣。衣沾不足惜，但使願無違。

其結構表為：

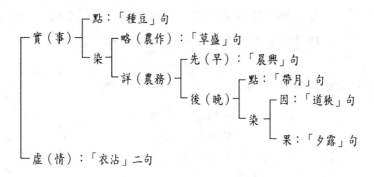

可見，本詩在敘事的部分，占了大半篇幅。首句先點出在南山種豆，以引出全篇內容（點），然後分「農作」與「農務」兩層，具體細述種豆情形（染）。其中在「農作」一節，是以次句說明雜草茂盛而豆苗稀少的生長概況；而在「農務」一節，則是由早至晚，先說清晨即需展開辛勤的工作，直到月出露寒，始得返家，將主人翁之勞動作了較詳細的敘述。作者在此又運用沾衣之露水，很巧妙的把詩歌由「事」過渡到「情」，提出就算露濕了衣裳亦不足惜，只求不違背自己的心意。全詩扣除末二句，即屬單事類型運用於節段之況，而作者這樣詳述躬耕生活，也確實將自己對隱居生活的嚮往和一種怡然自得的心境，作了最有力的鋪墊。

2、單「景」

　　單景類型是指辭章中的「篇」或「章」，是以寫景為主要內容。當篇章全以景物構成時，即屬虛實法中的「全實（景）」結構。

　　如張可久的〈梧葉兒‧春日書所見〉：

薔薇徑，芍藥闌。鶯燕語間關。小雨紅芳綻。新晴紫
陌乾。日長繡窗閒。人立秋千畫板。

其結構表為[26]：

```
       ┌─ 視：「薔薇徑」二句
   ┌ 天 ┼─ 聽：「鶯燕語」句
   │   └─ 視：「小雨紅芳」二句
   │   ┌─ 一（繡窗）：「日長」句
   └ 人 ┤
       └─ 二（秋千）：「人立」句
```

就「篇內」而言，從題目便可理解此曲主要乃在寫景，而作
者是以「先天後人」的結構來謀篇。所謂的天人法，若鎖定
寫景來說，「天」指的是自然之景，「人」則是人事之景[27]。
曲中先呈現的是自然之景，依次是徑、闌之旁的薔薇、芍
藥，啼叫的鶯鶯燕燕，以及小雨後的紅芳與紫陌，形成感覺
轉換法中的「視 —— 聽 —— 視」結構；接著是春色中的人
事之景，也就是閒靜的繡窗和立於秋千畫板上的人。其實全
篇所用之物材，如象徵思念之人的植物、反襯孤單的鶯燕、
有著物是人非之感的秋千等，皆與相思之情存有關係，這也
就王國維所說的「一切景語皆情語」，因此本曲即是以篇內
之景語，將自己的懷人之情寄託於篇外。

單景類型出現在「章」的文學作品，如吳均〈與宋元思
書〉：

風煙俱淨，天山共色，從流飄蕩，任意東西。自富陽
至桐廬，一百許里，奇山異水，天下獨絕。

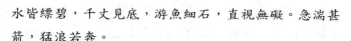

水皆縹碧，千丈見底，游魚細石，直視無礙。急湍甚箭，猛浪若奔。

夾岸高山，皆生寒樹。負勢競上，互相軒邈，爭高直指，千百成峰。

泉水激石，泠泠作響；好鳥相鳴，嚶嚶成韻。蟬則千轉不窮，猿則百叫無絕。鳶飛戾天者，望峰息心；經綸世務者，窺谷忘返。橫柯上蔽，在晝猶昏；疏條交映，有時見日。

全篇的結構表為：

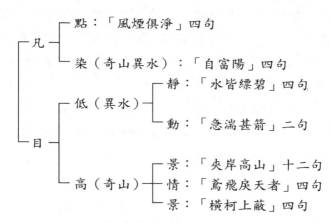

這篇山水小品是透過富陽到桐廬間的奇山異水，抒發不慕仕宦功名的隱逸思想，全文以「先凡後目」成篇。起首先交代時空背景，並以「奇山異水，天下獨絕」作為總括，分兩軌來統攝全篇，底下分目的地方，則先就低空間寫「異水」，再就高空間寫「奇山」，呼應首段，其中，「目一」先形容水色及其深度，以作為凸顯魚與石的背景，以上主要是表現水之靜態美，接著從急湍猛浪，描述水景的另一面，寫其動

態美。「目二」由視覺寫競相爭高的山峰，再轉向聽覺，由泉聲、鳥鳴、蟬囀、猿啼，寫天籟般的山聲，末尾則回到視覺，以時明時昧的光影變化寫山樹。就在前後兩節寫景的段落之間，作者又用插敘的方式抒發心中感喟，將外在的模山範水與內在嚮往自然的心境，融為一爐，因此，除「鳶飛戾天」四句是用以抒情的章節外，文中描繪獨絕之奇山異水處，皆屬單景類型。

二、複合類型所歸屬之章法

在「複合類型」的部分，「情」與「景」的複合，屬於情景法；「理」與「事」的複合，屬於敘論法；其他類型則可歸為泛具法的範疇，如全具的「景、事」，「全泛」的「情、理」，泛具兼有的「景、理」、「事、情」、「事、景、情」等，每類的組織方式十分多樣，如「事、情」類有「先事後情」、「事 —— 情 —— 事」等，因文而異。以上各組合類型及其章法，可臚列如下：

$$
複合類型
\begin{cases}
「情」與「景」的複合：情景法 \\
「理」與「事」的複合：敘論法 \\
其他類型的複合：泛具法
\end{cases}
$$

(一)「情」與「景」的複合 —— 情景法

將具體所見的景物或畫面，與所抒發的抽象情思相結合的謀篇方式，即所謂「情景法」，其中，「情」為「虛」，「景」為「實」。情景法所形成的篇章結構有「先景後情」、「先情後景」、「景情景」、「情景情」等。

例證方面，如先抒情再寫景的王安石〈秣陵道中口占〉之二：

歲熟田家樂，秋風客自悲。茫茫曲城路，歸馬日斜時。

其結構表為：

```
      ┌ 情 ┬ 反：「歲熟」句
      │    └ 正：「秋風」句
      │    ┌ 空間：「茫茫」句
      └ 景 ┴ 時間：「歸馬」句
```

起首二句分就反面與正面，以田家之樂反襯遠客之悲，訴盡荊公在秣陵道中的心情；接著，再就空間與時間，寫茫茫歸路和西斜暮日，雖然這是在描述道中之景，但也寓含了前途茫茫的愁思，黃永武在《中國詩學——鑑賞篇》中亦評析說：「那種日暮途遠的客愁，在秋風蕭索的異鄉，更顯得孤寂無助了。」[28]可見作者是透過後半蕭索之「象」，強化前半客愁之「意」，是在內容上複合「情」、「景」成分，形成一篇「先情後景」結構的詩作。

馬戴的〈落日悵望〉也是「情」、「景」複合的類型：

孤雲與歸鳥，千里片時間。念我何留滯，辭家久未還。微陽下喬木，遠燒入秋山。臨水不敢照，恐驚平昔顏！

其結構表為：

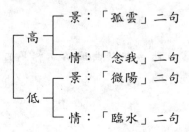

此詩先就孤雲和歸鳥寫眼前實景，由它們能片時到達千里外的家鄉，引發自己留滯異鄉的愁思，接著，再由近而遠，透過夕陽暗示詩人佇足之久與思鄉之切，末尾則以憂懼年華老去、家鄉難歸收束，一環扣一環，形成「景 ── 情 ── 景 ── 情」雙疊的結構，而前一組「景 ── 情」之視角主要為仰望，後一組「景 ── 情」則為俯視，故又可以「先高後低」之條理，來統整兩疊「先景後情」結構。

(二)「理」與「事」的複合 ── 敘論法

敘論法中的「敘」指具體事件，意即意象形成中「事」的成分，是「實」；「論」為抽象道理，也就是意象形成成分中的「理」，是「虛」。這種以敘事和論理安排辭章章法的情形，常見於歷代記人事或發議論的辭章作品中。大致而言，敘論法所形成的結構有「先敘後論」、「先論後敘」、「論敘論」等類型。

如杜牧〈赤壁〉：

> 折戟沉沙鐵未消，自將磨洗認前朝。東風不與周郎便，銅雀春深鎖二喬。

結構表可畫為：

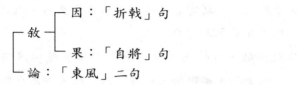

這是一首詠史詩，前半以兵器起興，敘述在沉沙中發現折斷的鐵戟，經磨洗後被認出是吳國的遺物，後半以假設性口吻，對當年的赤壁之戰提出看法，認為周瑜若未得東風之便，恐怕吳國早已滅亡，而大喬、小喬亦可能已被擄去魏國，言下之意是暗指吳國僅是僥倖贏得勝利，喻守真在評析本詩時，即云「上兩句記實事……下兩句是下議論。」[29]足見此詩是以敘事和說理，形成複合性的內容結構。

又如彭端淑〈為學一首示子姪〉：

天下事有難易乎？為之，則難者亦易矣；不為，則易者亦難矣。人之為學有難易乎？學之，則難者亦易矣；不學，則易者亦難矣。

吾資之昏，不逮人也；吾材之庸，不逮人也。旦旦而學之，久而不怠焉；迄乎成，而亦不知其昏與庸也。吾資之聰，倍人也；吾材之敏，倍人也。屏棄而不用，其昏與庸無以異也。然則昏庸聰敏之用，豈有常哉？

蜀之鄙有二僧，其一貧，其一富。貧者語於富者曰：「吾欲之南海，何如？」富者曰：「子何恃而往？」曰：「吾一瓶一缽足矣。」富者曰：「吾數年來欲買舟而下，猶未能也。子何恃而往？」越明年，貧者自

南海還，以告富者，富者有慚色。西蜀之去南海，不知幾千里也；僧之富者不能至，而貧者至焉。人之立志，顧不如蜀鄙之僧哉？

是故聰與敏，可恃而不可恃也；自恃其聰與敏而不學，自敗者也。昏與庸，可限而不可限也；不自限其昏與庸而力學不倦，自立者也。

其結構表為[30]：

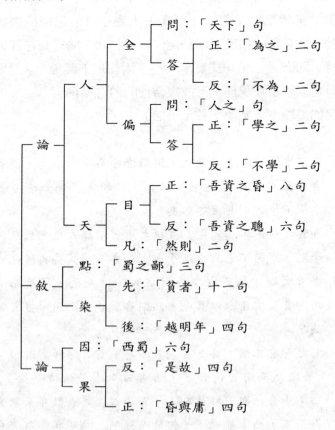

本文乃將「理」和「事」之成分，以「論敘論」的手法複合成一篇之內容。第一個「論」是先就人為因素，論述天下事無難易，僅在為與不為，再由整體向局部的提出學習方面亦有著同樣的道理；其次再就先天因素，以資質的昏庸與聰敏，配合學而不怠、摒棄不用的態度，加強論點。中段舉蜀鄙二僧為事例，敘述貧僧能堅定信念，克服萬難，而富僧卻遲未行動，而導致有成有敗的不同結果；後段再發議論，先承上述之故事，評論二僧並藉此提出人應立志，文末則就反面，論自恃聰敏而不學者必自敗，底下再就正面，論不自限昏庸而力學不倦者，必能有所成。陳滿銘的《章法學新裁》，曾針對文末四句分析道：「用『昏與庸』四句，從正面指出人若不自限昏庸而力學不已，則必將步上成功大道，以點明主旨作收。」（頁518）因此，本文主旨在末一個「論」底下的「正」，主要在勸勉晚輩把握時間，立定志向，戮力以赴，必能在學問上有所成就。

(三)其他類型的複合 ── 泛具法

泛具法指的是「泛寫」與「具寫」在辭章中的布局安排，其中，抽象泛寫為「虛」，具體細寫為「實」。它包括泛泛的簡單勾勒與具體的深入細寫[31]，以及「即景說理」、「敘事抒情」等情形。然而針對意象之形成來說，由於它是鎖定情、理、事、景的組合，故其所構成的泛具法，未含前述第一類，也就是泛泛的帶過與具體的細寫。

意象形成的複合類型，在扣除情與景、理與事的組成型態後，所餘實皆屬泛具法的範疇，包括有「全具」的「景、事」，「全泛」的「情、理」，以及泛具兼有的「景、理」、

「事、情」、「事、景、情」等章法現象。

形成「全具」，即以「事」、「景」之內容結構寫成者，如蘇轍的〈黃州快哉亭記〉，這是一篇以「先敘後論」結構寫成的文章，其前二段就有景事複合於節段的情形，文云：

> 江出西陵，始得平地，其流奔放肆大。南合沅、湘，北合漢、沔，其勢益張。至於赤壁之下，波流浸灌，與海相若。清河張君夢得，謫居齊安，即其廬之西南為亭，以覽觀江流之勝，而余兄子瞻名之曰「快哉」。
>
> 蓋亭之所見，南北百里，東西一舍。濤瀾洶湧，風雲開闔。晝則舟楫出沒於其前；夜則魚龍悲嘯於其下。變化倏忽，動心駭目，不可久視。今乃得翫之几席之上，舉目而足。西望武昌諸山，岡陵起伏，草木行列。煙消日出，漁父樵夫之舍，皆可指數。此其所以為「快哉」者也。至於長洲之濱，故城之墟；曹孟德、孫仲謀之所睥睨，周瑜、陸遜之所騁騖；其流風遺跡，亦足以稱快世俗。

這個部分的結構表可畫為：

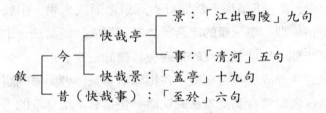

首先，作者鎖定「今」，來分敘「快哉亭」與「快哉景」。而

在寫「快哉亭」的首段中，還先就「景」，介紹其地理位置與景觀，並由「奔放肆大」、「其勢益張」、到「與海相若」，分三層營造出全文汪洋浩瀚之勢，更由雄渾江水映出小亭，因此底下再就「事」，簡要交代建亭的背景與命名的始末。然後，作者又以「蓋亭之所見」一句為接榫，敘述眼前所見的「快哉景」，從近觀之江水，再到遠眺之山林，描繪出足以令人稱快的勝景。其次，於「長州之濱」以下，則是就過往之懷想來寫「快哉事」，從地靈與人傑兩方面，拈出令人稱快的流風遺跡[32]。由此可見，本文在敘事的章節中，即呈現出兩疊景事複合的內容。

　　張養浩的〈山坡羊‧潼關懷古〉，則是在章節中出現「情」與「理」的複合類型，並於章法上形成「全泛」之結構：

　　　　峰巒如聚，波濤如怒，山河表裡潼關路。望西都，意踟躕，傷心秦漢經行處，宮闕萬間都做了土。興，百姓苦；亡，百姓苦。

此首小令主要寫路經潼關所生發的感歎，表達對民生疾苦最沉痛的悲憫。前三句以寫景始，不但透過層層峰巒與奔騰急湍，潑出一幅氣勢恢宏的意象，也點出此地固若金湯的險要性，其後則由景轉入抒情與議論，結構表如下：

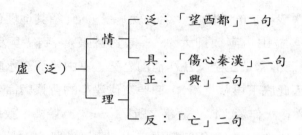

抒情的部分，先泛寫自己遙望都城，卻意有所感，緊接著再
具體的指出，此「意」原是想起由秦至漢，宮闕無不隨王朝
盛衰，新建起又旋成焦土，而付出代價的卻總是可憐百姓，
這裡的「傷心」二字，可說是扣合了「懷古」的主題，是全
曲之核心情語；後四句則由歷史現象，提煉出精警的理語，
用以加強為人民苦難而傷心的情意。由此可見，這些屬於抒
情和說理的內容，亦形成「先情後理」的「全虛」結構。

　　運用「寫景」、「論理」謀篇者，如杜甫的〈蜀相〉：

　　　丞相祠堂何處尋？錦官城外柏森森。映階碧草自春
　　　色，隔葉黃鸝空好音。三顧頻煩天下計，兩朝開濟老
　　　臣心。出師未捷身先死，長使英雄淚滿襟。

喻守真在《唐詩三百首詳析》中評說：「此詩章法，前半寫
景，以『自』『空』二字為骨，寓感嘆意。後半論事，非常
沉痛。」（頁230）這就是「景、理」的結構形式，若以泛具
法切入，則可畫出以下的結構表[33]：

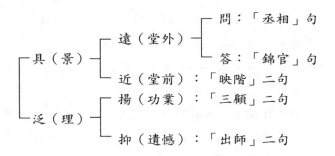

由結構表可以了解，這首詩是先具體寫景再抽象論理，因此
形成了「先具後泛」的結構，而為使分析更加清楚與準確，
可於主要結構成分的後面加上括號，來說明具寫和泛寫的內
容是「景」與「理」。此詩前半所寫之景，由遠而近，先以
一問一答的方式，點出祠堂所在，再拉近至堂前，以「草自
春色」、「鳥空好音」形容祠堂之景，加上前句的「森森之
柏」，勾勒出淒清的景象，為後半所發之議論做鋪墊；論理
的部分，則是先頌揚諸葛武侯的豐功偉業，並以「老臣心」
轉折至末二句，提出其齎志而沒的憾恨，如此由荒涼之景而
發出感慨的評論，使全詩透顯著一股沉鬱悲壯之感。

　　「事」、「情」結合的篇章，較為常見，且在詩文中皆可
找到例證，如龔自珍〈病梅館記〉：

　　江寧之龍蟠，蘇州之鄧尉，杭州之西溪，皆產梅。
　　或曰：梅以曲為美，直則無姿；以敧為美，正則無
　　景；梅以疏為美，密則無態，固也。此文人畫士，心
　　知其意，未可明詔大號，以繩天下之梅也。又不可以
　　使天下之民，斫直、刪密、鋤正，以夭梅、病梅為業
　　以求錢也。梅之敧、之疏、之曲，又非蠢蠢求錢之

民，能以其智力為也。有以文人畫士孤癖之隱，明知
鬻梅者，斫其正，養其旁條；刪其密，夭其稚枝；鋤
其直，遏其生氣，以求重價，而江、浙之梅皆病。文
人畫士之禍之烈至此哉！

予購三百盆，皆病者，無一完者。既泣之三日，乃誓
療之，縱之，順之。毀其盆，悉埋於地，解其棕縛。
以五年為期，必復之，全之。予本非文人畫士，甘受
詬厲，闢病梅之館以貯之。

嗚呼！安得使予多暇日，又多閒田，以廣貯江寧、杭
州、蘇州之病梅，窮予生之光陰以療梅也哉！

其結構表為[34]：

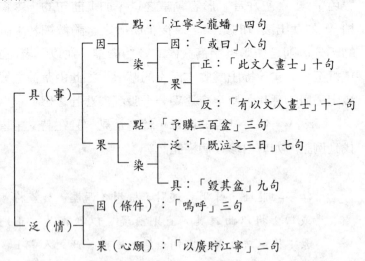

此為「先具（事）後泛（情）」結構。敘事的部分為首、
次、三段，占了相當篇幅，抒情的部分則為末段。首段先以
簡介三地產梅之事為引子（點），次段則仔細敘述建「病梅

館」的緣由（染），其中又先提出一般以梅的「曲」、「欹」、「疏」為美的審美觀，並因此而引發以下一正一反的做法，正者乃認為梅的生長應任其自然，反者則以人工勉強為之，故造成江浙一帶，都是罹病的梅樹。其次，作者延續上段，說明因江浙皆病梅（因），而開闢「病梅館」照顧梅栽之事（果），此段也是形成「先點後染」結構，即先寫購置三百盆梅栽（點），再泛寫誓言療治，並就三方面具寫療梅：也就是埋地、解縛之做法，以五年為期限，和自己堅定的心態（染）。最後因事生情，抒發內心欲廣貯江寧、蘇、杭之病梅，並願窮盡一生來照顧它們的強烈期望，讀來真摯感人。

　　以「事」、「景」、「情」成分構成內容者，如蘇軾〈記承天寺夜遊〉：

> 元豐六年十月十二日，夜，解衣欲睡，月色入戶，欣然起行。念無與樂者，遂至承天寺，尋張懷民。懷民亦未寢，相與步於中庭。
> 庭下如積水空明，水中藻荇交橫，蓋竹柏影也。
> 何夜無月？何處無竹柏？但少閒人如吾兩人耳！

結構分析表可表示為：

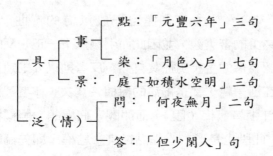

由結構表可知，全文以「事」、「景」、「情」之內容結構成篇，即先記夜間一遊承天寺的事，再寫所見之景，最後抒發由此而生的閒適之情。首段的敘事，先點出夜遊的時間，再以多層的因果關係，細說成行的原因，故此處又以「先點後染」來呈現敘事的內容；次段主要在寫竹柏之景，但作者不直接面對竹柏實景，而是以巧妙的比喻，透過月光來描繪其影，這樣一來，不但呼應前段由「月色」而生起的遊興，也使夜遊別有一番趣味；末段則是綰合「事」、「景」而生「情」，此抒情的部分又以問答的方式組織，由月與竹柏之「常」，更加凸顯出「人之閒」的可貴。因此，從以上之分析不難看出全文「先具（事——景）後泛（情）」的脈絡。

另外，「情」、「理」、「事」、「景」的搭配，還可能出現更複雜的情況，如秦觀的〈鵲橋仙〉：

> 纖雲弄巧，飛星傳恨，銀漢迢迢暗度。金風玉露一相逢，便勝卻人間無數。　　柔情似水，佳期如夢，忍顧鵲橋歸路。兩情若是久長時，又豈在朝朝暮暮。

其結構分析表如下 [35]：

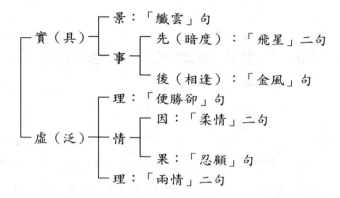

此詞作主要藉牛郎織女的故事，來抒發自己的情懷。首句用
織女善於織雲的典故，描寫天際美麗的雲彩，次三句由「暗
度」至「相逢」，敘述牛郎織女七夕相會的故事。然後全詞
由實轉虛，先以「便勝卻」一句論理，頌揚其真情，再以
「柔情」三句抒情，由因及果的寫盡雙方戀戀不捨，難上歸
途的情誼。末二句又從一片深情中，體悟出情長豈在朝暮的
一番道理。由上可知，這首詞以「先實（具）後虛（泛）」
來謀篇布局，實寫的部分又為「先景後事」，虛寫的部分則
由「理——情——理」構成。

　　總之，意象形成之兩大組成型態，在篇章中所歸屬之各
種章法，可統括在虛實法之下，其中，「單一類型」裡的單
「事」類型與單「景」類型，屬於虛實法中的「全實」；而
單「情」類型和單「理」類型，則屬於虛實法中的「全
虛」；而在「複合類型」中，以「情」、「景」成分組織篇
章內容者，屬於情景法，「理」與「事」的複合，屬於敘論
法；其他類型如「景、事」、「景、理」、「事、情」、
「事、景、情」……等，則可歸為泛具法的範疇。

第三節　意象形成之成分所各自適用的章法

　　由前節之研究可得知，辭章意象形成之「情」、「理」、「事」、「景」等四大成分，可以單獨或相互搭配的出現在篇章中，以形成全實、全虛、情景、敘論、泛具等各種不同的章法結構，而這些章法類型，又統括於虛實章法家族之中。除此之外，單就每類成分來看，無論是呈現於「篇」或「章」，又各有其適用的一些章法[36]，本節主要即在透過詩文實例，探研「情」、「理」、「事」、「景」等成分，所各自適用的幾種章法[37]。如此以虛實章法為基，再配合適於處理各成分條理的章法，就能有助於掌握辭章作品在煉意取象及篇章結構上的特色[38]。

一、情

　　由於辭章家常會以具體的景物或事件，來襯托主體所要抒發的抽象情感，故全篇純粹僅以情語構成的辭章是很少見的，單「情」型態通常還是以出現於節段為多，而全篇抒情的情形，則較常運用於直接表達、少曲折的民歌類作品。而以「情」這個意象形成成分所適用的章法來看，常見者主要有凡目、淺深、因果、正反、今昔、賓主、虛實等。這是由於透過情感的因果關係、深淺層次、今昔變化、正反對比，以及賓主之間的映襯、時空的虛實轉換，或是總括和分目具

寫的組織等，很容易形成抒情內容的邏輯條理，因此辭章家
總會自覺或不自覺的以這些章法來梳理情意。

　　如〈吳聲歌曲・子夜歌〉之二十一，是一首運用凡目、
淺深等章法來處理情意的詩歌：

　　　別後涕流連，相思情悲滿。憶子腹糜爛，肝腸尺寸
　　　斷。

其結構分析表為：

```
┌─ 目（淺）：「別後」句
├─ 凡：「相思」句
│              ┌─ 一：「憶子」句
└─ 目（深）─┤
               └─ 二：「肝腸」句
```

此詩以抒發別後相思之情為主，洪順隆在《抒情與敘事》中
即表示：「內容寫女子與男友別後，內心思念的痛苦，也是
一種慕情。前二句直訴心情，後二句誇大相思之苦。」（頁
206）點出此詩旨在寫別後思念之苦，而全詩在條理上，又
由「直訴」乃至「誇大」，展現了層次之美。進一步而言，
本詩從首句的「涕流連」，至末尾的「腹糜爛」與「肝腸
斷」，可見其情感由淺而深的層層遞進，並以二句的「相思
情悲滿」統括前後兩目，形成「目（淺）——凡——目
（深）」結構，清楚而直接的表達出一位思婦的怨情。

　　其次，還有運用虛實法來抒情者，如周邦彥的〈蘭陵
王・柳〉：

柳陰直，煙裡絲絲弄碧。隋隄上，曾見幾番，拂水飄
綿送行色。登臨望故國，誰識，京華倦客。長亭路，
年去歲來，應折柔條過千尺。　　閒尋舊蹤跡。又酒
趁哀絃，燈照離席。梨花榆火催寒食。愁一箭風快，
半篙波暖，回頭迢遞便數驛，望人在天北。　　悽
惻，恨堆積。漸別浦縈迴，津堠岑寂。斜陽冉冉春無
極。念月榭攜手，露橋聞笛。沉思前事，似夢裡，淚
暗滴。

其結構表為[39]：

此詞前半以詠柳寫景，後半由景入情，抒發深沉的傷別之
情。在寫惜別（情）的部分，作者是先實寫此刻餞別的情
景，末尾再實寫送行後的情景、往事的回想、與潸然淚下之
況，而中間則用虛寫的手法來承上啟下，陳滿銘在《詞林散
步》中分析說：「用一『愁』字領起四句，『代行者設
想』，虛寫行者船行之速，以表出依依不捨之離情。」（頁
232）這是在酒席上的設想，若再配合前後的實寫則可知，
此處的設想是對一即將發生的情況做預想，所以這裡所謂
「代行者設想」，屬於虛時間。由此可知，這首詞作是以「時
間的虛實法」來梳理寫情的節段，這樣的手法不但很特殊，

而且隨著時間點的跳接，一股悽惻的離情別緒也更加渲染開來。

　　除上述凡目與時間的虛實法外，其他適於用來處理情意抒發的章法，尚有因果、正反、淺深、賓主、虛實（空間）……等。因果法，如秦觀的〈鵲橋仙〉寫道：「柔情似水，佳期如夢，忍顧鵲橋歸路。」以「先因後果」的結構，敘雙方因雙方戀戀不捨，而難上歸途的情誼。正反法，如無名氏〈子夜歌〉（儂作北辰星）：「儂作北辰星，千年無轉移。歡行白日心，朝東暮還西。」就以北辰星和白日分別比喻自己與對方，形成內心堅定（不變）與游移（變）的正反對比。淺深法，如陸機〈贈從兄車騎〉寫懷人一段，謂：「寤寐靡安豫，願言思所欽。感彼歸塗艱，使我怨慕深。」先說想念對方而寤寐不安，再深一層的說出因歸途之艱，而越發思慕對方，形成「先淺後深」結構。賓主法，如孟浩然〈宿桐廬江寄廣陵舊遊〉後半，即以「先賓後主」抒情，詩云：「建德非吾土，維揚憶舊遊。還將兩行淚，遙寄海西頭。」作者就是藉由桐廬並非自己的故鄉，來加強對揚州舊遊的懷念。空間的虛實法，如杜甫〈春日梓州登樓〉之二，五、六句抒情的部分寫道：「厭蜀交遊冷，思吳勝事繁。」便是先就「此地」（實）言交遊冷落而「厭蜀」，再將空間轉至勝事繁多的吳地，抒發想乘舟一遊的心意（虛）。

二、理

　　就意象形成成分中的「意」而言，除了抒情的內容之外，亦含論理的部分，舉凡在詩文中表達議論、說明、評斷

等抽象道理者，皆屬「理」之內容成分。它可以凸顯於篇章的任一層級，有全篇論理者，亦有與敘事或寫景（物）複合而出現於節段者，一般而言，由於辭章中的「理」常會援「事」以發或藉「景」寄託，因此其意象結合的方式，又以後者的情況居多。

單就適於組織說理內容的章法而言，則常見有正反、凡目、因果、問答、抑揚、本末、立破、賓主、偏全、平側等。作者在處理議論內容時，可透過正面材料與反面材料，或是輔助材料（賓）與主要材料（主）來呈現；也能就事理的始末源委、原因與結果、總括和分目等關係來整理其見解；或可針對文章中所立的案子來進行駁難；而在論人議事時，亦可同時運用貶抑和頌揚的筆法，以突出重點；更可先以平等的地位提明幾個重點，然後再對其中一、兩項加以側注，或就局部、特例（偏），與整體、通則（全）進行比較。由於這些章法在事理展演上，都具有較強的邏輯性，故而常運用於安排議論內容。

全篇論理者，如杜秋娘〈金縷衣〉：

> 勸君莫惜金縷衣，勸君惜取少年時。花開堪折直須折，莫待無花空折枝。

其結構表為：

```
┌─ 反：「勸君莫惜」句
│         ┌─ 泛：「勸君惜取」句
└─ 正 ─┤
          └─ 具：「花開」二句
```

此詩作意乃在勸人珍惜年少大好時光，主要用到了正反法、泛具法來議論。首句就反面，言尚可再得的外在財寶不足耽溺，二句之後回到正面論述主要義旨，作者在此先泛論人應珍惜、把握一去不復返的年少時光，再具體的以象徵美好的花為喻，由正而反的提出少年時應及時努力的道理。故就第一層結構而言，全詩是透過「先反後正」來說理，將「少壯不努力，老大徒傷悲」的深意，清楚的表達出來。

而單「理」類型運用於節段者，如李紱〈無怒軒記〉：

> 怒為七情之一，人所不能無。事固有宜怒者，詩曰：「君子如怒，亂庶遄已是已。」顧情之發也，中節為難，而怒為甚。血氣蔽之，克伐怨欲之私乘之，如川絕防，如火燎原，其為禍也烈矣。
>
> 吾年踰四十，無涵養性情之學，無變化氣質之功，因怒得過，旋悔旋犯，懼終於忿戾而已，因以無怒命軒。
>
> 不必果無怒也，有怒之心，無怒之色；有怒之事，無怒之言，蓋所怒未必中節也，心藏於中，可以徐悟，色則見於面矣；事未即行，猶可中止，言則不可追矣。怒不可無，而曰無怒者，矯枉者必過其正，無怒猶恐其過怒也。軒無定在，吾所恆止之地，即以是牓之。

其結構表為：

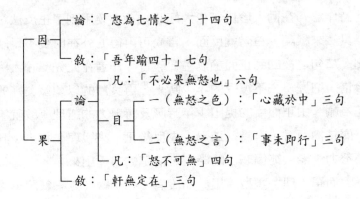

從上表可知，全文以敘論迭用的結構（論 —— 敘 —— 論
—— 敘）寫成，並且又可以因果法來統括兩個「論 ——
敘」。首段先論怒之得禍，再敘述命軒為無怒之事；接著又
論述完全無怒者，乃矯枉過正，末尾則寫藉此軒、此事來砥
礪自己。在此論敘雙疊的結構中，還具有淺深與因果的關
係，即前一組「論 —— 敘」是就「人情之常」（淺）來「省
己」（因），後一組則是進一步「切入涵養」（深）言「克己」
（果）。就第二個「論」而言，作者即運用了凡目法來梳理此
節段，他先總括出「怒」既為七情之一，因此人要做到完全
無怒實不可能，但是不克除「怒」卻又易生禍害，故底下再
分心與色、事與言兩目，要求自己做到「無怒之色」與「無
怒之言」，最後又再次點明「不必果無怒」之意，形成「凡
—— 目 —— 凡」的結構，進一層深化了「無怒」的真意。

　　其他常見於安排議論內容的章法，還有因果、問答、抑
揚、立破、平側、本末、偏全……等。因果法，如蘇軾〈記
遊松風亭〉末段寫道：「若人悟此，雖兩陣相接，鼓聲如雷
霆，進則死敵，退則死法，當恁麼時，也不妨熟歇。」主要
是藉由兵陣，喻人生種種非常態的處境，提出若人能體悟此

番解脫自在的觀念（因），則無論是面臨多麼進退維谷的狀態，都能有其自處之道（果）。問答法，如朱熹〈觀書有感〉後半：「問渠那得清如許？為有源頭活水來。」即以一問一答帶出方塘之「清」，乃有「源頭活水」之理，並藉此喻讀書日新之功[40]。抑揚法，如韓愈的〈圬者王承福傳〉末段，就是以抑揚迭用的結構發出評論，其中，「愈始聞而惑之」一段，是就「淺」，先抑王承福言行有令人疑惑之處，又揚其可稱上能獨善其身的人，而「然吾有譏焉」一段，是就「深」，先抑其為己過多、為人過少，再揚其善於貪邪亡道之人，而文章也在抑揚互見之下，全面的展現圬者的形象，並藉此深刻的批判社會現象[41]。立破法，如王安石著名的一篇翻案文章〈讀孟嘗君傳〉，開篇即就「世皆稱孟嘗君能得士」立案，接著扣緊「雞鳴狗盜」予以駁難。平側法及本末法，如《孝經・廣要道》先由本而末的平提「孝」、「悌」、「樂」、「禮」，再側注於「禮」，論述「禮者，敬而已」的孝之要道。偏全法，如杜甫〈八陣圖〉起二句：「功蓋三分國，名成八陣圖。」分從「三分國」與「八陣圖」，詠懷諸葛亮整體性（全）和重點性（偏）的軍事貢獻。

三、事

在一篇辭章中，只要出現以敘事為主的內容，則可歸為意象形成成分中的「事」象。這樣主要用以敘述事件的辭章內容，常透過以下的邏輯條理呈現：今昔（先後）、因果、凡目、點染、問答、久暫、詳略、虛實（時間、夢境與現實、願望與實際）等章法[42]。當辭章家欲進行事象材料的陳

述時，通常可按發生時間的先後，予以順敘或逆敘，也能抓
住事態的前因後果，理清其內在關係，或依總述與分說、引
子（尾聲）與主體、提問與對答、歷時悠長與短促之不同、
詳略繁簡的變化、虛實之間的對應等手法，組織起敘事的
「篇」或「章」。由此可知，這些邏輯思維皆具普遍性，在謀
篇布局時，十分便於鋪陳事件的來龍去脈，因此常出現在敘
事的篇章內容中。

　　在例證方面，如戴名世的〈記夢〉，是一篇迻用夢境與
現實的虛實法來敘事的作品，文云：

> 余少夢適山間，遇一老父，蒙槲葉於身，坐石上，余
> 異之，問以神仙之術，不答。有頃，天上有紅雲一
> 縷，冉冉下屬地，老父指謂余曰：「食此者，文章冠
> 海內。」余以口仰接吞之，老父復與余有所言，既
> 覺，忘之矣。自是七八年來，憂沮病廢，曾未嘗學問
> 有所發明，回憶曩者之夢，真可嘅也。
> 壬戌之春，屢夢深山大川，汪洋萬頃，峰巒千疊，又
> 往往登臨樓閣，壯麗閎偉，雲霞草木，變態百出，類
> 非人間所有。余懷遯世之思久矣，力不能買山以隱，
> 而夢豈徒然也乎？然於彼不驗，又豈獨驗於此也？姑
> 記以俟之。

其結構表如下：

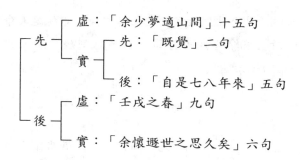

此文主要是藉著寫昔日之夢與近日之夢，來證明夢之不可信。在結構上，則是以虛實（夢境與現實）、先後等章法來裁篇。林景亮的《評註古文讀本》即就其篇法說道：「其謀篇前寫夢吞雲，後寫夢登深山大川與樓閣等，蓋直敘兼併敘法也。」（頁37）這兩次的夢境是以時間先後順敘而成，首段記載遇一老父給予紅雲吞食之夢，再敘述醒覺後，自己並未因而在文章上有所成就，甚至感到羞赧的過程；次段又記夢深山大川，與不能實現隱居心願的現實，並藉此暗隱夢境之虛幻而不可徵驗的特質。由於夢境非真實存在，所以寫夢境的部分皆屬「虛」，反之，醒覺的現實世界則為「實」，故全篇形成少見的「虛 —— 實 —— 虛 —— 實」迭用結構，並以時間生發的先後順序，統括這兩疊虛實結構。

　　又如以虛實法（願望與實際）寫成的元結〈賊退示官吏〉中，即出現了敘事的節段，詩云：

> 昔歲逢太平，山林二十年。泉源在庭戶，洞壑當門前。井稅有常期，日晏猶得眠。忽然遭世變，數歲親戎旃。今來典斯郡，山夷又紛然。城小賊不屠，人貧傷可憐！是以陷鄰境，此州獨見全。使臣將王命，豈

不如賊焉？今彼徵歛者，迫之如火煎。誰能絕人命，以作時世賢？思欲委符節，引竿自刺船。將家就魚麥，歸老江湖邊！

其結構表為：

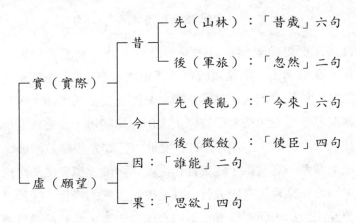

全詩是先敘事實（實）再抒發願望（虛），邱燮友在《新譯唐詩三百首》對其作法分析道：「全詩共分四章：首章六句，敘述太平世的安樂。次章八句，敘述出來掌理道州，又偏逢喪亂，並說明道州所以保全的原因。三章六句，敘述朝廷派租庸使前來徵歛，反不如寇賊。末章抒感，表明自己的心跡，寧可棄官終老於江湖之上，也不願做個酷吏。」（頁37）就敘事的節段來看，作者先就「昔」言太平之世的山林生活，與遭逢時局變化時的軍旅生活，接著再就「今」，先寫出任道州刺史，卻遇盜賊殺掠，再寫強收賦稅的官吏就如同賊寇一般，至此皆在說明實際的情況，屬於「實」，足見此處是運用今昔、先後之章法來安排事材，使詩末寧願棄官歸隱的心願更加突出。

　　此外，其他適於用來梳理敘事內容的章法，尚有久暫、因果、凡目、點染、問答、詳略、虛實（時間）……等。久暫法，如賀知章〈回鄉偶書〉：「少小離家老大回，鄉音無改鬢毛衰。兒童相見不相識，笑問客從何處來。」前二句寫久客他鄉，歷時長，後二句是返鄉遇童，歷時短，故本詩乃以「由久而暫」的時間設計安排敘事內容，使全詩的焦點，漸漸集中在途中與兒童相見和問話的剎那間[43]。因果法，如以「先因後果」結構寫成的《列子·愚公移山》，其前三段由立志，寫到自助與人助，是「因」，最後一段是「果」，記天神感其精神而助其完成移山願望。凡目法，如辛棄疾〈鷓鴣天〉：「壯歲旌旗擁萬夫，錦襜突騎渡江初。燕兵夜娖銀胡䩮，漢箭朝飛金僕姑。　　追往事，嘆今吾，春風不染白髭鬚。卻將萬字平戎策，換得東家種樹書。」以篇腹的「追往事，嘆今吾」，統括前半南歸縛賊的往事，和後半被迫退隱的經歷，形成「目──凡──目」結構。點染法，如杜甫〈石壕吏〉，作者先以「有吏夜捉人」為引子，隨即進入主要的敘事內容，敘寫官吏趁夜捉人，老婦出門察看，與夫婦哀痛的致詞與訣別，反映了百姓無盡的苦難，可見此詩屬於「單事」類型，並運用了「先點後染」的條理來呈現。問答法，如宋玉〈對楚王問〉，文中先是楚襄王對宋玉的問話，然後是宋玉分別以曲子、鳥、魚為喻，回答其問，表明受謗乃由於不合俗，不合俗又因俗不能知之況，是為「先問後答」結構。詳略法，如周敦頤〈愛蓮說〉中的一段：「晉陶淵明獨愛菊；自李唐來，世人盛愛牡丹。予獨愛蓮之出淤泥而不染，濯清漣而不妖；中通外直，不蔓不枝；香遠益清，亭亭淨植，可遠觀而不可褻玩焉。」略寫菊與牡丹而詳

寫蓮花,是為「先略後詳」。時間的虛實法,如張籍的〈感春〉:「遠客悠悠任病身,謝家池上又逢春。明年各自東西去,此地看花是別人。」由回想過去的悠悠歷程,寫至今日逢春,再將時間推向明年,可說是把三個時間面向做了順敘性的組合,形成「先實(昔——今)後虛(未來)」結構。

四、景

在一篇辭章作品中,主要用以繪景描物的內容,即屬意象形成中的「景」(含「物」)成分,包括花草植物、蟲魚鳥獸、風霜雨露、日月星辰、山水泉石等自然圖景,以及亭臺樓閣等人工景物,皆可寫入詩文,以輔助情意思想的表出。當作者將相應於主體內在的景物材料予以選取、組織,就會形成結構,而適合組織寫景內容的條理,大致有:大小、遠近、高低、內外、視角變換、點染、圖底、泛具、凡目、天人、感覺轉換、虛實(空間)等章法[44]。這些章法能處理空間範疇的大小、距離的遠近、相對位置的高低,也能藉由自然風物(天)與人文景象(人)、眼前所見(實)與目力不及的遠處(虛)、視聽覺等感官變化、畫面的背景(底)與焦點(圖)等關係,將景物內容條理化,因此很適合在寫景時,用以安排空間的布置與設計。

全篇主要在於寫景者,如北朝民歌〈敕勒歌〉:

> 敕勒川,陰山下,天似穹廬,籠蓋四野。天蒼蒼,野茫茫,風吹草低見牛羊。

結構分析表可表示為：

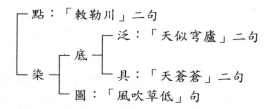

這首民歌是以「先點後染」的結構來描繪北地景致。作者先以「敕勒川」二句，為全詩下一個空間落足點，接著便進入寫景主體的部分，將整個空間推擴出去。作者在此是以先泛起後具述的方式，潑出蒼闊如穹廬的天空，和茫茫無際的原野，末句則藉草原上的牛羊，將畫面聚焦，顯露一派自然生機。江寶釵說：「詩勾勒的是塞外的白山黑水，山是崔巍的，水是豪闊的，彷彿粗獷大船間繚繞著高亢激揚的胡言燕語。山水間的曠野，草色直跨入天際，隨時而颯颯吹來的風掩湧波瀾，浮現了牛羊恬適吃草的影像，由靜入動，不著痕跡，是詩歌藝術的極致。」[45] 而整首凝煉的小詩，也就是透過點染、圖底、泛具等章法，勾勒出北方天寬地闊的景色，並於篇外帶出北方人豪放雄邁的氣概。

再就單「景」類型運用於節段的情形而言，如張說的〈送梁六自洞庭山作〉：

> 巴陵一望洞庭秋，日見孤峰水上浮。聞道神仙不可接，心隨湖水共悠悠。

其結構表為：

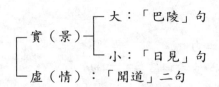

詩之前二句先實寫巴陵、洞庭湖、洞庭山等圖景，後二句由實入虛，寫傳說中的神山仙女已渺然難尋，唯使滿腔的思念隨湖水悠悠遠去，並藉此表達出心中對梁六的懷念之情。而前半的實寫，正符合古典詩論所說的「寫事境宜近」[46]，是對客觀自然的真實描繪，其中，首句由巴陵城帶出一幅廣闊的洞庭秋景，次句則將視點從全景集中到「孤峰」，一面由「孤」字暗含懷人之意，一面也為引出後半的抒情做鋪墊，因此寫景的部分，是以「先大後小」的結構，造成聚焦的美感效果。

其他適合於安排景物材料的章法，還有遠近、高低、內外、視角變換、虛實（空間）、凡目、天人、感覺轉換⋯⋯等。遠近法，如李白〈菩薩蠻〉：「平林漠漠煙如織，寒山一帶傷心碧，暝色入高樓。」由遠處淒清的平林、寒山，拉近至主人公佇立遠望的高樓。高低法，如袁宏道〈滿井遊記〉：「於時冰皮始解，波色乍明，鱗浪層層，清澈見底。晶晶然如鏡之新開，而冷光之乍出於匣也。山巒為晴雲所洗，娟然如拭。鮮妍明媚，如倩女之靧面，而髻鬟始掠也。」先就低處寫「水」，再就高處寫「山」，刻劃了滿井妍麗的山光水色。內外法，如辛棄疾〈鷓鴣天〉上片：「枕簟溪堂冷欲秋，斷雲依水晚來收。紅蓮相倚渾如醉，白鳥無言定自愁。」就是由溪堂內寫到溪堂外，描繪出寂寥夏景[47]。視角變換法，如王維〈積雨輞川作〉前半：「積雨空林煙火

遲，蒸藜炊黍餉東菑。漠漠水田飛白鷺，陰陰夏木囀黃鸝。」即是先由遠而近，再由低而高的描寫田野之景[48]。空間的虛實法，如以「實空間──虛空間──實空間」結構寫成的張繼〈楓橋夜泊〉：「月落烏啼霜滿天，江楓漁火對愁眠。姑蘇城外寒山寺，夜半鐘聲到客船。」首二句寫眼前所見的霜月、烏啼和江楓漁火，三句則將空間推向眼所未見的寒山寺，最後再把鏡頭順著寺裡所傳來的鐘聲，回到客船上。凡目法，如歐陽脩的〈采桑子〉：「春深雨過西湖好，百卉爭妍，蝶亂蜂喧，晴日催花暖欲然。蘭橈畫舸悠悠去，疑是神仙。返照波間，水闊風高颺管絃。」首句以「西湖好」總括全篇，再由近處的隄上之景，與遠處的水上之景，分兩目描繪西湖的春深好景[49]。天人法與感覺轉換法，如張可久〈梧葉兒・春日書所見〉：「薔薇徑，芍藥闌。鶯燕語間關。小雨紅芳綻。新晴紫陌乾。日長繡窗閒。人立秋千畫板。」前五句先寫自然之景，末二句再寫人事之景，形成「先天後人」的結構，而此曲在「天」的部分，還運用感覺轉換法的「視──聽──視」結構，描繪了薔薇、芍藥，啼叫的鶯燕，和雨後的紅芳與紫陌。

綜上所述，當「情」、「理」、「事」、「景」單獨凸顯於「篇」或「章」時，都各有它們適用的一些章法。以「情」而言，主要適合於凡目、淺深、因果、正反、賓主、虛實（時間、空間）……等章法。就「理」而言，則適於運用正反、泛具、凡目、因果、問答、抑揚、立破、平側、偏全……等章法來處理。再就「事」來看，適用的章法，主要有今昔（先後）、因果、凡目、點染、問答、久暫、詳略、虛實（時間、夢境與現實）……等。末以「景」而言，則適合運

用大小、遠近、高低、內外、點染、圖底、視角變換、虛實（空間）、凡目、泛具、天人、感覺轉換……等章法來呈現。

這樣的章法現象也透顯出兩大意義。一、單一類型的內容結構所各自適用的章法，與各種章法的特性是密切相關的，如寫景者多運用遠近、大小、空間的虛實法等具有空間配置性的章法，再如說理者多運用正反、偏全、抑揚、立破等偏於義理展演性的章法，又如表情者常以因果法表現，敘事者常以點染、今昔等章法鋪陳。當然也跨用性的章法，如淺深法可用於抒情，也可用於說理，再如因果法，由於它具有章法之母性[50]，故使其適用範圍更大。二、無論是抒情、說理、敘事、寫景，又以運用到因果、正反、泛具、凡目、虛實……等章法的情形最為普遍，這是因為這些章法都源自於人們最普遍的思維模式，也最能融合形象思維與邏輯思維[51]，另就虛實法而言，又因其涵蓋面大而廣受運用[52]。

總之，以意象形成之四大成分，在辭章的「篇」或「章」所組織成的情景、敘論、泛具等，屬於虛實法家族中的章法，作為核心，再配合適於處理「情」、「理」、「事」、「景」的種種章法，如凡目、因果、點染、正反、遠近、高低、內外、賓主、淺深、詳略、問答、抑揚、偏全、天人、今昔……等，就幾乎能切入各辭章作品的內在，進而掌握其深層的情意思想和篇章的結構風貌。

註　釋

1　參見王長俊主編《詩歌意象學》，頁234。

2　此表與說明，乃根據陳滿銘於師大國研所「章法學研討」課程所講授之內容。另外，劉玉琴在論述意象創作生成的過程時指出：無論是因象生情或得意覓象，辭章家都會先整合好意象，在將相關意象予以組織，最後再經文字表達成文本。而這三段線性過程，正好指示著辭章內容的形成、章法條理的組織、與意象符號化（物化）的創作進路，足見意象形成與章法結構之密切關係。參考王長俊主編《詩歌意象學》，頁146～152。

3　陳滿銘〈談篇章的縱向結構〉：「一般而論，如單就『情』、『理』、『景』（物）、『事』而言，無論它們凸顯在『篇』或『章』那個層級，各有它們適用一些章法。」見《章法學新裁》，頁535。

4　有關章法四大律之理論，詳見陳滿銘《章法學新裁》，頁21～53、頁319～360；及仇小屏《文章章法論》。

5　參見陳滿銘〈談篇章的縱向結構〉稿本之提要。

6　見鄭頤壽〈中華文化的沃土，辭章學圃奇葩──讀陳滿銘的《章法學新裁》及其相關著作〉，《海峽兩岸中華傳統文化與現代化研討會論文集》（2002年5月），頁132、134。

7　此依陳滿銘之說。

8　見鄭頤壽〈臺灣辭章學研究述評〉，《首屆海峽兩岸閩南文化學術研討會論文集》（2001年11月），頁3、12。

9　參見陳澧《東塾集》卷四，頁266～267。

10　參見陳滿銘《章法學綜論》，頁160。

11　以上章法之定義及例證，見陳滿銘《章法學新裁》、仇小屏《篇章結構類型論》、及拙作《虛實章法析論》。

12　以上五種章法之定義及例證，見陳滿銘《章法學論粹·論幾種特殊的章法》，頁68～112。

13　參見拙作〈論章法之族性〉，收於《辭章學論文集》上冊，頁145～163。

14　參見陳滿銘〈論章法與情意的關係〉，《國文天地》17卷6期，頁104。

15　見喻守真《唐詩三百首詳析》，頁144。

16　參考陳滿銘《章法學新裁》，頁 556。

17　李翱〈題燕太子丹傳後〉之結構表及分析，參見拙作〈論章法的「四虛實」〉，收於《修辭論叢》第五輯，頁 785～786。

18　袁宏道〈晚遊六橋待月記〉分析，見陳滿銘《章法學綜論》，頁 183；及拙作〈論章法的「四虛實」〉，收於《修辭論叢》第五輯，頁 796～797。

19　陳滿銘《文章結構分析》引，見《文章結構分析》，頁 191。

20　章法的「章」，已含括了「篇」，故一般稱之為「篇章」結構。而所謂「層級」是指篇章結構中的第一層、第二層、第三層等結構，其中第一層是就「篇」（全篇）來說，第二層以下則是就「章」（節段）而言。

21　參見陳滿銘《章法學新裁》，頁 529。

22　虛實法之內涵可統攝為「具體與抽象」、「時間與空間的虛實」、「真實與虛假」三大類，其中「具體與抽象」包括情景法、敘論法、凡目法、泛具法、詳略法等，所謂「意象形成之組成類型，在篇章中所構成的章法，可歸於虛實法家族」者，主要指此類。

23　〈子夜歌〉之結構表和分析，見陳滿銘《章法學新裁》，頁 503～504。另參見仇小屏《篇章結構類型論》（上），頁 253～254。

24　〈八聲甘州〉結構分析表和說明乃參考陳滿銘《詞林散步》，頁 147～148；及其於臺灣師大國研所「章法學研討」課程之授課內容。

25　喻守真：「上人所居，當然要別有清淨的天地，又何必買此俗地而隱呢。言下大有譏諷上人『入山不深』之意。」見《唐詩三百首詳析》，頁 270。

26　此曲之結構表及說明，參見陳滿銘《文章結構分析》，頁 117～118。

27　參見陳滿銘〈論幾種特殊的章法〉，收於《章法學論粹》，頁 83。

28　見黃永武《中國詩學——鑑賞篇》，頁 81。

29　見喻守真《唐詩三百首詳析》，頁 310。

30　參見陳滿銘《章法學新裁》，頁 519。

31　此具體細寫的部分，是指不能分目的情形。若能條分成幾個「目」，而與總括形成對應者，則為凡目法。

32 參見拙作〈蘇轍〈黃州快哉亭記〉課文結構分析〉,《國文天地》17卷7期,頁97~100。

33 〈蜀相〉結構表,參考仇小屏《篇章結構類型論》(上),頁250。

34 〈病梅館記〉結構表,參考仇小屏《章法新視野》,頁269。

35 〈鵲橋仙〉之結構表及分析,參見陳滿銘《詞林散步》,頁205。

36 陳滿銘〈談篇章的縱向結構〉:「一般而論,如單就『情』、『理』、『景』(物)、『事』而言,無論它們凸顯在『篇』或『章』那個層級,各有它們適用一些章法。」見《章法學新裁》,頁529~544。

37 本節內容參見拙作〈論辭章內容結構之單一類型——以其所適用的章法為考察重心〉,收於《修辭論叢》第四輯,頁665~686。

38 劉玉琴亦曾闡析道:「將意象營構與其創作手法聯繫起來考察,可以發現藏在技巧之中的情感意味。」其中所謂創作手法,也含括章法在內。又,范衛東:幾個客觀的事象或物象按一定的組合關係呈現在讀者面前,讀者可以從這些組合中領會到詩人隱藏在這些物象或事象背後的主觀意圖和感情色彩。見王長俊主編《詩歌意象學》,頁172、214~215。

39 〈蘭陵王·柳〉結構分析表參見陳滿銘《詞林散步》,頁233。

40 霍松林:「後兩句,當然是講道理,發議論,……這是從客觀世界提煉出來的富有哲理意味的詩。」見《宋詩大觀》,頁1118。又,朱崇才表示:這首詩從字面上看,是描寫自然景物的,但它並非真正的景物詩,而是在談讀書體會,主要是透過景物意象說出深刻的道理。參見王長俊主編《詩歌意象學》,頁257。

41 參見陳滿銘《章法學新裁》,頁139;及拙作〈抑揚法的理論與應用〉,收於《修辭論叢》第一輯,頁238;〈論章法之族性〉,收於《辭章學論文集》上冊,頁158。

42 黃永武:詩的時間設計有漸蹙、漸長等,此與章法中的久暫法相關,參見《中國詩學——設計篇》,頁44~47。又,張峻菡曾提出,詩歌意象的時間性,常按照歷時性的關係,有順時序、逆時序、錯綜等處理模式,這與今昔法(含先後法)、時間的虛實等章法皆有契合之處,參見王長俊主編《詩歌意象

學》，頁96～103。

43 參見黃永武《中國詩學——設計篇》，頁44～45；及拙作〈論章法之族性〉，收於《辭章學論文集》上冊，頁147。

44 黃永武在談詩歌的空間設計時，提到空間的擴張、凝聚、轉向等手法，若將之運用於景的謀篇布局，則與遠近法、大小法、視角變換法等章法相涉，參見《中國詩學——設計篇》，頁56～62。又，張峻菡曾整理出詩歌意象空間的表現形式，有聚焦式、步移式、凝縮式、重迭式等，換作章法而言，這些藝術技巧就與圖底法、視角變換法、高低法、遠近法等相關。參見王長俊主編《詩歌意象學》，頁117～120。

45 見江寶釵〈從史詩角度讀〈木蘭詩〉——兼談南北樂府詩之情調差異〉，《國文天地》6卷3期，頁86。

46 參見李元洛《歌鼓湘靈》，頁26～27。

47 參見陳滿銘《詞林散步》，頁307。

48 〈積雨輞川作〉運用由「遠近」而「高低」的視角變換法寫景之說明，參見仇小屏《篇章結構類型論》（上），頁126。

49 〈采桑子〉之說明參見陳滿銘《章法學新裁》，頁496～497。

50 陳滿銘：邏輯關係中最基本、最普遍的，就是因果，在四十多種章法，有一些存在著內部的因果聯繫，使因果法具有母性。參見〈論「因果」章法的母性〉，《國文天地》18卷7期，頁94～101。又，因果邏輯之所以是人們最基本的思維模式之一，乃由於因果關係普遍存在於萬事萬物之中。朱志凱主編的《邏輯與方法》即說：「因果聯繫是一種普遍聯繫，在自然界和社會中，任何現象都是由一定的原因引起的。」見朱志凱主編《邏輯與方法》，頁313。

51 參見陳滿銘《章法學新裁》，頁543～544；及吳應天《文章結構學》，頁345。

52 虛實法之內涵可統攝為「具體與抽象」、「時間與空間的虛實」、「真實與虛假」三大類，其中「具體與抽象」包括情景法、敘論法、凡目法、泛具法、詳略法等；「時間與空間的虛實」包括時間的虛實、空間的虛實、時空交錯的虛實；「真實與虛假」則有設想與事實、願望與實際、夢境與現實、虛構與真實。詳見拙作《虛實章法析論》。

第八章

結　論

　　本書主要由意象概念，統貫辭章內容之四大要素——
「情」、「理」、「事」、「景」，系統性的探討辭章意象形成
論的架構與內涵，並從相關的古今文論與詩文評註中，尋繹
其哲學基礎、理論發展與評析實例，使辭章學中的意象形成
論，得以凸顯其整體風貌。

一、哲學淵源

　　辭章意象的生成，大致可分為發自於主體心理的「意」
（包括「情」、「理」之內容成分），以及取自外在客體的
「象」（包括「事」、「景」之內容成分）。比較起來，可見可
感的外在物象和事象，其性質較偏向具體，而由創作主體之
內在所生發的情思或議論，則偏於抽象。因此，辭章意象形
成之成分，就虛實概念來說，「意」（「情」、「理」）為
「虛」，「象」（「事」、「景」）為「實」。

　　所謂的「虛」，指的是「無」，是抽象；所謂的「實」，

指的是「有」，是具體。強調「虛實相生」的文藝思想，早在《老子》的有無思想中即已萌芽，有其深遠的歷史淵源。老子在本體論所說的「道」，具備了「有」與「無」之一體兩面，從原始混沌、無為無形而言，是「無」，然而在虛中又含一切「有」。此外，就現象界來說，任何事物亦兼備有與無、虛與實的對應關係。因此，無論就本體而言或就現象而言，皆足見存在於宇宙天地、萬事萬物之間的這種「有無相生」、「虛實互動」之理則，此即意象虛實論之哲學基礎，因為文藝家正是藉由掌握眼前所見所聞的具體實有，以及內在相應的抽象情理來進行創作，從而使辭章作品透發出強大的感染力。

　　中國古典文藝美學的許多研究範疇，都在一定程度上受到《易》文化的影響。在《易傳》中，先賢不僅突出了「象」的意義，更由此論及「立象以盡意」的議題，這些理論都和辭章意象形成論有相當密切的關係。

　　〈繫辭傳〉中提出《易經》是以具體的物象和事象，來指示吉凶悔吝，表明抽象義理，也說明「意」可透過「象」來表達，且可以表現得很清楚。由此再落於文學上來說，正是意象論的源頭，因為這其中實已隱含文學藝術中「意」與「象」的內在聯結。「立象以盡意」的內涵，表現出意念與物象的渾然統合，並反映出文藝創作中主與客、心與物的相互交融。進一步而言，由於人的思緒紛繁，所以在藝術構思和創作中，需藉由「實」的具體事件、眼前景物，來表達「虛」的抽象理念或情感，其中，前者為「象」，後者為「意」，故見中國古典文學的意象論，正植基於主觀精神（意）與客觀事物（象）的聯繫上。所以，辭章意象形成論的理論

淵源，實可上溯至先秦的象意之辨。

綜上所述，辭章意象形成之理論基礎，確實是深深奠基於先秦的有無、象意等哲學思想上。

二、理論基礎

中國辭章學理論源遠流長，古今方家學者都留下不少寶貴的研究成果。就辭章意象象之形成而言，歷來文論家對於辭章「情」、「理」、「事」、「景」等內容結構成分，亦多所關顧，在研究視角上，更有著多種多樣的門徑，雖然有些觀點能直入意象形成之堂奧，但部分外緣理論，尚需詳加釐清其指涉。不過總體而言，這些前賢今秀所作的相關論著，對於建立辭章意象形成論的理論基礎，都深具貢獻和指標意義。

首先，就外緣理論而言，有從「載事」之體與「記」之文，來談敘事與議論在辭章內容中的運用；也有匯整出「告語」、「記載」、「箸述」三種文類，以對應「情」、「事」、「理」三類內容本質；更有從議論文、說明文、敘述文、描寫文、複合文等五種文體，探討文章寫作的內部信息。唯從文體觀作為研究辭章內容意象之切入點，雖然可看出某種內容成分，在某類文體中顯得特別突出的特色，但也易發生各種內容要素間的重疊現象，以致無法完全釐清意象形成之成分與關係。另外，也有研究者從題材觀，將辭章寫作材料作一概介者，這就關係到意象中的「象」；亦有將詩歌題材總括為「敘事詩」與「抒情詩」，並藉此論述其類型與內容者。以題材觀來論辭章內容，若僅涉及事景材料，則必須進

一步深掘出辭章家營構此象所欲表達的核心義旨，並且不能忽略在某類題材的詩文作品中，存在著「情」、「理」、「事」、「景」複合為用的情況。

其次，再就本質理論而言，從「內容觀」來談辭章意象形成論，較能完整掌握「情」、「理」、「事」、「景」（物）等意象形成因子及其組成。其一，有從情、景關係加以闡發者，如謝榛：「詩乃模寫情景之具。」李漁：「作詞之料，不過情景二字。」田同之：詞與詩皆在「攄寫性情、標舉景物」等，以抒情、寫景來概括辭章的內容。其二，有從理、事關係進行論述者，如張耒：古之文章「大抵不過記事、辨理而已。」袁守定：「攄文不過言理、言事二者。」等。而在與章法結構有關的理論中，也有不少文獻探討敘事與議論的相互搭配，如劉熙載所謂「先敘後論」、「先論後敘」，許恂儒亦提出「夾敘夾議」等章法現象。其三，有從其他組成成分與關係來析論者，如劉大櫆所提出的「即物以明理」、「即事以寓情」，黃子雲：「詩不外乎情、事、景物」，劉鐵冷：詩之大綱有「說理、言情、寫景」等。其四，更有全面牢籠「情」、「理」、「事」、「景」等意象形成成分者，如陳繹曾：文章立意之法，必從景、意、事、情四者求之，又如焦循的「意」與「事」以及王國維的「景」與「情」，皆是從廣義的角度，總述文學作品的兩大原質，並勾合於「意」與「象」的意義。再如賈文昭在文學內容的構成因素中，總括出「情、意、理、質、事、物」，並可進一步的歸納出「情、理、事、物（包括景）」四項要素。

而整個辭章意象形成論的體系，可由「形成成分」與「組成類型」予以統合。在「形成成分」當中，「情」、

「理」、「事」、「景」等成分，可統攝於主體與客體的兩大關係內，主觀而抽象的「情」、「理」，即屬內在的「意」，客觀而具體的「事」、「物」，就屬外在的「象」。依其於辭章中的主從關係，又可將「意」（「情」、「理」）與「象」（「事」、「景」）分屬「核心成分」和「外圍成分」。

在「組成類型」的部分，由於「情」、「理」、「事」、「景」這些主要成分，可以單獨呈現在篇章中的某些層級，構成單情、單理、單事、單景之樣態，也能組合兩種或兩種以上的成分，如「情」與「景」、「理」與「事」、「事、景、情」等意結合意、象結合象、或是意結合象的類型，因此，意象形成之組成類型，可統整為「單一類型」與「複合類型」兩種。

三、「意」之審辨

辭章意象形成中的「意」，既指內容結構中的核心成分，則其所關繫者，即為文學作品裡有關的義旨部分，也就是作者所欲表達的「情」或「理」，並且也和貫串全篇材料的「綱領」有關。所謂「義旨」，可分為全篇、整體性的「篇旨」，以及節段、部分性的「章旨」，前者這種一篇之中最為核心的情意思想，一般又稱為「主旨」。而「綱領」就如同「線索」，用以貫串全篇材料。辭章作品重「立意」，「意」在文章中的地位，就像是「一身之主」，創作必先使「情理設位」，文采才能行乎其間，內容材料才能獲得整合，反從解讀的角度言，同樣得先尋得其命意，才能知曉其歸趣，足見主旨在篇章中所佔有的核心地位。而一篇辭章作品

的核心情理，就如車輪之主軸，統攝著如橫輻般的各節段章旨，起著「一轂統輻」的作用。總之，一篇辭章要達成「統一」，就必須訴諸意象形成中的「意」成分，求之於主旨（核心情理）與綱領。

由於主旨、章旨、綱領、內容等，在一篇辭章裡的關係十分緊密，因而也常出現義界混淆的狀況，首先，在判定主旨時，需從出現的情語或理語中，找出最核心者，才能成功掌握作者所要表達的真正情意。其次，一般說來，一篇完整的辭章作品，只有一個總旨，它可能會有顯層或隱層的不同，但不能把各節段的章旨內容，理解成多義性主旨。其三，主旨與綱領雖然都扮演著融貫整個篇章的作用，但兩者在意義上實有所區別，綱領是用以串起所有的字句章節和所運用的材料，雖然綱領在形成統一的過程中有其重要地位，但並非辭章家寫作的主要目的，而主旨才是作者所真正要表達的情意思想。不過，因為兩者皆為形成辭章統一的重要因素，因此，主旨可能與綱領相疊合，當然也可能不同於綱領。另外，在許多文學理論或評註中，常以所謂「詩眼」、「文眼」、「警策」等詞，標舉出作品特別凸顯或精彩之處，這些名詞的義涵，雖然與辭章中的「意」，也就是核心成分有所交疊，但仍需仔細辨明其所指為何。

針對一篇之核心情理（主旨）來看，其所呈現之藝術手法，又有表達深淺和安置部位上的種種風貌。

由於辭章家在創作時的意忖心營，使得核心情理通常會根據實際的需要，或是手法上的講求，而有於篇章中直接顯出者，或將真正的主旨隱藏於篇外者，甚至還有在顯旨中暗含深層意義等方式。因此，就主旨表現的深淺性而言，就會

有「全顯」、「全隱」或「顯中有隱」等多樣的面貌。其判別原則是：若能在篇內，找到明顯用以抒情或說理的字句或節段，且意思表達完足，則其主旨即屬於全顯的性質。不過，有時還得再進一層考量這部分是否為最核心之情、理語，當篇內出現兩個或兩個以上的情、理語，則需以深層者為核心，此外，若是除了篇內的顯旨之外，還有另一層隱含的意思，則屬於「核心情理顯中有隱」。當然，若在篇內僅出現敘事或描寫景物的內容，而未有情理成分時，則其主旨即屬全隱，而這類將主要義旨隱藏住的篇章，有時會在題目上透露玄機，形成「隱旨出現於題目」的現象，當然也有在題目中仍不露痕跡者，此即「隱旨不出現於題目」的一類。

再就辭章中的「意」── 核心情理的安置部位而論，大致有置於篇內與篇外兩大共通形態，其中，前者又包括呈現於篇首、篇腹、與篇末三種不同的藝術技巧。在認定各種安排主旨的方式時，應透過結構分析表，以結構單元的觀點切入，而篇幅字句僅能作為輔助條件。接著，尚需以主要的「核心結構」作為確立主旨位置的起點，一些較為次要的外層結構，如點染的「點」、問答「問」等，通常不加入判定範疇。既然結構表對於主旨安置的辨別至關重要，故結構表分析得夠不夠深入，以及從哪一種邏輯條理切入等，都會成為影響因素，因此在判斷主旨安置的位置時，需用更嚴謹的態度，考量多種要項，以把握辭章作品最突出的美感特色。

四、「象」之歸納

辭章意象形成中的「象」，包括具體的物象與事象，是

辭章家用以表情達意的寫作材料，歸屬於形成成分中的「外圍成分」。由於抽象的情感難以顯出，道理難以言罄，故需揀選相應的外在事材或物材，藉以表出深刻幽微的義蘊，營造鮮明生動的意象。所謂「運用先須選料」、「作文之道，貴有原料」、「據事以類義」、「託物連類以形之」等論述，在在說明了辭章藉「象」表「意」之要。

　　總的來說，辭章內容的外圍成分，大致分為「物材」和「事材」。其中，在天地化育下的浩繁「物材」，可整合為自然類的「自然性物類」、與人體或人工力量有關的「人工性物類」，以及不帶有情節發展的「角色性人物」三大類，而「自然性物類」又包含植物、動物、氣象、時節、天文、地理等層面，「人工性物類」則可分為人體、器物、飲食、建築等類。「事材」則可以是經歷過的事實，也可以是歷史典故的運用，甚至可以是虛構的故事，故多種多樣的事象，又可統括為「歷史事材」、「現實事材」、和「虛構事材」三類。綜上所述，凡是存於天地宇宙之間的各種現象、人與物、或實事、虛事，都可以成為辭章的材料，為凸顯主旨、渲染意象而服務。

五、意象組合

　　辭章家在創作時，皆是自覺或不自覺的運用「條理」去處理「材料」以表達「情理」，使作品合乎秩序、變化、聯貫、統一等規律與美感，發揮強大的藝術感染力。由前文之探蠡已知，辭章中的「材料」，就是意象形成之「象」，所攄發的「情理」，即為意象形成之「意」，兩者合而為辭章縱向

結構，屬於辭章學中形象思維的研究領域。而在篇章中居於意象之間，擔當疏理、組織等謀篇布局工作的「條理」，則屬辭章學中的邏輯思維，是辭章作品的橫向結構，也就是一般所稱之章法。因此，從上述的文藝成形過程中不難發現，辭章的縱橫向結構之間，實存在緊密的內部聯繫。進一層而言，當欲針對辭章作品進行結構分析時，若能由平面的節段大意，再往下探求出內容意象之深意，同時往上統整出立體的層次關係，將縱向結構（意象）與橫向結構（章法）相互疊合，則更能全面的展顯其內容與形式上的特色。

辭章意象形成之四大成分——「情」、「理」、「事」、「景」，與兩大組成方式——「單一類型」及「複合類型」，可以呈現於篇章的任何層級，由於情、理之「意」偏「虛」，事、景之「象」偏「實」，故這些組織方式雖各有巧妙不同，但其所形成的章法類型，都可統括於虛實章法的大家族之中。此外，針對各別成分而言，無論其出現於篇章的哪一層級，都有某些適合於處理抒情、說理、敘事、寫景的章法。

就意象形成之組成類型所歸屬之章法而言，「單一類型」中的單事類型、單景類型，因於全篇或節段僅呈現敘事內容或僅予以描寫景物，而未出現核心成分，故為虛實法中的「全實」結構。而單情類型、單理類型，即指全篇或節段主要皆在抒發情意或議論道理，其間不雜以景語或事材等其他內容，故屬於虛實法中的「全虛」。另外，在意象形成的「複合類型」方面，以「情」、「景」成分組織篇章內容者，為情景法；「理」與「事」的複合，屬於敘論法；其他的組合類型如「景、事」、「景、理」、「事、情」、「事、景、

情」等，則皆可歸入泛具法的範疇。

　　再就意象形成的四大成分，所各自適用且常見的章法類型而論，單「情」成分，主要適合於正反、因果、凡目、淺深、賓主、空間的虛實等章法。「理」成分則適於運用正反、泛具、凡目、因果、問答、抑揚、立破、平側、偏全等章法來處理。再就「事」來看，其適用的章法主要有今昔（含先後）、因果、凡目、點染、問答、詳略、虛實（含時間的虛實、夢境與現實的虛實）等。末以「景」而言，則適合運用大小、遠近、點染、圖底、視角變換、空間的虛實、凡目、天人、感覺轉換等章法來呈現。這樣的辭章現象凸顯出，意象形成之四大要素，都具有構思條理上的普遍性，因此很自然的就會和橫向結構的章法聯繫在一起，而且各別的意象形成成分，也多半會與其內容屬性相關的章法類型相結合。

　　本書跳脫一般單就詩歌或單就物象所進行的意象探究，而是以較高的研究視角，由狹義的意象，擴大到辭章內容層面的整體觀照。不僅從哲學與文藝理論，溯源探流，更從內核、外圍之成分，與單一、複合之類型，建立辭章意象形成之理論體系。一方面釐析核心情意之諸多議題，統整紛紜的物事材料，另一方面亦就篇章縱橫向結構之扣合，闡論各類文章中主體情意與客體物象之有機結合。

　　總之，從意象形成的角度，探研辭章作品的內容結構，具有突出一篇之主旨、顯現節段章旨、鮮明藝術形象、與獲致審美享受等意義與價值，這對於辭章的鑑賞、創作、及教學等研究而言，更具有一定之助益，相信可以開拓出一條走進辭章世界的通路。

參考書目

（按作者姓氏筆劃排列）

壹、專書

一、意象學類

王立《心靈的圖景——文學意象的主題史研究》，上海：學林出版社，1999.2。

王長俊主編《詩歌意象學》，合肥：安徽文藝出版社，2000.8。

吳曉《詩歌與人生：意象符號與情感空間》，臺北：書林出版公司，1995.3。

胡雪岡《意象範疇的流變》，南昌：百花洲文藝出版社，2002.1。

夏之放《文學意象論》，汕頭：汕頭大學出版社，1993.12。

凌欣欣《初唐詩歌中季節之研究》，臺北：文津出版社，1997.7。

陳植鍔《詩歌意象論》，北京：中國社會科學出版社，1992.11二刷。

歐麗娟《杜詩意象論》，臺北：里仁書局，1997.12。

嚴雲受《詩詞意象的魅力》，合肥：安徽教育出版社，
　　2003.2。

二、章法學及文章寫作類

仇小屏《文章章法論》，臺北：萬卷樓圖書公司，1998.11。

仇小屏《篇章結構類型論》，臺北：萬卷樓圖書公司，
　　2000.2。

仇小屏《深入課文的一把鑰匙》，臺北：萬卷樓圖書公司，
　　2001.2。

仇小屏《章法新視野》，臺北：萬卷樓圖書公司，2001.9。

王凱符、張會恩《中國古代寫作學》，北京：中國人民大學
　　出版社，1992.9。

王德春《修辭學辭典》，杭州：浙江教育出版社，1987.5。

朱伯石《寫作概論》，武漢：湖北教育出版社，1995.4十一
　　刷。

成偉鈞、唐仲揚、向宏業主編《修辭通鑑》，臺北：建宏出
　　版社，1996.1。

吳應天《文章結構學》，北京：中國人民大學出版社，
　　1989.8。

許恂如《作文百法》，臺北：廣文書局，1985.5再版。

陳佳君《虛實章法析論》，臺北：文津出版社，2002.11。

陳望道《修辭學發凡》，上海：上海教育出版社，2001.7。

陳滿銘《國文教學論叢》，臺北：萬卷樓圖書公司，1994.9
　　初版三刷。

陳滿銘《國文教學論叢・續編》，臺北：萬卷樓圖書公司，
　　1998.3。

陳滿銘《文章結構分析》，臺北：萬卷樓圖書公司，
　　1999.5。

陳滿銘《章法學新裁》，臺北：萬卷樓圖書公司，2001.1。

陳滿銘《章法學論粹》，臺北：萬卷樓圖書公司，2002.7。

陳滿銘《章法學綜論》，臺北：萬卷樓圖書公司，2003.6。

陳滿銘《篇章結構學》，臺北：萬卷樓圖書公司，2005.5。

張少康《中國古代文學創作論》，臺北：文史哲出版社，
　　1991.6。

張春榮《作文新饗宴》，臺北：萬卷樓圖書公司，2002.8。

張春榮《文學創作的途徑》，臺北：爾雅出版社，2003.7。

張會恩、曾祥芹主編《文章學教程》，上海：上海教育出版
　　社，1996.5。

張壽康《文章學導論》，臺北：新學識文教出版中心，
　　1990.1。

張聲怡、劉九洲《中國古代寫作理論》，武昌：華中工學院
　　出版社，1985.10。

曾祥芹主編《文章學與語文教育》，上海：上海教育出版
　　社，2001.6。

蔡宗陽《文燈 —— 文章作法講話》，臺北：國語日報社，
　　1977.8第二版。

劉世劍主編《文章寫作學》，高雄：麗文文化事業公司，
　　1996.4。

劉錫慶、齊大衛主編《寫作》，北京：北京師範大學出版
　　社，1994.3四刷。

鄭文貞《篇章修辭學》，廈門：廈門大學出版社，1991.6。

鄭頤壽《辭章學概論》，福州：福建教育出版社，1986.10。

鄭頤壽《辭章學導論》，臺北：萬卷樓圖書公司，2003.11。

謝无量《實用文章義法》，臺北：華正書局，1990.3。

三、詩歌類

仇兆鰲《杜詩詳註》，臺北：里仁書局，1980.7。

王夫之《詩廣傳》（收於《續修四庫全書》），上海：上海古
　　籍出版社，1995。

王文濡《唐詩評註讀本》，上海文明書局排印本，1932。

王文濡《評註宋元明詩》，臺北：廣文書局，1981.12。

王令樾《文選詩部探析》，臺北：國立編譯館，1996.7。

王昌會《詩話類編》，明萬曆丙辰44年刊本。

王國維《人間詞話》（收於《詞話叢編》），臺北：新文豐出
　　版社，1988.2臺一版。

王熙元《詩詞評析與教學》，臺北：萬卷樓圖書公司，
　　1995.9。

方東樹《昭昧詹言》，臺北：廣文書局，1967.1。

田同之《西圃詞說》（收於《詞話叢編》），臺北：新文豐出
　　版社，1988.2臺一版。

朱庭珍《筱園詩話》（收於《清詩話續編》），臺北：藝文印
　　書館，1985.9。

江錦珏《詩詞義旨透視鏡》，臺北：萬卷樓圖書公司，
　　2001.9。

李元洛《歌鼓湘靈》，臺北：東大圖書公司，1990.8。

李佳《左庵詞話》（收於《詞話叢編》），臺北：新文豐出版
　　社，1988.2臺一版。

李重華《貞一齋詩說》（收於《清詩話》），臺北：明倫出版
　　社，1971.12。

李漁《窺詞管見》（收於《詞話叢編》），臺北：新文豐出版
　　社，1988.2臺一版。

沈祥龍《論詞隨筆》（收於《詞話叢編》），臺北：新文豐出
　　版社，1988.2臺一版。

沈德潛《唐詩別裁集》，臺北：臺灣商務印書館，1956.4。

沈德潛《說詩晬語》（收於《清詩話》），臺北：藝文印書
　　館，1977.5再版。

林東海《古詩哲理》，上海：學林出版社，2001.6。

金性堯注《唐詩三百首新注》，臺北：書林出版公司，
　　1994.5三刷。

周振甫《詩詞例話》，臺北：長安出版社，1987.9再版。

邱燮友註譯《新譯唐詩三百首》，臺北：三民書局，1976.12
　　修訂初版。

柳晟俊《王維詩研究》，臺北：黎明文化事業公司，
　　1987.7。

俞陛雲《唐宋詞選釋》，臺北：廣文書局，1977.7再版。

施補華《峴傭說詩》（收於《清詩話》），臺北：藝文印書
　　館，1977.5再版。

洪順隆《抒情與敘事》，臺北：黎明文化事業公司，
　　1998.12。

洪邁《容齋詩話》，臺北：廣文書局，1971.9。

姜夔《白石道人詩說》，臺北：臺灣商務印書館，1968.9臺

一版。

袁行霈《中國詩歌藝術研究》，北京：北京大學出版社，
　　1987.6。

徐征、張月中、張聖潔、奚梅主編《全元曲》，石家莊：河
　　北教育出版社，1998.8。

徐增《而庵說唐詩》（收於《四庫全書存目叢書》），臺南
　　縣：莊嚴文化事業公司，1995。

唐圭璋《唐宋詞簡釋》，臺北：木鐸出版社，1982.3。

唐汝詢《唐詩解》（收於《四庫全書存目叢書》），臺南縣：
　　莊嚴文化事業公司，1995。

浦起龍《讀杜心解》，臺北：中央輿地出版社，1970.12。

陳友冰《兩漢南北朝樂府鑑賞》，臺北：五南圖書公司，
　　1996.5。

陳滿銘《詩詞新論》，臺北：萬卷樓圖書公司，1994.6。

陳滿銘《詞林散步》，臺北：萬卷樓圖書公司，2000.1。

陳鐵民《王維新論》，北京：北京師範學院出版社，
　　1990.9。

陸輔之《詞旨》（收於《詞話叢編》），臺北：新文豐出版
　　社，1988.2臺一版。

張春榮《詩學析論》，臺北：東大圖書公司，1987.11。

黃子雲《野鴻詩的》（收於《清詩話》），臺北：藝文印書
　　館，1977.5再版。

黃生《杜工部詩說》，京都：中文出版社，1976.6。

黃永武《中國詩學——設計篇》，臺北：巨流圖書公司，
　　1999.9十三刷。

黃永武《中國詩學——鑑賞篇》，臺北：巨流圖書公司，

1999.9十二刷。

黃省曾編次《名家詩法》，臺北：廣文書局，1998.7再版。

黃振民《歷代詩評解》，臺南：興文齋書局，1969.12。

喻守真《唐詩三百首詳析》，臺北：臺灣中華書局，1995.1
　　臺23版4刷。

喻朝剛、吳帆、周航編著《宋詩三百首譯析》，長春：吉林
　　文史出版社，1998.2。

葉楚傖主編《樂府詩選》，臺北：正中書局，1991.3九刷。

富壽蓀、劉拜山評解《千首唐人絕句》，上海：上海古籍出
　　版社，1998.12。

楊海明《唐宋詞主題探索》，高雄：麗文文化事業公司，
　　1995.10。

楊齊賢集注、蕭士贇補注《分類補注李太白詩》，上海商務
　　印書館縮印明郭雲鵬刊本。

趙山林《詩詞曲藝術論》，杭州：浙江教育出版社，
　　1998.6。

趙乃增《宋詞三百首譯析》，長春：吉林文史出版社，
　　1999.11三刷。

劉鐵冷《作詩百法》，臺北：廣文書局，1991.10再版。

歐陽脩《六一詩話》（收於《歷代詩話》），北京：中華書
　　局，1992.5三刷。

錢鴻瑛、喬力、程郁綴《唐宋詞》，桂林：廣西師範大學出
　　版社，2000.12。

繆鉞、霍松林、周振甫、吳調公《宋詩大觀》，香港：商務
　　印書館，1988.5。

謝榛、王夫之《四溟詩話・薑齋詩話》，北京：人民文學出

版社，1998.2。

瞿佑《歸田詩話》（收於《續歷代詩話》），臺北：藝文印書
　　館，1974.4三版。

顏進雄《唐代遊仙詩研究》，臺北：文津出版社，1996.10。

釋皎然《詩式》，臺北：臺灣商務印書館，1965.11臺一版。

顧亭鑑纂輯、葉葆王詮注《學詩指南》，臺北：廣文書局，
　　1998.8再版。

顧龍振編輯《詩學指南》，臺北：廣文書局，1987.3再版。

四、散文類

于非編著《古代風景散文譯釋》，哈爾濱：黑龍江人民出版
　　社，1982.3。

王更生《柳宗元散文研讀》，臺北：文史哲出版社，
　　1994.7。

王更生《蘇軾散文研讀》，臺北：文史哲出版社，2001.2。

王國安主編《古代散文賞析》，上海：漢語大辭典出版社，
　　2000.10。

宋文蔚《評註文法津梁》，臺北：蘭臺書局，1983.7。

李扶九《古文筆法百篇》，臺北：文津出版社，1978.11。

呂祖謙《古文關鍵》，臺北：廣文書局，1970.10。

林景亮《評註古文讀本》，臺北：臺灣中華書局，1969.1臺
　　一版。

林雲銘《古文析義》，臺北：廣文書局，1997.9八版。

吳楚材評註、王文濡校勘《精校評註古文觀止》，臺北：臺
　　灣中華書局，1988.10臺12版。

吳闓生《古文範》，臺北：臺灣中華書局，1970.3臺一版。

吳闓生《桐城吳氏古文法》，臺北：華正書局，1985.6。

徐公持、吳小如等著《古代抒情散文鑑賞集》，臺北：國文
　　天地雜誌社，1989.6。

馮永敏《散文鑑賞藝術探微》，臺北：文史哲出版社，
　　1998.2。

過商侯《古文評註全集》，臺北：宏業書局，1979.10再版。

劉禹昌、熊禮匯《唐宋八大家文章精華》，武漢：荊楚書
　　社，1987.5。

謝枋得《文章軌範》，臺北：廣文書局，1970.12。

歸有光《文章指南》，臺北：廣文書局，1985.10再版。

五、文學理論類

王立《中國古代文學十大主題》，臺北：文史哲出版社，
　　1994.7。

王更生注譯《文心雕龍讀本》，臺北：文史哲出版社，
　　1997.10六刷。

王葆心《古文辭通義》，臺北：臺灣中華書局，1965.3臺一
　　版。

朱任生《古文法纂要》，臺北：臺灣商務印書館，1984.9。

李塗、陳騤《文章精義・文則》，臺北：莊嚴出版社，
　　1979.3。

李國平、沈正元《文章內容的理解》，北京：語文出版社，
　　1996.6三刷。

沈謙《文學概論》，臺北：五南圖書公司，2003.10初版三

刷。

吳訥《文章辨體序說》，臺北：泰順書局，1973.9。

吳曾祺《涵芬樓文談》，臺北：臺灣商務印書館，1966.11臺
　　一版。

來裕恂著、高維國等注釋《漢文典注釋》，天津：南開大學
　　出版社，1993.2。

高琦、吳守素編《文章一貫》，日本寬永二十一年風月宗智
　　刊本。

陳繹曾《文說》（收於文淵閣《四庫全書》），臺北：臺灣商
　　務印書館，1986.3。

陳鵬翔《主題理論與實踐》，臺北：萬卷樓圖書公司，
　　2001.5。

傅庚生《中國文學欣賞舉隅》，臺北：國文天地雜誌社，
　　1990.4。

賈文昭主編《中國古代文論類編》，福州：海峽文藝出版
　　社，1990.12。

賈文昭編《中國近代文論類編》，合肥：黃山書社，
　　1991.8。

劉若愚著、杜國清譯《中國文學理論》，臺北：聯經出版事
　　業公司，1998.9初版第五刷。

劉勰著、范文瀾注《文心雕龍注》，臺北：學海出版社，
　　1991.12再版。

劉大櫆《論文偶記》，北京：人民文學出版社，1998.5。

劉熙載《藝概》，臺北：華正書局，1988.9。

蕭瑞峰《多情自古傷離別——古典文學別離主題研究》，臺
　　北：文史哲出版社，1996.6。

六、心理學及美學類

李浩《唐詩的美學詮釋》，臺北：文津出版社，2000.5。

李澤厚《美學論集》，臺北：三民書局，1996.9。

吳功正《中國文學美學》，南京：江蘇教育出版社，1990.8。

邱明正《審美心理學》，上海：復旦大學出版社，1993.4。

陳望衡《中國古典美學史》，長沙：湖南教育出版社，1998.8。

張少康《古典文藝美學論稿》，臺北：淑馨出版社，1989.11。

張紅雨《寫作美學》，高雄：麗文文化事業公司，1996.10。

黃永武《詩與美》，臺北：洪範書店，1997.4六印。

曾祖蔭《中國古代文藝美學範疇》，臺北：文津出版社，1987.8。

葉朗《中國美學史大綱》，臺北：滄浪出版社，1986.9。

葉朗主編《現代美學體系》，臺北：書林出版公司，1996.3二版。

童慶炳《中國古代心理詩學與美學》，臺北：萬卷樓圖書公司，1994.3。

錢谷融、魯樞元《文學心理學》，臺北：新學識文教出版中心，1990.9臺初版。

韓林德《境生象外 —— 華夏審美與藝術特徵考察》，北京：三聯書店，1996.3二刷。

七、其他類

于光華編《評註昭明文選》，臺北：學海出版社，1977.9。

方苞《方望溪全集》，臺北：世界書局，1965再版。

方東樹《攷槃集文錄》（收於《續修四庫全書》），上海：上海古籍出版社，1995。

王更生《國文教學新論》，臺北：明文書局，1993.10六版。

王恒展等《中國古代寓言大觀》，臺北：添翼文化事業公司，1995.3。

王桂蘭《遙遠的故事──古代神話傳說》，臺北：萬卷樓圖書公司，1999.10。

王國維《王觀堂先生全集》，臺北：文華出版公司，1968.3。

王弼注、石田羊一郎刊誤《老子王弼注》，臺北：河洛圖書出版社，1974.10。

王弼《周易略例》（收於易經集成149），臺北：成文出版社，1976。

王弼注、孔穎達疏《周易正義》，臺北：廣文書局，1972.1。

包世臣《藝舟雙楫》，臺北：文光圖書公司，1968.10。

白居易《白氏長慶集》，臺北：藝文印書館，1971.2。

朱志凱主編《邏輯與方法》，北京：人民出版社，1995.8。

余培林註譯《新譯老子讀本》，臺北：三民書局，1993.1十版。

沈括《夢溪筆談》（四部叢刊續編子部），臺北：臺灣商務印

書館，1966。

李安《宋文丞相天祥年譜》，臺北：臺灣商務印書館，1980.7。

李漁《閒情偶寄》，臺北：長安出版社，1979.9。

吳秋林《中國寓言史》，福州：福建教育出版社，1999.3。

邵雍《伊川擊壤集》（四部叢刊初編集部），臺北：臺灣商務印書館，1965。

昭明太子編、李善注《文選》，臺北：藝文印書館，1991.12十二版。

昭明太子編、李善等注《增補六臣註文選》，臺北：華正書局，1977.5。

紀昀《紀文達公遺集》，清嘉慶十七年刊本。

袁守定《佔畢叢談》，清光緒十二年刻本，北京：北京出版社。

袁珂《中國古代神話》，臺北：臺灣商務印書館，1996.6二刷。

陸桴亭《桴亭先生文集》，臺北：新文豐出版社，1996。

陶淵明著、李公煥箋《箋注陶淵明集》（四部叢刊初編集部），臺北：臺灣商務印書館，1965。

許慎撰、段玉裁注《說文解字注》，臺北：黎明文化事業公司，1992.10九版。

章微穎《中學國文教學法》，臺北：蘭臺書局，1969。

陳良運《周易與中國文學》，南昌：百花洲文藝出版社，1999.1。

陳佳君《國中國文義旨教學》，臺北：萬卷樓圖書公司，2004.2。

陳滿銘等著、傅武光主編《名家論國中國文續編》，臺北：
　　萬卷樓圖書公司，1998.9。

陳澧《東塾集》，臺北：文海出版社，1969。

教育部人文及社會學科教育指導委員會主編《高中國文教材
　　鑑賞分析》，臺北：五南圖書公司，1994.4。

張伯行編《宋周濂溪先生惇頤年譜》，臺北：臺灣商務印書
　　館，1978.4。

張耒《張右史文集》（四部叢刊初編集部），臺北：臺灣商務
　　印書館，1965。

張撝之譯注《世說新語譯注》，上海：上海古籍出版社，
　　1996.12。

馮友蘭《馮友蘭選集》，北京：北京大學出版社，2000.7。

黃宗羲《南雷文定》（四部備要集部），上海中華書局。

黃宗羲原本、全祖望修定《宋元學案》（四部備要子部），上
　　海中華書局據伍氏刻本校。

黃錫珪《李太白年譜》，臺北：學海出版社，1980.8。

黃錦鋐《國文教學法》，臺北：三民書局，1997.7。

曾國藩《曾文正公全集》，臺北：世界書局，1952.7臺一
　　版。

焦循《雕菰集》，臺北：鼎文書局，1977.9。

楊慎《丹鉛雜錄》，上海：商務印書館，1936.6。

劉文剛《孟浩然年譜》，北京：人民文學出版社，1995。

劉正浩等注譯《新譯世說新語》，臺北：三民書局，
　　1996.8。

劉崇義編著《國中古典詩歌散文賞析續篇》，臺北：貫雅文
　　化事業公司，1994.10。

黎靖德編《朱子語類》,臺北:文津出版社,1986.12。

摯虞《摯太常遺書》,臺北:藝文印書館,1970。

錢穆《中國文化史導論》(《錢賓四先生全集》29),臺北:
　　聯經出版事業公司,1995.9。

羅聯添《白樂天年譜》,臺北:國立編譯館,1989.7。

貳、論文

一、學位論文

王秋傑《陸機及其詩賦研究》,國立臺灣大學中文研究所碩
　　士論文,1993.5。

李清筠《時空情境中的自我影像 —— 以阮籍、陸機、陶淵
　　明詩為例》,國立臺灣師範大學國文研究所博士論文,
　　1999.5。

孫鐵吾《李白詩歌植物意象研究》,國立臺灣師範大學國文
　　研究所碩士論文,1998.6。

陳清俊《盛唐詩時空意識研究》,國立臺灣師範大學國文研
　　究所博士論文,1996.6。

陳靜俐《《詩經》草木意象》,國立臺灣師範大學國文研究所
　　碩士論文,1997.1。

張雯華《東坡詞色彩意象析論》,國立臺灣師範大學國文系
　　教學碩士論文,2003.6。

黃大松《晚唐詩歌中黃昏意象研究》,國立政治大學中文研

究所碩士論文，1999.7。

黃淑貞《主旨（綱領）安置於篇腹的結構類型析論》，國立
　　臺灣師範大學國文系教學碩士論文，2002.12。

蔡美惠《方東樹文章學研究》，國立臺灣師範大學國文研究
　　所博士論文，2002.12。

謝奇懿《五代詞山的意象研究》，國立臺灣師範大學國文研
　　究所碩士論文，1997.7。

二、期刊論文

仇小屏〈談主旨置於篇腹的謀篇方式──以高中國文為
　　例〉，臺灣省政府教育廳《國文科教學研究專輯
　　（五）》，1999.6。

仇小屏〈論「圖底」章法的空間結構〉，《國文天地》17卷
　　5期，2001.10。

王光明〈詩歌意象論〉，《福建論壇》（文史哲版）75期，
　　1993.2。

王希杰〈章法學門外閒談〉，《國文天地》18卷15期，
　　2002.11。

王茂恒〈《馬說》意象世界層的構成〉，《文史知識》2003年
　　第4期，2003.4。

王基倫〈韓柳古文的美學價值〉，《中國學術年刊》第十七
　　期，1996.3。

王基倫〈《易》與柳宗元古文表現風格之關係析論〉，《國文
　　學報》第三十一期，2002.6。

王偉勇〈古典詞的主題與技巧──以唐宋詞為論述核心〉，

《國文天地》18卷9期，2003.2。

江寶釵〈從史詩角度讀〈木蘭詩〉—— 兼談南北樂府詩之
　　情調差異〉，《國文天地》6卷3期，1990.8。

李如鸞〈短小、精粹、雋永—— 劉禹錫〈陋室銘〉賞析〉，
　　《國文天地》4卷9期，1989.2。

沈秋雄〈一首喜心翻倒的詩—— 杜甫〈聞官軍收河南河北〉
　　賞析〉，《國文天地》4卷12期，1989.5。

周兆祥〈山水駢文的佳作—— 讀吳均〈與宋元思書〉〉，
　　《文史知識》1982年第11期，1982.11。

易俊傑〈奇山異水天下獨絕—— 吳均〈與宋元思書〉賞
　　析〉，《國文天地》6卷5期，1990.10。

林聆慈〈古典詩詞中的月意象〉，《國文天地》17卷10期，
　　2002.3。

吳賢陵〈唐代民間歌謠植物意象舉隅〉，《傳統中國文學電
　　子報》第八十四期，2001.6。

洪正玲〈談主旨安置於篇末的謀篇方式〉，《國文天地》15
　　卷9期，2000.2。

洪林鐘〈鳥・菊・酒—— 略論陶淵明詩歌意象建構及其人
　　格凸現〉，《中國古代、近代文學研究》1993年第3
　　期，1993.3。

晏小平〈淺析詩歌意象的運用手法〉，《文藝理論與批評》
　　53期，1995.3。

孫蓉蓉〈遊子的愁思—— 馬致遠〈天淨沙・秋思〉賞析〉，
　　《國文天地》17卷10期，2002.3。

連文萍〈啞啞思親曲・苦苦勸世歌—— 白居易〈慈烏夜啼〉
　　賞析〉，《國文天地》5卷5期，1989.10。

陶行傳〈意象的意蘊場 —— 兼論「含不盡之意見於言
　　外」〉，《文藝理論研究》2002年第2期，2002.3。

陳佳君〈抑揚法的理論與應用〉，《修辭論叢》第一輯，臺
　　北：洪葉文化事業公司，1999.8。

陳佳君〈情景法的理論與應用 —— 以中學詩歌課文為例〉，
　　《國文天地》15卷5期，1999.10。

陳佳君〈蘇轍〈黃州快哉亭記〉課文結構分析〉，《國文天
　　地》17卷7期，2001.12。

陳佳君〈論辭章內容結構之單一類型 —— 以其所適用的章
　　法為考察重心〉，《修辭論叢》第四輯，臺北：洪葉文
　　化事業公司，2002.5。

陳佳君〈論章法的族性〉，《辭章學論文集》上冊，福建：
　　海潮攝影藝術出版社，2002.12。

陳佳君〈論章法的「四虛實」〉，《修辭論叢》第五輯，臺
　　北：洪葉文化事業公司，2003.11。

陳滿銘〈談近體詩的欣賞 —— 以國中國文課本所選作品為
　　例〉，《國文天地》9卷8期，1994.1。

陳滿銘〈文章主旨或綱領安置於篇腹的結構類型 —— 以蘇
　　辛詞為例〉，《人文及社會學科通訊》，2000.10。

陳滿銘〈論章法與情意的關係〉，《國文天地》17卷6期，
　　2001.11。

陳滿銘〈論「因果」章法的母性〉，《國文天地》18卷7
　　期，2002.12。

陳滿銘〈從意象看辭章之內容成分〉，《國文天地》19卷8
　　期，2004.1。

陳滿銘〈論章法「多、二、一（0）」的核心結構〉，《師大

學報：人文與社會科學類》48卷2期，2003.12。

陳滿銘〈論意象與辭章〉，《畢節師範高等專科學校學報》
2004年第一期，2004.3。

陳滿銘〈辭章「多、二、一（0）」結構論〉，《中國學術年
刊》第二十五期，2004.3。

陳滿銘〈論篇章辭章學〉，《國文學報》第三十五期，
2004.6。

敏澤〈中國古典意象論〉，《文藝研究》1983年第3期，
1983.6。

曾永義〈「人家」與「平沙」──馬致遠〈天淨沙〉的異文
及其意境〉，《國文天地》5卷2期，1989.7。

傅武光〈〈愛蓮說〉的弦外之音〉，《國文天地》4卷12期，
1989.5。

張春榮〈拓殖與深化──陳滿銘《章法學新裁》〉，《文訊》
188期，2001.6。

張高評〈〈木蘭詩〉賞析〉，《國文天地》4卷12期，
1989.5。

黃克〈小令中的天籟──〈天淨沙〉〉，《國文天地》4卷10
期，1989.3。

劉迪才〈《古詩十九首》的審美意象〉，《中國古代、近代文
學研究》1993年第1期，1993.1。

劉崇義〈兩首〈登鸛鵲樓〉詩之比較〉，《國文天地》8卷
11期，1993.4。

劉渼〈窺意象而運斤──試論《文心雕龍》意象說與形聲
情文的表現〉，《中國學術年刊》第十五期，1994.3。

鄭頤壽〈臺灣辭章學研究述評〉，《首屆海峽兩岸閩南文化

學術研討會論文集》，福建：廈門，2001.11。

鄭頤壽〈中華文化的沃土，辭章學圃奇葩 —— 讀陳滿銘的
　　《章法學新裁》及其相關著作〉，《海峽兩岸中華傳統文
　　化與現代化研討會論文集》，江蘇：蘇州，2002.5。

薛順雄〈論陶潛「五柳」的象徵意義〉，《東海中文學報》
　　第八期，1988.7。

蘭翠〈對古典詩歌情景的再審視〉，《文藝理論研究》2000
　　年第3期，2000.5。

國家圖書館出版品預行編目資料

辭章意象形成論／陳佳君著. -- 初版 -- 臺
北市：萬卷樓，2005[民 94]
面；　　　公分
參考書目：面
ISBN 957－739－532－5 (平裝)
1. 中國語言－修辭

802.7　　　　　　　　　　94011800

辭章意象形成論

著　　　者：陳佳君

發　行　人：許素真

出　版　者：萬卷樓圖書股份有限公司

臺北市羅斯福路二段 41 號 6 樓之 3

電話(02)23216565．23952992

傳真(02)23944113

劃撥帳號 15624015

出版登記證：新聞局局版臺業字第 5655 號

網　　　址：http://www.wanjuan.com.tw

E－mail　：wanjuan@tpts5.seed.net.tw

承印廠商：晟齊實業有限公司

定　　　價：380 元

出版日期：2005 年 7 月初版

ISBN 957－739－532－5